古典詩歌研究彙刊

第二一輯

龔鵬程 主編

第 7 冊

晏殊酒詞研究

許 志 彰 著

國家圖書館出版品預行編目資料

晏殊酒詞研究／許志彰 著 — 初版 — 新北市：花木蘭文化出
版社，2017〔民 106〕
目 4+288 面；17×24 公分
（古典詩歌研究彙刊 第二一輯；第 7 冊）
ISBN 978-986-404-868-7（精裝）
1.（宋）晏殊 2. 宋詞 3. 詞論
820.91   106000429

ISBN-978-986-404-868-7

9 789864 048687

古典詩歌研究彙刊
第二一輯　第七冊　　　　ISBN：978-986-404-868-7

晏殊酒詞研究

作　　者　許志彰
主　　編　龔鵬程
總 編 輯　杜潔祥
副總編輯　楊嘉樂
編　　輯　許郁翎、王筑　美術編輯　陳逸婷
出　　版　花木蘭文化出版社
社　　長　高小娟
聯絡地址　235 新北市中和區中安街七二號十三樓
　　　　　電話：02-2923-1455／傳眞：02-2923-1452
網　　址　http://www.huamulan.tw 信箱 hml810518@gmail.com
印　　刷　普羅文化出版廣告事業
初　　版　2017 年 3 月
全書字數　196935 字
定　　價　第二一輯共 22 冊（精裝）新台幣 33,000 元
版權所有 · 請勿翻印

晏殊酒詞研究

許志彰 著

作者簡介

許志彰，1979 年生，臺灣彰化人。中國文化大學中國文學系碩士班畢業，中國文化大學中國文學系博士班（在學中）。曾任行政院國家科學委員會「專題研究計畫（一般型研究計畫）」兼任研究助理，中國文化大學中國文學系「一般專業課程型」教學助理，研究領域為：中國古典詩詞。有詩歌創作發表於《中華詩學》，詩歌賞析文章刊登於《創價少年》。

提　　要

　　本書是以晏殊 134 闋詞作，經逐闋分析、辨別後，得晏殊酒詞之作共 87 闋，其所占之比率則為 64.93%，再以此 87 闋酒詞，作為研究之依據。而本論文的研究中心主旨則約有下列三端：

　　其一是冀盼從晏殊之生平經歷、性格才學、交游狀況以及其文學觀，分別作一全面性的探討。再者，就是針對晏殊其所處於的時代背景之中，是否合乎後世諸多研究者口中所稱謂的「太平宰相」進行釐清之工作，以求還原晏殊其所處於宋代政治環境中的真實景況。

　　其二是希冀經由晏殊 87 闋酒詞作品，以循序漸進的方式逐步進行探討。首先，經由「形式結構」的數據統計分析，探究酒詞作品中的擇調狀況，及其喜用之韻部、韻字所表現出的聲情藝術美感特質。其次，則是從酒詞的「內容題材」進行各類型的劃分與探討。最後，再從酒詞作品中的「藝術手法」分別以不同的美學視角，探析其藝術美感以及其創作手法。

　　其三則是期望經由各章節中的研究心得加以整合、歸納。擬以晏殊之「生平經歷」、「時代背景」與「酒詞作品」等三者，與其「心靈世界」作一相互觀照的探討，以求得以完整的探究其酒詞作品當中，那潛藏於心靈底層下所隱含的生命意韻，及其創作的背景因素。

目

次

上　編

第一章　緒　論

　　數千年來，「酒」之於中國傳統古典詩歌中，一直與「詩」、「文人」三者之間存在著難解之情緣。它遠從生活、社會、文化上的功用性層面，經由歷代無數文人的創作，時空的醞釀，留給了後人許多或清淡、或濃郁的酒香意韻，使人賞之沉醉，吟之不朽的詩篇。正因為在此三者緊密的聯結後，進而使其躍升到了藝術性的精神層面。對此清人吳喬（1611～1695）就曾留下一段詩、文之別的精彩譬喻：

　　　　意喻之米，飯與酒所同出。文喻之炊而爲飯，詩喻之釀而爲酒。文之措詞必副乎意，猶飯之不變米形，噉之則飽也。詩
　　　　之措詞不必副乎意，猶酒之盡變米形，飲之則醉也。〔註1〕

這段對喻，實在令人玩味，以相同之材（米），造就出了兩者各自不同的需求與差異（文、詩）。此亦說明了其「功用性」與「藝術性」的區別，「米」就好比是創作的「材料」，而文人以其敏銳的筆觸，分別呈現出了文體上的需求與差異。倘若「飯」（文）是生理層面與功用性層面上的需求；而「酒」（詩）則更多是屬於精神層面與藝術性層面上的創造。這也就不難看出「詩」、「酒」、「文人」三者之間，其關係之密切了。

〔註 1〕〔清〕吳喬：《圍爐詩話》卷 1，收入郭紹虞編選；富壽蓀校點：《清
　　　　詩話續編》（上海：上海古籍出版社，1983 年 12 月，第 1 版），上冊，
　　　　頁 479。

第一節　研究動機與目的

　　本書研究之動機，除了自身對於古典詩歌之愛好外，再者，「酒」之於文人與詩歌之關係，一直是筆者所極欲探求之主題；而選定晏殊作爲本書的探討主題人物，是因晏殊在其詞集中「以酒入詞」之篇章，其數量之巨引發筆者探究之動機。然其主要之因，還是因愛其詞風，故擇其作爲本書之研究論題。每個人對於詞的風格皆有其所偏愛，有人愛其雄渾豪放之風，有人偏愛其沉鬱婉約之風，而晏殊於其酒詞作品當中，所散透出一種於婉約之中又帶有清曠悠遠之風格，正因此而吸引著筆者。而「詞」之情感表現手法，又與「詩」有著形式、體裁、風格上的差異，就誠如王國維（1877～1927）於《人間詞話》一書中所言：

　　　　詞之爲體，要眇宜修，能言詩之所不能言，而不能盡言詩
　　　　之所能言。詩之境闊，詞之言長。〔註2〕

正因詩、詞二者之於情感、形式上，有其表現的差異，是以，出現了「詩莊詞媚，其體元別」〔註3〕之說。而魏塘曹學士亦曾針對詩、詞二者之別，作出一段巧妙的比喻：「詞之爲體如美人，而詩則壯士也。如春華，而詩則秋實也。如夭桃繁杏，而詩則勁松貞柏也。」〔註4〕而詞體爲何善於言情之原因？葉嘉瑩曾對此如是說道：

　　　　其一是由於詞在形式方面本來就有一種伴隨著音樂節奏而
　　　　變化的長短錯綜的特美，因此遂特別宜於表達一種深隱幽
　　　　微的情思；其二則是由於詞在內容方面既以敘寫美女及愛

〔註2〕 王國維：《人間詞話》卷下，收入王國維：《王國維文學論著三種》（北京：商務印書館，2003 年 3 月，第 1 版，據商務印書館 1940 年版《王國維遺書》校點重排），頁 43。

〔註3〕 〔清〕王又華：《古今詞論》，錄「李東琪詞論」，收入唐圭璋編：《詞話叢編》附索引，（北京：中華書局，2005 年 10 月，第 2 版），第 1 冊，頁 606。

〔註4〕 〔清〕田同之：《西圃詞說》，錄「曹學士論詞」，收入唐圭璋編：《詞話叢編》附索引，（北京：中華書局，2005 年 10 月，第 2 版），第 2 冊，頁 1450。

情爲主，因此遂自然形成了一種婉約纖柔的女性化品質；
其三則是由於在中國文學中本來就有一種以美女及愛情爲
託喻的悠久的傳統，因此凡是敘寫美女及愛情的辭語；遂
往往易於引起讀者一種意蘊深微的託喻的聯想；其四則是
由於詞之寫作既已落入了士大夫的手中，因此他們在以遊
戲筆墨塡寫歌詞時，當其遣詞用字之際，遂於無意中也流
露了自己的性情學養所融聚的一種心靈之本質。〔註5〕

誠如葉氏所言，「詞」之善於言情，不僅有其形式、內容題材與中國
傳統文化上之種種因素，再加上文人士大夫常因「遊戲於筆墨」之
際，不自覺中常會流露出其心靈中所潛藏的情感。而晏殊於其酒詞作
品當中，於其所處的時代背景之中，會流露出怎樣的本眞與性情？正
是筆者本書所欲探求研究之目的。

第二節　當前兩岸研究概況

在擬定研究論題後，對於當前的研究概況，就必須要有全面的瞭
解，如此才能避免研究論題的重覆，對於整個學術論題的研究，才能
有更多的學術創見與貢獻。是故，於此章節筆者將從兩岸地區以「晏
殊」作爲研究的「專書」與「學位論文」進行概述；與以「酒與詩歌」
作爲研究的「學位論文」進行概述。此外，因「期刊、學報」關於兩
者的學術研究甚多，故僅羅列檢索之「工具書」與「學術網站」，以
便讀者檢索查閱。

一、專書研究概況

就「晏殊詞」作爲研究的相關研究著作，因時代環境與著作者的
身份有些難以界定。是故，筆者將就出版地所發行的專著，分成兩岸
地區，分別製作其表格，以便說明其研究概況。

〔註 5〕葉嘉瑩：《中國詞學的現代觀》（台北：大安出版社，1988 年 12 月，
　　　初版），頁 7。

（一）臺灣地區

序號	撰　者	書　　名	出版地暨出版社	出版年
1	夏敬觀	二晏詞選註	台北：臺灣商務印書館	1965 年
2	夏瞿禪	二晏詞　二晏年譜　六一詞	台北：世界書局	1971 年
3	葉茂雄	珠玉詞研究	台北：文津出版社	1975 年
4	夏承燾	唐宋詞人年譜	台北：明倫出版社	1979 年
5	葉嘉瑩	唐宋名家詞賞析——晏殊、歐陽修、秦觀	台北：大安出版社	1988 年
6	張淑瓊主編	晏殊	台北：地球出版社	1992 年
7	杜少春主編	風流典雅的風姿：晏殊、晏幾道詞名篇析賞	台北：學鼎出版有限公司	1999 年
8	陳永正	晏殊　晏幾道詞選	台北：遠流出版社	2000 年
9	孫燕雯主編	晏殊、晏幾道詩詞欣賞	台南：文國書局	2004 年

（二）大陸地區

序號	撰　者	書　　名	出版地暨出版社	出版年
1	林大椿校點	珠玉詞	上海：商務印書館	1928 年
2	宛敏灝	二晏及其詞	上海：商務印書館	1935 年
3	呂慧娟等著	中國歷代著名文學家評傳——（第三卷・晏殊）	濟南：山東教育出版社	1984 年
4	柏　寒	二晏詞選——校記、注釋、詞評	濟南：齊魯書社	1985 年
5	吳林抒校箋	珠玉詞	南昌：江西人民出版社	1985 年
6	陳　寂	二晏詞選	廣州：廣東高等教育出版社	1988 年
7	胡士明校點	珠玉詞	上海：上海古籍出版社	1988 年
8	吳林抒、萬斌生編	二晏研究論集	上海：學林出版社	1991 年

9	吳林抒、鄒自振主編	晏殊晏幾道紀念集	撫州：江西撫州二晏研究所	1993 年
10	朱德才主編	增訂注釋晏殊晏幾道詞	北京：文化藝術出版社	1999 年
11	陶爾夫、楊慶辰	晏歐詞傳	長春：吉林人民出版社	1999 年
12	單 芳	晏殊珠玉詞譯評	蘭州：甘肅文化出版社	2001 年
13	劉揚忠編著	晏殊詞新釋輯評	北京：中國書店	2003 年
14	李國定	晏殊晏幾道	南昌：百花洲文藝出版社	2004 年
15	張草紉箋注	二晏詞箋注	上海：上海古籍出版社	2008 年
16	唐紅衛	二晏研究	天津：南開大學出版社	2010 年

經由上列二表的統計，可以得知兩岸地區，關於「晏殊詞」的出版狀況，根據數據資料來看，可以明顯的知道，在大陸地區對於「晏殊詞」研究的專家學者，顯然較臺灣地區更爲蓬勃。而在學術研究的面向上，則約可歸爲下列四種研究面向：

(1) 從歷史研究的角度，與晏殊相連結，進而探究其生平經歷。

(2) 從考據的角度，對晏殊的詞作，進行辨僞。

(3) 從鑑賞的角度，探究晏殊詞作其風格特色。

(4) 從文獻的角度，將晏殊詞作、生平，進行校訂、箋注。

在上述的四種研究面向之中，關於晏殊之生平及其詞作皆有學者投入研究，然而在晏殊詞作中，對其詞作作品作完整的繫年，則未有之。若有學者能對其詞作加以繫年，相信對於往後的研究面向，將是有所助益的。

二、學位論文研究概況

以下筆者將就兩岸地區，關於「晏殊」與「酒與詩歌」研究的學位論文，以表格方式呈現當前的研究概況。

（一）晏殊研究概況

1. 臺灣地區

序號	撰者	論文題目	論文出處暨出版年份
1	張紹鐸	珠玉詞校訂箋注	台北：中國文化學院中國文學研究所碩士論文，1971 年 6 月
2	黃瓊誼	二晏詞研究	台北：國立政治大學中國文學研究所碩士論文，1990 年 6 月
3	姚友惠	馮延巳與晏殊詞比較研究	彰化：國立彰化師範大學國文研究所碩士論文，2002 年 1 月
4	江姿慧	晏殊《珠玉詞》研究	台北：國立臺灣師範大學國文研究所碩士論文，2003 年 6 月
5	張秋芬	《珠玉詞》的感傷與消解	彰化：國立彰化師範大學國文研究所碩士論文，2005 年 1 月
6	侯鳳如	晏殊《珠玉詞》花鳥意象研究	台北：國立臺灣師範大學國文研究所碩士論文，2006 年 1 月
7	范詩屏	馮晏歐詠秋詞研究	高雄：國立高雄師範大學國文研究所碩士論文，2007 年 6 月
8	楊麗珠	晏殊《珠玉詞》中的生命意識探究	新竹：國立新竹教育大學中國語文學研究所碩士論文，2007 年 12 月
9	李芳蓓	晏歐詞之比較研究	台南：國立成功大學中國文學研究所碩士論文，2009 年 7 月

2. 大陸地區

序號	撰者	論文題目	論文出處暨出版年份
1	王金成	《珠玉詞》之聲律與修辭研究	香港：珠海大學中文研究所碩士論文，1993 年 6 月
2	李皖梨	論晏殊詞	廣州：華南師範大學中文研究所碩士論文，2003 年 5 月
3	曾馳宇	二晏詞比較研究	貴陽：貴州大學中文研究所碩士論文，2008 年 4 月
4	周成虎	二晏詞中的女性形象研究	吉林：延邊大學中文研究所碩士論文，2009 年 5 月

由上列二表兩岸地區，關於「晏殊」的研究概況中，可以得知關於「晏殊」的研究面向，大致可分爲下列幾種面向：

(1) 就晏殊詞作單一全面性的探討研究。

(2) 就與晏殊詞風相類之詞人（馮延巳、歐陽修）作比較性的探討研究。

(3) 就二晏父子（晏殊、晏幾道）詞作中的藝術風格作比較性的探討研究。

(4) 就晏殊詞中依內容題材的劃分作爲主題式的分析探討研究。

單就「晏殊」此一研究論題而言，在臺灣地區的學位論文其研究之面向，相較於大陸地區，不僅在數量上可謂較爲豐碩，在其研究的面向上也更爲多元繽紛。

（二）酒與詩歌研究概況

以下筆者將就兩岸地區，關於「酒與詩歌」的學位論文，以表格方式羅列當前的研究概況。

1.臺灣地區

序號	撰者	論文題目	論文出處暨出版年份
1	金南喜	魏晉飲酒詩探析	台北：國立臺灣大學中國文學研究所碩士論文，1985 年 6 月
2	林淑桂	唐代飲酒詩研究	高雄：國立高雄師範大學國文研究所碩士論文，1985 年 6 月
3	陳懷心	李白飲酒詩研究	高雄：國立中山大學中國文研究所碩士論文，2003 年 1 月
4	余瑞如	李白飲酒詩研究	彰化：國立彰化師範大學國文研究所碩士論文，2003 年 8 月
5	林梧衛	李白詩歌酒意象之研究	新竹：玄奘大學中國語文研究所碩士論文，2004 年 1 月
6	林永煌	李白酒詩修辭技巧研究	台北：銘傳大學應用中國文學研究所在職專班碩士論文，2005 年 5 月

7	廖怡甄	東坡酒詩意象研究——以黃州、惠州、儋州詩作爲研究中心	新竹：華梵大學東方人文思想研究所碩士論文，2005 年 6 月
8	游顯惠	陶淵明飲酒詩及其生命意涵之研究	台北：國立臺灣師範大學國文研究所在職專班碩士論文，2007 年 6 月
9	許育喬	蘇東坡詞酒意象探析	台北：國立臺灣師範大學國文研究所碩士論文，2008 年 1 月
10	黃巧妮	陶淵明飲酒詩之意象研究	彰化：國立彰化師範大學國文研究所碩士論文，2008 年 7 月
11	黃郁棻	辛棄疾酒詞研究	台南：國立成功大學中國文學研究所在職專班碩士論文，2009 年 1 月
12	陳萱蔓	陶淵明與李白飲酒詩之比較研究	台北：國立臺灣師範大學國文研究所在職專班碩士論文，2009 年 6 月

2. 大陸地區

序號	撰者	論文題目	論文出處暨出版年份
1	單永軍	中國古代文學中詩與酒交融現象的美學研究	南京：南京師範大學中文研究所碩士論文，2004 年 4 月
2	宋秋敏	晚唐五代「醉夢詞」探析	蘇州：蘇州大學中文研究所碩士論文，2004 年 4 月
3	施 靜	詩酒人生——從酒詞看社會環境對宋代詞人創作心態的影響	呼和浩特：內蒙古大學中文研究所碩士論文，2005 年 5 月
4	李 婷	王績飲酒詩研究	濟南：山東大學中文研究所碩士論文，2006 年 4 月
5	雷道海	詩酒相生 醉樂無極——論唐詩中詩酒因綠及唐詩之酒文化精神的影響	重慶：西南大學中文研究所碩士論文，2008 年 4 月
6	張 莎	蘇詩酒事——蘇軾詩飲酒內容及飲酒詩研究	重慶：西南大學中文研究所碩士論文，2008 年 4 月
7	劉金紅	李白酒詩研究	北京：首都師範大學中文研究所碩士論文，2008 年 12 月

| 8 | 李繼紅 | 陸游巴蜀酒詩研究 | 重慶：重慶師範大學中文研究所碩士論文，2009 年 3 月 |
| 9 | 張明雪 | 宋代女性詞人酒意象研究 | 蘇州：蘇州大學中文研究所碩士論文，2009 年 5 月 |

由上列二表，關於「酒與詩歌」的研究概況，可以得知關於「古典詩歌與酒」此研究論題的面向上，大抵可分為下列幾種研究面向：

（1）就詩人的作品集為研究的面向，進行主題式的探討分析研究。

（2）就時代上大廣域的角度著手，進行整個時代上的探討分析研究。

（3）就社會、人文、環境、藝術上的角度，進行詩人創作的探討分析研究。

單就「酒與詩歌」此一研究論題上，在研究的數量上，臺灣地區相較於大陸地區則較為豐碩，但若以研究的面向上，筆者則認為大陸地區的研究面向相較於臺灣地區的研究，則更為多元。

三、期刊、學報研究概況

由於目前兩岸地區歷年來關於「晏殊」與「酒與詩歌」的相關期刊、學報論文，研究數量相當繁盛，礙於篇幅。是故，筆者僅就於收集相關文獻資料時，檢索過的工具書與學術網站，羅列於下，以便讀者查尋、檢索。

（一）工具書

序號	編　者	書　　名	出版地暨出版社	出版年月
1	黃文吉主編	詞學研究書目（1912～1992）	台北：文津出版社	1993 年 4 月
2	林玫儀主編	詞學論著總目（1901～1992）	台北：中央研究院中國文哲研究所籌備處	1995 年 6 月

（二）學術網站

序號	網站名稱	網　　址
1	國家圖書館期刊文獻資訊網——臺灣期刊論文索引系統	http://readopac.ncl.edu.tw/nclJournal/index.htm
2	中國知網——CNKI 知識網絡服務平臺（中國期刊全文數據庫）	http://big5.oversea.cnki.net/kns55/brief/result.aspx?dbPrefix=CJFD

就目前關於「晏殊」、「酒與詩歌」的期刊、學報論文研究現況，大陸地區在這一方面的研究成果，相較於臺灣地區是較爲豐碩的，而就研究的面向上，亦是呈現相當多元廣泛的研究論題。

第三節　研究範圍

在著手投入某一專題研究時，對於版本的選定可謂重要，故必須詳加的考察對各版本進行比較，如此才能免於在研究中產生謬誤與異見。是故，對於版本的選定，筆者將詳加審視，相關研究者所選定的版本，與各版本研討比較後底定。而對於本書「酒詞」定義的界定，則是經過筆者逐闋逐闋的審閱後，另參考各版本的箋注，詳加判斷是否爲酒詞之作，而作出最後的統計數據。

一、研究版本的選定

本書是採用由唐圭璋（1901～1990）所編著的《全宋詞》〔註6〕作爲研究之底本，此書亦是當今研究晏殊詞者所常選用之底本，該書共收晏殊詞作 136 者。然筆者再依據唐圭璋《宋詞互見考》中之考據，刪其〈訴衷情〉（海棠珠綴一重重）1 闋〔註7〕，與〈蝶戀花〉（梨

〔註6〕　〔宋〕晏殊：《珠玉詞》，收入唐圭璋編：《全宋詞》（北京：中華書局，1998 年 11 月，第 1 版），冊 1，頁 87～110。

〔註7〕　唐圭璋於《宋詞互見考》中「蘇軾與晏殊條」，於〈訴衷情〉（海棠珠綴一重重）下說：「案此首蘇軾詞，見毛本東坡詞。毛本珠玉詞注云，舊刻是子瞻作，刪去。據此作蘇詞爲是。」唐圭璋：《宋詞互見考》，收入唐圭璋：《宋詞四考》（南京：江蘇文藝出版社，2009 年 2

葉疏紅蟬韻歇）、〈漁家傲〉（粉蕊丹青描不得）、〈浣溪紗〉（青杏園林煮酒香）等 3 闋〔註8〕。另外，再根據孔凡禮所補輯的《全宋詞補輯》一書，增補晏殊詞作〈訴衷情〉（幕天席地鬪豪奢）、〈訴衷情〉（喧天絲竹韻融融）等 2 闋〔註9〕。是故，晏殊詞作總計為 134 闋，筆者即據此 134 闋詞作，作為本書的研究文本。

在確立研究底本後，筆者則輔以張草紉箋注的《二晏詞箋注》〔註10〕，與劉揚忠編著的《晏殊詞新釋輯評》〔註11〕等二書，作為輔助的研究文獻。此二書都是以唐圭璋的《全宋詞》與孔凡禮的《全宋詞補輯》所收的詞作，作為分析研究的底本。然而二書皆收錄晏殊詞作 138 闋，筆者不明其故，只能臆測此二書作者有其收詞之考量，抑或恐未見唐圭璋《宋詞互見考》一書之考據，抑或又有別種考據文獻是筆者所漏失，故於此備註一記。

張氏所箋注之書，就筆者目前所見《珠玉詞》箋注版本，此書是最為詳善完備之作；而劉氏所編著之書，於每闋詞的新釋與網集前人評語的輯評，亦是研究晏殊詞者，重要的參考文獻資料，故筆者將此

月，第 1 版），頁 257。
〔註8〕 唐圭璋於《宋詞互見考》中「歐陽修與晏殊秦觀條」，於〈蝶戀花〉（梨葉疏紅蟬韻歇）、〈漁家傲〉（粉蕊丹青描不得）、〈浣溪紗〉（青杏園林煮酒香）下說：「案以上三首歐陽修詞，見六一詞。毛本珠玉詞注謂此三首皆永叔作，故刪去。據此則明鈔本作晏殊詞，非是。第三闋類編草堂詩餘又作秦少游，亦誤。」唐圭璋：《宋詞互見考》，收入唐圭璋：《宋詞四考》（南京：江蘇文藝出版社，2009 年 2 月，第 1 版），頁 233。
〔註9〕 據孔凡禮所補輯的三闋晏殊詞，分別為〈蝶戀花〉（紫府羣仙名籍秘）、〈訴衷情〉（幕天席地鬪豪奢）、〈訴衷情〉（喧天絲竹韻融融）等三闋，然而〈蝶戀花〉此闋詞已收於《全宋詞》之中，是故，實只增補晏殊詞作二闋。孔凡禮補輯：《全宋詞補輯》（台北：源流文化事業有限公司，1982 年 12 月，初版），頁 2。
〔註10〕〔宋〕晏殊、晏幾道著；張草紉箋注：《二晏詞箋注》（上海：上海古籍出版社，2008 年 12 月，第 1 版），頁 13～183。
〔註11〕 劉揚忠編著：《晏殊詞新釋輯評》（北京：中國書店，2003 年 1 月，第 1 版），頁 1～196。

二書列爲輔助研究底本。

二、輔以晏殊詩、文之作

就筆者研讀兩岸關於晏殊詞的學位論文中發現，鮮有研究者會將晏殊其詩、文之作，作爲輔助研究的文獻資料。是故，筆者本書不僅以晏殊詞作，作爲主軸，另以晏殊詩、文之作，作爲輔翼，以期在如此的觀照下能更完整的呈現出「晏殊」與「晏殊詞」的整體內涵，而晏殊的詩、文之作，亦是筆者引用徵引的重要文獻資料。

關於晏殊的詩、文之作，大多亡佚散失，現今仍未能見其完整之作品集問世。然而在後人的輯佚，所得之成果，其詩、文之作，雖無法一窺全豹，但所輯之作數量亦自不少，據北京大學古文獻研究所編著的《全宋詩》共收晏殊詩作 160 首〔註12〕（文中所輯殘句，筆者將不列入研究統計之中），加上涂木水〈晏殊詩選注〉之輯佚〔註13〕，得〈白塔詩〉、〈青松詩〉2 首，另再加上曦鍾〈石信道〈雪〉詩爲晏殊佚詩考〉之考據〔註14〕，增補晏殊〈雪〉詩 1 首，如此其詩作總計 163 首，此 163 首則爲筆者輔助研究之重要文獻。

此外，據四川大學古籍整理研究所編著的《全宋文》共收晏殊各式文類 53 篇〔註15〕（賦：9 篇；制、狀、表、奏：23 篇；書、序、跋、論、記、銘、贊、碑、志：21 篇），再據涂木水〈新發現的晏殊散文〈義方記〉〉之輯佚〔註16〕，得晏殊〈義方記〉1 篇，如此

〔註12〕北京大學古文獻研究所編：《全宋詩》（北京：北京大學出版社，1998 年 12 月，第 2 版），冊 3，頁 1940～1969。

〔註13〕涂木水：〈晏殊詩選注〉，《撫州師專學報》第 3 期（總第 46 期），1995 年 9 月，頁 28。

〔註14〕曦鍾：〈石信道〈雪〉詩爲晏殊佚詩考〉，《北京大學學報》（哲學社會科學版），第 1 期，1998 年，頁 28。

〔註15〕四川大學古籍整理研究所編：《全宋文》（四川：巴蜀書社，1990 年 8 月，第 1 版），冊 10，頁 176～209。

〔註16〕涂木水：〈新發現的晏殊散文〈義方記〉〉，《撫州師專學報》第 2 期（總第 49 期），1996 年 6 月，頁 19～22。

則得其文總數 54 篇，而此 54 篇文章亦是作爲筆者輔助研究之重要
文獻。

三、晏殊酒詞之界定

在底定以《全宋詞》與《全宋詞補輯》作爲研究之底本後，筆者
即針對晏殊此 134 闋詞作，進行酒詞的爬梳與界定之工作，在界定是
否爲「酒詞」之作的判斷中，筆者秉持著從嚴的角度，進行篩選，而
筆者所著重之重點，大抵分爲下列二端：

(1) 晏殊在詞作中，有飲酒之意韻。

(2) 晏殊於詞作中，出現與酒相關之用字、酒具與代稱。

經由上述二端，選得晏殊酒詞作品共計 87 闋〔註17〕，而此 87 闋酒詞
作品，即是本書主題式論題所要分析探討的研究文本。

晏殊此 87 闋酒詞，據筆者統計整理，歸納出晏殊酒詞中，與酒
相關之「用字」、「酒具」與「代稱」，以及其於酒詞中出現的使用次
數。其統計數據臚列於下列三表中，以明之。

（一）酒詞中酒的用字

用字	酒	醉	醒	斟	飲	酌	醅	總計
使用次數	55	27	12	10	5	4	1	114

〔註17〕關於晏殊酒詞的界定標準，筆者秉持從嚴的角度去審視每一闋詞
作，其中有四闋詞作，雖於詞作中出現「酒具」用字，然經筆者考
察各版本的箋注後，斷定此四闋詞作爲非酒詞之作。其四闋詞作如
下：〈漁家傲〉：「越女採蓮江北岸。輕橈短棹隨風便。人貌與花相鬥
豔。流水慢。時時照影看妝面。　　蓮葉層層張綠繖。蓮房箇箇垂
金盞。一把藕絲牽不斷。紅日晚。回頭欲去心撩亂。」；〈蝶戀花〉：
「玉椀冰寒消暑氣。碧簟紗廚，向午朦朧睡。鸎舌惺鬆如會意。無
端畫扇驚飛起。　　雨後初涼生水際。人面荷花，的的遙相似。眼
看紅芳猶抱蕊。叢中已結新蓮子。」；〈菩薩蠻〉：「秋花最是黃葵好。
天然嫩態迎秋早。染得道家衣。淡妝梳洗時。　　曉來清露滴。一
一金盃側。插向綠雲鬟。便隨王母仙。」；〈菩薩蠻〉：「高梧葉下秋
光晚。珍叢化出黃金盞。還似去年時。傍闌三兩枝。　　人情須耐
久。花面長依舊。莫學蜜蜂兒。等閒悠颺飛。」

（二）酒詞中酒的器具

酒具	盃	尊	觥	盞	卮	鍾	壺	總計
使用次數	17	11	10	7	5	1	1	52

（三）酒詞中酒的代稱

代稱	流霞	仙露	瓊漿	雲液	總計
使用次數	2	1	1	1	5

關於晏殊於詞作中，出現大量的飲酒詩篇，在一些碩士學位論文與一些單篇期刊、學報論文中，皆有一些研究者發現此一現象，然而學位論文因其研究議題之故，僅能作簡單之敘述；而單篇論文因其探討的點線面不同，故未能作深入的分析探討，以至於晏殊詞集中對於酒詞的闋數，其統計數據，皆未能作出精準的數據統計〔註18〕。

據上列三表可得晏殊酒詞中其用字、酒具與代稱的使用狀況，三者於酒詞之中所出現的次數為 171 次（用字 114 次，酒具 52 次，代稱 5 次），在 87 闋酒詞中所出現的比率，相當於晏殊於每一闋酒詞作品當中就有 2 次的酒意象出現，而在《珠玉詞》134 闋詞作中，酒詞所占的百分比為 64.93%。如此高的數據資料，在歷代對於飲酒

〔註18〕 在提及晏殊酒詞之數量，筆者檢閱相關研究者的論文，發現關於酒詞數量，皆有不同的數據。統計 77 闋的有：李芳蓓：《晏歐詞之比較研究》（台南：國立成功大學中國文學研究所碩士論文，2009 年 7 月），頁 132。李芳蓓：〈晏歐詞中的「酒」意象析論〉，《東方人文學誌》第 8 卷第 4 期，2009 年 12 月，頁 103。統計 78 闋的有：陳永正選注：《晏殊 晏幾道詞選》（台北：遠流出版事業股份有限公司，2000 年 6 月，臺灣二版），頁 10。統計 79 闋的有：范詩屏：《馮晏歐詠秋詞研究》（高雄：國立高雄師範大學國文研究所碩士論文，2007 年 6 月），頁 138。張春柳：〈「一曲新詞酒一杯」隱忍之情誰人知——從酒的角度解讀《珠玉詞》〉，《職大學報》第 1 期，2003 年，頁 94。統計 83 闋的有：林麗珠：〈還給晏殊一個公道——從《珠玉詞》看晏詞的審美特徵〉，《陝西廣播電視大學學報》第 2 卷第 1 期，2003 年 3 月，頁 51。

詩、飲酒詞的研究中，晏殊是目前筆者所見的研究資料中，其酒詞所占之比率是當前研究中最高的詩人，而如此高的比率，筆者以為，晏殊應是中國古典詩歌史上的第一人。

第四節　研究方法與章節架構

關於本書所採用的研究方法與章節架構，筆者所秉持的是研究方法，須與各章節的研究需要相互搭配、相互綰合，以求運用最適用於該章節的研究方法，探究出最完整的研究成果。

一、研究方法

本書的研究方法，大抵是下列四種研究方法：

編號	研究方法	說　　　　明
1	歸納統計法	該研究方法之運用，是在確立晏殊詞作之總數後，進而歸納分析其酒詞之數量，其後再針對酒詞之數量，進行各類數據的統計，再搭配章節的需要，經由此統計數據資料，進行論述。
2	歷史分析法	該研究方法之運用，是為探求晏殊之生平及其時代背景，故須對其時代歷史背景進行分析，經由此研究方法的探討，以求得以整全的探究出晏殊其所處之政治、社會環境中的概況。
3	文本分析法	該研究方法之運用，主要是針對晏殊其酒詞作品，對其內容、形式與藝術手法，進行分析探討。
4	心理、精神分析法	該研究方法之運用，即是要探求晏殊於酒詞作品中，其所潛藏於心靈世界下的諸多情感及其生命存在之意涵。

上述四種研究方法的運用，筆者並非只是單一的運用於書中的章節架構中，而是視該章節之所需而相互交錯運用。目的即是期盼對於各章節的研究論題上，經由研究方法的分析與探討後，能使其章節架構更臻至於完整而明瞭。故不侷限於某一種研究方法，只限於運用在某一章節上，而是透過交錯運用的方式，在每一章的章節結構上，靈活的

運用。

二、章節架構

下列筆者將就上述各種研究方法，之運用於本書章節架構上的情況，約略概述之。

第一章　緒　論

在確定研究論題後，說明其研究之動機與目的，收集相關論題之研究概況並說明之。再針對晏殊酒詞作品，進行初步的統計分析，以簡明的圖表代表冗長的文字敘述。

第二章　酒與文人暨詩歌之概述

本章節主要乃藉由歷史的視角，概述「酒」與「文人」暨「詩歌」三者之關係。經由酒之源起的探討後，逐步的分析酒之於社會文化上的實用功能，再針對酒之於文人的精神性作用進行論述，最後再針對酒於詩歌中的藝術性進行簡明的概述。

第三章　晏殊時代背景暨生平事略

本章節是秉持著「知人論世」的角度，針對晏殊之生平，運用歷史分析的研究方法，以求作者與作品之間，與其所處之時代背景環境中，三者完整的結合，而不致於偏頗於任何一個面向。

第四章　晏殊之交游暨文學觀

本章節乃是延續上一個章節，運用歷史分析的角度，再深入的去了解晏殊生平中，幾位重要的友人與其交游之概況。再者，筆者將整合晏殊之詩、文之作，經由文本的分析與古籍文獻資料之記載，兩者相互歸納觀照下，以便探析晏殊其文學創作觀。

第五章　晏殊酒詞之形式結構

本章節乃是從統計歸納分析的角度著手，針對酒詞的形式結構進行統計，最後在對所得的數據資料，進行相關論題的歸納分析，進而演繹分析出，作者於形式結構上，其所喜用與善用的形式結構。

第六章　晏殊酒詞之內容題材

本章節乃是從界定的 87 闋酒詞中，針對其內容題材，進行分類歸納分析晏殊酒詞其情感與內容題材上的歸屬，在論述後進而例舉其酒詞之作，以明之。

第七章　晏殊酒詞之藝術手法

本章節擬從美學的視角，去探析晏殊酒詞作品中，所運用的藝術手法，而在每一種藝術手法的探析中，則分別進行敘述，最後在例舉該藝術手法中的酒詞作品。

第八章　晏殊酒詞下的心靈觀照

本章節是採用心理、精神分析的視角，連結作者之生平與其所處之時代背景，再搭配其酒詞作品，三者相互綰合、相互觀照。進而再深入去探究作者其隱藏在酒詞下的心靈世界，經由酒詞作品的探析與例舉，以求得作者之深層內在的心靈精神世界。

第九章　結　論

總結各章節的研究成果，進而說明筆者於各章節研究中的中心主旨與研究心得，作為本書最後之總結。

在總體的架構上，筆者都是秉持著先由宏觀的視角，再逐步的進行爬梳以求達到微觀的探討。而每個章節的撰寫都搭配其該章節適宜的研究方法，以求作最深層的分析。若統計分析以圖表之方式呈現更有利於主題的論述，則製作簡明的圖表，加上文字論述，避免以冗長的敘述方式，以潔篇幅。而在整體各章節的撰寫過程中，筆者皆秉持著嚴謹的態度，力求以最客觀的研究視角，去探析出晏殊潛藏於酒詞下，每一分最深層的意涵。

第二章　酒與文人暨詩歌之概述

　　中國古典詩歌與酒之關係，於詩歌史上可謂淵源悠長，遠自《詩經》、《楚辭》開始，「酒」即融入詩歌當中，兩者渾化無間。發展至後代，隨著「酒」本身文化的發展，與歷代文人的歌詠之下，它已非是可以當作一般的物質飲料視之。因為在「詩歌」、「酒」、「文人」三者的配合下，隱然已漸成一種「文雅」的象徵意涵，文人往往於作詩、填詞、度曲中，「自覺的」抑或「不自覺的」，將「酒」適時的傾注於詩歌作品當中，尤其投射在那些失意文人的身上，「酒對於那些仕途坎坷、生活失意而且多愁善感的人來說，正是澆平胸中之塊壘、化解心上之秋意的最佳溶劑」〔註1〕，這或許也是一種心理補償的生理作用與心靈慰藉的最佳管道之一。而酒在飲用者的身上，究竟起著什麼樣的作用？對此劉軍、莫福山、吳雅芝所合著的《中國古代的酒與飲酒》一書中曾提到：

> 酒，是一種含有乙醇等物質的特殊飲料，人們不但在入口
> 下喉時能夠感受到它或甘美芳冽、或辛辣燥烈的強烈刺
> 激，而且入腸下肚後不久，便會感到渾身溫熱、肢體鬆軟，
> 幾乎全身的各個部位都體會到了酒的作用。〔註2〕

〔註1〕萬偉成：《中華酒經》（廣州：南方日報出版社，2001年3月，第1
　　　　版），頁40～41。
〔註2〕劉軍、莫福山、吳雅芝合著：《中國古代的酒與飲酒》（台北：臺灣

上段引文是屬於生理作用層面的說法,但在此層面的作用,對於文人而言,或許只屬一般,其重點所在還是在於那精神與心靈層次的作用效應。清人張潮(1650~1707)嘗言:「昔人云,若無花月美人,不願生此世界。予益一語云,若無翰墨棋酒,不必定作人身。」〔註3〕、「若無詩酒,則山水爲具文;若無佳麗,則花月皆虛設。」〔註4〕經由上述的引言,可以看出「酒」因文人創作之故,遂形成一種「雅致」的象徵意涵。

是以,清人宋大樽(1745~1804)於《茗香詩論》一書中說道:「宜言飲酒者,莫如詩。飲,詩人之通趣矣,奈參迹者殊少焉。」〔註5〕酒與古典詩歌的結合,或原屬於偶然,然而在歷代文人的創作、歌詠之下,儼然就成了一種應然如此的相屬關係。但也正因爲這些動人的詩篇,使得酒之名於古典詩歌當中,成了一種必然的相應關係,它歷久不衰,它已不是一般單純的物質飲料,而是躍升成一種雅致,富含精神性質的代表物。是故,筆者下列將從「酒之源起」、「酒於社會文化中的功用性」、「酒於文人創作中的精神性」、「酒於古典詩歌中的藝術性」等四個面向進行探討。

第一節　酒之源起

歷代關於酒之源起,總參雜著許多美麗的傳說,是以,成了文人們於創作時的最佳材料,然而對於它的源起過程,目前僅能從近代的出土文獻資料中去推斷其出現的時間,而關於其原創造酒者,究竟應

商務印書館股份有限公司,2002 年 6 月,初版),頁 119。
〔註3〕　〔清〕張心齋著;王名稱校:《新校本幽夢影》(台北:頂淵文化事業有限公司,2005 年 2 月,初版),頁 6~7。
〔註4〕　〔清〕張心齋著;王名稱校:《新校本幽夢影》(台北:頂淵文化事業有限公司,2005 年 2 月,初版),頁 53。
〔註5〕　〔清〕宋大樽:《茗香詩論》,收入嚴一萍選輯:《百部叢書集成——知不足齋叢書第二十函》(台北:藝文印書館,該叢書未註明出版年月與版次,據清乾隆鮑廷博校刊知不足齋叢書本影印),頁 8(左)。

歸屬於哪位歷史人物？至今則未嘗有人膽敢斷言。而現今關於酒之源
起的說法，大抵約有「儀狄造酒說」、「杜康造酒說」、「天上酒星說」、
「地下酒泉說」與「猿猴釀酒說」等五種說法。是故，筆者將從古籍
文獻資料中，羅列關於上述五種酒之源起的說法。

一、儀狄造酒說

　　關於「儀狄造酒」之說，應是最早見於古籍文獻當中，而關於其
所記載的文獻資料，則見諸於下列幾本古籍當中。由此可見，此說於
歷代中已有流傳其造酒的說法。

　　首先，據先秦《世本》一書中的記載：

　　　帝女令儀狄始作酒醪，變五味。〔註6〕

此外，據西漢劉向（前77～前6）於《戰國策》一書中的記載，則有
更進一步的說明：

　　　昔者，帝女令儀狄作酒而美，進之禹，禹飲而甘之，遂疏
　　　儀狄，絕旨酒。曰：「後世必有以酒亡其國者。」〔註7〕

另外，據東漢許慎（約58～約147）《說文解字》一書中，於「酒」
字下，言此字之原由時，嘗言：

　　　古者，儀狄作酒醪，禹嘗之而美，遂疏儀狄。〔註8〕

據上述三段文獻資料，可以得知儀狄此人，是爲夏禹時代的人物，但
中國造酒之祖是否始自於儀狄？後世之人亦曾提出其疑慮，宋人竇
革在其《酒譜》一書中就曾論及：「夫儀狄之名，不見於經，而獨出
《世本》。《世本》非信書也。」〔註9〕如此，關於儀狄其人，是否眞

〔註6〕　〔東漢〕宋衷注；〔清〕張澍輯並補注：《世本・作篇》卷1，收入《續
　　　　修四庫全書》編纂委員會編：《續修四庫全書》（上海：上海古籍出
　　　　版社，1985年3月，第1版，據清道光元年張氏二酉堂刻西堂叢書
　　　　本影印），冊301，頁55（下欄）。
〔註7〕　〔西漢〕劉向輯錄；〔東漢〕高誘注：《戰國策・魏二》卷23，（台北：
　　　　藝文印書館，1969年10月，再版），頁478～479。
〔註8〕　〔東漢〕許慎撰；〔清〕段玉裁注：《新添古音說文解字注》（台北：
　　　　洪葉文化事業股份有限公司，2001年10月，增修一版），頁754。
〔註9〕　〔宋〕竇革：《酒譜》，收入〔清〕陳夢雷編：《古今圖書集成・食貨

實存在於夏禹時代，抑或只是口耳相傳於古代傳說中的人物，就不得
而知了。

二、杜康造酒說

　　對於「杜康造酒」之說，相信這是大家比較耳熟之人，相較於儀
狄造酒之說而言，則更被後代文人所認識，更常被寫入詩歌作品當
中。遂成為典故人物中「酒」的象徵，儼然杜康其人就是中國數千年
來，酒的創造始祖。而關於杜康於古籍文獻中的記載，則出現於下列
幾本古籍當中。

　　首先，據先秦《世本》一書中的記載：

　　　少康作秫酒，少康作箕帚。〔註10〕

此外，據東漢許慎《說文解字》一書中，於「帚」字下，言此字之原
由時，嘗云：

　　　古者，少康初作箕帚、秫酒。少康，杜康也。〔註11〕

再者，據晉人江統（？～310）於《酒誥》中的記載：

　　　酒之所興，肇自上皇；或云儀狄，一曰杜康。〔註12〕

此外，據唐人虞世南（558～638）於《北堂書鈔》一書中的記載，嘗
言：

　　　康字仲寧，或曰黃帝之時宰人也。始造酒，時人號曰酒泉
　　　太守。〔註13〕

　　　典下·酒部》卷273，（台北：鼎文書局，1977年4月，初版），冊
　　　68，頁2645（上欄）。

〔註10〕〔東漢〕宋衷注：〔清〕張澍輯並補注：《世本·作篇》卷1，收入《續
　　　修四庫全書》編纂委員會編：《續修四庫全書》（上海：上海古籍出
　　　版社，1985年3月，第1版，據清道光元年張氏二酉堂刻酉堂叢書
　　　本影印），冊301，頁56（上欄）。

〔註11〕〔東漢〕許慎撰：〔清〕段玉裁注：《新添古音說文解字注》（台北：
　　　洪葉文化事業股份有限公司，2001年10月，增修一版），頁364。

〔註12〕〔晉〕江統：《酒誥》，收入〔清〕陳夢雷編：《古今圖書集成·食貨
　　　典下·酒部》卷276，（台北：鼎文書局，1977年4月，初版），冊
　　　68，頁2668（上欄）。

〔註13〕〔唐〕虞世南撰：〔明〕陳與謨補注：《北堂書鈔》，收入〔清〕永瑢、

另外，據明人馮化時（1526～1568）於《酒史》一書中的記載，曾云：

> 酒自儀狄杜康始造，厥後作者日繁，愈出愈奇。〔註14〕

上述引文，是關於杜康造酒之說的文獻資料，然而從上列五則引文當中，可以得知的是，如果杜康就是少康的話，那杜康也就是夏禹時代的人物，而其所處之時代則是在夏禹之後，那麼杜康也就是在儀狄之後了。但是，若杜康是黃帝時的臣子的話，那麼他的所處時代，則又早於儀狄了。如果據明人馮化時《酒史》中的記載，那杜康與儀狄則又是同處於夏禹時代了。

　　至於關於杜康是存在於哪個時代，後人亦曾提出其疑慮，宋人高承曾於《事物紀原》一書中說道：「不知杜康何世人，而古今多言其始造酒也。」〔註15〕如此看來，杜康其所處的時代背景，跟儀狄一樣很難從古籍文獻中去斷定。但是經由歷代古籍文獻的記載，與曹操（155～220）〈短歌行〉：「何以解憂，唯有杜康。」一詩的傳播下，杜康的名氣無疑地也就成了「酒」之代稱了。

三、天上酒星說

　　關於「天上酒星」之說，這原本只是屬於天文現象中的稱謂而已，雖然此說並不符合科學邏輯的說法，但是詩歌作品本就不能以常規的科學邏輯去賞析。是以，此說於歷代中幾經流轉之下，再加上歷代文人為其加持之下，也成了一種既浪漫又富有感發性的代表性說

　　　　紀昀等纂修：《景印文淵閣四庫全書》（台北：臺灣商務印書館股份有限公司，1986年3月，初版），冊889，頁352（下欄）。

〔註14〕　〔明〕馮化時：《酒史‧酒品第二》，收入嚴一萍選輯：《百部叢書集成——寶顏堂秘笈叢書第二十二函》（台北：藝文印書館，該叢書未註明出版年月與版次，據明萬曆繡水沈氏尚白齋刻寶顏堂秘笈本影印），冊1，頁12（左）。

〔註15〕　〔宋〕高承：《事物紀原》卷9，收入嚴一萍選輯：《百部叢書集成——惜陰軒叢書第八函》（台北：藝文印書館，該叢書未註明出版年月與版次，據清道光李錫齡輯刊惜陰軒叢書本影印），冊6，頁7（左）。

法。而關於此說之記載，則見諸於下列幾本古籍文獻當中。

　　首先，據東漢人孔融（153～208）於〈與曹操論酒禁書〉一文中，曾云：

　　　　天垂酒星之燿，地列酒泉之郡，人著旨酒之德。〔註16〕

此外，據魏人曹植（192～232）於〈酒賦〉一文中，亦曾云：

　　　　仰酒旗之景曜，協嘉號於天辰。〔註17〕

再者，據南朝宋人范曄（398～445）的《後漢書・志第七・祭祀上》中，唐人李賢（654～684）曾引注東漢人鄭玄（127～200）之語：

　　　　天者羣神之精，日月星辰其著位也。以此圖天神人鬼地祇
　　　　之坐者，謂布祭眾寡，與其居句。《孝經》說郊祀之禮曰：
　　　　「燔燎掃地，祭牲繭栗，或象天酒旗坐星，廚倉具黍稷布
　　　　席，極敬心也。」言郊之布席，象五帝坐。〔註18〕

此外，據唐人房玄齡（579～648）於《晉書・志第一・天文上・中宮》的記載：

　　　　軒轅右角南三星曰酒旗，酒官之旗也，主饗宴飲食。〔註19〕

另外，據宋人竇革於《酒譜》一書中的記載，嘗云：

　　　　天有酒星，酒之作也，其與天地並矣。〔註20〕

以上五則引文，是關於天上酒星之說的記載，雖然在第五則引文中，宋人竇革記載了酒星之說，但其內心亦是抱持著質疑的態度。故云：

〔註16〕　〔東漢〕孔融：〈與曹操論酒禁書〉，收入〔明〕張溥輯：《漢魏六朝
　　　　　百三名家集・孔少府集》（台北：文津出版社，1979 年 8 月，初版），
　　　　　冊 1，頁 814。

〔註17〕　〔魏〕曹植：〈酒賦〉，收入〔清〕陳元龍輯：《歷代賦彙》（北京：
　　　　　北京圖書館出版社，1999 年 11 月，第 1 版，據清康熙 45 年刻本影
　　　　　印），冊 7，頁 549。

〔註18〕　〔南朝宋〕范曄撰；〔唐〕李賢等注：《後漢書・志第七・祭祀上》（北
　　　　　京：中華書局，1973 年 8 月，第 1 版），冊 11，頁 3161。

〔註19〕　〔唐〕房玄齡等撰：《晉書・志第一・天文上・中宮》卷 11，（北京：
　　　　　中華書局，1987 年 1 月，第 1 版），冊 2，頁 299。

〔註20〕　〔宋〕竇革：《酒譜》，收入〔清〕陳夢雷編：《古今圖書集成・食貨
　　　　　典下・酒部》卷 273，（台北：鼎文書局，1977 年 4 月，初版），冊
　　　　　68，頁 2645（上欄）。

「酒三星，在女御之側，後世爲天宮者或考焉。予謂星麗乎天，雖自混元之判則有之，然事作乎下而應乎上，推其驗於某星，此隨世之變而著之也，如宦者、墳墓、弧矢、河鼓，皆太古所無而先有是星。推之，可以知其類。」〔註21〕

如果撇開科學邏輯的角度不談，純以文學的視角觀之，「天上酒星」之說，其浪漫炫麗的幻象，無疑地增添了古典詩歌的藝術美感特質。正因如此，也才會有李白（701～762）的「天若不愛酒，酒星不在天」〔註22〕，與李賀（790～816）的「龍頭瀉酒邀酒星」〔註23〕，如此浪漫、豪放、激情、炫麗的詩句。

四、地上酒泉說

關於「地上酒泉」之說，此說與「天上酒星」之說一樣，是一種毫無科學依據的美麗神話傳說，然而關於詩歌作品之賞析，本就不應以科學邏輯的角度去審視，所以此說與「天上酒星」之說一樣，都是挾帶著浪漫又極富傳奇性的美麗傳說。而此說見諸於古籍文獻資料中的記載，雖然並不多見，但是它與「天上酒星」之於文人心中一樣，亦是文人創作中的素材之一。

首先，據西漢人東方朔（前154～前93）於《神異經・西北荒經》中，曾有如下的記載：

西北荒中，有玉饋之酒，酒泉注焉。廣一丈，長深三丈。
酒美如肉，澄清如鏡，上有玉尊、玉籩，取一尊，一尊復

〔註21〕〔宋〕竇革：《酒譜》，收入〔清〕陳夢雷編：《古今圖書集成・食貨典下・酒部》卷273，（台北：鼎文書局，1977年4月，初版），冊68，頁2645（上欄）。

〔註22〕〔唐〕李白：〈月下獨酌四首〉其二，收入王啓興主編：《校編全唐詩》（武漢：湖北人民出版社，2001年1月，第1版），上冊，頁661。

〔註23〕〔唐〕李賀：〈秦王飲酒〉，收入〔唐〕李賀撰：〔明〕曾益等注：《李賀詩注・昌谷集》卷1，（台北：世界書局，1996年7月，初版），頁32～33。

生焉，與天地同休，無乾時。〔註24〕

此外，據東漢人孔融於〈與曹操論酒禁書〉一文中，曾云：

> 天垂酒星之耀，地列酒泉之郡，人著旨酒之德。〔註25〕

關於此二則文獻資料所記載的，其真實性與「天上酒星」之說，相較於「儀狄」、「杜康」之說，更讓人難以置信。然而關於此說之源起，則和「天上酒星」之說一樣，不僅增添了「酒」本身的韻味，更爲其源起增添了其神秘與浪漫的藝術美感氛圍。另外，在大詩人李白「地若不愛酒，地應無酒泉」〔註26〕的詩句加持下，「地下酒泉」之說也就留存於後世文人的心中了。

五、猿猴釀酒說

關於「猿猴釀酒」之說，於下列古籍文獻記載中，其過程雖讓人感覺比較符合酒之創造的經過，但卻又有讓人不禁質疑，感其不可思議之處。

首先，據明人李日華（1565～1635）於《紫桃軒雜綴・蓬櫳夜話》中的記載：

> 黃山多猿猱。春夏採雜花果於石窪中。醞釀成酒。香氣溢發。聞數百步。野樵深入者。或得偷飲之不可多。多即減酒痕。覺之。眾猱伺得人。必嚙死之。〔註27〕

此外，據清人徐珂（1869～1928）於《清稗類鈔・飲食類・金粟香陸武園飲猿酒》中的記載：

〔註24〕 〔西漢〕東方朔：《神異經・西北荒經》，收入湯約生校閱：《百子全書》（台北：古今文化出版社，1963年9月，臺初版），冊15，頁9512。

〔註25〕 〔東漢〕孔融：〈與曹操論酒禁書〉，收入〔明〕張溥輯：《漢魏六朝百三名家集・孔少府集》（台北：文津出版社，1979年8月，初版），冊1，頁814。

〔註26〕 〔唐〕李白：〈月下獨酌四首〉其二，收入王啓興主編：《校編全唐詩》（武漢：湖北人民出版社，2001年1月，第1版），上冊，頁661。

〔註27〕 〔明〕李日華著；沈亞公校訂：《紫桃軒雜綴・蓬櫳夜話》（上海：中央書店，1935年12月，初版），下冊，頁143。

粵西平樂等府，山中多猿，善採百花釀酒。樵子入山，得
其巢穴者，其酒多至數百石。飲之，香美異常，名曰猿酒。
〔註28〕

上述二則引文所記載的文獻資料，無疑地又爲酒的源起，蒙上了一層
神秘的面紗。雖然上述所說的釀造過程，是比較符合造酒之經過的，
然而猿猴是否真能有如此的意識，能如此刻意的去釀造？則是讓人
質疑，無法令人信服的。但是，倘若這是出自於偶然無意的，又因經
由人類的發現進而釀造，則是比較更能讓人信服接受此說。

　　雖然在上述的五種「酒之源起」，都存在著真實性的問題，但也
正因此更增添了酒的神秘性與浪漫性。而又因其神秘與浪漫性，才得
以釀造這數千年來，許多令人沉醉的詩篇。至於「酒」是何人所造的
這個問題？從古籍文獻中雖然難以斷定，但是對於「酒」源起的時間
點而言，據考古文物的推斷，則是要更早於儀狄、杜康造酒之說一千
年。在王魯地的《中國酒文化賞析》一書中曾提及：

磁山文化遺存中有大量的糧食堆積物這一事實，似乎向我
們傳遞這樣一個信息：大約在 7000 年前的磁山文化時期，
我國的原始先人就已經有了發明釀酒術的可能，從龍山文
化遺存中發現有釀酒、飲酒具這一事實告訴人們，早在
5000 年的龍山文化早期，我們的祖先已經發明了釀酒術。
由此可見，這比我國傳說中的儀狄、杜康造酒至少要早
1000 年。〔註29〕

經由考古文物的出土，其所推斷的時間，這是比較可以讓人信服的，
此外，在郭沫若（1892～1978）的《中國史稿》一書中，嘗言：「相
傳禹臣儀狄開始造酒，這是指比原始社會時代的酒更甘美濃烈的旨
酒。」〔註30〕郭氏認爲早於夏禹時代的原始社會中，就已出現了酒，

〔註28〕〔清〕徐珂：《清稗類鈔・飲食類・金粟香陸武園飲猿酒》（北京：
　　　　中華書局，2003 年 8 月，第 1 版），冊 13，頁 6348。
〔註29〕王魯地編著：《中國酒文化賞析》（濟南：山東大學出版社，2008 年
　　　　8 月，第 1 版），頁 15。
〔註30〕郭沫若：《中國史稿》（北京：人民出版社，1976 年 7 月，第 1 版），

再經由儀狄的改良，讓酒的味道變得更加甘美濃烈。雖然無法得知是否真有「儀狄」其人，但是郭氏「改良造酒」的說法，則是比較讓人接受的。

此外，宋人竇革在其《酒譜》一書中亦曾說道：「予謂智者作之，天下後世循之而莫能廢。」〔註31〕雖然真正的造酒之人，無法經由古籍文獻中去斷定，但經由每一世代人的改良與流傳，「酒」於中國歷史、詩歌當中，就如同流水般生生不息的流傳了下去。至於關於「酒之源起」的始造者，究屬何人之疑惑？則勢必在這漫長的酒脈中，形成一種極富神祕與浪漫美麗的傳奇詩篇。

第二節　酒於社會文化上的功用性

筆者相信酒之於人類而言，其首要的作用，即是在於社會文化上的功用性，在尚未進入工商社會時代，農業社會中所生產的農作物，一定是當時人們所賴以生存的生命糧食。加上當時的農業技術並不是那麼的發達，對於酒的釀造，則勢必著重在它的社會文化功用性層面上，而非只是純粹當享樂用的物質飲料。宋人朱翼中於《酒經》一書中嘗言：

> 大哉，酒之于世也！禮天地，事鬼神，射鄉之飲，鹿鳴之歌，賓主百拜，左右秩秩，上至縉紳，下逮閭里，詩人墨客，樵夫漁父，無一可以缺此。〔註32〕

從此則引文中，約略可以看出酒的發展經過。酒，是遠從早期的「敬天祭祖」之用，逐步的隨著社會文化的發展與需求，再加上農業技術

　　　　冊1，頁153。

〔註31〕　〔宋〕竇革：《酒譜》，收入〔清〕陳夢雷編：《古今圖書集成‧食貨典下‧酒部》卷273，（台北：鼎文書局，1977年4月，初版），冊68，頁2645（上欄）。

〔註32〕　〔宋〕朱翼中：《酒經》，收入〔清〕陳夢雷編：《古今圖書集成‧食貨典下‧酒部》卷273，（台北：鼎文書局，1977年4月，初版），冊68，頁2641（下欄）。

適時的提升，增加了釀酒用的農作物產量，在循序漸進中，慢慢地融入了中國傳統社會文化當中。另外，又因社會型態的改變，由農業社會發展成工商社會時代，加上釀酒技術的提升，酒的產量增加後，遂成功的融入了每一個階層人們的生活之中。是以，酒與中國社會文化之關係，也就一代傳至一代，緜延不絕的貫穿於古今社會文化當中。下列筆者將從「祭祀文化」、「宴集文化」、「飲食文化」等三端，分別析述，酒之於社會文化上的功用性。

一、祭祀文化

　　酒之於社會文化上的功用性，於先秦時期的社會中，「酒」幾乎成了一種禮品的象徵，除了貴族階層較常享用之外，一般處於下層社會中的平民百姓，若非在特殊之節日，是不會隨便飲用的。加上統治者發出了「惟天降命，肇我民，爲元祀。天降威，我民用大亂喪德，亦罔非酒惟行。越小大邦用喪，亦罔非酒惟辜。文王誥教小子有正有事，無彝酒。越庶國，飲惟祀，德將無醉」〔註33〕的禁令。「酒」於先秦時期，就與「禮」有了連結，是以，才會有「酒以成禮，不繼以淫，義也」〔註34〕的儒教觀。在《禮記正義‧玉藻第十三》中嘗提到：

> 君子之飲酒也，受一爵而色洒如也，二爵而言言斯，禮已三爵而油油，以退。〔註35〕

〔註33〕〔西漢〕孔安國傳；〔唐〕孔穎達疏；廖名春、陳明整理：《尚書正義‧周書‧酒誥第十二》卷14，收入李學勤主編：《十三經注疏》整理本，（台北：臺灣古籍出版有限公司，2001年9月，初版），冊4，頁441～443。

〔註34〕〔先秦〕左丘明傳；〔晉〕杜預注；〔唐〕孔穎達疏；浦衛忠等整理；《春秋左傳正義‧莊公二十二年》卷9，收入李學勤主編：《十三經注疏》整理本，（台北：臺灣古籍出版有限公司，2001年10月，初版），冊30，頁306。

〔註35〕〔東漢〕鄭玄注；〔唐〕孔穎達疏；龔抗雲整理：《禮記正義‧玉藻第十三》卷29，收入李學勤主編：《十三經注疏》整理本，（台北：臺灣古籍出版有限公司，2001年10月，初版），冊25，頁1037。

在上段引文中，君子飲酒所要表現出來的酒德，在儒家的飲酒觀中，
不僅是一種禮儀的展現，也成了一種窺視其美德的方法。是以，在先
秦時期酒與禮兩者的關係，是一種相互依存的規範依據。在《詩經‧
周頌‧豐年》篇中，就嘗有祭祀飲酒的記載：

> 豐年多黍多稌，亦有高廩，萬億及秭。爲酒爲醴，烝畀祖
> 妣，以洽百禮，降福孔皆。〔註36〕

在《詩經》作品中，描寫祭祀場面的篇章其比率非常的高，這也反映
顯視了先秦時期的統治者，對於禮樂制度的重視。而相較於地域上的
不同，同是描寫祭祀場面在《楚辭》中，反而就更多了一種浪漫的氣
息，如〈九歌‧東皇太一〉中的描寫：

> 吉日兮辰良，穆將愉兮上皇。撫長劍兮玉珥，璆鏘鳴兮琳
> 琅。瑤席兮玉瑱，盍將把兮瓊芳。蕙肴蒸兮蘭藉，奠桂酒
> 兮椒漿。揚枹兮拊鼓，疏緩節兮安歌，陳竽瑟兮浩倡。靈
> 偃蹇兮姣服，芳菲菲兮滿堂。五音紛兮繁會，君欣欣兮樂
> 康。〔註37〕

雖然同是描寫祭祀的場面，但由於南北兩地，民族風情與地域性的不
同，所以呈現出來的風格也就迥然不同。在《楚辭》中如此華麗的祭
祀場面，在《詩經》中是很難看到的，然而因爲祭祀在中國傳統社會
文化上的意義，在各地都是同等重要的。是以，酒於祭祀文化之中，
也就反映出了一種傳統社會文化意義上的功用性。

二、宴集文化

　　人與人於相處中，有時總難免會有許些隔閡存在其中，而酒在此
中間的作用，似乎成了消融隔閡，增進彼此瞭解，促進彼此交際往來

〔註36〕〔西漢〕毛亨傳；〔東漢〕鄭玄箋；〔唐〕孔穎達疏；龔抗雲等整理：
《毛詩正義‧周頌‧豐年》卷19之3，收入李學勤主編：《十三經注
疏》整理本，（台北：臺灣古籍出版有限公司，2001年10月，初版），
冊9，頁1556～1557。

〔註37〕〔宋〕朱熹：《楚辭集注‧九歌‧東皇太一》卷2，（台北：文津出版
社，1987年10月，初版），頁29～30。

的最佳良伴。在《漢書・食貨志》中曾云：「酒者，天之美祿，帝王所以頤養天下，享祀祈福，扶衰養疾，百禮之會，非酒不行。故詩曰：『無酒酤我』，而論語曰：『酤酒不食』，二者非相反也。」〔註 38〕由此可以得知，酒不僅在祭祀方面有著禮的功用，在君臣相聚時，亦可促進彼此情感的交流。關於宴集文化中的聚會場面，早於先秦時期，在《詩經・小雅・鹿鳴》篇中，就曾描寫當時宴會之盛況：

> 呦呦鹿鳴，食野之苹。我有嘉賓，鼓瑟吹笙。吹笙鼓簧，承筐是將。人之好我，示我同行。呦呦鹿鳴，食野之蒿。我有嘉賓，德音孔昭。視民不恌，君子是則是傚。我有旨酒，嘉賓式燕以敖。呦呦鹿鳴，食野之芩。我有嘉賓，鼓瑟鼓琴。鼓瑟鼓琴，和樂且湛。我有旨酒，以燕樂嘉賓之心。〔註 39〕

此種宴會交際的風氣，在每個時代都是兼而有之的，無論是盛行於官方的國宴，還是文人之間的私宴，抑或一般階層人們的聚會，在各個朝代中始終盛行不墜。萬偉成曾提及關於此種文化的意義在於：「宴席，是酒文化的重要載體之一，它傳載著大量的酒文化信息；宴席文化，是酒文化的重要組成部分之一，它集中展示了酒的文化內涵和文化功能。」〔註 40〕正因此種文化的高度發展，遂形成各朝代許多文人集團、雅集的出現。例如，在漢魏時代的鄴下文人集團，晉朝的蘭亭雅集……等。在宴集文化中有關宴會場面的描寫，諸如王粲（177～217）的〈公讌詩〉一詩：

> 昊天降豐澤，百卉挺蕡葳。涼風撇蒸暑，清雲卻炎暉，高

〔註 38〕 〔東漢〕班固撰；〔唐〕顏師古注：《漢書・食貨志第四下》卷 24 下，（北京：中華書局，1975 年 1 月，第 1 版），冊 4，頁 1182。

〔註 39〕 〔西漢〕毛亨傳；〔東漢〕鄭玄箋；〔唐〕孔穎達疏；龔抗雲等整理：《毛詩正義・小雅・鹿鳴》卷 9 之 1，收入李學勤主編：《十三經注疏》整理本，（台北：臺灣古籍出版有限公司，2001 年 10 月，初版），冊 7，頁 649～654。

〔註 40〕 萬偉成：《中華酒經》（廣州：南方日報出版社，2001 年 3 月，第 1 版），頁 162。

會君子堂，並坐蔭華榱。嘉肴充圓方，旨酒盈金罍。管絃
發徽音，曲度清且悲。合坐同所樂，但愬杯行遲。常聞詩
人語，不醉且無歸。今日不極歡，含情欲待誰。見眷良不
翅，守分豈能違。古人有遺言，君子福所綏。願我賢主人，
與天享巍巍。克符周公業，奕世不可追。〔註41〕

又如，應瑒（？～217）的〈公讌詩〉一詩：

巍巍主人德，佳會被四方。開館延羣士，置酒于斯堂。辨
論釋鬱結，援筆興文章。穆穆眾君子，好合同歡康。促坐
褰重帷，傳滿騰羽觴。〔註42〕

以上是屬於公讌的宴會場合，而在文人私宴的聚會上，最令後世人所
稱道者，莫過於王羲之（303～361）「蘭亭修禊」的故事了，他們的
雅集「雖無絲竹管絃之盛，一觴一詠，亦足以暢敘幽情」〔註43〕之
下，王羲之就因酒酣興至書寫下了〈蘭亭集序〉一帖，在他醉醒之後
亦忍不住要讚嘆其造化神工。在文人雅集的文化中，不僅反映了酒文
化的交際功用，間接的也促進了文人彼此間的文學創作。

三、飲食文化

在社會型態的急速轉型與發展上，再加上造酒技術日新月異的
進步下，「酒」勢必就有了一種飲食文化上的功用性。而伴隨著此種
文化的發展，各種「酒類、酒器、酒具、酒菜」的出現，正是為因應
此種文化的需要，越來越精緻，再搭配各種節日的特殊產品，逐形成
了一種盛行不墜的飲食文化。明人袁宏道（1568～1610）就曾把下酒

〔註41〕〔魏〕王粲：〈公讌詩〉，收入逯欽立輯校：《先秦漢魏晉南北朝詩·
魏詩》卷2，（北京：中華書局，1998年5月，第1版），上冊，頁
360。

〔註42〕〔魏〕應瑒：〈公讌詩〉，收入逯欽立輯校：《先秦漢魏晉南北朝詩·
魏詩》卷3，（北京：中華書局，1998年5月，第1版），上冊，頁
382～383。

〔註43〕〔晉〕王羲之：〈蘭亭集序〉，收入〔明〕張溥輯：《漢魏六朝百三名
家集·王右軍集》卷2，（台北：文津出版社，1979年8月，初版），
冊3，頁2376。

的佳餚，分爲五種類型：

> 下酒物色，謂之飲儲。一清品，如鮮蛤糟蚶酒蟹之類；二
> 異品，如熊白西施乳之類；三膩品，如羔羊鵝炙之類；四
> 果品，如松子杏仁之類；五蔬品，如鮮筍早韭之類。〔註44〕

此外，在酒器、酒具的發展上，萬偉成於《中華酒經》一書中，曾根
據日本學者林已奈夫之研究，將青銅酒器分爲六大類別，而於每個類
別下又羅列該酒具之名稱〔註45〕：

酒器名稱暨種類一覽表

編號	酒器類別	酒　具　名　稱
1	溫酒器	爵、角、斝
2	煮鬱器	盉、鐎
3	盛酒器	尊、鳥獸尊、方彝、卣、罍、壺、鈁、瓠壺、方壺、瓿、 鈚、缶、甒、鎬、釜、榼
4	飲酒器	瓚、觚、觶、觥、杯、卮
5	挹注器	斗、勺
6	盛尊器	禁

另外，關於飲食中酒具方面的描繪，在宋人孟元老的《東京夢華錄》
一書中，對於這種飲食文化亦嘗有記載：

> 大抵都人風俗奢侈，度量稍寬，凡酒店中，不問何人，止
> 兩人對坐飲酒，亦須用注碗一副，盤盞兩副，菓菜楪各五
> 片，水菜碗三五隻，即銀近百兩矣。雖一人獨飲，盌遂亦

〔註44〕　〔明〕袁宏道：《觴政·十四之飲儲》，收入《百部叢書集成——寶
　　　　顏堂祕笈第七函》（台北：藝文印書館，該叢書未註明出版年月與版
　　　　次，據明萬曆繡水沈氏尚白齋刻寶顏堂祕笈本影印），頁7（左）～8
　　　　（右）。
〔註45〕　筆者據萬偉成《中華酒經》一書，整理成「酒器名稱暨種類一覽表」
　　　　以便於閱讀。萬偉成：《中華酒經》（廣州：南方日報出版社，2001
　　　　年3月，第1版），頁75。

用銀盂之類。〔註46〕

而在酒類方面的記載，根據侯月嬌於《宋代茶酒文化之研究》中的統計，「酒」發展至宋代中就出現了二、三十種，現今可考，與酒相關的古籍文獻〔註47〕。由此可見，酒之於飲食文化中，隨著時代的發展，確實有其重大的社會文化意義。

第三節　酒於文人中的精神性

酒，原本只屬一種單純的物質飲料，但是經由歷代文人之口的啜飲，就分別呈現出了各種不同時代，不同精神層面的各種面向。在這種種面向中，歷代文人總能在其中尋得，屬於自己的一方天地，任情的徜徉其中。是以，有人酣醉淋漓；有人淺嘗則醉；有人日日病酒；有人小酌怡情；有人佯狂託醉；有人借酒抒懷……，這都是每個時代下，文人個人精神層面的表現。人生於世，「何謂人情？喜、怒、哀、懼、愛、惡、欲，七者弗學而能」〔註48〕的種種情緒，如影隨行的伴隨在自己的生命過程當中。而酒的出現儼然成了文人磨合諸般情緒時，賴以寄託的中介，如此的作用與感受，就誠如李善奎於《中國詩歌文化》一書中所言：

> 酒能給人提供快樂，還包括這樣一個方面，就是在陶醉於壺觴的同時，可以獲得某種精神解脫，幫助人們暫時地忘卻塵世的煩惱、痛苦，休息一下疲憊的靈魂，從而達到生理愉悅和心理愉悅的統一。〔註49〕

〔註46〕〔宋〕孟元老撰：伊永文箋注：《東京夢華錄箋注·會仙酒樓》卷4，（北京：中華書局，2006年8月，第1版），上冊，頁420～421。

〔註47〕侯月嬌：《宋代茶酒文化之研究》（嘉義：國立嘉義大學中國文學系在職專班碩士論文，2006年6月），頁190。

〔註48〕〔東漢〕鄭玄注；〔唐〕孔穎達疏；龔抗雲整理：《禮記正義·禮運》卷22，收入李學勤主編：《十三經注疏》整理本，（台北：臺灣古籍出版有限公司，2001年10月，初版），冊24，頁802。

〔註49〕李善奎：《中國詩歌文化》（濟南：齊魯書社，1999年11月，第1版），頁463。

上段引文所言，確實很能概括酒與文人之間，那種隱密不顯卻又實然存在於精神作用層面的關係。是故，無論豪飲如李白「百年三萬六千日，一日須傾三百杯」〔註 50〕者；抑或毫無酒量如蘇軾（1030～1101）「吾少年望見酒盞而醉，今亦能三蕉葉矣」〔註 51〕者；又或者只是「醉翁之意不在酒，在乎山水之間也。山水之樂，得之心而寓之酒也」〔註 52〕如歐陽修（1007～1072）者，皆是在文學史上著名的佼佼者，他們對於酒的精神作用，若不是有深刻的體會，亦是不會出此言語的。是故，以下筆者將就「佯狂避禍」、「激發靈感」、「寄情遣懷」等三方面，說明酒之於文人精神層面的作用。

一、佯狂避禍

　　處在封建制度中，文人最不幸者，莫過於生於亂世之中，偏又處於暴君暴政之下。在如此動盪的黑暗時代，生命傾刻不保的憂慮，若想保全自身與家人生命的安全，遠罪避禍的話，「酒」似乎就成了，得以成全他們處於精神極度憂慮下的最佳良伴。一則，酣醉佯狂以示己身無用或無僭越之心；二則，藉此良伴撫慰那股長久積壓於精神不安下的心靈。例如，身處於魏晉時局的阮籍（210～263），即是借此而得以保全自身生命，與心靈上的憂慮，在《晉書》本傳中嘗記載他與親戚，因借酒佯狂避禍之經過：

> 籍本有濟世志，屬魏晉之際，天下多故，名士少有全者，籍由是不與世事，遂酣飲爲常。文帝初欲爲武帝求婚於籍，籍醉六十日，不得志而止。鍾會數以時事問之，欲因其可

〔註 50〕　〔唐〕李白：〈襄陽歌〉，收入王啓興主編：《校編全唐詩》（武漢：湖北人民出版社，2001 年 1 月，第 1 版），上冊，頁 596。

〔註 51〕　〔宋〕蘇軾．〈題子明詩後〉並嘗直跋，收入〔宋〕蘇軾撰；〔明〕茅維編；孔凡禮點校：《蘇軾文集·題跋》卷 68，（北京：中華書局，1999 年 7 月，第 1 版），冊 5，頁 2132。

〔註 52〕　〔宋〕歐陽修：〈醉翁亭記〉，收入歐陽永叔：《歐陽修全集·居士集》卷 40，（北京：中國書店，1994 年 12 月，第 1 版，據世界書局 1936 年版影印），上冊，頁 276。

否而致之罪，皆以酣醉獲免。〔註53〕

裕以敦有不臣之心，乃終日酣觴，以酒廢職。敦謂裕非當
世實才，徒有虛譽而已，出爲溧陽令，復以公事免官。由
是得違敦難，論者以此貴之。〔註54〕

無論是誰？身處於社會動亂不安，政治黑暗不明的時代中，若想要避
開政治的漩渦，遠離姦邪的迫害，除選擇退隱之外。此外，酒也眞的
成全了他們，也保護了他們在生命、精神上的冀求。是故，宋人葉夢
得（1077～1148）於《石林詩話》一書中，嘗言：

晉人多言飲酒有至於沈醉者，此未必意眞在於酒。蓋時方
艱難，人各懼禍，惟託於醉，可以粗遠世故。蓋自陳平曹
參以來，已用此策。《漢書》記陳平於劉呂未判之際，日飲
醇酒，戲婦人，是豈眞好飲邪？曹參雖與此異，然方欲解
秦之煩苛，付之清淨，以酒杜人，是亦一術。不然，如蒯
通輩無事而獻說者，且將日走其門矣。流傳至嵇阮劉伶之
徒，遂全欲用此爲保身之計。……如是，飲者未必劇飲，
醉者未必眞醉也。〔註55〕

宋人葉夢得之言是非常中肯的，身處於時局隱晦不明之中，飲酒者往
往未必眞的貪醉，而是有其精神苦楚寄託其中的。試看阮籍〈詠懷〉
一詩，便可知其所言：

一日復一朝，一昏復一晨。容色改平常，精神自飄淪。臨
觴多哀楚，思我故時人。對酒不能言，淒愴懷酸辛。願耕
東皐陽，誰與守其眞？愁苦在一時，高行傷微身。曲直何
所爲？龍蛇爲我鄰。〔註56〕

〔註53〕 〔唐〕房玄齡等撰：《晉書・列傳第十九・阮籍》卷49，（北京：中
華書局，1987年1月，第1版），冊5，頁1360。
〔註54〕 〔唐〕房玄齡等撰：《晉書・列傳第十九・阮籍・放弟裕》卷49，（北
京：中華書局，1987年1月，第1版），冊5，頁1368。
〔註55〕 〔宋〕葉夢得：《石林詩話》卷下，收入〔清〕何文煥輯：《歷代詩
話》（北京：中華書局，2006年6月，第2版），上冊，頁434～435。
〔註56〕 〔三國魏〕阮籍：〈詠懷〉其三十四，收入〔三國魏〕阮籍著；陳伯
君校注：《阮籍集校注》卷下，（北京：中華書局，2006年3月，第

阮籍「臨觴多哀楚」此句，是何其的憂傷沉痛；「對酒不能言」又是何其的壓抑悲哀。借酒佯狂以求全，雖爲阮籍成功的遠罪避禍，然而在其心靈上，終究還是在其心中，留下了一抹揮之不去的傷痛苦楚。誠如，葉嘉瑩於〈意旨遙深的詩人——阮籍〉一文中所言：「從外表來看，這一群文士都是放浪、恣縱、不守禮法的人物，可是，從他們內心深處來看，我們就會發現，他們的生活之所以如此的放浪、恣縱，是有一份內在的悲哀和痛苦的因素存在的。……像阮籍、劉伶，他們耽溺於飲酒，希望用飲酒來忘懷煩惱，以飲酒來遠離災禍。」〔註57〕災禍，雖然在醉酒之下，看似遠離了，然而在內心的矛盾與掙扎，這些潛藏在心靈層面的內在情感，在狂醉之下，終有復醒的時候，而這些卻又是他們日復一日，所要持續面對的事，是以，愁苦自是像流水般緜緜不絕難以了結。

二、激發靈感

　　酒，是否眞具有提升創作靈感的效用？美國美學思想家S‧阿瑞提（Silvano Arieti）嘗在〈對個人創造力的培養〉一文中說道：「自古以來就知道使用酒精飲料來作爲提高創造力的促進因素。奇妙之極的法國葡萄酒受到那個國家裡許多有創造力的人的讚美。……酒精飲料的效能是變成了文字寫作、靈感體現或一種藝術活動，而不是通過一種有利於創造力的方式從實際上改變了腦的神經生理。」〔註58〕另外，在葛景春〈詩酒風流——試論酒與酒文化精神對唐詩的影響〉一文中，亦提出了肯定的看法：

　　即在酒精的作用下，把自己從現實囂鬧中隔離出來，進入

1版），頁219。

〔註57〕 葉嘉瑩：《葉嘉瑩說阮籍咏懷詩》（北京：中華書局，2007年3月，第1版），頁3。

〔註58〕 【美國】S‧阿瑞提（Silvano Arieti）著；錢崗南譯：《創造的秘密》（瀋陽：遼寧人民出版社，1987年8月，第1版，根據紐約基礎書籍出版公司1976年版譯出），頁473～474。

一個相對虛靜的環境中，此時才能進入創作狀態，而此時
的思維卻處於最活躍的狀態，腦細胞之間的線路忽然接
通，腦波的電流暢通無阻，詩思像電流一樣，沿著思維的
網絡奔跑。此時的想像就像是插了翅膀，在思維的時間和
空間中自由地飛翔。〔註59〕

葛氏這段對於酒之於創作靈感上的作用，說明的可謂精彩生動，不僅
說明了生理層面的作用，也道出了更高一層關於精神層面的效用。如
此看來，酒對於文人創作上的啓發，確實是有所助益的，對此蘇軾也
曾提到過自己有過這種奇妙的創作經驗：「吾酒後乘興作數十字，覺
酒氣拂拂，從十指上出去也。」〔註60〕這是東坡居士於書寫過程中，
所感受到酒之作用的創作經驗。另外，歐陽修也曾有「一飲百盞不言
休，酒酣思逸語更遒」〔註61〕的詩句。此外，在其他文人的作品中，
亦可看出酒對於他們精神層面的效用。

例如，李白於〈江上吟〉一詩中所言：

興酣落筆搖五岳，詩成笑傲凌滄州。〔註62〕

又如，蘇軾在〈和陶飲酒二十首〉一詩中所言：

俯仰各有態，得酒詩自成。〔註63〕

再者，張說（667～730）於〈醉中作〉一詩中亦曾提到：

〔註59〕 葛景春：〈詩酒風流——試論酒與酒文化精神對唐詩的影響〉，《河北
大學學報》（哲學社會科學版），第 2 卷（總第 108 期），2002 年 6 月，
頁 61。

〔註60〕 〔宋〕蘇軾撰；孔凡禮整理：《補錄：東坡志林》卷 8，收入朱易安、
傅璇琮等主編：《全宋筆記》（鄭州：大象出版社，2003 年 10 月，第
1 版），第 1 編第 9 冊，頁 161。

〔註61〕 〔宋〕歐陽修：〈哭聖俞〉，收入歐陽永叔：《歐陽修全集・居士集》
卷 9，（北京：中國書店，1994 年 12 月，第 1 版，據世界書局 1936
年版影印），上冊，頁 58。

〔註62〕 〔唐〕李白：〈江上吟〉，收入王啓興主編：《校編全唐詩》（武漢：
湖北人民出版社，2001 年 1 月，第 1 版），上冊，頁 596。

〔註63〕 〔宋〕蘇軾：〈和陶飲酒二十首〉其三，收入曾棗莊、曾濤編：《蘇
詩彙評・蘇文忠公詩集》卷 35，（台北：文史哲出版社，1999 年 7
月，初版），冊 3，頁 1482。

醉後樂無極，彌勝未醉時。動容皆是舞，出語總成詩。
〔註64〕

此外，在蘇軾的〈題醉草〉一文中也曾說道：

吾醉後能作大草，醒後自以爲不及。然醉中亦能作小楷，
此乃爲奇耳。〔註65〕

經由上述四則引文，自能看出酒之於文人創作的過程當中，對於文思
的提升確實是有其實質之作用的，就連不擅於飲酒的蘇東坡在書寫
完書法後，也驚覺這種神奇的體驗，而這種體驗又是非飲酒之人所能
道得的。如此看來，酒對於文人創作中的精神性，是有觸發其靈感之
作用的，無論是在詩歌的創作上，抑或是在其它領域的藝術創作中，
皆有提供文思以作爲泉源之用的奇幻效用。李善奎於《中國詩歌文
化》一書中曾說道：

酒的功用，在歷史長河中經過千百年的積澱，已不僅僅是
日常的飲料，而成爲一種多層面的精神複合體，蘊含著極
其豐富的文化意蘊，甚至可以這樣說，從酒的瓊漿玉液中，
可以映現出中國古代文化浩瀚蒼穹的天光雲影、日月星
辰。〔註66〕

正因爲這種「多層面的精神複合體」，亦才能使得歷代文人於創作的
過程當中，得到其意想不到之體驗與靈感，「有青山方有綠水，水惟
借色于山。有美酒便有佳詩，詩亦乞靈於酒」〔註67〕，倘若在悠長的
古典詩歌作品中，缺少了「酒」此一物質的媒介。雖然青山綠水依舊，
然而有多少詩篇卻也要因此爲之減色、減味了。「酒」不僅成全了文

〔註64〕〔唐〕張說：〈醉中作〉，收入王啓興主編：《校編全唐詩》（武漢：
湖北人民出版社，2001 年 1 月，第 1 版），上冊，頁 262。

〔註65〕〔宋〕蘇軾：〈題醉草〉，收入〔宋〕蘇軾撰；〔明〕茅維編；孔凡禮
點校：《蘇軾文集・題跋》卷 69，（北京：中華書局，1999 年 7 月，
第 1 版），冊 5，頁 2184。

〔註66〕李善奎：《中國詩歌文化》（濟南：齊魯書社，1999 年 11 月，第 1 版），
頁 422。

〔註67〕〔清〕張心齋著；王名稱校：《新校本幽夢影》（台北：頂淵文化事
業有限公司，2005 年 2 月，初版），頁 46。

人創作中的文心,使其從中得到了靈感的泉源,而經由文人創作後的作品,則成全了「酒」之於古典詩歌中的名聲。

三、寄情遣懷

　　酒之所以得以在歷代文人的筆翰下,歌詠不墜,想來自是有其道理的,而酒的最大功用之一,即是於精神層面中發揮了「寄情遣懷」之作用,這也是促使歷代多少詩人墨客,願意寄身其中的原因之一。對此,劉武於《醉裡看乾坤——中國士人飲酒心態》一書中,嘗言:「飲酒或醉酒與憂忿、苦悶的聯繫是中國古代飲酒詩的一大特點,這也明顯地顯示出中國古代士人飲酒作詩的一種基本心態,或者說一種基本主調。這是一種渲洩,也是一種放肆,這是一種越軌,但也是一種平衡。」〔註68〕人生於世,本就充滿了許多的愁苦,倘若無法找到其宣洩的通道,那就只有等著這些愁苦,襲向自己,促使自己行向崩潰的邊緣了。而在文學創作中的多種功用面向裡,其中有一種功能,即是得以使創作者於創作過程中,得到自我內心的紓解,藉由文學的創作化解種種鬱積於心底的種種愁思。是以,許多文人得以藉由創作,持續的走在崎嶇不平的人生道路上。

　　然而在這層層壓迫的愁苦之下,有時本想憑藉著創作得到紓解,但似乎又是創作所不足以宣洩的。是以,文人才會借助酒的功用,將其注入於自身的生命之中、注入於詩歌作品當中。倘若文人無以「酒」於詩歌作品中激起,似乎又無法弭平、消融其胸中那股沉積已久的愁苦。這就誠如高建新於〈催化與緩解:酒在中國文人生活中的作用〉一文中所言:

> 酒有一個很重要、也很微妙的作用,就是開闢一個未知的
> 空間,強化內心情緒與主觀意志,模糊並淡化現實生活及
> 外部世界的細節,放鬆甚至解除長久積澱下來的理性約

〔註68〕劉武:《醉裡看乾坤——中國士人飲酒心態》(長沙:岳麓書社,1995年12月,第1版),頁177。

　　束，喚醒心中潛在的意識與感受，更強烈地、痛快淋漓地
　　抒發，執著地表白。〔註69〕

由此可以看出酒在文人心中，它所開擴的空間，是得以讓他們心靈世
界暫時棲息的場所，在面對內心理想與現實世界的衝擊下，他們亦只
能執迷不悔的走下去。雖然他們心裡比誰都明白，「酒」只是爲他們
建構出一個虛幻的心靈世界而已，但倘若失去了它，他們又將如何自
處。是以，自古文人始終放不下，放不下手中的那一杯酒，而李白又
是其中最典型的一位。試看其〈宣州謝朓樓餞別校書叔雲〉一詩：

　　棄我去者，昨日之日不可留，亂我心者，今日之日多煩憂。
　　長風萬里送秋雁，對此可以酣高樓。蓬萊文章建安骨，中
　　間小謝又清發，俱懷逸興壯思飛，欲上青天覽日月。抽刀
　　斷水水更流，舉杯銷愁愁更愁。人生在世不稱意，明朝散
　　髮弄扁舟。〔註70〕

此詩不能以一般的離別詩等閒視之，詩中其情感幾度的轉折與跳躍，
正是李白筆下常用的藝術手法。他這一杯酒不僅喝的壯闊，卻也喝
的沉鬱，雖然明知酒杯之物，無法使其消愁解憂，然而這一杯酒卻是
怎麼樣也放不下，放下了他似乎也就無所寄託、無以遣懷了。是以，
身爲知己的杜甫（712～770）寫下了「敏捷詩千首，飄零酒一杯」
〔註71〕的詩句，這是深識李白其人才得以寫下如此深切的詩句，或
許許多人同筆者一樣實在無法又難以想像，倘若李白手中無此酒杯，
聊以寄情遣懷的話，那他這一生又將如何自處？又將何去何從？而
其詩歌作品又將因其減色多少？萬偉成曾於《中華酒經》一書中所
提到：

〔註69〕 高建新：〈催化與緩解：酒在中國文人生活中的作用〉，《文科教學》
　　　　第 1 期，1994 年，頁 13。
〔註70〕 〔唐〕李白：〈宣州謝朓樓餞別校書叔雲〉，收入王啓興主編：《校編
　　　　全唐詩》（武漢：湖北人民出版社，2001 年 1 月，第 1 版），上冊，
　　　　頁 640。
〔註71〕 〔唐〕杜甫：〈不見〉，收入王啓興主編：《校編全唐詩》（武漢：湖
　　　　北人民出版社，2001 年 1 月，第 1 版），上冊，頁 886。

> 因爲政治失意、生活坎坷等諸種人生因素而壯志難酬、襟
> 懷難舒，以及對時光短暫、世態炎涼的敏感反應和深刻反
> 思，導致人們對現世利祿、來世功名的厭倦，強烈要求秉
> 燭夜游、及時行樂、現世解脫，或以酒韜晦，或以酒解愁，
> 用酒國的逍遙遨游來彌補那種畸形現實、殘缺人生帶來的
> 心理空虛。〔註72〕

詩人總是有著比常人更爲敏銳的觸角，來感受現實周遭的一切事物，
然而在面對這諸多違其心意的推擠之下，一層一層的在自己的內心
世界裡，逐層的累積與壓迫，也才會有「一酌千憂散，三杯萬事空」
〔註73〕寄託於酒的詩句。所以「酒對於我國古代詩歌創作，不僅僅
是一種風雅的點綴物，而更是必不可少的有如陽光雨露之於種子的
滋養品」〔註74〕，人生中有苦說不出時，總有之，而其排遣之道，
「酒」成了大多數文人所選擇的方式，經由酒的消融，心中那份不
足爲外人道的愁苦，似乎也就在霎那間尋得了出口，得到了解脫的
空間。

第四節　酒於古典詩歌中的藝術美感

　　在中國古典飲酒詩歌作品中，飲酒者總會喝出許多不同的風格
與面貌。有人喝的瀟灑、有人喝的狂放、有人喝的恬淡，有人喝的
憤懣，有人喝的愁苦，有人喝的歡愉……。正因有如此多樣的面貌呈
現，才得以造就詩歌作品中，多樣風格的藝術美感特質。在不同的
時代中，不同的飲酒者身上，皆可散發出其各自不同的風味與色
彩。誠如張國榮在〈論古詩詞中「酒」意象的審美內涵及象徵意義〉

〔註72〕 萬偉成：《中華酒經》（廣州：南方日報出版社，2001 年 3 月，第 1
　　　　版），頁 5。
〔註73〕 〔唐〕賈至：〈對酒曲二首〉其二，收入王啓興主編：《校編全唐詩》
　　　　（武漢：湖北人民出版社，2001 年 1 月，第 1 版），上冊，頁 779。
〔註74〕 劉揚忠：《詩與酒》（台北：文津出版社，1994 年 1 月，初版），頁
　　　　19。

一文中所言：「隨著時代、社會的變遷以及詩人（詞人）自身遭際、
處世心態的不同，他們所賦予『酒』意象的審美內涵及其象徵意義亦
會隨之發生變化。」〔註75〕此外，高建新在其〈催化與緩解：酒在中
國文人生活中的作用〉一文中也曾提到，時代對於文人心理層面的
看法：

> 中國文人與酒之關係，有鮮明的時代特點，時代帶給他們
> 的無論是活力還是壓抑痛苦，酒都是不可缺少的催化劑或
> 緩解劑。沒有催化，不足以成其狂放豪宕之氣；沒有緩
> 解，內心的壓抑痛苦就會將他們推向絕境，推向不堪忍受
> 的死亡邊緣。酒的或催化或緩解的奇妙作用，調節了他們
> 與時代社會的彈性距離，也調節了他們自我心裡的空間。
> 〔註76〕

在不同的時空背景中，加上文人自身的才學性格與理想抱負，種種因
素相互交織下，每一杯酒都有了一種深層的意義。在這深層底蘊下文
人所散透出來的情感，賦入詩篇當中，也就折射出了文人的生命情
感，也就賦予了作品在其生命情感下許多美感的特質成分。是以，筆
者下列將概述幾種酒之於古典詩歌中的藝術美感特色。

一、蒼莽沉鬱

在蒼莽沉鬱的藝術美感當中，大多寄託了作者自身的理想抱負，
或是其憂國憂民的大胸襟，而在動亂不堪的時代背景中，此種美感特
色最易出現。試看曹操〈短歌行〉一詩：

> 對酒當歌，人生幾何？譬如朝露，去日苦多。慨當以慷，
> 憂思難忘。何以解憂？唯有杜康。青青子衿，悠悠我心。
> 但爲君故，沉吟至今。呦呦鹿鳴，食野之苹。我有嘉賓，
> 鼓瑟吹笙。明明如月，何時可掇？憂從中來，不可斷絕。

〔註75〕張國榮：〈論古詩詞中「酒」意象的審美內涵及象徵意義〉，《廣西右
　　　江民族師專學報》第 17 卷第 4 期，2004 年 8 月，頁 51。
〔註76〕高建新：〈催化與緩解：酒在中國文人生活中的作用〉，《文科教學》
　　　第 1 期，1994 年 1 月，頁 24。

越陌度阡，枉用相存。契闊談讌，心念舊恩。月明星稀，
烏鵲南飛。繞樹三匝，何枝可依？山不厭高，海不厭深。
周公吐哺，天下歸心。〔註77〕

再看，范仲淹（989～1052）〈漁家傲〉一詞：

塞下秋來風景異。衡陽雁去無留意。四面邊聲連角起。千
嶂裏。長煙落日孤城閉。　　濁酒一杯家萬里。燕然未勒
歸無計。羌管悠悠霜滿地。人不寐。將軍白髮征夫淚。
〔註78〕

這一詩一詞的創作背景是極爲相似的，曹操此詩相傳是作於赤壁大
戰的前夕，而此戰則是攸關著曹操未來是否能一統山河的重要戰事，
此詩之創作於曹操心中，必定是寄託了許多心靈層面的包袱。就如廖
一瑾所言：「全詩在貌似頹廢灑脫的外表下，包裹的是對人生的嚴肅
思考和對國家擔負的當仁不讓的責任。詩中有敘事也有抒志的成分，
展現了『人的覺醒』。」〔註79〕廖氏所言甚是，正因有此寄託所以全
詩所飲之酒，正表現出了一種蒼莽沉鬱的藝術美感特質。而范仲淹
此闋詞作，則是創作於鎮守西北邊塞時的作品，然而此闋詞在邊塞
景象的渲染之下，相較於曹詩則又更顯得沉鬱蒼莽，也無怪歐陽修
在看到此闋詞時，要稱之爲「窮塞主之詞」〔註80〕。雖然兩人所飲之
酒，寄託不同，但皆讓人感受到其於詩歌作品中，那股蒼莽沉鬱的藝
術美感。

〔註77〕〔魏〕曹操：〈短歌行〉，收入逯欽立輯校：《先秦漢魏晉南北朝詩‧
魏詩》卷 1，（北京：中華書局，1998 年 5 月，第 1 版），上冊，頁
349。

〔註78〕〔宋〕范仲淹：〈漁家傲〉，收入唐圭璋編：《全宋詞》（北京：中華
書局，1998 年 11 月，第 1 版），冊 1，頁 11。

〔註79〕廖一瑾：〈從〈飲馬〉到〈吁嗟〉──談建安樂府之緣事與緣情〉，
收入國立成功大學中文系編輯：《魏晉南北朝文學與思想學術研討
會論文集》（台北：里仁書局，2004 年 11 月，初版），第 5 輯，頁
277。

〔註80〕〔宋〕魏泰撰；穆公校點：《東軒筆錄》卷之 11，收入上海古籍出版
社編：《宋元筆記小說大觀》（上海：上海古籍出版社，2001 年 12 月，
第 1 版），冊 3，頁 2756。

二、恬淡悠遠

　　恬淡悠遠的藝術美感特質，大多出自於隱逸、田園、山水詩人之手，而其美感特質，大多傾向於一種心靈的追求。而此美感特質的代表人物當舉陶淵明進行闡述，正因陶淵明與酒之關係，就如王瑤所言：「但陶淵明最和前人不同的，是把酒和詩連了起來。……但以酒大量地寫入詩，使詩中幾乎篇篇有酒的，確以陶淵明第一人。」〔註81〕而南朝梁人昭明太子蕭統（501～531）於〈陶淵明集序〉中就曾言：「有疑陶淵明詩篇篇有酒。吾觀其意不在酒，亦寄酒爲跡焉。」〔註82〕試看陶淵明（約365～427）〈連雨獨飲〉一詩：

　　運生會歸盡，終古謂之然。世間有松喬，於今定何間？故老贈余酒，乃言飲神仙；試酌百情遠，重觴忽忘天。天豈去此哉！任眞無所先。雲鶴有奇翼，八表須臾還。自我抱茲獨，僶俛四十年。形骸久已化，心在復何言。〔註83〕

又如，陶淵明其〈飲酒二十首〉一詩：

　　故人賞我趣，挈壺相與至。班荊坐松下，數斟已復醉。父老雜亂言，觴酌失行次。不覺知有我，安知物爲貴。悠悠迷所留，酒中有深味。〔註84〕

在上述所例舉的詩作中，不僅讓人感受到，一股恬淡悠遠的藝術美感特質，其中更突顯了作者其心靈的追求。陶淵明一直是古典詩歌創作者中，最能體會酒中眞味之人，這也使得他的作品深獲後世讀者的喜愛，葉嘉瑩更是給予了他最高的評價：「在中國所有的作家之中，只

〔註81〕王瑤：《中古文學史論‧文人與酒》重排本，（北京：北京大學出版社，2008年5月，第2版），頁138。

〔註82〕〔南朝梁〕蕭統：〈陶淵明集序〉，收入〔晉〕陶淵明著；逯欽立校注：《陶淵明集》（北京：中華書局，2008年5月，第1版），頁10。

〔註83〕〔晉〕陶淵明：〈連雨獨飲〉，收入〔晉〕陶淵明著；逯欽立校注：《陶淵明集》卷之2，（北京：中華書局，2008年5月，第1版），頁55。

〔註84〕〔晉〕陶淵明：〈飲酒二十首〉其十四，收入〔晉〕陶淵明著；逯欽立校注：《陶淵明集》卷之3，（北京：中華書局，2008年5月，第1版），頁95。

有陶淵明一個人可以說是沒有一篇作品不好。其他那些作者,不管名聲多麼大,作品多麼高明,你總能在他的集子裡發現有一兩篇或者一兩句中有虛浮的、不夠真誠的地方。包括大詩人李白、杜甫都不免於此。但只有陶淵明的詩和文,你找不到他一點兒虛浮所在。」〔註85〕而在宗白華(1897～1986)的〈論文藝的空靈與充實〉一文中,則說明了陶詩於心靈層面的美感層次:

> 蕭條淡泊,閒和顏靜,是藝術人格的心襟氣象。這心襟,這氣象能令人「事外有遠致」,藝術上的神韻油然而生。陶淵明所愛的「素心人」,指的是這境界。〔註86〕

> 陶淵明愛酒,晉人王蘊說:「酒正使人人自遠。」「自遠」是心靈內部的距離化。然而「心遠地自偏」的陶淵明才能悠然見南山並且體會到「此中有真意,欲辨已忘言」。可見藝術境界中的空並不是真正的空乃是由此獲得「充實」由「心遠」接近到「真意」。〔註87〕

陶淵明因是以其廣闊之胸襟在飲酒,是以,使其與讀者一起「酒正自引人著勝地」〔註88〕,而這勝地所反映出來的「不正是人生的廣大、深邃和充實」〔註89〕嗎?心靈上的追求反映在詩歌作品當中,所散發出的風格不正是陶淵明對於真實人生的追求與表現嗎?是故,在陶淵明諸多飲酒詩中,總能適時的以酒注入其詩歌作品當中,適時的以其自身心靈所追求的,表現於詩歌作品當中,進而呈現出一種恬淡悠遠

〔註85〕 葉嘉瑩:《葉嘉瑩說漢魏六朝詩》(北京:中華書局,2007 年 1 月,第 1 版),頁 432。

〔註86〕 宗白華:《美學散步‧論文藝的空靈與充實》(上海:人民出版社,2000 年 3 月,第 1 版),頁 27。

〔註87〕 宗白華:《美學散步‧論文藝的空靈與充實》(上海:人民出版社,2000 年 3 月,第 1 版),頁 27。

〔註88〕 〔南朝宋〕劉義慶撰;〔南朝梁〕劉孝標注;楊勇校箋:《世說新語校箋‧任誕第二十三》修訂本,卷下,(北京:中華書局,2006 年 6 月,第 1 版),冊 3,頁 683。

〔註89〕 宗白華:《美學散步‧論文藝的空靈與充實》(上海:人民出版社,2000 年 3 月,第 1 版),頁 28。

的藝術美感特質。

三、豪放狂肆

　　關於豪放狂肆之作，並非人人都得以表現出來的，其心襟若非有大氣魄者，寫來風味必定顯得薄弱，突顯不出其「豪」與「狂」的氣味。試看，李白〈將進酒〉一詩：

　　　　君不見黃河之水天上來，奔流到海不復回。君不見高堂明
　　　　鏡悲白髮，朝如青絲暮成雪。人生得意須盡歡，莫使金樽
　　　　空對月。天必我材必有用，千金散盡還復來。烹羊宰牛且
　　　　爲樂，會須一飲三百杯。岑夫子，丹丘生，將進酒，君莫
　　　　停。與君歌一曲，請君爲我傾耳聽：鐘鼓饌玉不足貴，但
　　　　願長醉不願醒。古來聖賢皆寂寞，惟有飲者留其名。陳王
　　　　昔時宴平樂，斗酒十千恣歡謔。主人何爲言少錢，徑須沽
　　　　取對君酌。五花馬，千金裘，呼兒將出換美酒，與爾同銷
　　　　萬古愁。〔註90〕

又如，蘇軾其〈江神子〉獵詞：

　　　　老夫聊發少年狂。左牽黃。右擎蒼。錦帽貂裘。千騎卷平
　　　　岡。爲報傾城隨太守，親射虎，看孫郎。　　　酒酣胸膽尚
　　　　開張。鬢微霜，又何妨。持節雲中，何日遣馮唐。會挽雕
　　　　弓如滿月，西北望，射天狼。〔註91〕

李白與蘇軾二人，皆是唐、宋之際中的大手筆，酒量之大的李白能飲「三百杯」；相較於酒量之小的蘇軾卻只能飲「三蕉葉」，然而在他們的作品當中，卻不因二人酒量之大小，而使其詩歌爲之增色，抑或減色。雖然二人性格頗異，然而在李、蘇二人的胸中，都有其大胸襟與大氣魄存在。是以，在這一詩一詞中，不僅讓人感受出其二人於詩歌中，那股豪放狂肆的藝術美感特質，讀來亦令人之心緒隨其奔騰激

〔註90〕　〔唐〕李白：〈將進酒〉，收入王啓興主編：《校編全唐詩》（武漢：
　　　　　湖北人民出版社，2001年1月，第1版），上冊，頁578。
〔註91〕　〔宋〕蘇軾：〈江神子〉獵詞，收入唐圭璋編：《全宋詞》（北京：中
　　　　　華書局，1998年11月，第1版），冊1，頁299。

越，隨其豪宕飄盪。

四、悲愴淒美

能表現出此種藝術美感特質之人，除有其心思善感、細膩之外，再者，就是自身經歷了其人生情感上的悲苦之事。是以，有作者本身性格之因，亦有遭逢淒苦經歷之故。試看晏幾道（1038～1110）〈阮郎歸〉一詞：

> 舊香殘粉似當初。人情恨不如。一春猶有數行書。秋來書更疏。　　衾鳳冷，枕鴛孤。愁腸待酒舒。夢魂縱有也成虛。那堪和夢無。〔註92〕

又如，陸游（1125～1210）〈釵頭鳳〉一詞：

> 紅酥手。黃縢酒。滿城春色宮牆柳。東風惡。歡情薄。一懷愁緒，幾年離索。錯錯錯。　　春如舊。人空瘦。淚痕紅浥鮫綃透。桃花落。閒池閣。山盟雖在，錦書難託。莫莫莫。〔註93〕

晏幾道與陸游二人，雖然二人的性格迥然不同，然而在晏、陸二人的詞作中，卻都散發出了一種悲愴淒美的藝術美感特質。晏幾道是屬於心思善感、細膩之人，此是其自身性格使然，是故在其詞集作品當中，多呈現出此類風格特色。而陸游則是因經歷了人生最悲苦之事，該詞相傳是其與唐琬離異之後，再度相逢時的作品，但二人的重逢，竟是相遇在唐琬與其新嫁郎君在場的場合上。是以，昨是而今非之感，油然而生，這一杯苦酒寫來極其悲愴淒美。

五、相思纏綿

此相思纏綿之美感特質，雖是人人得以道得的，然而要寫得含蓄蘊藉，其分寸則並非人人都得以達至。這亦是非有其真摯情感者，所

〔註92〕 〔宋〕晏幾道：〈阮郎歸〉，收入唐圭璋編：《全宋詞》（北京：中華書局，1998年11月，第1版），冊1，頁238。
〔註93〕 〔宋〕陸游：〈釵頭鳳〉，收入唐圭璋編：《全宋詞》（北京：中華書局，1998年11月，第1版），冊3，頁1585。

難以摹寫的。試看馮延巳（903～960）〈臨江仙〉一詞：

> 南園池館花如雪，小塘春水漣漪。夕陽樓上繡簾垂。酒醒
> 無寐，獨自倚闌時。　　綠楊風靜凝閒恨，千言萬語黃鸝。
> 舊歡前事杳難追。高唐暮雨，空祇覺相思。〔註94〕

又如，晏幾道〈臨江仙〉一詞：

> 夢後樓臺高鎖，酒醒簾幕低垂。去年春恨卻來時。落花人
> 獨立，微雨燕雙飛。　　記得小蘋初見，兩重心字羅衣。
> 琵琶絃上說相思。當時明月在，曾照彩雲歸。〔註95〕

馮延巳與晏幾道二人之作，其最大的不同之處，即是馮延巳是以代言人的手筆寫成，而馮延巳於詞中所表現出的情感，就誠如羅倩儀所言：「此詞以隱微細膩的方式，盡訴相思之苦，尤其至歇拍才道出憶念舊情，空留相思的心聲。」〔註96〕而晏幾道則是以其自身之經歷作為摹寫，再以其細膩善感的心思，娓娓道出此段纏綿爾後相思的愛情故事。在馮、晏二人其相思纏綿的詞作當中，皆能讓人因詞中之人物，其內心因對於情與愛，那股執迷而不悔的痴情而感動著。是以，二人詞作皆充分表現了，此種風格的藝術美感特質。

六、詼諧生動

此藝術美感特質，大多是藉由詼諧的口吻，來描寫詩中人物的姿態，以便達到一種令讀者，賞讀之後，產生一種生動詼諧的妙趣。試看李白〈草書歌行〉一詩：

> 少年上人號懷素，草書天下稱獨步。……吾師醉後倚繩床，
> 須臾掃盡數千張。飄風驟雨驚颯颯，落花飛雪何茫茫。起
> 來向壁不停乎。一行數字大如斗。恍恍如聞神鬼驚。時時

〔註94〕〔南唐〕馮延巳：〈臨江仙〉，收入曾昭岷等編撰：《全唐五代詞・正編》卷3，（北京：中華書局，1999年12月，第1版），上冊，頁669。

〔註95〕〔宋〕晏幾道：〈臨江仙〉，收入唐圭璋編：《全宋詞》（北京：中華書局，1998年11月，第1版），冊1，頁222。

〔註96〕羅倩儀：《馮延巳詞研究》（台北：中國文化大學中國文學研究所碩士論文，2009年6月），頁124。

只見龍蛇走。左盤右蹙如驚電。狀同楚漢相攻戰……。
〔註97〕

又如，杜甫〈飲中八仙歌〉一詩：

知章騎馬似乘船，眼花落井水底眠。汝陽三斗始朝天，道
逢麴車口流涎，恨不移封向酒泉。左相日興費萬錢，飲如
長鯨吸百川，銜杯樂聖稱世賢。宗之瀟灑美少年，舉觴白
眼望青天，皎如玉樹臨風前。蘇晉長齋繡佛前，醉中往往
愛逃禪。李白一斗詩百篇，長安市上酒家眠。天子呼來不
上船，自稱臣是酒中仙。張旭三杯草聖傳，脫帽露頂王公
前，揮毫落紙如雲煙。焦遂五斗方卓然，高談雄辯驚四筵。
〔註98〕

在唐代詩人當中，好飲者莫過於李白與杜甫，這兩顆耀眼的唐詩巨星
了。而自言「性豪業嗜酒，嫉惡懷剛腸」〔註99〕的杜甫，與「天地既
愛酒，愛酒不愧天」〔註100〕的李白，二人筆下所描繪的人物，確實
非常生動詼諧的呈現在讀者面前，人物的姿態隨著文字跳動起舞，而
這些文字一經串聯後，彷彿就像是一部生動的電影畫面，其影像鮮活
的躍動在讀者眼前，不得不讓人為其讚賞。

　　以上所介紹六種，酒之於古典詩歌中所呈現出的藝術美感特質，
這是以大面向進行宏觀的論述，因礙於篇幅無法深入，只能作如此的
介紹。在藝術美感的風格世界中，其面向是多元繽紛的，倘若在這些
大面向當中，如果再仔細體會的話，又能引申出許多細微小面向的藝
術美感特質。而酒與文人、古典詩歌關係之密切，元人方回（1227

〔註97〕　〔唐〕李白：〈草書歌行〉，收入王啟興主編：《校編全唐詩》（武漢：
　　　　湖北人民出版社，2001年1月，第1版），上冊，頁603。

〔註98〕　〔唐〕杜甫：〈飲中八仙歌〉，收入王啟興主編：《校編全唐詩》（武
　　　　漢：湖北人民出版社，2001年1月，第1版），上冊，頁798。

〔註99〕　〔唐〕杜甫：〈壯游〉，收入王啟興主編：《校編全唐詩》（武漢：湖
　　　　北人民出版社，2001年1月，第1版），上冊，頁841。

〔註100〕　〔唐〕李白：〈月下獨酌四首〉其二，收入王啟興主編：《校編全唐
　　　　詩》（武漢：湖北人民出版社，2001年1月，第1版），上冊，頁
　　　　661。

～1307）亦嘗言及：「詩與酒常並言，未有詩人而不愛酒者也。雖不能飲者，其詩中亦未嘗無酒焉，身入醉鄉無畔岸心，與歡伯爲友朋，山谷奇語以非律，不與茲選亦律之變格，宜附書諸此。」〔註101〕清人張潮亦曾留下了「能詩者必好酒，而好酒者未必盡屬能詩」〔註102〕之語，這都是很有見地之評論，也看透了「酒」與「文人」及「詩歌」三者之間，其如影隨行之關係。而此三者屢屢在歷代詩歌作品中，形影相隨的依存關係，就誠如夏太生於〈詩酒三札〉中所言：

> 在唐代詩人的筆中，酒與詩人的情感水乳交融，結合得天衣無縫。在許多飲酒詩中，酒已經不再處於一般描寫的對象物的地位，而是演變爲一種抽象的感情，成爲詩人特定情感的化身。〔註103〕

唐代在中國詩歌史上，確實是一個璀燦耀眼的時代，其時代所產下的唐詩，葛景春就曾說道：「五萬多首唐詩，其中直接咏及酒的詩就有六千多首，其他還有更多的詩歌，間接與酒有關。可以說，唐詩中有一半詩，是酒所催生出來的。因此，說詩是酒之華，從唐詩的實際情況來說，是一點也不過份的。」〔註104〕而同爲中國詩歌史上，另一個璀燦耀眼的宋代，宋詞亦是完整的展現出了，三者關係中的風格特點，只是在宋代文人的口中，喝的又比唐代文人更爲婉轉，這亦是其時代背景下必然的因素。

　　此外，在唐、宋之後的各朝代之中，飲酒的文人、詩篇雖多，然而就誠如葛承雍於《酒魂十章》一書中所言：「宋以後的文人或藝術

〔註101〕〔元〕方回編：《瀛奎律髓·酒類》卷19，收入〔清〕永瑢、紀昀等纂修：《景印文淵閣四庫全書》（台北：臺灣商務印書館股份有限公司，1986年3月，初版），冊1366，頁215（下欄）。

〔註102〕〔清〕張心齋著；王名稱校：《新校本幽夢影》（台北：頂淵文化事業有限公司，2005年2月，初版），頁38。

〔註103〕夏太生：〈詩酒三札〉，《文藝評論》，2001年4月，頁83。

〔註104〕葛景春：〈詩酒風流——試論酒與酒文化精神對唐詩的影響〉，《河北大學學報》（哲學社會科學版），第2卷（總第108期），2002年6月，頁59。

家借酒創作的人數不少,作品也多,但像唐代或宋代那樣縱橫走筆的『酒魂』人物却幾乎沒有了。」〔註 105〕似乎所有的酒,都讓唐、宋二代的文人給喝盡了,是以,在他們這一千多年前所釀下的詩篇,如今讀者飲來依然感其芳香醇厚,未曾因時空而減損了其色、其香、其味。

〔註105〕 葛承雍:《酒魂十章》(北京:中華書局,2008 年 6 月,第 1 版),頁 150。

第三章　晏殊時代背景暨生平事略

　　無論是在對哪一類文學體裁的作品，進行研究、或鑑賞、或分析、或評論時，如果能秉持著「知人論世」的觀點，考察作者之時代背景與生平經歷。在與其作品相互連結，相信必定更能深入的探析出，作者其作品中所隱藏的意涵。而這種研究的觀點，對於古典詩歌此一文學體裁而言，作者與作品的連結，尤為重要。因為「作者絕不會在作品中處理與他的經驗無關係的事實。作者以個人的直接經驗照樣地為作品的素材時，所作的作品，便反映作者的個人生活」〔註1〕。對此，黃永武曾有精闢的說解：

> 詩境是心境的反映，要認識詩境、欣賞詩境，對於作者心
> 境的揣摩，應該是它根本的入手處。要揣摩其心境，不外
> 乎是從傳記資料中去明瞭作者過往的歷史、當時的處境、
> 以及對未來的企望。這也就是古人所講的「知人論世」的
> 道理。〔註2〕

此外，日本學者丸山學亦曾如此說過：「欲求文學之完全理解，不可不知那作品所寫的時代的社會相。」〔註3〕這是早於二千多年前，孟

〔註1〕 【日本】丸山學著；郭虛中譯：《文學研究法》（台北：臺灣商務印書館股份有限公司，1972年5月，臺三版），頁196。

〔註2〕 黃永武：《新增本中國詩學：鑑賞篇・作者的心境》（台北：巨流圖書股份有限公司，2008年7月，初版），頁261。

〔註3〕 【日本】丸山學著；郭虛中譯：《文學研究法》（台北：臺灣商務印

子（前 372～前 289）就曾提出過的觀點：「頌其詩，讀其書，不知其人，可乎？是以論其世也。」〔註4〕是故，在進入晏殊酒詞作品的分析探討之前，勢必要先對其所處之時代背景，與其個人生平之經歷，相互研究了解之後，對於後續的章節分析研究，才能收取其深入的研究成果。

第一節　時代背景

　　時代中的諸多面向，往往會連結作者本身的性格才學，不知覺的便會呈現反映在其作品當中。對此，楊海明於《唐宋詞的風格學》一書中就曾說道：

> 唐宋詞風格多樣的原因：從時空角度看，有時代的原因、地域的原因；從社會角度看，有政治的原因、有經濟的原因、有文化、思想方面的原因；從文學角度看，有繼承前代文學傳統方面的原因，有作家的創作個性和創造經驗方面的原因，有文學理論方面的原因。〔註5〕

從上段引文中，正可以說明文學作品之所以會產生如此多樣的風格特色，不僅僅有其時代背景之因素，而且更注入了作者本身的性格才學等各方面相互影響下，以至於融匯而成的個人風格。是以，對於作者的時代背景之考察，也就成了研究其人之作品意韻中重要的一環。以下筆者將從「政治情勢」、「社會環境」與「詞壇概況」等三方面，對於晏殊其所處的時代背景中，進行分析探討。

　　　書館股份有限公司，1972 年 5 月，臺三版），頁 196。
〔註4〕〔先秦〕孟子著；〔宋〕朱熹注：《孟子集注・萬章章句下》卷 10，收入〔宋〕朱熹：《四書章句集註》（台北：鵝湖出版社，2000 年 9 月，五版），頁 324。
〔註5〕該書未註明作者：《唐宋詞的風格學・引言》（台北：木鐸出版社，1987 年 6 月，初版），頁 6。該書據唐圭璋所寫的序文中，可以得知，此書為大陸學者「楊海明」的著作。

一、政治情勢

對於整個宋氏王朝的政治情勢而言，筆者謂之為「金玉其外，敗絮其中」。從整個表面上來看，宋王朝雖然在宋太祖趙匡胤（927～976）的帶領之下，結束了自晚唐五代以來藩鎮割據的動盪社會局面。然而在整個內部的制度上，卻出現了很大的問題，「兵權、財政、吏治三項，完全脫離地方而歸中央，固有強幹弱枝之效，然亦矯枉過正，因使有宋一代，貧弱不堪，此在中國史上，實為少見之現象」〔註6〕。對此，鄭淑玲亦曾在其《兩宋詠史詞研究》中提及：

> 宋初，在外交上，採防禦措施，抵抗外侮；在內政上，則政權鞏固，經濟繁榮；加上太祖曾公開鼓勵朝臣及時行樂，因此朝野上下籠罩在一片享樂的氣氛中。……直到真、仁宗時代。在外交上，由防禦演變成妥協退讓；在內政上，弊端叢生，亟待改革；在社會上，奢靡行樂之風，達到巔峰。〔註7〕

而晏殊所處的時代背景，就是在開國初早已注定積弱的宋氏王朝。雖然晏殊身處於宋真宗趙恆（968～1022）與宋仁宗趙禎（1010～1063）朝中，而位極人臣之位，然而政治內部的矛盾鬥爭，與外部的邊患壓境，身居在如此複雜的政治環境之中，想必晏殊其內心亦自是感到百感交集。

（一）中央集權的政治形態

自宋太祖趙匡胤建隆元年（西元 960 年），於陳橋驛黃袍加身發動兵變，成功的奪取了後周政權，建立宋朝後。旋即政治上所採取的中央集權政策，這是由於晚唐五代藩鎮割據擅權的歷史經驗，加上其自身亦是武官出身的經歷，深知武將擁兵自重，跋扈擅權之心態。是

〔註6〕 史仲序：《中國通史》（台北：華岡出版部，1973 年 8 月，初版），下冊，頁 6。
〔註7〕 鄭淑玲：《兩宋詠史詞研究》（台北：中國文化大學中國文學研究所碩士論文，1997 年 6 月），頁 26。

故，於建國之初便處心積慮的想收回諸將之兵權，以便納入帝王的指揮調度之中。在《宋史・石守信》列傳中嘗記載，其迂迴試探性的收回兵權之經過：

> 乾德初，帝因晚朝與守信等飲酒，酒酣，帝曰：「我非爾曹不及此，然吾爲天子，殊不若爲節度使之樂，吾終夕未嘗安枕而臥。」守信等頓首曰：「今天命已定，誰復敢有異心，陛下何爲出此言耶？」帝曰：「人孰不欲富貴，一旦有以黃袍加汝之身，雖欲不爲，其可得乎。」守信等謝曰：「臣愚不及此，惟陛下哀矜之。」帝曰：「人生駒過隙爾，不如多積金、市田宅以遺子孫，歌兒舞女以終天年。君臣之間無所猜嫌，不亦善乎。」守信謝曰：「陛下念及此，所謂生死而肉骨也。」明日，皆稱病，乞解兵權，帝從之，皆以散官就第，賞賚甚厚。〔註8〕

此即是宋代歷史上著名的「杯酒釋兵權」，宋太祖於宴會上巧妙迂迴的收回了諸將的兵權。此外，又開啓了鼓勵君臣之間，縱情於歌酒享樂之風，自此宋氏王朝，便走入了中央集權，強幹弱枝、重文輕武的政治形態，與追逐酒色財氣之享受風氣之中。因此導致了有宋一代，逐步的邁入貧弱的境地。是故，在中國文化大學中國通史編輯委員會所編著的《中國通史》一書中，對於宋代的政治環境，亦曾有如下的評語：

> 有宋立國，肇自陳橋兵變，兵變實爲一預謀，「篡」自幼主。其一統天下後，爲屬行文治國策，或集權中央，或重文輕武，而奪兵權，分相權，收財權，強幹弱枝，內外相維，雖使唐末五代諸弊盡除，卻終嫌矯枉過正，竟外無法抗遼夏，內難以拯民困。〔註9〕

正因如此的政治形態，促使了宋代之國勢，積弱難盛，而無法與漢、

〔註8〕 〔元〕脫脫等撰：《宋史・列傳第九・石守信》卷250，（北京：中華書局，1977年11月，第1版），冊25，頁8810。

〔註9〕 中國文化大學中國通史編輯委員會編著：《中國通史》（台北：中國文化大學出版部，1988年12月，第三次修訂一版），頁245。

唐帝國相比擬。但從另一層面來看，宋王朝的國力雖不強盛，但結束了晚唐五代以來那段混亂黑暗的歲月，對於民生的發展還是有其助益的。雖然在民生發展上還是存在著城鄉之間的差距，但是在其內部的居住環境中，人民能免於戰火的摧毀，相較於晚唐五代而言，這對於人民的生命財產，是較有保障且安定的社會環境。

（二）賂幣求和的外交政策

宋王朝在對外的策略上，早從宋太宗趙光義（939～997）三次敗戰於遼軍〔註10〕之後，就無力再與北方遼軍相抗衡。是故，在宋真宗與宋仁宗朝，內部就一直紛歧著「主和」與「主戰」兩派人馬的論戰。又因宋代開國之初，建都於開封（汴京），其地理位置並無天然的屏障，可以抵禦北方遼軍與西北方西夏軍的入侵。是以，只要邊關一有戰事，首都旋即緊張。雖然宋王朝的兵力是逐年的增加，遠從宋太祖開國時約二十萬的兵力，「直到仁宗時，先後百年，而全國兵額增至七、八倍以上」〔註11〕，既有如此的兵力，理應可以抵禦北方與西北方外族的入侵，然而雖有如此的兵力卻大多數，都是由一批無法作戰的老弱殘兵所組成。是故，只能年年賂幣求和，以換取和平，以保護宋氏政權的穩固。

而晏殊所處在的宋真宗、仁宗朝間，「主和」與「主戰」的論戰更是激烈。自宋真宗景德元年（西元 1004 年）與遼軍簽屬了「澶淵之盟」後，宋遼之間大致上維持了百年的和平局面。然而自「澶淵之盟」簽訂之後，對於西夏的外交策略也是同遼軍一般，賂幣求和，以換取和平，以便確保宋氏政權的鞏固，這對於久處朝廷內部的晏殊而言，在面對如此的政治環境之下，其內心自是不免會有所感觸。

〔註10〕　宋太宗（趙光義），三次敗戰於遼軍，分別指：太平興國四年（西元 979 年）的「高梁河之役」、太平興國五年（西元 980 年）的「瓦橋關之役」、雍熙三年（西元 986 年）的「歧溝關之役」。史仲序：《中國通史》（台北：華岡出版部，1973 年 8 月，初版），下冊，頁 14。
〔註11〕　錢穆：《國史大綱》（台北：臺灣商務印書館股份有限公司，1995 年 7 月，修訂三版），下冊，頁 537。

　　在和平的局面之下，宋氏王朝亦是有其代價所要付出的，根據《宋史‧食貨志上一》序文中的記載：「仁宗之世，契丹增幣，夏國增賜，養兵西陲，費累百萬。」〔註12〕由此看來在宋仁宗一朝，其國庫的花費，對於整個宋氏王朝而言是非常沉重的。如此沉重的花費，要填平此一漏洞，就只有向自己的人民索取了。對此，歐陽修亦曾上書，指出其弊端，其言云：

　　　　自漢魏迄今，其法日增，其取益細，今取民之法盡矣。昔
　　　　者賦外之征以備有事之用，今盡取民之法，用於無事之時，
　　　　悉以冗費而靡之矣。〔註13〕

為了維護宋氏王朝的政權，如此搜刮中下階層人民的財富，雖然換取了外部表面上的和平假象，但其內部民生，也因此而漸漸的浮現出了弊端。對此，富弼（1004～1082）嘗言：「天下民人，恩信不及，配率重大，攘肌及骨，悲愁怨恨，莫不思亂。近年凡有盜賊，應者如雲，足見人心多叛。北敵苟動，大兵四集，百姓必有觀釁而起者，自憂內患不暇，豈暇防外虞哉。此民心不及先朝固結，四也。」〔註14〕如此一針見血的時事評論，范鎮（1007～1088）亦嘗言及：

　　　　夫官所以養民者也，兵所以衛民者也，今養民衛民者，反
　　　　殘民矣，而大臣不知救。臣恐朝廷之憂，不在四夷，而在
　　　　冗兵與窮民也。〔註15〕

如此的內憂外患，並非在南宋才出現，其實早在北宋統治者的統治之

〔註12〕　〔元〕脫脫等撰：《宋史‧志第一百二十六‧食貨志上一‧序》卷173，（北京：中華書局，1977年11月，第1版），冊13，頁4156。

〔註13〕　〔宋〕歐陽修：〈通進司上書〉，收入歐陽永叔：《歐陽修全集‧居士集》卷45，（北京：中國書店，1994年12月，第1版，據世界書局1936年版影印），上冊，頁309。

〔註14〕　〔宋〕李燾：《續資治通鑑長編》卷153，收入〔清〕永瑢、紀昀等纂修：《景印文淵閣四庫全書》（台北：臺灣商務印書館股份有限公司，1975年3月，初版），冊316，頁507（上欄）。

〔註15〕　〔宋〕李燾：《續資治通鑑長編》卷177，收入〔清〕永瑢、紀昀等纂修：《景印文淵閣四庫全書》（台北：臺灣商務印書館股份有限公司，1975年3月，初版），冊317，頁6（下欄）。

下，這種內外交患的政治環境，就已逐漸的浮出檯面了。這種政治環境並非是休養生息，而是民疲交困，處於上層階級的統治者與地主，是日益的富貴，而處於中下層階級的平民與農民，卻是日趨的貧困。如此兩極化的社會現象，由於政治的因素，則一直存在於兩宋的民生社會之中。

（三）文風鼎盛下暗伏黨爭

　　由於宋氏王朝在重文輕武的政策之下，造就了有宋一代文風鼎盛的盛況。對此，吳孟倫於《宋代興亡史》一書中曾說道：「宋之國威不振，固已見於開國之時，然宋之爲治，氣象醇正，其君恭儉仁厚，其臣寬恕循禮；寬厚待民，恩禮接士，不殺爲威，不廉爲恥。以故人文蔚起，忠節相望，風俗粹美，好尚端方。……以故聲明文物之盛，道德仁義之風，庶幾駕于漢唐，媲美三代焉。」〔註16〕這對於有心於政事，關心民生疾苦的文人而言，自是一個良好施展理想抱負的絕佳政治環境，但其中卻也暗伏了朝野之間的黨爭禍患。在張劍、呂肖奐、周揚波所合著的《宋代家族與文學研究》一書中就曾言及：

> 兩宋黨爭，一般認爲北宋重於南宋，北宋表現形式主要有「南人北人之爭」、「新舊黨爭」、「君子小人之爭」、「宰相台諫之爭」等；南宋黨爭表現形式主要有「和戰之爭」、「道學與反道學之爭」、「朋黨之爭」等，但無論規模還是影響力都不及北宋。〔註17〕

雖然在北宋一朝，各類之爭，此起彼落，然而由於統治者禮遇文人。是以，文人雖深陷於黨爭之中，亦能保全其性命，而免於殺身之禍。對此，則更加深了文人敢於批評朝野人士、批評時政，但也因此之故，

〔註16〕吳孟倫：《宋代興亡史》（台北：臺灣商務印書館股份有限公司，1972年4月，臺二版），頁15～16。

〔註17〕張劍、呂肖奐、周揚波：《宋代家族與文學研究》（北京：中國社會科學出版社，2009年9月，第1版），頁104。

更加遽了朝野群臣之間的對立。

再者，由於立國的政策與社會文風鼎盛之下，宋代的取士制度，相較於各個朝代而言是趨於寬鬆的。雖然在每一朝代下，皆有小人擅權專政，但是在有宋一朝，如此的情況則更是嚴重，起因在於其立國政策爲「以文治國」。然而統治者確又無法有效的調合，管理在朝的文臣，是以外患不除，內憂頻起。在《宋史·姦臣一》的傳序中就嘗言及：

> 《易》曰：「陽卦多陰，陰卦多陽。」君子雖多，小人用事，其象爲陰；小人雖多，君子用事，其象爲陽。宋初，五星聚奎，占者以爲人才眾多之兆。然終宋之世，賢哲不乏，姦邪亦多。〔註18〕

而在晏殊所處的宋仁宗朝中，其歷史著名由范仲淹所主導的「慶曆新政」，即是因爲朝野中朋黨激烈傾軋，而宣告失敗的。導致素以「先天下之憂而憂，後天下之樂而樂」的范仲淹外放京師，然而這種情況在宋代的政治環境上，亦只是冰山一角而已，文人在朝野之中，隨時皆有遭致外放貶謫之憂。

（四）冗吏冗兵下財用見絀

在宋代財政層面上，對外不僅每年須賂幣於外族，對內則因官員的額配過多，加上俸祿優渥，雖然「凡稅務、稅場皆設監官，監官派自中央，稅則除州郡必要開支外，悉數解送中央；各路且另設轉運使，專責調配地方財務」〔註19〕，但是冗吏冗兵的問題過於嚴重，以致於財政入不敷出。據此，中國文化大學中國通史編輯委員會所編著的《中國通史》一書中，亦曾提到其所在原因：

> 太祖代周，雖使五代十國紛亂告終，卻因過度中央集權、重文輕武，造成內則冗官冗吏，耗費國帑，外則非屯重

〔註18〕 〔元〕脫脫等撰：《宋史·列傳第二百三十·姦臣一·序》卷471，（北京：中華書局，1977年11月，第1版），冊39，頁13697。

〔註19〕 中國文化大學中國通史編輯委員會編著：《中國通史》（台北：中國文化大學出版部，1988年12月，第三次修訂一版），頁246。

兵，難抗遼夏。內外交困結果，遂使國勢大弱，財政窘迫。
〔註20〕

對於宋代的財政開銷，錢穆亦嘗言及：「冗官耗於上，冗兵耗於下，財政竭蹶，理無幸免。雖國家竭力設法增進歲入，到底追不上歲出的飛快激增。」〔註21〕錢氏之言，可謂一針見血，誠有見地。此外，在民生社會上天災不斷，又加遽了財政的困境，於此歐陽修亦曾上書言及：「從來所患者夷狄，今夷狄叛矣；所惡者盜賊，今盜賊起矣；所憂者水旱，今水旱作矣；所賴者民力，今民力困矣；所須者財用，今財用乏矣。」〔註22〕內用尚且不足，又得年年納幣於外族，對於宋氏王朝的財政而言，無疑是雪上加霜。另外，據清人趙翼（1727～1814）於《二十二史箚記》一書中的記載：「恩逮於百官者惟恐其不足，財取於萬民者不留其有餘，此宋制之不可為法者也。」〔註23〕從上述之記載，可以看出宋代政治，其根深蒂固之弊端。

二、社會環境

在結束了晚唐五代動亂的社會後，加上自宋真宗起，對外的策略便出現了求和的狀態。直至宋仁宗一朝，對外的策略一直都是趨於保守，賂幣給外族以求換取和平。致使對於整個社會環境而言，呈現出一個高度發展的階段。再加上自宋太祖早年倡導「飲酒享樂，多積財帛，以遺子孫」，對於整個大環境而言，便呈現出一種委靡繁華的社會景象，宋人沈括（1031～1095）在其《夢溪筆談》一書中，嘗記載

〔註20〕中國文化大學中國通史編輯委員會編著：《中國通史》（台北：中國文化大學出版部，1988年12月，第三次修訂一版），頁248。
〔註21〕錢穆：《國史大綱》（台北：臺灣商務印書館股份有限公司，1995年7月，修訂三版），下冊，頁547。
〔註22〕〔宋〕歐陽修：〈淮詔言事上書〉，收入歐陽永叔：《歐陽修全集·居士集》卷46，（北京：中國書店，1994年12月，第1版，據世界書局1936年版影印），上冊，頁312。
〔註23〕〔清〕趙翼著：王樹民校證：《廿二史箚記校證·宋制祿之厚》訂補本，卷25，（北京：中華書局，2001年11月，第1版），下冊，頁534。

當時的盛況：

> 時天下無事，許臣寮擇勝燕飲，當時侍從文館士大夫爲燕
> 集，以至市樓酒肆，往往皆供帳爲遊息之地。〔註24〕

此是在京師任職的官員，平日生活上的寫照，但就連處於地方任職的官員其生活亦不例外。清人王夫之（1619～1692）於《宋論》一書中亦曾言及其狀況：「建亭臺，邀賓客，攜屬吏以登臨玩賞，車騎絡繹，歌吹喧闐，見於詩歌者不一。」〔註25〕此種狀況在宋代名人傳紀當中，攜妓冶遊的社會風氣，早已是司空見慣之事。由於安定的社會環境，不僅助長了整個社會的享樂風氣，更也助長了宋代詞體的發展，在劉伯驥的《宋代政教史》一書中嘗言：

> 北宋承平盛世，人民有熙擾之樂，上至宮庭閥閱顯官，下
> 至文人學士，市儈妓女，武夫走卒，以至隱逸方外之人，
> 皆能製詞以應歌，聲調諧美，而教坊娼樓妓院，更爲此風
> 靡一世。〔註26〕

在如此的社會環境之下，確實有助於宋詞的發展。因爲詞之發展，即是在「綺筵公子，繡幌佳人，遞葉葉之花箋，文抽麗錦；舉纖纖之玉指，拍按香檀。不無清絕之詞，用助嬌嬈之態」〔註27〕之中所興起的，也惟有在安定的社會環境之下，官方、民間交相融入，亦才能促使宋詞興盛於宋朝，成就其一代之文學。

（一）城市繁華興盛

關於宋代經濟之概況，雖然城鄉之間存在著差距，但這也是每個

〔註24〕〔宋〕沈括撰；胡靜宜整理：《夢溪筆談·人事一》卷9，收入朱易安、傅璇琮等主編：《全宋筆記》（鄭州：大象出版社，2006年1月，第1版），第2編第3冊，頁80。

〔註25〕〔清〕王夫之；舒士彥點校：《宋論》卷3，（北京：中華書局，2008年11月，第1版），頁64。

〔註26〕劉伯驥：《宋代政教史》（台北：臺灣中華書局，1971年12月，初版），下冊，頁1277。

〔註27〕〔後蜀〕趙崇祚輯；蕭繼宗評點校注：《花間集·原敘》（台北：臺灣學生書局，1986年8月，三版），頁1。

時代都會存在的社會問題。然而就晏殊所處的社會環境而言，大部分的時間是在京師任職，雖然曾遭受三次貶謫，外放的地方卻也非是窮鄉僻野。是故，就晏殊所處的城市來看，皆為繁華興盛。宋人孟元老嘗於《東京夢華錄》序文中，記載其繁華興盛之風貌：

> 太平日久，人物繁阜。垂髫之童，但習鼓舞，班白之老，不識干戈，時節相次，各有觀賞，燈宵月夕，雪際花時；乞巧登高，教池游苑。舉目則青樓畫閣，繡戶珠簾，雕車競駐於天街，寶馬爭馳於御路，金翠耀目，羅綺飄香，新聲巧笑於柳陌花衢，按管調絃於茶房酒肆。〔註28〕

如此的盛況，映入文人眼裡而所寫的詩篇，自然是呈現出歡娛、享樂、富貴、雍容之景象了。無怪楊海明於《唐宋詞史》一書中嘗言：「北宋士大夫文人所寫作的詞篇，其主流的思潮便是那股『太平也，且歡娛，不惜金尊頻倒』（蔡挺〈喜遷鶯〉）的歡娛和享樂的情緒。」〔註29〕而晏殊所處的社會環境是如此，其所作之篇章，會出現歡娛、享樂、富貴、雍容之特色，亦是其生活之寫照，如此看來也就不足為奇了。

（二）音樂多元融合

由於社會環境，城市文化，空前的繁華興盛，在此良好的條件之下，人民生活的享樂之風，就成了反映都市繁華的明證。上至文武百官，下至鄉紳市儈，無不沉寢在此環境之中，宋人孟元老於《東京夢華錄》中亦嘗記載其當時之盛況：

> 別有深坊小巷，繡額珠簾，巧製新粧，競誇華麗，春情蕩颺，酒興融怡，雅會幽歡，寸陰可惜，景色浩鬧，不覺更闌。寶騎駸駸，香輪轆轆。五陵年少，滿路行歌，萬戶千門，笙簧未徹。〔註30〕

〔註28〕〔宋〕孟元老撰；伊永文箋注：《東京夢華錄箋注‧序》（北京：中華書局，2006年8月，第1版），上冊，頁1。

〔註29〕楊海明：《唐宋詞史》（天津：天津古籍出版社，1998年12月，第1版），頁175。

〔註30〕〔宋〕孟元老撰；伊永文箋注：《東京夢華錄箋注‧十六日》卷6，（北

如是之故，促使著音樂的發展條件，而詞之源起本與音樂密切相關，楊海明於《唐宋詞史》一書中曾提到：「詞的源起：詩與音樂『第三次合作』的新產品。」〔註31〕如此看來，音樂文化因城市的發展也旋即蓬勃而起，並且成功的融入了，宋代上、下階層之中，深受人們的喜愛。而爲了因應官方、城市與人民的需求，官方亦設置教坊，融合各地音樂文化，據《宋史·樂志》中的記載：

> 宋初循舊制，置教坊，凡四部。其後平荊南，得樂工三十二人；平四川，得一百三十九人；平江南，得十六人；平太原，得十九人；餘藩臣所貢者八十三人；又太宗藩邸有七十一人。由是，四方執藝之精者皆在籍中。〔註32〕

經由上段史籍資料，可以得知在宋初太宗朝時，即網羅各地熟知音律的樂工，各地樂工被網羅於一地時，自是促進其彼此交流之機會，對此音樂必定是呈現出多元融合的狀態。誠如《宋史·樂志》中記載：「宋初置教坊，得江南樂，已汰其坐部不用。自後因舊曲創新聲，轉加流麗。」〔註33〕在音樂的相互交流比較之下，改良與創新就會反映在其多元融合之中，這也是促使音樂文學，詞蓬勃發展之良因。

三、詞壇概況

由於開國的政策，是以文人治理國家，所以在整個文壇上普遍存在著「雅」與「俗」之間的矛盾情節，詞在如此的環境之下，早期發展不免受挫。是故，在宋初開國中沉寂了六十餘年，直至宋眞宗與宋仁宗朝，在幾位文人的創作帶領之下，才得以又恢復了生機。對此，楊海明於《唐宋詞的風格學》一書中嘗言：

京：中華書局，2006 年 8 月，第 1 版），下冊，頁 596。
〔註31〕 楊海明：《唐宋詞史》（天津：天津古籍出版社，1998 年 12 月，第 1 版），頁 36。
〔註32〕 〔元〕脫脫等撰：《宋史·志第九十五·樂十七》卷 142，（北京：中華書局，1977 年 11 月，第 1 版），冊 10，頁 3347～3348。
〔註33〕 〔元〕脫脫等撰：《宋史·志第九十五·樂十七》卷 142，（北京：中華書局，1977 年 11 月，第 1 版），冊 10，頁 3345。

詞曲原是民間物。即使到了文人作者大盛的宋代，民間詞
仍是不絕如縷地在底層社會流行。這些民間詞，大多繼承
了前代民歌「緣事而發」的傳統，密切地反映著社會的現
實生活；而在語言方面，又大多採用著俚辭俗語，嬉笑怒
罵，俏皮風趣。然而，它的這種俚俗風格則是不被文人作
者所看得上眼的；另一方面，又因在它中間，確也存在著
一些糟粕性的東西，加之由於市民的某種庸俗意識而帶來
的粗鄙、油滑作風未能剔盡，所以就更容易受到正統詞論
家們的指責。〔註34〕

正因早期的士大夫多處於傳統的禮教約束中，無疑地阻礙了詞的發
展與其內容題材。加上當時在文壇上一直存在著，晚唐李商隱之詩
風與元白詩體的創作風氣。是故，雅、俗之辨一直靡漫在北宋文人的
心中。由於學步晚唐濃豔的侈靡之風漸盛，影響到了整個文學風氣，
對此宋眞宗亦曾不滿的下詔禁止，「今後屬文之士，有辭涉浮華，玷
於名教者，必加朝典，庶復古風」〔註35〕，其侈靡的風氣直至在范仲
淹、歐陽修、蘇軾等人的帶領之下，古樸的文風才又漸復興盛。

（一）崇雅黜俗

在整個北宋文壇上，「崇雅」一派一直是壓抑著「俚俗」一派，
在其代表人物方面，晏殊自然是崇雅一派，而柳永（987～1053）則
爲俚俗一派。然而，就詞的發展環境中，顯然柳永是較爲普羅大眾所
接受，其詞作的流傳亦較爲廣闊。但在整個宮廷朝野中，晏殊之詞風
則是較爲文人士大夫所接受的。在傳統的儒教之下，「詞」在北宋文
人眼中一直是被人視之爲小道末技、難登大雅之堂的，但在晏殊、歐
陽修等文壇領袖的創作帶領之下，使其詞體雅化，雖然亦是被視之爲

〔註34〕該書未註明作者：《唐宋詞的風格學》（台北：木鐸出版社，1987年
　　　　6月，初版），頁173。該書據唐圭璋所寫的序文中，可以得知，此
　　　　書爲大陸學者「楊海明」的著作。
〔註35〕〔宋〕石介：《徂徠集・祥符詔書記》卷19，收入〔清〕永瑢、紀昀
　　　　等纂修：《景印文淵閣四庫全書》（台北：臺灣商務印書館股份有限
　　　　公司，1986年3月，初版），冊1090，頁316（上欄）。

「以其餘力游戲」〔註36〕。然而，其雅化之工，亦讓人稱讚爲「風流閑雅，超出意表」〔註37〕。是以，詞在這些文人士大夫的創作之下，崇雅之風氣一直壓倒俚俗之風。

（二）帝王愛好

此外，宋詞之所以能在宋代社會中生氣蓬勃的發展，其中最大的因素之一，即是帝王的愛好。對此，王易（1889～1956）嘗於《詞曲史》一書中提及到：「有宋詞流之盛，多由於君上之提倡。北宋則太宗爲詞曲第一作家；眞、仁、神三宗俱曉聲律；徽宗之詞尤擅勝場，及所傳十餘篇，固已無愧作者。」〔註38〕上位者既然愛之，下位從屬者亦必當投入於此。據宋人吳處厚於《青箱雜記》一書中的記載：

> 景德中，夏公初授館職。時方早秋，上夕宴後庭，酒酣，遽命中使詣公索新詞。公問：「上在甚處？」中使曰：「在拱宸殿按舞。」公即抒思，立進〈喜遷鶯〉詞曰：「霞散綺，月沉鉤，簾捲未央樓。夜涼河漢截天流。宮闕鎖新秋。　瑤階曙，金莖露，鳳髓香和雲霧，三千珠翠擁宸游，水殿按〈梁州〉。」中使入奏，上大悅。〔註39〕

經由上段引文，可以看出宋代帝王對於詞的愛好，宋眞宗在酒酣之中，與館閣之臣夏竦（985～1051）索討新詞，以供享樂之用。而臣子亦不以爲意，可見此事於宋代朝野中，早已是大家司空見慣，習以

〔註36〕〔宋〕李之儀：〈跋吳思道小詞〉，收入金啓華等編：《唐宋詞集序跋匯編》（台北：臺灣商務印書館股份有限公司，1993年2月，臺灣初版），頁36。

〔註37〕〔宋〕李之儀：〈跋吳思道小詞〉，收入金啓華等編：《唐宋詞集序跋匯編》（台北：臺灣商務印書館股份有限公司，1993年2月，臺灣初版），頁36。

〔註38〕王易：《詞曲史・衍流第四》（南京：江蘇教育出版社，2005年8月，第1版），頁86。

〔註39〕〔宋〕吳處厚撰；尚成校點：《青箱雜記》卷5，收入上海古籍出版社編：《宋元筆記小說大觀》（上海：上海古籍出版社，2001年12月，第1版），冊2，頁1660。

爲常的現象。

（三）君臣宴集

在宋代的官場文化中，君臣宴集之現象，可謂非常的頻繁。起因還是由於帝王的認同，除了每逢特殊節日，帝王總會宴請臺閣重臣一起參與。另外，在群臣交游之間，歌筵酒宴的聚會風氣，亦是非常盛熾的瀰漫在整個朝野上下，笙歌樂舞，「兩府、兩制家中各有歌舞，官職稍如意，往往增置不已」〔註40〕。據宋人王明清於《揮塵錄》一書中，嘗有如下的記載：

> 張耆既貴顯，嘗啓章聖，欲私第置酒，以邀禁從諸公，上許之。既晝集盡歡，曰：「更願畢今日之樂，幸毋辭也。」於是羅幃翠幕，稠疊圍繞，繼之以燭。列屋蛾眉，極其殷勤。豪奢不可狀。每數杯則賓主各少憩。如是者凡三數。諸公但訝夜漏如是之永，暨置徹席出戶詢之，則云已再晝夜矣。〔註41〕

據上段引文資料，不僅可以看出君臣之間，享樂交游之風氣，而詞體之發展，亦即是在此種情況下，才得以興盛未艾。加上上位者既通曉音律，「太宗洞曉音律，前後親制大小曲及因舊曲刱新聲者，總三百九十」〔註42〕、「仁宗洞曉音律，每禁中度曲，以賜教坊，或命教坊使選進，凡五十四曲，朝廷多用之」〔註43〕，那下位者焉有不隨其步履，而晏殊所處的時代背景環境是如此，其詞作之中酒詞的數量之多，亦是可以使人理解的。

〔註40〕　〔宋〕朱弁；王根林校點：《曲洧舊聞》卷第1，收入上海古籍出版社編：《宋元筆記小說大觀》（上海：上海古籍出版社，2001年12月，第1版），冊3，頁2960。

〔註41〕　〔宋〕王明清撰，穆公校點：《揮塵錄》卷5，收入上海古籍出版社編：《宋元筆記小說大觀》（上海：上海古籍出版社，2001年12月，第1版），冊4，頁3690。

〔註42〕　〔元〕脫脫等撰：《宋史‧志第九十五‧樂十七》卷142，（北京：中華書局，1977年11月，第1版），冊10，頁3351。

〔註43〕　〔元〕脫脫等撰：《宋史‧志第九十五‧樂十七》卷142，（北京：中華書局，1977年11月，第1版），冊10，頁3356。

第二節　生平事略

在瞭解了晏殊所處時代背景之後，不難發現被許多學者稱之爲「太平宰相」的晏殊，其實在其所處的政治環境與社會環境中，外有外族叩關，內有黨爭伏流。在如此的內憂外患之下，所謂的「太平宰相」亦只是其表面而已，而身處於宋眞宗、宋仁宗時代的晏殊，雖位極人臣之位，但是在宋代的政治制度上，其位高並不代表其權重。加上晏殊本身之性格，並無與人爭權之心，但仍遭遇三次貶謫外放，對其心裡而言，必定會產生許多莫名的傷感。而其詞作中酒詞數量的比率會如此之多，恐或有其內在因素。是以，本章節在秉持著「知人論世」之說的觀點下，致力於探討其外在因素，唯有瞭解了晏殊之時代背景暨其生平之後，才能深入的去探析其酒詞之作。是故，以下筆者將就晏殊之「生平經歷」、「政治建樹」、與「才學性格」等三方面向，進行探討。

一、生平經歷

晏殊（991～1055），字同叔，撫州臨川（今江西臨川）人。生於宋太宗淳化二年（西元 991 元），卒於宋仁宗至和二年（西元 1055 年），享年六十五歲，卒諡元獻。因曾受封爲臨淄公，故當世人又稱其爲「臨淄公」或「晏元獻」。又因與其子晏幾道同以詞名盛行於世，是以，後世評論者將其二人並稱爲「二晏」。據歐陽修所撰寫的〈觀文殿大學士行兵部尙書西京留守贈司空兼待中晏公神道碑銘〉，可以得知其家門原是書香門第。然而，因歷經幾代後其家門逐漸沒落，其碑文內容如下：

> 公諱殊，字同叔，姓晏氏，其世次晦顯，徙遷不常。自其高祖諱墉，唐咸通中舉進士，卒官江西，始著籍於高安。其後三世不顯。〔註44〕

〔註44〕　〔宋〕歐陽修：〈觀文殿大學士行兵部尚書西京留守贈司空兼待中晏公神道碑銘〉，收入歐陽永叔：《歐陽修全集・居士集》卷22，（北京：

經由上段引文，大致可以得知晏殊之先祖，原是書香門第之家，雖歷經幾代後，家世逐漸的沒落。然而其家門之風氣，自然必定深植在晏殊的心中影響著他。在如此的家門之下，晏殊其人自然而然的會散透出一股雍容莊重之氣質。

（一）仕途之路

晏殊在時年七歲時，即以神童之名，聲動鄉里〔註 45〕。加上其自身「力學自奮，人鮮及之。加以沈謹，造次不踰矩，甚為搢紳所器」〔註 46〕的努力。是以，在宋眞宗景德元年（西元 1004 年），時年十四歲，經由張知白（？～1028）的引薦而聲動於朝廷，在廷試之中，「殊神氣不懾，援筆立成。帝嘉賞，賜同進士出身」〔註 47〕，後二日，宋眞宗又召試詩、賦、論，「既成，數稱善。擢秘書省正字，秘閣讀書」〔註 48〕，自此晏殊便身入臺閣之內。然而在二任君王的統治下，晏殊的際遇卻出現了兩種反差。是以，筆者將分別論述，晏殊所任職在二任君王，於其朝中之情況。

1. 宋真宗時期——平步青雲

晏殊在仕任宋眞宗的這段期間，14 至 32 歲（西元 1004～1022年），其所遭受的待遇可謂「平步青雲」。不僅在初仕時深受宋眞宗的賞識，終至宋眞宗駕崩時，亦從未受過任何一次貶謫。其政治地位亦是在此時期所建立起來，然而在這十八年的仕途中，雖然稱得上春風

　　　中國書店，1994 年 12 月，第 1 版，據世界書局 1936 年版影印），上冊，頁 160。
〔註45〕　〔元〕脫脫等撰：《宋史‧列傳第七十‧晏殊》卷 311，（北京：中華書局，1977 年 11 月，第 1 版），冊 29，頁 10195。
〔註46〕　〔宋〕李燾：《續資治通鑑長編》卷 85，收入〔清〕永瑢、紀昀等纂修：《景印文淵閣四庫全書》（台北：臺灣商務印書館股份有限公司，1986 年 3 月，初版），冊 315，頁 352（下欄）。
〔註47〕　〔元〕脫脫等撰：《宋史‧列傳第七十‧晏殊》卷 311，（北京：中華書局，1977 年 11 月，第 1 版），冊 29，頁 10195。
〔註48〕　〔元〕脫脫等撰：《宋史‧列傳第七十‧晏殊》卷 311，（北京：中華書局，1977 年 11 月，第 1 版），冊 29，頁 10195。

得意，但是在朝野內部之間，卻也一直暗伏著種種危機，這對年幼即入仕途的晏殊而言，在其內心裡自是戰戰兢兢。

（1）南北文人相輕

文人相輕，雖然自古有之，然而在宋代的開國之初，這種現象就一直普遍存在，在宋氏王朝的政治內部當中，北方士人凌駕南方士人的情況，幾乎已成為一種祖宗所留傳下來的家法。是以，在宋真宗想任用南方士人王欽若（962～1025）為相時，曾詢問舊臣王旦（957～1017），「祖宗時有秘讖云：『南人不可作宰相。』此豈立賢無方之義乎」〔註49〕，然而現任宋真宗朝的宰相王旦其回答則是：

> 欽若遭逢陛下，恩禮已隆，且乞留之樞密，兩府亦均。臣見祖宗朝未嘗有南人當國者，雖古稱立賢無方，然須賢士乃可。臣為宰相，不敢沮抑人，此亦公議也。〔註50〕

綜觀王旦之言，雖然沒有公開貶損王欽若，但其迂迴的措辭內容，亦可看出其是抑制南人為相的。因此宋真宗就真的打消了任用南方士人王欽若為相的念頭，直到舊臣王旦卒後，「欽若始大用」〔註51〕。對此，南方士人王欽若亦曾憤恨不平的，向旁人道起：「為王公遲我十年作宰相。」〔註52〕此外，就連宋代的名相寇準（961～1023），亦是素輕視南方士人的，據宋人李燾（1115～1184）於《續資治通鑑長編》中的記載，在宋真宗大中祥符八年（西元1015年），在決定進士的等第時，寇準其輕視南方士人之言行：

〔註49〕〔宋〕朱弁撰：王根林校點：《曲洧舊聞》卷第1，收入上海古籍出版社編：《宋元筆記小說大觀》（上海：上海古籍出版社，2001年12月，第1版），冊3，頁2959。

〔註50〕〔元〕脫脫等撰：《宋史·列傳第四十一·王旦》卷282，（北京：中華書局，1977年11月，第1版），冊27，頁9548。

〔註51〕〔元〕脫脫等撰：《宋史·列傳第四十一·王旦》卷282，（北京：中華書局，1977年11月，第1版），冊27，頁9548。

〔註52〕〔元〕脫脫等撰：《宋史·列傳第四十一·王旦》卷282，（北京：中華書局，1977年11月，第1版），冊27，頁9548。

時新喻人蕭貫與齊並見，齊儀狀秀偉，舉止端重，上意已屬之。知樞密院寇準又言：「南方下國人，不宜冠多士。」齊遂居第一。上喜，謂準曰：「得人矣。」……準性自矜，尤惡南人輕巧，既出，謂同列曰：「又與中原奪得一狀元。」

〔註53〕

再者，據宋人江休復（1005～1060）於《江鄰幾雜志》一書中，亦嘗記載此事：

> 萊公性自矜，惡南人輕巧。蕭貫當作狀元，萊公進曰：「南方下國，不宜冠多士。」遂用蔡齊。出院顧同列曰：「又與中原奪得一狀元。」時為樞密使。〔註54〕

寇準雖然貴為宋代名相，然而「雖有直言之風，而少包荒之量」〔註55〕，就連宋眞宗亦曾私底下，告誡下一任宰相，「寇準多許人官，以為己恩。俟行，當深戒之」〔註56〕。由此可以看出南方士人遭受北方士人傾壓之經過。而南方士人為何得以逐漸的在朝野中抬頭，其中最大的一個原因，即是宋眞宗打破了祖宗「南人不可作宰相」的家法。是以，南方士人才得以在政壇上嶄露頭角，但是暗地裡逐也形成了，南北士人相互傾軋的情況。

（2）深受眞宗賞識

晏殊在宋眞宗朝中，不僅官職逐年提升，而其中最大一個原因，即是宋眞宗所賞識的是其人格與才學。在晏殊初入仕途時，暗地裡亦曾遭受北方士人寇準的讒言，「宰相寇準曰：『殊江外人。』帝顧曰：

〔註53〕　〔宋〕李燾：《續資治通鑑長編》卷84，收入〔清〕永瑢、紀昀等纂修：《景印文淵閣四庫全書》（台北：臺灣商務印書館股份有限公司，1986年3月，初版），冊315，頁329（下欄）。

〔註54〕　〔宋〕江休復撰；孔一校點：《江鄰幾雜志》，收入上海古籍出版社編：《宋元筆記小說大觀》（上海：上海古籍出版社，2001年12月，第1版），冊1，頁595。

〔註55〕　〔元〕脫脫等撰：《宋史・列傳第四十・寇準・傳論》卷281，（北京：中華書局，1977年11月，第1版），冊27，頁9535。

〔註56〕　〔元〕脫脫等撰：《宋史・列傳第四十・寇準・傳論》卷281，（北京：中華書局，1977年11月，第1版），冊27，頁9532。

『張九齡非江外人邪？』」（註57），然而所幸宋眞宗並未因此而不重用晏殊。而晏殊的愼重與細心，是使其深受賞識的主要原因，在《宋史・晏殊》本傳中，亦曾記載：

> 帝每訪殊以事，率用方寸小紙細書，已答奏，輒并稿封上，帝重其愼密。〔註58〕

晏殊其愼密的性格，深獲眞宗的賞識與信任，再加上其早年入仕於館閣之內，得以觀看館閣之藏書，遂成就其「學際天人」之才學。是以，處在宋眞宗朝中的晏殊，其仕途可謂非常的順遂，未曾遭受貶謫，在宋眞宗乾興元年（西元 1022 年）二月，眞宗駕崩時，晏殊其官位，已官拜至翰林學士，爲太子左庶子。

2. 宋仁宗時期——三度貶謫

宋仁宗即位之後，宋氏王朝內部在章獻皇太后（968～1033）的專政之下，宋仁宗可謂有名而無實權，而晏殊在宋仁宗朝中的這段期間，32 至 65 歲（西元 1022～1055 年），其仕途可謂「頻頻受挫」，先後遭受到了三次貶謫，這亦是在他的政治生涯中，最不順遂的一段時間。雖然其政治地位已在宋眞宗朝建立起來，然而在這往後的三十二年之間，三次貶謫外放所加起來的時間，就達十六年之久。而正值壯年的晏殊本應有所作爲的，卻在此時頻頻受挫，對其內心裡想必一定有著深沉的感傷與慨歎。

（1）第一次貶謫

在宋仁宗朝期間，晏殊已步入壯年時期。然而在任職於樞密副使時，宋仁宗天聖三年（西元 1025 年），因上疏抗論章獻皇太后不可循私任命張耆（？～1048）爲樞密使，惹惱了章獻皇太后，卻也因此埋下了貶謫的伏因。隨後即在宋仁宗天聖五年（西元 1027 年），因「坐

〔註57〕 〔元〕脫脫等撰：《宋史・列傳第七十・晏殊》卷311，（北京：中華書局，1977 年 11 月，第 1 版），冊 29，頁 10195。

〔註58〕 〔元〕脫脫等撰：《宋史・列傳第七十・晏殊》卷311，（北京：中華書局，1977 年 11 月，第 1 版），冊 29，頁 10196。

從幸玉清昭應宮從者持笏後至，殊怒，以笏撞之折齒」〔註59〕，而遭御史彈劾，旋即被罷知宣州（今安徽宣城），數月後又改知應天府（今河南商丘縣）。然此事之經過，實有其因果前後之關係，但宋人朱熹（1130～1200）於《五朝名臣言行錄》中，卻將此二事合爲記載之：

> 章聖皇帝判南衙時，章獻太后得幸，張耆有力焉。天聖中，太后以耆爲樞密使，殊言樞密與中書爲兩府，同任天下大事。朝廷雖乏賢，亦宜以中材者處之，如耆者但富貴之可也。忤太后旨。坐以笏擊僕隷，出守南京。〔註60〕

因爲此事而遭受貶謫，這是晏殊從政以來的第一次挫折，而其直言不懼剛硬的性格，不顧章獻皇太后與張耆的關係與顏面，「章獻太后微時嘗寓其家，耆事之甚謹。及太后預政，寵遇最厚，賜第尚書省西，凡七百楹，安佚富盛踰四十年」〔註61〕，如此的持理據爭，直言不懼，勢必惹惱原本想循私提攜張耆任職樞密使的章獻皇太后，才會因此事件貶謫於朝廷之外。晏殊此次的外放時間，時約一年，至宋仁宗天聖六年（西元1028年），晏殊被召重回京師，任御史中丞。

（2）第二次貶謫

晏殊遭遇第二次貶謫的起因，則是宋仁宗明道元年（西元1032年），因李宸妃（987～1032）去世，晏殊奉命撰寫李宸妃墓志，遂也因此爲自己埋下了導火線。當隔年宋仁宗明道二年（西元1033年），章獻皇太后駕崩後，燕王告訴宋仁宗，章獻皇太后並非其親生之母，此時宋仁宗的生世之謎，才得以被揭發出來，據《宋史‧后妃上‧李宸妃》本傳中的記載：

〔註59〕〔元〕脫脫等撰：《宋史‧列傳第七十‧晏殊》卷311，（北京：中華書局，1977年11月，第1版），冊29，頁10196。

〔註60〕〔宋〕朱熹：《五朝名臣言行錄》卷第6之3，收入北京圖書館出版社影印室輯：《宋代傳記資料叢刊》（北京：北京圖書館出版社，2006年10月，第1版，據民國商務印書館《四部叢刊》景印本），冊22，頁271～272。

〔註61〕〔元〕脫脫等撰：《宋史‧列傳第四十九‧張耆》卷290，（北京：中華書局，1977年11月，第1版），冊28，頁9711。

> 後章獻太后崩，燕王爲仁宗言：「陛下乃李宸妃所生，妃死
> 以非命。」仁宗號慟頓毀，不視朝累日，下哀痛之詔自責，
> 尊宸妃爲皇太后，諡莊懿。〔註62〕

眞相大白後，仁宗皇帝便遷怒奉命撰寫李宸妃墓志的晏殊，據《宋
史·仁宗本紀》中的記載：

> 三月庚午，加恩百官。……甲午，皇太后崩，遺詔尊皇太
> 妃爲皇太后。……夏四月丙申朔，出大行皇太后遺留物賜
> 近臣，壬寅，追尊宸妃李氏爲皇太后，至是帝始知爲宸妃
> 所生。……癸丑，召還宋綬、范仲淹。……己未，呂夷簡、
> 張耆、夏竦、陳堯佐、范雍、趙稹、晏殊皆罷。〔註63〕

此是晏殊生平所遭受的第二次貶謫，然而此次貶謫對於晏殊而言，誠
屬冤枉，此般官廷秘史，別說晏殊是否眞的得知，倘若晏殊眞的得知
此事，在撰寫李宸妃墓志的當下，章獻皇太后此時尚在人世，晏殊又
從何下筆。是以，蘇轍（1039～1112）於《龍川別志》一書中，亦嘗
記載此事爲其抱屈：

> 章懿之崩，李淑護葬，晏殊撰志文，只言生女一人，早卒
> 無子。仁宗恨之，及親政，內出志文，以示宰相曰：「先後
> 誕育朕躬，殊爲侍從，安得不知。乃言生一公主，又不育，
> 此何意也？」呂文靖曰：「殊固有罪，然宮省事秘，臣備位
> 宰相，是時雖畧知之而不得其詳，殊之不審，理容有之。
> 然方章獻臨御，若明言先后實生聖躬，事得安否。」上默
> 然良久，命出殊守金陵。明日，以爲遠，改守南都。〔註64〕

仁宗皇帝經由宰相呂文靖的說解後，可能自覺理虧。是以，原本命晏

〔註62〕　〔元〕脫脫等撰：《宋史·列傳第一·后妃上·李宸妃》卷242，（北
　　　　　京：中華書局，1977年11月，第1版），冊25，頁8617。

〔註63〕　〔元〕脫脫等撰：《宋史·本紀第十·仁宗二》卷10，（北京：中華
　　　　　書局，1977年11月，第1版），冊1，頁195。

〔註64〕　〔宋〕蘇轍撰：孔凡禮整理：《龍川別志》卷上，收入朱易安、傅璇
　　　　　琮等主編：《全宋筆記》（鄭州：大象出版社，2003年10月，第1版），
　　　　　第1編第9冊，頁324。筆者案引文中：「先後誕育朕躬」，其「後」
　　　　　字，恐是出版時繁簡字體轉換之誤，應作「后」字。

殊出守金陵，爾後改守南都。然而此次的李宸妃墓志事件，卻也成了晏殊第二次遭受貶謫之禍。從宋仁宗明道元年（西元 1033 年）外放至亳州（今安徽亳縣），於宋仁宗景祐二年（西元 1035 年），又自亳州徙知陳州（今河南淮陽縣），直到宋仁宗寶元元年（西元 1038 年），晏殊才又得以重回京師，此次外放的時間約歷經五年之久。

（3）第三次貶謫

晏殊的最後一次貶謫，是其最無辜也最無奈的一次，由此亦可看出，晏殊於宋仁宗一朝中，其頻頻受挫之經過，不同於在宋眞宗朝中身受禮遇，可以相比擬的。宋仁宗慶曆四年（西元 1044 年），晏殊因受孫甫（998～1057）、蔡襄（1012～1067）之彈劾，而遭受貶謫。據《宋史・晏殊》本傳中的記載，此次彈劾的主要原因乃是：

> 殊出歐陽脩爲河北都轉運，諫官奏留，不許。孫甫、蔡襄上言：「宸妃生聖躬爲天下主，而殊嘗被詔誌宸妃墓，沒而不言。」又奏論殊役官兵治僦舍以規利。坐是，降工部尚書、知潁州。〔註65〕

上述二條奏論，關於第一條「李宸妃墓志事件」，據夏承燾（1900～1986）考據，應屬謬誤〔註66〕。因爲此事晏殊早已遭受貶謫，相信宋仁宗亦已釋懷，否則又怎會召回晏殊重回京師。那此次晏殊貶謫之因，即是「役官兵治僦舍以規利」，但此條罪責亦屬牽強的欲加之罪，因爲晏殊「所役兵，乃輔臣例宣借者」〔註67〕，所以「時以謂非殊罪」〔註68〕。如此看來，晏殊第三次所遭受的貶謫，誠屬誣害。

〔註65〕〔元〕脫脫等撰：《宋史・列傳第七十・晏殊》卷311，（北京：中華書局，1977 年 11 月，第 1 版），冊 29，頁 10197。

〔註66〕夏承燾：《唐宋名人年譜・二晏年譜》，收入夏承燾：《夏承燾集》（杭州：浙江古籍出版社、浙江教育出版社，該全集未註明出版年月與版次），冊 1，頁 239～240。

〔註67〕〔元〕脫脫等撰：《宋史・列傳第七十・晏殊》卷311，（北京：中華書局，1977 年 11 月，第 1 版），冊 29，頁 10197。

〔註68〕〔元〕脫脫等撰：《宋史・列傳第七十・晏殊》卷311，（北京：中華書局，1977 年 11 月，第 1 版），冊 29，頁 10197。

　　此次的外放從宋仁宗慶曆四年（西元 1044 年）的知穎州（今安徽阜陽），到宋仁宗慶曆八年（西元 1048 年）自穎州移陳州（今河南淮陽縣）。至宋仁宗皇祐元年（西元 1049 年）又自陳州徙知許州（今河南許昌縣），宋仁宗皇祐二年（西元 1050 年）又以觀文殿大學士知永興軍（今陝西西安）。至宋仁宗皇祐五年（西元 1053 年）自永興軍徙知河南，兼西京留守，直到宋仁宗至和元年（西元 1054 年），才得以因疾歸京師。而此次晏殊所遭受的外放時間，竟長達有十年之久。是以，歐陽修在其〈晏元獻公挽辭〉一詩中，亦曾留下了如此的詩句：「四鎮名藩忽十春，歸來白首兩朝臣。」〔註69〕 這是何等的淒涼，雖然重回了京師，然而，在次年（西元 1055 年）晏殊亦因疾，病卒於京師。

　　晏殊於仁宗朝所遭遇的三次貶謫歷時分別是：第一次貶謫約為期一年、第二次貶謫約為期五年、第三次貶謫約為期十年，總計約十六年。為了可以清楚的明白，晏殊三次貶謫的起因與時間。是故，筆者將其整理成「晏殊貶謫一覽表」，以明之。

晏殊貶謫一覽表

編號	宋仁宗年號	西元	年齡	召回京師暨貶謫地點	貶謫原因
1	天聖五年	1027	37	罷知宣州，後改應天府	因「坐從幸玉清昭應宮，從者持笏後至，殊怒，以笏撞之，折齒」，遭御史彈劾。
	天聖八年	1028	38	重回京師	
2	明道二年	1033	43	知亳州	因「奉命撰寫李宸妃墓志」，後因仁宗得知李宸妃為其生母，故遷怒晏殊，而遭受貶謫。
	景祐二年	1035	45	徙知陳州	
	寶元元年	1038	48	重回京師	

〔註69〕 〔宋〕歐陽修：〈晏元獻公挽辭三首〉其二，收入歐陽永叔：《歐陽修全集・居士外集》卷 7，（北京：中國書店，1994 年 12 月，第 1 版，據世界書局 1936 年版影印），上冊，頁 394。

3	慶曆四年	1044	54	知穎州	遭孫甫、蔡襄上奏彈劾:「役官兵治僦舍以規利。」
	慶曆八年	1048	58	徙知陳州	
	皇祐元年	1049	59	徙知許州	
	皇祐二年	1050	60	知永興軍	
	皇祐五年	1053	63	徙知河南,兼西京留守	
	至和元年	1054	64	因疾回京師,隔年病卒	

根據上表,仔細一看,即可明白晏殊並非人人口中所稱頌的「太平宰相」。觀其一生之仕途經歷,除了早年於宋真宗朝中,堪稱順遂如意、深受賞識未曾遭受貶謫外。其於宋仁宗一朝時,除了先有章獻皇太后的專政之外,後又因諸多人事變故,而連連的遭受貶謫。倘若最後不是因疾回京,晏殊這第三次的貶謫時間,許或還會在延長。由此亦可以看出,晏殊於宋仁宗一朝,並非如意順遂,三次貶謫的時間,加起來就長達有十六年之久。如此漫長的時間,在晏殊的內心世界裡,想必感觸良深。

(二)喪親之慟

世上最令人傷慟者,莫過於面對自己身邊至親的生死之別。面對一次就足以令人心碎,然而這種天人永隔的傷痛,在晏殊的一生當中卻偏偏又一再的上演此等死別的悲劇。對其心理相信自是一種重大的打擊。是故,下列筆者將整理出晏殊這一生中,親身所面對過的生死之別。

1. 父母之喪

父母二人先後相繼的去世,這是晏殊一生中,最先經歷的生死之別。然而卻因宋真宗的賞識,無法為其父母守喪,許或這也是晏殊心中最大的傷慟。據《宋史·晏殊》本傳中的記載:

> 喪父,歸臨川,奪服起之,從祀太清宮。詔修實訓,同判

太常禮院。〔註70〕

喪母，求終服，不許，再遷太常寺丞，擢左正言、直史館，
為昇王府記室參軍。〔註71〕

據夏承燾的考據，晏殊其父約喪於宋眞宗大中祥符六年（西元 1013
年），而其母則約喪於宋眞宗大中祥符七年（西元 1014 年）至宋眞
宗大中祥符九年（西元 1016 年）之間〔註72〕。而晏殊從「丁父憂，
去官。已而眞宗思之，即其家起復，命淮南發運使具舟送之京師」
〔註73〕，到「母喪，求終服，不許」，皆可以看出宋眞宗對於晏殊是
非常禮遇與賞識的。但卻也因此之故，晏殊無法在家為其父母守孝，
這對於至情至性的晏殊而言，想必在其內心自是非常傷慟的事。

2. 妻子之喪

晏殊在遭逢父母之喪後，命運卻像是在同他開玩笑般，緊接而來
的即是要面臨喪妻之慟。而晏殊這一生中所娶的三名女子，據歐陽修
於〈觀文殿大學士行兵部尚書西京留守贈司空兼待中晏公神道碑銘〉
中的記載：

公初娶李氏，工部侍郎盧己之女。次孟氏，屯田員外郎盧
舟之女，封鉅鹿郡夫人。次王氏，太師尚書令超之女，封
榮國夫人。〔註74〕

〔註70〕〔元〕脫脫等撰：《宋史‧列傳第七十‧晏殊》卷311，（北京：中華
書局，1977 年 11 月，第 1 版），冊 29，頁 10195。

〔註71〕〔元〕脫脫等撰：《宋史‧列傳第七十‧晏殊》卷311，（北京：中華
書局，1977 年 11 月，第 1 版），冊 29，頁 10195～10196。

〔註72〕夏承燾：《唐宋名人年譜‧二晏年譜》，收入夏承燾：《夏承燾集》（杭
州：浙江古籍出版社、浙江教育出版社，該全集未註明出版年月與
版次），冊 1，頁 206。

〔註73〕〔宋〕歐陽修：〈觀文殿大學士行兵部尚書西京留守贈司空兼待中晏
公神道碑銘〉，收入歐陽永叔：《歐陽修全集‧居士集》卷22，（北京：
中國書店，1994 年 12 月，第 1 版，據世界書局 1936 年版影印），上
冊，頁 160。

〔註74〕〔宋〕歐陽修：〈觀文殿大學士行兵部尚書西京留守贈司空兼待中晏
公神道碑銘〉，收入歐陽永叔：《歐陽修全集‧居士集》卷22，（北京：
中國書店，1994 年 12 月，第 1 版，據世界書局 1936 年版影印），上

據上段引文的記載，可以得知此三門親事都是門當戶對之作。然而接連的喪妻使其無法與其摯愛廝守終老，此等傷慟自是不言而喻。而關於第一任妻子李氏的亡故時間，根據宋人李燾《續資治通鑑長編》中的記載，在宋真宗大中祥符八年（西元 1015 年），「或聞有大族欲妻以女，殊堅拒之」〔註 75〕，張秋芳據此則記載，推斷晏殊第一任妻子李氏，約於此年之前亡故〔註 76〕。而第二任妻子孟氏張秋芳據宋仁宗天聖三年（西元 1025 年），夏竦〈樞密副使禮部侍郎晏殊妻江夏郡君孟氏可進封鉅鹿郡夫人〉一文，推斷晏殊第二任妻子孟氏，約於此年之後亡故〔註 77〕，由此可見，晏殊的婚姻生活並非圓滿，接連喪妻的傷慟，勢必會影響其心理精神層面，進而內心裡對於人世間其悲歡離合的看法，產生了一種既隱晦而又沉重的感傷。

3. 兄弟之喪

　　晏殊與其弟晏穎二人，皆因神童之名而引薦於朝廷。在晏穎進入仕途之後，他們兄弟二人便一同任職於宋真宗一朝，從宋人沈括《夢溪筆談》中的記載：「及為館職，時天下無事，許臣寮擇勝燕飲，當時侍從文館士大夫為燕集，以至市樓酒肆，往往皆供帳為游息之地。公是時貧甚，不能出，獨家居與昆弟講習。」〔註 78〕可以看出他們兄弟二人之間的情誼是非常深厚的。然而唯一陪伴晏殊，一同在險惡的政治環境上相互扶持的親弟弟，卻也英年早逝的離他而去。據清人謝

冊，頁 161～162。

〔註 75〕　〔宋〕李燾：《續資治通鑑長編》卷 85，收入〔清〕永瑢、紀昀等纂修：《景印文淵閣四庫全書》（台北：臺灣商務印書館股份有限公司，1986 年 3 月，初版），冊 315，頁 352（下欄）。

〔註 76〕　張秋芬：《珠玉詞的感傷與消解》（彰化：國立彰化師範大學國文研究所碩士論文，2005 年 1 月），頁 15。

〔註 77〕　張秋芬：《珠玉詞的感傷與消解》（彰化：國立彰化師範大學國文研究所碩士論文，2005 年 1 月），頁 15。

〔註 78〕　〔宋〕沈括撰：胡靜宜整理：《夢溪筆談‧人事一》卷 9，收入朱易安、傅璇琮等主編：《全宋筆記》（鄭州：大象出版社，2006 年 1 月，第 1 版），第 2 編第 3 冊，頁 80。

旻於《江西通志》中引《名勝志》的記載：

> 固生三子，元獻與弟穎舉神童，入秘閣，而穎夭。〔註79〕

從上述引文中的「夭」字，可以得知晏穎在政治的道路上，在正值青年時期的他，卻因故，意外的早逝了，使得晏殊失去斷折了，原本在政治道路上的依靠。這種打擊對於晏殊而言，想必是非常沉痛的。此外，下列二則引文中，亦曾記載晏殊喪弟之經過，據清人胡亦堂、謝元鍾等修纂的《臨川縣志》中的記載：

> 晏奉禮者，名穎，臨川人。丞相元獻公之弟也。童子時有聲，真宗朝召試翰林院，賦〈宮沼瑞蓮〉，賜出身。授奉禮郎。穎聞報閉書室高臥，家人呼之弗應，掊鎖就視，則已蛻去。旁得書一紙，云：「江外三千里，人間十八年。此時誰復見，一鶴上遼天。」時年十八。〔註80〕

再者，據宋人所撰寫的《道山清話》一書中亦嘗記載此事：

> 臨淄公既顯，其季弟穎，自幼亦如臨淄公警悟，章聖聞其名，召入禁中，因令作〈宮沼瑞蓮賦〉，大見稱賞。賜出身，授奉禮郎。穎聞之，走入書室中，反關不出，其家人輩連呼不應，乃破壁而入，則已蛻去。案上有紙，大書小詩二首，一云：「兄也錯到底，猶誇將相才。世緣何日了，了卻早歸來。」一云：「江外三千里，人間十八年。此行誰復見，一鶴上遼天。」其年十八歲也。章聖御篆「神仙晏穎」四字，賜其家。〔註81〕

雖然上述二則引文，都加油添醋的把晏穎給神話了，但是卻可證實其早逝的事實。至於晏穎亡故的時間，在宋人李燾《續資治通鑑長編》

〔註79〕 〔清〕謝旻等修，陶成等纂：《江西通志》引《名勝志》卷110，（台北：成文出版社有限公司，1989 年 3 月，臺一版，據清雍正十年刊本影印），冊 6，頁 2058（下欄）。

〔註80〕 〔清〕胡亦堂等修，謝元鍾等纂：《臨川縣志》卷 28，（台北：成文出版社有限公司，1989 年 3 月，臺一版，據清康熙十九年刊本影印），冊 2，頁 854。

〔註81〕 〔宋〕佚名；孔一校點：《道山清話》，收入上海古籍出版社編：《宋元筆記小說大觀》（上海：上海古籍出版社，2001 年 12 月，第 1 版），冊 3，頁 2948。

中的記載，宋眞宗大中祥符八年（西元 1015 年），眞宗曾讚賞晏殊與
其弟晏穎：「京城賜酺，京官不得預會，同輩召之出遊，不答，但掩
關與弟穎讀書著文。」〔註82〕據此，張秋芬推斷晏殊其弟晏穎，約是
於此年之後亡故〔註83〕。而此刻正値晏殊於仕途上，平步青雲的重要
時刻，就要接連的面對四位親人的亡故。此等生命中的傷痛與經歷，
自是非一般人所得以體會的。是以，在晏殊的酒詞作品中，總是時而
會散透出一股憂傷的氣息，如果深入了解晏殊的生平，也就不難感受
體會出，晏殊這些發自心底的憂傷來源了。

4. 長子之喪

　　白髮人目送黑髮人，此等生命中最不願遇見的傷痛，還是在晏殊
的生命當中發生了。據歐陽修〈觀文殿大學士行兵部尚書西京留守贈
司空兼待中晏公神道碑銘〉中的記載：

　　　　子八人，長曰居厚，大理評事，早卒。〔註84〕

從上則引文，可以得知晏殊之子晏居厚，是繼其弟晏穎之後，同與晏
殊一起於政治道路上的依靠，然而卻也因故早逝了。據宋人李燾於
《續資治通鑑長編》中的記載，宋仁宗天聖九年（西元 1031 年），當
晏殊奉詔撰寫樂章時，可知其子居厚尚在人世，「初命翰林侍講學士
孫奭撰樂曲名，資政殿學士晏殊撰樂章，……殊子祕書省正字居
厚，奭孫將作監主簿，惟直並遷奉禮郎」〔註85〕，因此張秋芬據此推

〔註82〕　〔宋〕李燾：《續資治通鑑長編》卷85，收入〔清〕永瑢、紀昀等纂
　　　　　修：《景印文淵閣四庫全書》（台北：臺灣商務印書館股份有限公司，
　　　　　1986 年 3 月，初版），冊 315，頁 352（下欄）。
〔註83〕　張秋芬：《珠玉詞的感傷與消解》（彰化：國立彰化師範大學國文研
　　　　　究所碩士論文，2005 年 1 月），頁 13。
〔註84〕　〔宋〕歐陽修：〈觀文殿大學士行兵部尚書西京留守贈司空兼待中晏
　　　　　公神道碑銘〉，收入歐陽永叔：《歐陽修全集·居士集》卷 22，（北京：
　　　　　中國書店，1994 年 12 月，第 1 版，據世界書局 1936 年版影印），上
　　　　　冊，頁 162。
〔註85〕　〔宋〕李燾：《續資治通鑑長編》卷 110，收入〔清〕永瑢、紀昀等
　　　　　纂修：《景印文淵閣四庫全書》（台北：臺灣商務印書館股份有限公
　　　　　司，1986 年 3 月，初版），冊 315，頁 692（上欄）。

斷晏殊之子晏居厚,約於宋仁宗明道元年(西元 1032 年)之後亡故
〔註86〕。至長子晏居厚卒後,晏殊從宋眞宗年間至宋仁宗年間,就接
連的喪故了六位至親,此等生命中的痛楚,勢必會對其「人之於世」
的生命觀,有所感發與體悟。

爲了可以清楚的明白,晏殊所遭逢的喪親之慟中,其喪親之人
與時間。是故,筆者將其整理成「晏殊喪親一覽表」〔註87〕,以明
之。

晏殊喪親一覽表

編號	喪親時間	西元	喪親對象	晏殊時年	晏殊當時所在地
1	眞宗大中祥符六年	1013	喪父:晏固	23	京師
2	約眞宗大中祥符七年之後 至眞宗大中祥符九年之前	1014 1016	喪母:吳氏	24 26	京師
3	約眞宗大中祥符八年之前	1015	喪妻:第一任李氏	25	京師
4	約眞宗大中祥符八年之後	1015	喪弟:晏穎	25	京師
5	約仁宗天聖三年之後	1025	喪妻:第二任孟氏	35	京師
6	約仁宗明道元年之後	1032	喪子:長子晏居厚	42	京師

面對命運始終無法改變什麼的人們,其所心盼的無非就是希望自己身
邊的至親好友,能過得健康、過得幸福、過得自在快活。然而人們最
不忍面對的死別,此種痛徹心扉的生命傷痛,卻始終如影隨行般的在
晏殊的生命中發生了。在他正當平步青雲時,身邊的至親卻一一的離
他而去,無法同他分享生命中的所有悲喜,而他亦無法爲這些親人們

〔註86〕 張秋芬:《珠玉詞的感傷與消解》(彰化:國立彰化師範大學國文研
究所碩士論文,2005 年 1 月),頁 14。

〔註87〕 筆者此「晏殊喪親一覽表」,關於晏殊其親人的喪年時間。說明如下:
其父母之喪年,乃據夏承燾〈二晏年譜〉,整理而成;而其二任妻子
與其弟、長子之喪年,其推斷時間,乃據張秋芬《珠玉詞的感傷與
消解》,整理而成。

再多付出些什麼，如此的傷慟，如此的經歷，在晏殊的酒詞作品中，總能散透出他那種對於「生命不永」中，所呈現出一種清淡悠遠的感傷美感特色，這都是他生命中最眞實的感悟與寫照。

二、政治建樹

　　晏殊除了常被稱之爲「太平宰相」之外，其次所遭受的批評，即是其對於政治方面毫無貢獻。不然就只看到其提攜後進，此一方面的貢獻而已。然而在深入探究其所處之時代背景後，筆者發現晏殊在其政治建樹方面，雖無彪炳偉業之事蹟，然而他亦有盡其士大夫之職責。據《宋史・晏殊》本傳中所記載：

> 殊平居好賢，當世知名之士，如范仲淹、孔道輔皆出其門。
> 及爲相，益務盡賢材，而仲淹與韓琦、富弼皆進用，至於
> 臺閣，多一時之賢。〔註88〕

對於提攜後進這方面，常被當朝人與後世研究者，認定這是晏殊一生最大的政績。對此，歐陽修於其〈晏元獻公挽辭〉一詩中曾云：「接物襟懷曠，推賢品藻精。謀猷存二府，臺閣徧諸生。」〔註89〕此外，范鎭於〈晏元獻公挽辭〉中亦曾言及：「平生欲報國，所得是知人。」〔註90〕試想倘若無晏殊如此提攜後進，在北宋眞宗、仁宗二朝，其政治內部的氣象，必定多由姦邪之人所佔據。而關於晏殊其「知人惜才」此方面政績，雖在政治表面上看似並無重大之貢獻，但若細究其提攜之人在政治上的表現與貢獻。就會發現若無伯樂，千里馬又何能奔馳，發揮其所長之感。是以，筆者將從「軍事」、「民生」與「教育」

〔註88〕〔元〕脫脫等撰：《宋史・列傳第七十・晏殊》卷311，（北京：中華書局，1977年11月，第1版），冊29，頁10197。

〔註89〕〔宋〕歐陽修．〈晏元獻公挽辭三首〉其一，收入歐陽永叔：《歐陽修全集・居士外集》卷7，（北京：中國書店，1994年12月，第1版，據世界書局1936年版影印），上冊，頁394。

〔註90〕〔宋〕范鎭：〈晏元獻公挽辭〉，收入北京大學古文獻研究所編：《全宋詩》卷346，（北京：北京大學出版社，1998年12月，第2版），冊6，頁4266。

等三個視角，論述晏殊在此方面之努力與貢獻。

（一）軍事

在軍事政治方面，當西夏叩邊關時，晏殊正值樞密使，據《宋史‧晏殊》本傳中的記載：

> 陝西方用兵，殊請罷內臣監兵，不以陣圖授諸將，使得應敵爲攻守，及募弓箭手教之，以備戰鬥。又請出宮中長物助邊費，凡他司之領財利者，悉罷還度支。悉爲施行。〔註91〕

兩軍交戰貴在神速，此乃兵法之道，並且戰事本就變化多端，如果墨守陣圖以部屬軍隊，豈非猶如紙上談兵。是以，晏殊深明兵法之道，故「不以陣圖受諸將」，能如此沉著冷靜的判斷戰事，化解危機，足見晏殊於軍事政治方面，是有其謀略與貢獻之處的。

（二）民生

在民生政治方面，晏殊亦曾在貶謫於應天府時期，發現民生政治上的弊病，因而上奏天聽，關心民政。這在其〈乞令場務不得妄增課利奏〉一文中，曾云：

> 遇天府（注曰：疑當作「應天府」）縣鎮村坊買撲酒務，本路轉運司準例勒添長課利，方許勾當。深慮久遠增添不已，難爲趁辦，失陷官錢。乞令小可場務今後不得增長課利，所冀公私便濟。〔註92〕

其次，在其〈差剩員兵士代百姓充驛子奏〉一文中，亦曾云：

> 諸處州縣例差鄉戶百姓充驛子，甚有勞擾。臣前知南京日，就差剩員兵士逐季替換，甚以便民。望行下諸州軍并依此例。〔註93〕

〔註91〕〔元〕脫脫等撰：《宋史‧列傳第七十‧晏殊》卷311，（北京：中華書局，1977年11月，第1版），冊29，頁10196。

〔註92〕〔宋〕晏殊：〈乞令場務不得妄增課利奏〉，收入四川大學古籍整理研究所編：《全宋文》卷397，（四川：巴蜀書社，1990年8月，第1版），冊10，頁188。

〔註93〕〔宋〕晏殊：〈差剩員兵士代百姓充驛子奏〉，收入四川大學古籍整理研究所編：《全宋文》卷397，（四川：巴蜀書社，1990年8月，

從上述二條引文，可以看出晏殊並非不知民間疾苦，他亦是留心民生政治的。對於朝廷內政上的弊端，他發現後旋即上奏，責無旁貸，只求上位者能體諒處於中、下階層的平民百姓，得以有更舒適便利的生存環境空間。

（三）教育

在教育政治方面，這一直是晏殊所關心的，因為他熟知宋朝以文立國的政治形態，所以這個國家的生存條件，就是必須培育出一批又一批優秀的人才，這也是他身為傳統士大夫的責任。在他第一次貶謫知應天府時期，他大興學校，延請范仲淹教授生徒。據此歐陽修在其〈觀文殿大學士行兵部尚書西京留守贈司空兼待中晏公神道碑銘〉中嘗言及此事：「留守南京，大興學校，以教諸生，自五代以來，天下學廢，興自公始。」〔註94〕此外，晏殊亦曾薦舉王洙（997～1057）來學校講學，在其〈薦王洙為應天府書院說書奏〉一文中曾云：

> 應天府舊有敕賜書院，諸生闕于師資。伏見部授賀州富川縣主簿王洙素有文行，其明經術，欲就舉留，令帶所授官充應天府書院說書。〔註95〕

原本因晚唐五代戰亂，而導致學校盡廢，但由於晏殊之故，不僅使得學校教育復甦起來，又延請品格優良之教師，教授生徒，其對於宋代在教育政治方面上的改革，實在功不可沒。

是以，綜觀晏殊除了在提攜人才方面不遺餘力外，然而在「軍事」、「民生」與「教育」等政治上，其所作為亦是有目共睹的，並非批判者所言，除了提攜後進外，毫無貢獻。經由上述等三個面向來

　　　第1版），冊10，頁189。

〔註94〕〔宋〕歐陽修：〈觀文殿大學士行兵部尚書西京留守贈司空兼待中晏公神道碑銘〉，收入歐陽永叔：《歐陽修全集・居士集》卷22，（北京：中國書店，1994年12月，第1版，據世界書局1936年版影印），上冊，頁161。

〔註95〕〔宋〕晏殊：〈薦王洙為應天府書院說書奏〉，收入四川大學古籍整理研究所編：《全宋文》卷397，（四川：巴蜀書社，1990年8月，第1版），冊10，頁188。

看，晏殊於宋代政治上，雖然並未有重大的政績，但在其小細節上亦
是有其貢獻的。

三、才學性格

　　想深入完整的探究晏殊其酒詞作品，除了運用外緣研究的方
法，對其所處時代背景有所瞭解之外，再者，筆者將從內緣研究的視
角，去探究瞭解晏殊其才學性格。因為時代背景乃是屬於後天之因
素；而作者本身的才學性格則是屬於先天之因素，而作品之中所呈現
出來的風格特色，與其主旨內涵、生命意識，對於作者本身而言，其
兩者是同等重要的。誠如楊文雄所言：

> 每個詩人都有其獨特藝術風格，才能卓然成家。而締造個
> 人風格的因素有兩個：一是先天的才華；二是後天的經驗。
> 作家的才性和品格屬先天才華；後天的經驗應括含作家的
> 個人遭遇，以及時代環境、當代思潮對作家的影響。全面
> 研究了作家天生稟賦與時代背景、當代文風，才能深入了
> 解作家詩作風格及其淵源影響。〔註96〕

一位成功的詩人，何以能在千餘年之後，還能鮮活的穿越時空，活在
每一位喜愛他的讀者面前，選擇對其進行研究。筆者相信這一切都絕
不會是偶然的，他們是以他們的生命、以他們的悲喜在進行創作的。
是以，先天的才學性格，與後天的時代背景，對於他們在作品中所呈
現出來的意韻、風格，是有其絕對之影響的。是故，在進行研究的當
下，就不能忽視其二者可能對他們的作品所可能產生的影響。

（一）才學著作

　　就晏殊的才學而言，除了其本身出自書香門第之外。再者，就是
其「自少篤學，至其病亟，猶手不釋卷」〔註97〕，除了自身之努力外，

〔註96〕 楊文雄：《李白詩歌接受史》（台北：五南圖書出版有限公司，2000
　　　　年3月，初版），頁124。
〔註97〕 〔宋〕歐陽修：〈觀文殿大學士行兵部尚書西京留守贈司空兼侍中晏
　　　　公神道碑銘〉，收入歐陽永叔：《歐陽修全集·居士集》卷22，（北京：

加上晏殊在初仕宋眞宗朝時，是「以爲祕書省正字，置之祕閣，使得悉讀祕書」〔註98〕，正因如此勤勉不懈的好學精神，才是成就其才學的主要之因。雖然晏殊早年即被稱之爲神童，但倘若其自身不勤勉力學的話，亦是無法成就其文學之成就與地位。從曾鞏（1019～1083）爲其所撰寫的〈類要序〉一文中，可以得知晏殊精讀群書，博采通人之處：

> 及得公所爲《類要》上中下帙，總七十四篇，凡若干門，皆公所手抄。乃知公於六藝、太史、百家之言，騷人墨客之文章，至於地志、族譜、佛老、方伎之眾說，旁及九州之外，蠻夷荒忽詭變奇迹之序錄，皆批尋紬繹，而於三才萬物變化情僞，是非興壞之理，顯隱細鉅之委曲，莫不究盡。公之得於内者在此也。公之所以光顯於世者，有以哉！〔註99〕

這是晏殊之子知止，託請曾鞏爲其父《類要》所撰寫的序文，雖然晏殊所編的《類要》今已亡佚，然而從曾鞏的序文當中，可以看出晏殊對於經、史、子、集等各方面皆能有所涉獵，這也是其才學博采通人之處。另外，在其後輩好友宋祁（998～1061）的《宋景文筆記》中亦嘗記載，其才學著作之深厚：「晏相國，今世之工爲詩者也。末年見編集者乃過萬篇，唐人以來所未有。」〔註100〕此外，在葉夢得的《避暑錄話》中亦嘗記載，晏殊編著《類要》之情況：

中國書店，1994 年 12 月，第 1 版，據世界書局 1936 年版影印），上冊，頁 161。
〔註98〕〔宋〕歐陽修：〈觀文殿大學士行兵部尚書西京留守贈司空兼待中晏公神道碑銘〉，收入歐陽永叔：《歐陽修全集・居士集》卷 22，（北京：中國書店，1994 年 12 月，第 1 版，據世界書局 1936 年版影印），上冊，頁 160。
〔註99〕〔宋〕曾鞏：〈類要序〉，收入〔宋〕曾鞏撰；陳杏珍、晁繼周點校：《曾鞏集》卷 13，（北京：中華書局，2004 年 11 月，第 1 版），上冊，頁 210。
〔註100〕〔宋〕宋祁撰；儲玲玲整理：《宋景文筆記》上，收入朱易安、傅璇琮等主編：《全宋筆記》（鄭州：大象出版社，2003 年 10 月，第 1 版），第 1 編第 5 冊，頁 48。

晏元獻平居書簡及公家文牒，未嘗棄一紙，皆積以傳書。雖封皮亦十百爲沓，暇時手自持熨斗，貯火於旁，炙香匙親熨之，以鐵界尺鎭案上。每讀得一故事，則書以一封皮。後批門類，授書吏傳錄，蓋今《類要》也。王莘樂道尚有數十紙，余及見之。〔註 101〕

從葉氏的記載中，除了可以看到晏殊勤儉的一面外，亦可以看出其作學問之用心，無怪宋人李清照（1084～1156）會在其〈詞論〉中稱之爲：「學際天人。」〔註 102〕而關於晏殊之著作，根據夏承燾於〈二晏年譜〉中的整理，可以得知晏殊生平的著作，就達有 12 種之多〔註 103〕。然而除了《珠玉詞》經後人輯佚後較爲完整外，其餘關於詩、文之篇章，至今所輯佚的數量，皆不及晏殊當時所作的千百之一。但是從這些現存的書目中，亦可以看出晏殊其才學之深厚。是故，在其卒後，宋仁宗篆其碑首稱之爲「舊學之碑」〔註 104〕，由此亦可看出當時人，對其才學之敬仰。

（二）人品性格

晏殊之人品性格，綜觀古籍所載後，當可公允的得知其爲人，與

〔註 101〕 〔宋〕葉夢得撰；徐時儀校點：《避暑錄話》卷 2，收入上海古籍出版社編：《宋元筆記小說大觀》（上海：上海古籍出版社，2001 年 12 月，第 1 版），冊 3，頁 2615。

〔註 102〕 〔宋〕李清照：〈詞論〉，收入〔宋〕李清照著；徐培均箋注：《李清照集箋注》（上海：上海古籍出版社，2002 年 4 月，第 1 版），頁 267。

〔註 103〕 據夏承燾於〈二晏年譜〉中的整理，可得知晏殊生平之著作，其書目爲：「晏殊集二十八卷、臨川集三十卷、三州集十五卷、二府別集十二卷、紫薇集一卷、北海新編六卷、盧山四游詩一卷、平台集一卷、詩集二卷、珠玉詞一卷、類要七十六卷、集選一百卷。」等 12 種書目。夏承燾：《唐宋詞人年譜・二晏年譜》，收入夏承燾：《夏承燾集》（杭州：浙江古籍出版社、浙江教育出版社，該全集未註明出版年月與版次），冊 1，頁 261～262。

〔註 104〕 〔宋〕歐陽修：〈觀文殿大學士行兵部尚書西京留守贈司空兼侍中晏公神道碑銘〉，收入歐陽永叔：《歐陽修全集・居士集》卷 22，（北京：中國書店，1994 年 12 月，第 1 版，據世界書局 1936 年版影印），上冊，頁 160。

其人品性格。是以，筆者將先羅列古籍文獻所載的資料，其後再作其
性格之分析。

首先，據《宋史・晏殊》本傳中的記載：

> 帝召殊與進士千餘人並試廷中，殊神氣不懾，援筆立成。
> 帝嘉賞，賜同進士出身。……後二日，復試詩、賦、論，
> 殊奏：「臣嘗私習此賦，請試他題。」帝愛其不欺，既成，
> 數稱善。擢祕書省正字，祕閣讀書。命直史館陳彭年察其
> 所與遊處者，每稱許之。〔註105〕

> 帝每訪殊以事，率用方寸小紙細書，已答奏，輒并稿封上，
> 帝重其慎密。〔註106〕

> 上疏論張耆不可爲樞密使，忤太后旨。坐從幸玉清昭應宮
> 從者持笏後至，殊怒，以笏撞之折齒，御史彈奏罷知宣州。
> 〔註107〕

再者，據宋人朱熹於《五朝名臣言行錄》中的記載：

> 公剛峻簡率。盜入其第，執而榜之，既委頓，以送官，扶
> 至門即死，累典州，吏民頗畏其悁急云。〔註108〕

此外，據宋人歐陽修〈觀文殿大學士行兵部尚書西京留守贈司空兼待
中晏公神道碑銘〉一文中的記載：

> 公爲人剛簡，遇人必以誠，雖處富貴，如寒士，罇酒相對，
> 歡如也。得一善，稱之如已出。〔註109〕

〔註105〕　〔元〕脫脫等撰：《宋史・列傳第七十・晏殊》卷311，（北京：中
　　　　　華書局，1977年11月，第1版），冊29，頁10195。

〔註106〕　〔元〕脫脫等撰：《宋史・列傳第七十・晏殊》卷311，（北京：中
　　　　　華書局，1977年11月，第1版），冊29，頁10196。

〔註107〕　〔元〕脫脫等撰：《宋史・列傳第七十・晏殊》卷311，（北京：中
　　　　　華書局，1977年11月，第1版），冊29，頁10197。

〔註108〕　〔宋〕朱熹：《五朝名臣言行錄》卷第6之3，收入北京圖書館出版
　　　　　社影印室輯：《宋代傳記資料叢刊》（北京：北京圖書館出版社，2006
　　　　　年10月，第1版，據民國商務印書館《四部叢刊》景印本），冊22，
　　　　　頁276。

〔註109〕　〔宋〕歐陽修：〈觀文殿大學士行兵部尚書西京留守贈司空兼待中
　　　　　晏公神道碑銘〉，收入歐陽永叔：《歐陽修全集・居士集》卷22，（北

另外，據宋人葉夢得《石林燕語》中的記載：

　　晏元獻公喜推引士類，前世諸公第一。〔註110〕

再者，據宋人葉夢得《避暑錄話》記載：

　　晏元獻公雖早富貴，而奉養極約。〔註111〕

由上列七則古籍資料，可以窺探出，晏殊其性格為「誠」、「慎密」、「剛峻」、「簡率」、「儉約」；而在其人品方面亦是從此性格中，反映出來的，對上以誠，遇人以誠，雖身處富貴卻能潔身自守，奉養儉約，與人相處則無尊卑長幼之分，是以「得一善，稱之如己出」，遇不合情理之事者，其剛峻之性格亦是不畏強權，持理據爭，不計後果。

　　然而，晏殊其剛峻之性格，在其〈答贊善兄家書〉一文中曾自言：「殊一生不曾干求。況今位極人臣，更何顏求覓？是以須待出於特命，且不能效人干請結託，以至勢須恬靜。」〔註112〕從晏殊的自白之中，自可看出其剛峻之性格。此外，其於文中尚言：「況宦遊有何盡期，兼官下不可營私（自注：魏四工部，可為戒也。）然須內外各宜儉約為先。」〔註113〕從此書信中，又可看出晏殊除了為官奉儉清廉外，亦可看出晏殊其自身之儉約樸素。是以，以自身之事例，期勉其親人也能遵行此道。

　　　　京：中國書店，1994年12月，第1版，據世界書局1936年版影印），
　　　　上冊，頁161。
〔註110〕　〔宋〕葉夢得撰；〔宋〕余文紹奕考異；穆公校點：《石林燕語》卷9，收入上海古籍出版社編：《宋元筆記小說大觀》（上海：上海古籍出版社，2001年12月，第1版），冊3，頁2556。
〔註111〕　〔宋〕葉夢得撰；徐時儀校點：《避暑錄話》卷2，收入上海古籍出版社編：《宋元筆記小說大觀》（上海：上海古籍出版社，2001年12月，第1版），冊3，頁2615。
〔註112〕　〔宋〕晏殊：〈答贊善兄家書〉，收入四川大學古籍整理研究所編：《全宋文》卷398，（四川：巴蜀書社，1990年8月，第1版），冊10，頁194。
〔註113〕　〔宋〕晏殊：〈答贊善兄家書〉，收入四川大學古籍整理研究所編：《全宋文》卷398，（四川：巴蜀書社，1990年8月，第1版），冊10，頁194。

綜觀，晏殊一生其人品性格，在北宋真、仁宗二朝中，無疑是一股清流。許多人在富貴得權之後，其人品性格旋即判若兩人，黑白難分。然而，晏殊此生卻能以此自持其身，實為難能可貴，這亦是宋代許多名臣賢相，敬重他的地方。

第四章　晏殊之交游暨文學觀

　　本章節擬接續前一章節的研究，再作深入的探討晏殊生平之交游情況，暨其文藝創作的文學觀。在晏殊的眾多交游中，筆者將擇取幾位與其交游關係甚密，常見於古籍文獻中所記載，或有詩文唱和的重要友人進行探討。而在其文學觀的探討中，筆者將從晏殊現今所留傳下來的詩、文之作，搭配古籍文獻中嘗記載其對文學創作的幾種觀念，在兩者交相映照下，深入的探析其對於文藝創作中，幾種重要的文學觀念。

第一節　晏殊之交游

　　在人的一生中除了親人對於自身的影響最為重大之外，其次就是在自己身旁周遭的朋友。而晏殊此生所結交的朋友，大多是在北宋時期文壇上著名的文人，晏殊之所以會同他們交游，相信在他們彼此自身的人品性格上，都是有其相似之處。是以，筆者就史籍文獻資料中，整理出與晏殊關係比較密切的八位友人，製成「晏殊友人暨其人品性格一覽表」〔註1〕，藉此亦可觀看出晏殊與其交游之對象的人品

〔註1〕筆者此「晏殊友人暨其人品性格一覽表」。說明如下：表中晏殊交游之對象，乃據《宋史》本傳所記載之資料，整理而成；然因張先一人，於《宋史》無傳，故據夏承燾〈張子野年譜〉中所記載的資料，整理而成。

性格。下列筆者將以年歲出生的早晚，再分別說明晏殊與其友人們之間的交游及其情誼。

晏殊友人暨其人品性格一覽表

編號	姓 名	生卒年	地 域	人　品　性　格
1	范仲淹 字希文	989～ 1052	吳縣 （今江蘇 蘇州）	1.內剛外和，性至孝，以母在時方貧，其後雖貴，非賓客不重肉。妻子衣食，僅能自充。 2.好施予，置義莊里中，以贍族人。 3.汎愛樂善，士多出其門下。 4.先憂後樂之志，海內固以信其有弘毅之器。 5.純仁得其「忠」，純禮得其「靜」，純粹得其「略」。
2	張　先 字子野	990～ 1078	烏程 （今浙江 湖州）	1.工詩，而獨以歌詞聞。 2.善戲謔，有風味。 3.至老不衰，八十餘視聽尚精健，猶有聲妓。
3	宋　庠 字公序	996～ 1066	安陸 （今湖北 安州）	1.為相儒雅，練習故事，遇事輒分別是非。 2.以慎靜為治，及再登用，遂沉浮自安，晚愛信幼子，多與小人遊，不謹。 3.儉約不好聲色，讀書至老不倦。 4.天資忠厚，嘗曰：「逆詐恃明，殘人矜才，吾終身弗為也。」
4	宋　祁 字子京	998～ 1061	安陸 （今湖北 安州）	1.兄弟皆以文學顯，而祁尤能文，善議論，然清約莊重不及庠。 2.庠明練故實，文藻雖不逮祁，孤風雅操，過祁遠矣。 3.生平簡約，不干求他人。
5	梅堯臣 字聖俞	1002～ 1060	宣城 （今安徽 宣州）	1.工為詩，以深遠古淡為意，間出奇巧，初未為人所知。 2.益刻厲，精思苦學，繇是知名於時。 3.家貧，喜飲酒，賢士大夫多從之游，時載酒過門。 4.善談笑，與物無忤，詼嘲刺譏託於詩，晚益工。

6	歐陽修 字永叔	1007～ 1072	盧陵 （今江西 吉安）	1. 平生與人盡言無所隱。 2. 及執政，士大夫有所干請，輒面諭可否，雖臺諫官論事，亦必以是非詰之，以是怨誹益眾。 3. 風節自持，數被汙衊。 4. 天資剛勁，見義勇爲，雖機穽在前，觸發之不顧。放逐流離，至于再三，志氣自若。 5. 學者求見，所與言，未嘗及文章，惟談吏事，謂文章止於潤身，政事可以及物。 6. 凡歷數郡，不見治迹，不求聲譽，寬簡而不擾，故所至民便之。 7. 爲文天才自然，豐約中度，其言簡而明，信而通，引物連類，折之於至理，以服人心。超然獨鶩，眾莫能及，故天下翕然師尊之。 8. 獎引後進，如恐不及，賞識之下，率爲聞人。 9. 篤於朋友，生則振掖之，死則調護其家。 10. 好古嗜學。
7	韓　維 字持國	1017～ 1098	穎昌 （今河南 許昌）	1. 好古嗜學，安於靜退。 2. 維適於正，維其賢哉。 3. 使臣言得行，賢於富貴；若緣攀附舊恩以進，非臣之願也。
8	王　琪 字君玉	？～？ 享年72	華陽 （今四川 成都）	1. 詔通判舒州。歲饑，奏發廩救民，未報，先振以公租，守以下皆不聽，琪挺身任之。 2. 性孤介，不與時合。數臨東南名鎮，政尚簡靜。 3. 每疾俗吏飾廚傳以沽名譽，故待賓客頗闊略。閒造飛語起謗，中不自恤。

一、范張之交

　　范仲淹與張先二人的年歲都比晏殊年長。而晏殊二位友人的性格雖迥然不同，范仲淹之性格較爲嚴肅剛正，而張先之性格則風趣詼諧。但二人與晏殊之交游情狀，於古籍文獻中皆有記載，由此正可看

出其二人與晏殊之間其情誼甚好。

（一）范仲淹（989～1052）

　　晏殊與范仲淹之間的關係，大抵建立於晏殊第一次貶謫於應天府時期。因大興學校之故，極需要品學優良的師資，是以晏殊延請范仲淹至校掌學，在晏殊重回京師時，又引薦范仲淹為秘閣校理，想必是范仲淹的人品深獲晏殊之賞識，才會藉此引薦范仲淹。而二人之情誼，從宋人朱熹於《五朝名臣言行錄》中所記載，即可看出其關係之深厚：

> 晏元獻公判南京，范希文以大理寺丞，丁憂，權掌西監，一日，晏謂范曰：「吾一女及笄，仗君為我擇婿。」范曰：「監中有二舉子，富皋、張為善，皆有文行，它日皆至卿輔，並可婿也。」晏曰：「然則孰優？」范曰：「富脩謹，張踈俊。」晏曰：「唯。」即取富皋為婿。後改名，即富公弼也。〔註2〕

子女婚姻此等人生大事，晏殊之所以會找范仲淹商量，自是非常信任其為人，才會僅聽范仲淹一言，即以其女嫁給富弼為妻。而事實證明范仲淹所言不假，由此擇婿事件亦可看出其二人交情之深厚。此外，據宋人司馬光（1019～1086）於《涑水紀聞》中的記載，可以看到他們二人之間，亦曾有過摩擦：

> 冬至立仗，禮官定議欲媚章獻太后，請天子率百官獻壽於庭，仲淹奏，以為不可。晏殊大懼，召仲淹，怒責之，以為狂。仲淹正色抗言曰：「仲淹受明公誤知，常懼不稱，為知己羞，不意今日更以正論得罪於門下也。」殊慚無以應。〔註3〕

〔註2〕　〔宋〕朱熹：《五朝名臣言行錄》卷第7之2，收入北京圖書館出版社影印室輯：《宋代傳記資料叢刊》（北京：北京圖書館出版社，2006年10月，第1版，據民國商務印書館《四部叢刊》景印本），冊22，頁360～361。

〔註3〕　〔宋〕司馬光撰；王根林校點：《涑水紀聞》卷10，收入上海古籍出版社編：《宋元筆記小說大觀》（上海：上海古籍出版社，2001年12

這是晏范交游中，二人所發生最大的衝突。筆者以為，晏殊並非怕因此事件而惹禍上身，只是希望范仲淹得以在圓融一點的處事，而范仲淹剛正不阿的性格，其所回答晏殊的言辭，使得晏殊為自己剛才的責問，而感到慚愧無言以應。然而二人都深知對方的心性，是以，他們二人並不因此而心生芥蒂，影響其二人之間的情誼。此外，在范仲淹的〈言行拾遺事錄〉中所記載的內容，亦可以看出其二人之交情，終至晚年，情誼依舊：

> 公以晏元獻薦入館，終身以門生事之，後雖名位相亞，亦不敢少變。慶曆末，晏公守宛丘，文正過南陽，道過特留，歡飲數日。其書題門狀猶稱門生；將別投詩云「曾入黃扉陪國論，却來絳帳受師資」之句，聞者皆嘆伏。〔註4〕

這種亦師亦友的情況，一直是晏范二人的相處模式，雖然范仲淹年長晏殊二歲，而其性格相較於晏殊而言，又更為「嚴肅」、「剛正」。然而晏范二人，其性格之中的「剛直」與「儉約」，卻是其二人性格中所共同持有的。是以，二人終至晚年情誼依舊。

（二）張先（990～1078）

晏殊與張先二人之間的關係，大抵建立於晏殊晚年，遭受第三次貶謫知永興軍期間。雖然二人交游的時間並不長，但因為張先其風趣詼諧的性格，遂也引發出晏殊比較輕鬆詼諧的一面。據宋人張舜民於《畫墁錄》一書中的記載：

> 承相領京兆，辟張先都官通判。一日，張議事府中，再三未答。晏公作色，操楚語曰：「本為辟賢會，賢會道『無物似情濃』，今日却來此事公事。」〔註5〕

〔註4〕　〔清〕范能濬編集；薛正興校點：《范仲淹全集·言行拾遺事錄》卷1，「終身以門生事晏殊」，（南京：鳳凰出版社，2004年11月，第1版），下冊，頁795。

〔註5〕　〔宋〕張舜民撰；丁如明校點：《畫墁錄》，收入上海古籍出版社編：《宋元筆記小說大觀》（上海：上海古籍出版社，2001年12月，第1版），冊2，頁1555。

月，第1版），冊1，頁873。

從上段引文中，可以讓人看到晏殊其性格中比較少見的一面，由此也可以得知晏張二人之間的相處關係，是非常輕鬆自在的。此外，據宋人《道山清話》一書中的記載，亦可從中窺看出，其二人之間深厚的情誼：

> 晏元獻公爲京兆，辟張先爲通判。新納侍兒，公甚屬意。先字子野，能爲詩詞，公雅重之。每張來，即令侍兒出侑觴，往往歌子野所爲之詞。其後，王夫人寖不容，公即出之。一日，子野至，公與之飲。子野作〈碧牡丹〉詞，令營妓歌之，有云「望極藍橋，但暮雲千里，幾重山，幾重水」之句。公聞之，憮然曰：「人生行樂耳，何自苦如此？」亟命於宅庫支錢若干，復取前所出侍兒。既來，夫人亦不復誰何也。〔註6〕

經由上段引文，可以得知晏張二人的交游，多是在歌宴的場合上，雖然張先年長晏殊一歲。而張先之所以膽敢作〈碧牡丹〉一詞，委婉的暗述晏殊出妓之事，自然孰知友人之心性，不會因此而心生芥蒂，才膽敢在歌宴場合上命營妓歌之。再者，晏殊《珠玉詞》集中的序文，據四庫全書提要所言乃張先爲其書序，今雖無以復見其序，然而亦可從中窺知其二人之情誼。

二、二宋之交

二宋兄弟與晏殊其交游之情況，大抵是在二宋兄弟，於京師同歲登科之後開始，雖然其兄弟二人的性格迥異。大哥宋庠性格較爲「莊重儒雅」，而其弟宋祁則較爲「風流瀟灑」。但其兄弟二人，皆又有「簡約」的性格，此性格特色與晏殊之性格是相同的。此外，加上其兄弟二人亦師亦友的，常與晏殊進行文學交流。是以，彼此在交流的過程中，建立起了深厚的情誼。

〔註6〕　〔宋〕佚名；孔一校點：《道山清話》，收入上海古籍出版社編：《宋元筆記小說大觀》（上海：上海古籍出版社，2001 年 12 月，第 1 版），冊 3，頁 2934～2935。

（一）宋庠（996～1066）

宋庠雖然少了其弟宋祁，那種「瀟灑詼諧」的性格，而多了一分「莊重」，但其「儒雅自持」的性格，是與晏殊所同有的，這也是其二人能交游甚歡的原因之一。據宋人吳處厚於《青箱雜記》一書中的記載：

> 公之佳句，宋莒公皆題於齋壁。若「無可奈何花落去，似曾相似燕歸來」，「靜尋啄木藏身處，閑見游絲到地時」，「樓臺冷落收燈夜，門巷蕭條掃雪天」，「已定復瑤春水色，似紅如白野棠花」之類。莒公常謂此數聯使後之詩人無復措辭也。〔註7〕

文人之間，以文會友的交游方式，在古代中是很普遍的現象。然而文人之間相輕，亦是屬於正常的普遍現象。但能如宋庠如此虛心的，將晏殊之佳句偶對，題於齋壁之上，自可看出其對晏殊之推崇。此外，從其〈晚歲感舊寄永興相國晏公〉一詩中，亦可看出宋庠對晏殊是極為尊重的：

> 誤知三十載，頑魯寄洪鈞。物此青氈舊，年驚白髮新。河冰斜界陝，關樹曲遮秦。何日陪師席，孤懷跪自陳。〔註8〕

是故，在晏殊卒後，宋庠遂作悼亡詩〈晏公喪過州北哭罷成篇二首〉，以感念這一位亦師亦友的友人，該詩如下：

> 昔迎留守蕭丞相（自注：癸巳秋，公自長安代余守洛。），今哭談經戴侍中（自注：公久留經筵以備顧問。）。一代高情無覓處，落花殘日九原風。〔註9〕

〔註7〕　〔宋〕吳處厚撰：尚成校點：《青箱雜記》卷5，收入上海古籍出版社編：《宋元筆記小說大觀》（上海：上海古籍出版社，2001年12月，第1版），冊2，頁1659。

〔註8〕　〔宋〕宋庠：〈晚歲感舊寄永興相國晏公〉，收入北京大學古文獻研究所編：《全宋詩》卷191，（北京：北京大學出版社，1998年12月，第2版），冊4，頁2194。

〔註9〕　〔宋〕宋庠：〈晏公喪過州北哭罷成篇二首〉其一，收入北京大學古文獻研究所編：《全宋詩》卷201，（北京：北京大學出版社，1998年12月，第2版），冊4，頁2302。

故郡迎喪匝野悲（自注：公嘗鎮許昌。），柳車丹旒共逶迤。
泉塗自古無春色，可惜森森瓊樹枝。〔註10〕

因為宋庠的年歲小於晏殊五歲，加上其本身「莊重儒雅」之性格。是
以，在同晏殊交游時，始終秉持著，後學晚輩的身份在與晏殊相處。
然而晏殊之為人，不管是在其人品上，抑或是在文學、詩歌等領域方
面，皆有可作為友人借鏡之處。因此二人經由文學交流，而建立起彼
此間其深厚之情誼。

（二）宋祁（998～1061）

宋祁相較於其兄宋庠之性格，二人雖然迥然不同，宋祁相較其兄
又多了一分風流直爽的性情。然而二人皆能以後學晚輩的身份同晏
殊交游，此亦是其難能可貴之處。據宋人蔡絛於《西清詩話》一書中
的記載：

二宋俱為晏元獻（殊）門下士。兄弟雖甚貴顯，為文必手
抄寄公，懇求雕潤。嘗見景文寄公書曰：「莒公兄赴鎮圃田
同游西池，作詩云：『長楊獵罷寒熊吼，太一波閑瑞鵠飛。』
語意驚絕，因作一聯云：『白雪久殘梁複道，黃頭閑守漢樓
船。』仍注空字於閑字傍，批云，二字未定，更望指示。」
晏公書其尾曰，空優於閑。且見雖有船不御之意。又字好
語健，蓋前輩務求博約，情實純至蓋如此也。〔註11〕

在晏宋二人的文學交流過程中，宋祁能放下身段，虛心的向前輩晏殊
討教，而晏殊亦能從其所知一一的說解。兩人在這一來一往的交游過
程中，不僅增進了詩藝，自然而然的也會增進彼此間的情誼。此外，
據宋人邵博（？～1158）《邵氏聞見後錄》一書中，亦嘗記載宋祁問
詩之事：

〔註10〕〔宋〕宋庠：〈晏公喪過州北哭罷成篇二首〉其二，收入北京大學古
文獻研究所編：《全宋詩》卷201，（北京：北京大學出版社，1998
年12月，第2版），冊4，頁2302。

〔註11〕〔宋〕蔡絛：《西清詩話》，收入郭紹虞校輯：《宋詩話輯佚》卷上，
（台北：文泉閣出版社，1972年4月，再版），頁356。

昔宋景文問晏元獻：「劉夢得『瀼西春水穀紋生』，生字當
作何義？」元獻云：「作生於穀紋意，不合當作生熟之生。」
景文歎服，以爲妙語。〔註12〕

前輩精妙的說解，後輩虛心的從中得到作詩之法，是以宋祁的年歲雖
然小晏殊七歲。但二人經由詩歌創作的交流中，晏殊是有問必答，從
不藏私的將其所知的作詩之法，傾囊相授，「元獻以授二宋，自是遂
不傳」〔註13〕，不僅可以看出晏殊對此兄弟二人的厚愛，亦可看出其
兄弟二人對於晏殊的敬重。

三、梅歐之交

　　梅堯臣與歐陽修之間的關係，在晏殊尚未認識梅堯臣時，梅歐
二人本就是私交至深的好友。而晏殊與二人交游的情況，其相處卻
是大不相同。因爲梅堯臣具有「善戲謔」的幽默性格，是以，晏殊
在與其交游的過程中，甚是愉快；而歐陽修雖然在其「剛直」的外
表下，其內心亦有「風趣詼諧」之本性，然而在與晏殊的交游中，則
同二宋兄弟一般，皆以後學晚輩的相處模式尊敬著晏殊，但在晏殊
卒後，觀其爲晏殊所撰寫的碑銘與挽辭中，當知晏歐二人之間其情
誼甚厚。

（一）梅堯臣（1002～1060）

　　晏殊與梅堯臣二人之間的交游，大抵建立於晏殊晚年，遭受第三
次貶謫知潁州期間。雖然二人交游的時間並不長，然而二人在潁州期
間，彼此詩歌唱和，相互往來，遂也發展出二人間其深厚的友誼。據
宋人蔡絛於《西清詩話》中的記載：

〔註12〕　〔宋〕邵博撰：王根林校點：《邵氏聞見後錄》卷17，收入上海古籍
　　　　　出版社編：《宋元筆記小說大觀》（上海：上海古籍出版社，2001年
　　　　　12月，第1版），冊2，頁1943。

〔註13〕　〔宋〕陸游撰；高克勤校點：《老學庵筆記》卷5，收入上海古籍出
　　　　　版社編：《宋元筆記小說大觀》（上海：上海古籍出版社，2001年12
　　　　　月，第1版），冊4，頁3501。

　　晏元獻守汝陰，梅聖俞往見之。將行，公置酒潁河上，因
　　言古人章句中全用平聲，製字穩貼，如「枯桑知天風」是
　　也；恨未見側字詩。聖俞既引舟，遂作五側體寄公，云：
　　「月出斷岸口，影照別舸背。且獨與婦飲，頗勝俗客對。」
〔註14〕

從上段引文，可以看出，晏梅二人在潁州期間的交游，是非常自在快
活的。晏殊雖然是遭受貶謫至此，然而在潁州與梅堯臣飲酒唱和的這
段時間，建立起了彼此的情誼。是以，在梅堯臣的詩集中，常見其唱
和晏殊之作，在其〈以近詩贄尚書晏相公忽有酬贈之什稱之甚過不敢
輒有所敘謹依韻綴前日坐未教誨之言以和〉一詩中，可見晏梅二人其
深厚之情誼：

　　嘗記論詩語，辭卑名亦淪（自注：公曰名不盛者辭亦不高。）。
　　寧從陶令野（自注：公曰彭澤多野逸田舍之語。），不取孟郊新
　　（自注：公曰郊詩有五言一句全用新字。）。琢礫難希寶，噓枯強
　　賁春。今將風什付，可與二南陳。〔註15〕

雖然梅堯臣的年歲小於晏殊十一歲，但二人卻不因年齡的距離，而影
響到其二人的交游。二人就這樣一來一往於詩歌唱和上，認識了彼此
也建立了情誼。是以，晏殊在離開潁州之後，梅堯臣亦常有詩歌贈答
之作。而在晏殊卒後，梅堯臣亦嘗作〈聞臨淄公薨〉〔註16〕一詩，以
悼念此位友人。

（二）歐陽修（1007～1072）

　　晏殊與歐陽修二人之相識，大抵起源於宋仁宗天聖八年（西元

〔註14〕　〔宋〕蔡絛：《西清詩話》，收入郭紹虞校輯：《宋詩話輯佚》卷上，
　　　　　（台北：文泉閣出版社，1972年4月，再版），頁326。
〔註15〕　〔宋〕梅堯臣：〈以近詩贄尚書晏相公忽有酬贈之什稱之甚過不敢輒
　　　　　有所敘謹依韻綴前日坐未教誨之言以和〉，收入北京大學古文獻研究
　　　　　所編：《全宋詩》卷247，（北京：北京大學出版社，1998年12月，
　　　　　第2版），冊5，頁2903。
〔註16〕　〔宋〕梅堯臣：〈聞臨淄公薨〉，收入北京大學古文獻研究所編：《全
　　　　　宋詩》卷256，（北京：北京大學出版社，1998年12月，第2版），
　　　　　冊5，頁3132～3133。

1030 年），晏殊知禮部貢舉，舉歐陽修爲第一。至此歐陽修便終生以
門生之禮，與晏殊於京師中交游。然而，晏歐二人之情誼，常被後人
認爲，其二人最終發生了嫌隙，心生芥蒂，未曾修好。宋人吳曾於
《能改齋漫錄》一書中曾記載此事：

　　晏元獻爲樞密使時，西師未解嚴。會天雪，陸子履與歐公
　　同謁之。晏置酒西園，歐即席賦詩，有「主人與國同休戚，
　　不惟喜悦將豐登。須憐鐵甲冷徹骨，四十餘萬屯邊兵」。晏
　　由是銜之，語人曰：「韓愈亦能作言語，作裴令公宴集，但
　　云：『園林窮勝事，鐘鼓樂清時。』」〔註 17〕

此外，又據宋人邵博於《邵氏聞見後錄》一書中的記載：

　　晏公不喜歐陽公，故歐陽公自分鎮敘謝，有曰：「出門館不
　　爲不舊，受恩知不爲不深，然足迹不及于賓階，書問不通
　　於執事。豈非飄流之質愈遠而彌疏，孤拙之心易危而多畏。
　　動常得咎，舉輒累人。故於退藏，非止自便；偶因天幸，
　　得請郡符。問遺老之所思，流風未遠；瞻大邦之爲殿，接
　　壤相交。」晏公得之，對賓客占十數語，授書史作報。客
　　曰：「歐陽公有文聲，似太草草。」晏公曰：「答一知舉時
　　門生，已過矣！」〔註 18〕

從上段二則古籍所載的文獻，似乎在其二人的交游中，晏殊因此而
心生芥蒂。然筆者以爲，晏殊之爲人與性格，其器量應不會如此狹
隘，此間或恐有誤會？因爲晏殊在與范仲淹交游當中，亦曾發生過
劇烈的衝突爭執，然而晏殊在劇烈的爭執之下，能有「慚無以應」
的反應，不僅能看出他爲人的「眞」與「誠」，亦可反見其器量之廣
闊。

　　是以，筆者以爲，晏殊與歐陽修之間，交游至終應無嫌隙。此

〔註 17〕　〔宋〕吳曾：《能改齋漫錄・記詩》卷 11，（台北：木鐸出版社，1982
　　　　　年 5 月，初版），頁 339。
〔註 18〕　〔宋〕邵博撰；王根林校點：《邵氏聞見後錄》卷 15，收入上海古籍
　　　　　出版社編：《宋元筆記小説大觀》（上海：上海古籍出版社，2001 年
　　　　　12 月，第 1 版），冊 2，頁 1934～1935。

外，在歐陽修文集中，屢屢見其寄予晏殊書簡，倘若晏殊真的對其心生芥蒂，歐陽修哪有不知之理，那爲何還會頻頻的以書簡向晏殊請安，自討沒趣呢？另外，在晏殊卒後，歐陽修爲其所撰寫的碑銘，倘若不瞭解其人，又將如何撰寫其文？若不感念晏殊其人，又爲何會寫下〈晏元獻公挽辭三首〉以詩悼念這位亦師亦友的友人？是以，針對其二人之間的交游情況，筆者以爲，晏歐二人之間的情誼，應是不會因一詩之故，而心生芥蒂產生嫌隙的。

四、韓王之交

晏殊與韓王交游的情況，除了王琪與晏殊於古籍文獻中有詳盡的記載外。韓維與晏殊二人之交游的情況則較難得知，而就其二人性格而言，王琪是較爲「詼諧風趣」，而韓維則較爲「剛正嚴肅」。然而此二種迥異的性格，在晏殊與諸多友人的交游中是很常見的，並不因此而影響到彼此間的交游。

（一）韓維（1017～1098）

雖然韓維與晏殊之交游情況，在古籍文獻中未見其記載。但二人「剛正」的性格，卻是相同的。此外，從晏殊卒後，韓維爲其所作的〈晏元獻公挽辭三首〉，從詩中當可窺見晏韓二人之情誼：

大策安宗社，高文著廟堂。從容造辟議，感激薦賢章。貂冕崇厥服，鑾輿俯奠觴。哀榮豈無有，公德倍輝光。[註19]

先帝文章老，東朝羽翼臣。風流至公盡，哀憤與時均。蕭鼓悲將曙，烟雲慘不春。靈輤歸舊治，遺愛泣州民。[註20]

直到初終見，高情出處同。光華兩朝內，文字一生中。愛

[註19] 〔宋〕韓維：〈晏元獻公挽辭三首〉其一，收入北京大學古文獻研究所編：《全宋詩》卷428，（北京：北京大學出版社，1998年12月，第2版），冊8，頁5259～5260。

[註20] 〔宋〕韓維：〈晏元獻公挽辭三首〉其二，收入北京大學古文獻研究所編：《全宋詩》卷428，（北京：北京大學出版社，1998年12月，第2版），冊8，頁5259～5260。

　　　　酒憐陶散，言詩許賜通。平生知己類，灑盡九原風。〔註21〕

從韓維的挽辭中「高文著廟堂」、「先帝文章老」、「文字一生中」，除
了可以看到韓維對於晏殊文章之作的推崇外，亦可得知晏殊於當時
文壇上的地位，與其「風雅瀟灑」的一面。而從「愛酒憐陶散」一
句中，可以得知「酒」之於晏殊一生中其關係之密切，而「平生知己
類，灑盡九原風」，自可看出其二人深厚之情誼。

　　此外，據宋人邵博於《邵氏聞見後錄》中的記載，可見韓維對於
故人之子晏幾道的企望：

　　　　晏叔原，臨淄公晚子，監潁昌府許田鎮。手寫自作長短句，
　　　　上府帥韓少師。少師報書：「得新詞盈卷，蓋才有餘而德不
　　　　足者，願郎君捐有餘之才，補不足之德，不勝門下老吏之
　　　　望。」云。一監鎮官，敢以杯酒間自作長短句示本道大帥；
　　　　以大帥之嚴，猶盡門生忠於郎君之意。在叔原爲甚豪，在
　　　　韓公爲甚德也。〔註22〕

從上段引文中，間接的可以得知晏殊與韓維之關係。許或在上段引文
中會讓人質疑，韓維何以不提攜故人之子？筆者以爲，正因爲韓維對
晏殊甚是敬重，所以才會以長輩的口吻叮嚀著晏幾道，「願郎君捐有
餘之才，補不足之德，不勝門下老吏之望」；而晏幾道之所以會去見
韓維，除了剛好韓維調任至此外。再者，就是因爲韓維是其父晏殊之
至交才會去探望的，應不是有所干求才去的。然而，韓維這段叮嚀的
話語，必定也傷了晏幾道其善感敏銳的心。從中隱然可見，韓維與晏
殊於交游過程中，其二人有著深厚的情誼，所以在面對故人之子時，
其內心必定也是有所冀盼的，又恐或晏幾道的生活過於靡爛。是以，
韓維才會出此言語。

〔註21〕〔宋〕韓維：〈晏元獻公挽辭三首〉其三，收入北京大學古文獻研究
　　　　所編：《全宋詩》卷428，（北京：北京大學出版社，1998年12月，
　　　　第2版），冊8，頁5259〜5260。

〔註22〕〔宋〕邵博撰；王根林校點：《邵氏聞見後錄》卷19，收入上海古籍
　　　　出版社編：《宋元筆記小說大觀》（上海：上海古籍出版社，2001年
　　　　12月，第1版），冊2，頁1958。

（二）王琪（？～？）

王琪之生卒年不詳，但據《宋史》本傳中的記載，知其享年爲七十二歲。關於晏殊與王琪二人相識的時間，大抵建立於晏殊遭受第一次貶謫知應天府之前。因爲「晏元獻公留守南郡，王君玉時已爲館閣校勘，公特請于朝，以爲府簽判，朝廷不得已，使帶館職從公。外官帶館職，自君玉始」〔註 23〕。此外，據宋人葉夢得於《石林詩話》一書中的記載，可以窺見晏王二人，因詩歌的交流而相處甚歡之經過：

> 賓主相得，日以賦詩飲酒爲樂，佳時勝日，未嘗輒廢也。嘗遇中秋陰晦，齋廚夙爲備，公適無命，既至夜，君玉密使人伺公，曰：「已寢矣。」君玉亟爲詩以入，曰：「只在浮雲最深處，試憑絃管一吹開。」公枕上得詩，大喜，即索衣起，徑召客治具，大合樂。至夜分，果月出，遂樂飲達旦。前輩風流固不凡。然幕府有佳客，風月亦自如人意也。〔註 24〕

從上段引文中，可以得知，王琪是甚熟知晏殊之心性的，加上王琪本身「風趣詼諧」的性格，否則夜半三更的，如何膽敢打擾晏殊，然從中亦可看出晏王二人，在詩歌交游中相處甚歡。此外，據宋人孔平仲（1044～1111）於《孔氏談苑》一書中所記載：

> 晏丞相知南京，王琪、張亢爲幕客，泛舟湖中，只以諸妓自隨。晏公把舵，王、張操篙。琪南方人，知行舟次第，至橋下，故使船觸柱而橫，屬聲呼曰：「晏梢使舵不正也。」
> 〔註 25〕

〔註 23〕〔宋〕葉夢得：《石林詩話》卷上，收入〔清〕何文煥輯：《歷代詩話》（北京：中華書局，2006 年 6 月，第 2 版），冊上，頁 405。

〔註 24〕〔宋〕葉夢得：《石林詩話》卷上，收入〔清〕何文煥輯：《歷代詩話》（北京：中華書局，2006 年 6 月，第 2 版），冊上，頁 405。

〔註 25〕〔宋〕孔平仲撰：王根林校點：《孔氏談苑》卷 3，收入上海古籍出版社編：《宋元筆記小說大觀》（上海：上海古籍出版社，2001 年 12 月，第 1 版），冊 2，頁 2255。

經由上段引文，可以看出王琪在與晏殊交游的過程中，並不因爲晏殊的地位與年歲而有所顧忌。是以，才膽敢以厲聲提醒晏殊小心使舵，而晏殊在與王琪的交游過程中，必定也感到自在有趣，故並不因此而爲意。是以，晏王二人才得以在交游的過程中，相處的如此和洽。

第二節　晏殊的文學觀

在晏殊廣博的著作當中，今日所留傳下來的篇章，有如滄海之一粟。想要精密整全的探究出其文學創作思想，實非容易。現今僅能從後人所輯佚的詩、文之中，再搭配古籍中所記載的文獻資料，慢慢的去梳理出一個脈絡，以求得以貼合晏殊其文學創作的思想。是以，筆者此章節將就晏殊其「富貴氣象的美學觀」、「煉字凝句的修辭觀」與「儒融佛道的精神觀」等三方面，慢慢的去爬梳晏殊其文學思想中的文學創作觀。

一、富貴氣象的美學觀

「富貴氣象」在晏殊的文學創作思想中，他的美學思想，究竟有何意涵？首先，就要先釐清這四個字的來歷出處，其後才能對其進入探討。據古籍文獻中的記載，晏殊「富貴氣象」之說，乃是出自於宋人吳處厚《青箱雜記》中的記載，其內容如下：

> 晏元獻公雖起田里，而文章富貴，出於天然。嘗覽李慶孫
> 〈富貴曲〉云：「軸裝曲譜金書字，樹記花名玉篆牌。」公
> 曰：「此乃乞兒相，未嘗諳富貴者。」故公每吟咏富貴，不
> 言金玉錦繡，而唯說其氣象，若『樓臺側畔楊花過，簾幕
> 中間燕子飛』、『梨花院落溶溶月，柳絮池塘淡淡風』之類
> 是也。故公自以此句語人曰：「窮兒家有這景致也無？」
> [註26]

〔註26〕〔宋〕吳處厚撰：尚成校點：《青箱雜記》卷5，收入上海古籍出版社編：《宋元筆記小說大觀》（上海：上海古籍出版社，2001年12月，第1版），冊2，頁1660。

經由上段筆記中的記載，可以看出晏殊所追求的文學創作觀，其「富貴」之語，應當是一種崇尚「雅」的藝術美感表現方式。而這與晏殊的身份是相輔合的，然而，晏殊卻並非要以此而自矜其身份地位。對於「窮兒家」之評語，興許是要表明與「雅」相互對比之言，並非「窮兒家」就作不出如此雅致的詩句，而是在追求「雅」的創作過程中，要委婉含蓄，而不是在其字面上，盡道富貴之能事。是故，「富貴」二字，在晏殊的文學創作觀中，隱含有「雅」（含蓄蘊藉）的美學觀念。

至於，其「氣象」之語，則是因由「雅」的美感特質，所牽引帶出作者其本身獨有的一種創作風格，而此風格則是建構於「誠」與「眞」之上。舉凡所有的文學作品，倘若失其二者，儘管內容、形式多「美」，亦是無法去感動人的。倘若失去了「誠」與「眞」，文學作品就彷彿失去了生命一般，這是屬於精神層面的「美」，而不是只在內容、形式上進行雕琢的「美」。如是看來，晏殊「富貴」與「氣象」之說，所著重的乃是在文學作品當中，注入「雅」、「誠」與「眞」於作品之中，再結合作者本身的人格氣質，所引發出來的一種文學創作的美學觀。

何謂作品結合作者本身的人格氣質？從晏殊與柳永的一段談話內容中，即可窺知一二。據宋人張舜民於《畫墁錄》一書中的記載，柳永曾因求助晏殊而遭拒之經過，其內容如下：

> 柳三變既以詞忤仁廟，吏部不放改官。三變不能堪，詣政府。晏公曰：「賢俊作曲子麼？」三變曰：「只如相公亦作曲子。」公曰：「殊雖作曲子，不曾道『彩線慵拈伴伊坐』。」柳遂退。〔註27〕

首先要了解晏殊爲何會問柳永是否作曲子，以當時柳永的經歷，是先於文壇上取得聲名之後才高中及第的。是以，晏殊必定讀過柳永之詞

〔註27〕〔宋〕張舜民撰；丁如明校點：《畫墁錄》，收入上海古籍出版社編：《宋元筆記小說大觀》（上海：上海古籍出版社，2001 年 12 月，第1 版），冊 2，頁 1553。

作，而晏殊平生又是素以提攜後進而享譽朝廷的，爲何不設法幫柳永安排引薦呢？其原因許或就在於柳永其本身人品性格上。柳永之人品晏殊必定有所耳聞；而其詞作晏殊必定賞讀過，正因其人品不良與香豔的詞作，才不被晏殊所青睞，所以晏殊才會在反問之中，拒絕了柳永的請託。

　　這是宋代著名的俗文學代表作家，與雅文學代表作家，二人所呈現出兩種不同的審美觀點。由此亦可看出晏殊其「尚雅遠俗」的美學觀；而在其「人品性格」於作品上的表現中，晏殊力求一種「誠」與「眞」的美學觀。其「誠」就反映在回答柳永的反問之上，晏殊不回避當時被視之爲「小道末技」的詞體，而誠實以對，「作」但是可以「作」的婉約含蓄。是以，柳永亦只能無言以對的黯然告退了。另外，據歐陽修《歸田錄》一書中亦嘗記載，晏殊以「富貴」二字，評論詩歌一事：

> 晏元獻公喜評詩，嘗曰：「『老覺腰金重，慵便枕玉涼』，未是富貴語，不如『笙歌歸院落，燈火下樓臺』，此善言富貴者也。」人皆以爲知言。〔註28〕

既然，「富貴」在晏殊的創作觀中，隱含有「雅」（含蓄蘊藉）的美學觀念，那麼在「雅」的風格特色之中，晏殊所追求的又是哪一種藝術美感特質？據宋人吳處厚於《青箱雜記》一書中的記載：

> 公風骨清羸，不喜肉食，尤嫌肥膻。每讀韋應物詩，愛之曰：「全沒些脂膩氣。」故公於文章尤負賞識，集梁《文選》以後迄於唐別爲《集選》五卷，而詩之選尤精，凡格調猥俗而脂膩者皆不載也。〔註29〕

這是晏殊個人風格品味的喜好與追求，間接的也會直接反映在其自

〔註28〕　〔宋〕歐陽修撰：韓谷校點：《歸田錄》卷2，收入上海古籍出版社
　　　　　編：《宋元筆記小說大觀》（上海：上海古籍出版社，2001年12月，
　　　　　第1版），冊1，頁617。

〔註29〕　〔宋〕吳處厚撰：尚成校點：《青箱雜記》卷5，收入上海古籍出版
　　　　　社編：《宋元筆記小說大觀》（上海：上海古籍出版社，2001年12月，
　　　　　第1版），冊2，頁1658～1659。

己的美學觀點當中，所以「雅」在晏殊的美學觀中，其追求的是一種「清淡悠遠」的藝術美感風格。至此若把晏殊所謂的「富貴氣象」連結起來，其美學觀即是追求一種「雅致」、「清淡悠遠」，在結合自身的人品性格中的「誠」與「真」，所反映出來的文藝美學創作觀。

試看，晏殊於〈寄遠〉一詩中，所表現出的「富貴氣象」美學創作觀：

> 寶轂香輪不再逢，峽雲巫雨杳無蹤。梨花院落溶溶月，柳絮池塘淡淡風。幾日寂寥傷酒後，一番蕭索禁烟中。魚書欲寄無由達，水遠山長處處同。〔註30〕

該詩充分展現了晏殊其「富貴氣象」的美學觀。該詩在「寶轂香輪不再逢」、「梨花院落溶溶月」、「柳絮池塘淡淡風」等三句中，表現出了其富貴人家才有之景象。而在其它的詩句中，作者注入了其真摯的情感，此即是作者所特有的風格「氣象」。是以，全詩在富貴的景象中融入了作者其一股雅致而又清淡悠遠的藝術美感。

二、煉字凝句的修辭觀

在晏殊的文學修辭觀中，其「煉字凝句」的文學觀，是屢屢見諸於古籍文獻當中。從文獻中亦可以得知晏殊對於「煉字凝句」，此修辭技巧所能反映文學作品生命力的重要文藝創作觀。是故，以下筆者將就古籍文獻中所記載的相關資料，羅列於下，以便分析論述。

據宋人蔡絛《西清詩話》中的記載：

> 二宋俱為晏元獻（殊）門下士。兄弟雖甚貴顯，為文必手抄寄公，懇求雕潤。嘗見景文寄公書曰：「莒公兄赴鎮圃田同游西池，作詩云：『長楊獵罷寒熊吼，太一波閑瑞鵠飛。』語意驚絕，因作一聯云：『白雪久殘梁複道，黃頭閑守漢樓船。』仍注空字於閑字傍，批云，二字未定，更望指示。」

〔註30〕 〔宋〕晏殊：〈寄遠〉，收入北京大學古文獻研究所編：《全宋詩》卷171，（北京：北京大學出版社，1998 年 12 月，第 2 版），冊 3，頁1941。

晏公書其尾曰，空優於閑。且見雖有船不御之意。又字好
語健，蓋前輩務求博約，情實純至蓋如此也。〔註31〕

據宋人吳處厚《青箱雜記》一書中的記載：

公之佳句，宋莒公皆題於齋壁。若「無可奈何花落去，似
曾相似燕歸來」、「靜尋啄木藏身處，閑見游絲到地時」、「樓
臺冷落收燈夜，門巷蕭條掃雪天」、「已定復瑤春水色，似
紅如白野棠花」之類。莒公常謂此數聯使後之詩人無復措
辭也。〔註32〕

據宋人蔡絛《西清詩話》中的記載：

晏元獻守汝陰，梅聖俞往見之。將行，公置酒潁河上，因
言古人章句中全用平聲，製字穩貼，如「枯桑知天風」是
也；恨未見側字詩。聖俞既引舟，遂作五側體寄公，云：
「月出斷岸口，影照別舸背。且獨與婦飲，頗勝俗客對。」
〔註33〕

據宋人邵博《邵氏聞見後錄》一書中的記載：

昔宋景文問晏元獻：「劉夢得『瀼西春水縠紋生』，生字當
作何義？」元獻云：「作生於縠紋意，不合當作生熟之生。」
景文歎服，以為妙語。〔註34〕

據宋人吳曾於《能改齋漫錄》一書中的記載：

晏元獻公赴杭州，道過維揚，憩大明寺，瞑目徐行。使侍
史誦壁間詩板，戒其勿言爵里姓名，終篇者無幾。又使別
誦一詩云：「水調隋宮曲，當年亦九成。哀音已亡國，廢沼

〔註31〕〔宋〕蔡絛：《西清詩話》，收入郭紹虞校輯：《宋詩話輯佚》卷上，（台北：文泉閣出版社，1972年4月，再版），頁356。
〔註32〕〔宋〕吳處厚撰；尚成校點：《青箱雜記》卷5，收入上海古籍出版社編：《宋元筆記小說大觀》（上海：上海古籍出版社，2001年12月，第1版），冊2，頁1659。
〔註33〕〔宋〕蔡絛：《西清詩話》，收入郭紹虞校輯：《宋詩話輯佚》卷上，（台北：文泉閣出版社，1972年4月，再版），頁326。
〔註34〕〔宋〕邵博撰；王根林校點：《邵氏聞見後錄》卷17，收入上海古籍出版社編：《宋元筆記小說大觀》（上海：上海古籍出版社，2001年12月，第1版），冊2，頁1943。

尚留名；儀鳳終陳迹，鳴蛙只沸羹。淒涼不可問，落日下
燕城。」徐問之，江都尉王琪詩也。召至同飯，又同步游
池上。時春晚巳有落花。晏云：「每得句書牆壁間，或彌年
未嘗強對。且如『無可奈何花落去』，至今未能也。」王應
聲曰：「似曾相識燕歸來。」自此辟置，又薦館職，遂躋侍
從矣。〔註35〕

經由以上五則引文，可以看出晏殊對於字句修辭的重視，不僅從單字
上的字斟，更是從全句上的句酌。加上晏殊與這些交游的友人，他們
都是宋代知名的文人，雖然他們都是晏殊的後輩，然而晏殊因其本身
之性格，因「然相國不自貴重其文，凡門下客及官屬解聲韻者，悉與
酬和」〔註36〕，所以得以與這些文人們交游切磋，增進彼此文藝創作
上的觀點。據陸游於《老學庵筆記》一書中的記載：

李盧己侍郎，字公受，少從江南先達學作詩，後與曾致堯
倡酬。曾每曰：「公受之詩雖工，恨啞耳。」盧己初未悟，
久乃造入。以其法授晏元獻，元獻以授二宋，自是遂不傳。
然江西諸人，每謂五言第三字、七言第五字要響，亦此意
也。〔註37〕

這就是彼此在文學交流下的傳承，而晏殊又並非像有些文人一般會
藏私，凡與其交游者皆是以誠相待。是以，這些文人對其性格是極其
敬仰的。「煉字凝句」本是詩歌修辭中的首要之因，煉得一好字，詩
句會彷若活轉了過來，鍛得一好句，則詩境會巧似鮮明如畫般境界
全出。

試看，晏殊於〈假中示判官張寺丞王校勘〉一詩中，所表現出的

〔註35〕〔宋〕吳曾：《能改齋漫錄‧記詩》卷 11，（台北：木鐸出版社，1982
年 5 月，初版），頁 306～307。

〔註36〕〔宋〕宋祁撰；孔凡禮整理：《宋景文筆記》上，收入朱易安、傅璇
琮等主編：《全宋筆記》（鄭州：大象出版社，2003 年 10 月，第 1 版），
第 1 編第 5 冊，頁 48。

〔註37〕〔宋〕陸游撰；高克勤校點：《老學庵筆記》卷 5，收入上海古籍出
版社編：《宋元筆記小說大觀》（上海：上海古籍出版社，2001 年 12
月，第 1 版），冊 4，頁 3501。

「煉字凝句」美學創作觀：

> 元巳清明假未開，小園香徑獨徘徊。春寒不定斑斑雨，宿醉難禁灩灩杯。無可奈何花落去，似曾相似燕歸來。遊梁賦客多風味，莫惜青錢萬選才。〔註38〕

從該詩中可見晏殊其「煉字凝句」之功力，在「春寒不定斑斑雨，宿醉難禁灩灩杯。」與「無可奈何花落去，似曾相似燕歸來。」二聯的對仗中，無論其「字與字」間，或「字與句」間，或「句與句」間，相互縮合無間，用字則見其煉字之功，聯句則見其凝句之力。充分表現了晏殊其「煉字凝句」的文學修辭觀。

三、儒融佛道的精神觀

　　在晏殊的文學思想中，儒家思想可謂主導著其創作觀，然而佛家思想與道家思想，亦是潛在的影響其文學創作觀。是以，儒、佛、道三家思想，在晏殊的文學創作上，晏殊是以儒家思想爲本，融合佛、道思想的。正因如此在其詩歌作品中，才會讓人感覺到一種「清曠悠遠」的風格特色。而在詩歌創作理念上，晏殊是「尚雅遠俗」的。關於「雅」、「俗」之辨，自古以來一直是文人創作風格的分界。對此，程杰於《北宋詩文革新研究》一書中嘗言：

> 大致説來，宋代以前，雅俗之辯有兩個層面：一是文與野、都與村、「雅言」與「俗語」、「陽春白雪」與「下里巴人」、士人文學與民間文學的對立，根源於社會階層和地域的分別與差異。二是士人文學内部由儒家思想決定的價值判別，「雅」與「正」相屬，一起作爲封建禮樂文明和道德教化的代名詞，而王道竭，變風變雅作以來一切「風衰俗怨」之作尤其是齊梁以來文學的怨靡詭麗被視爲其反面。……無疑，宋代文學革新思潮是這一歷史課題的繼續。但是宋人的步子走得更遠，尤其是在詩歌領域，雅俗之辨成了至

〔註38〕　〔宋〕晏殊：〈假中示判官張寺丞王校勘〉，收入北京大學古文獻研究所編：《全宋詩》卷171，（北京：北京大學出版社，1998年12月，第2版），冊3，頁1943～1944。

關重要的原則。〔註39〕

對於詞體的演變過程中，「詞」本是源起於民間的俗曲，後因在士大夫的改革之下，才逐漸的從「俗」蛻變到「雅」的追求。是以，在創作的當下其內容題材的選擇，必定受著儒家傳統詩教觀的影響。此外，在形式藝術上的要求，亦必定走向「雅言」，以便雅化原本起於民間的詞體，而這種文學創作思想，本就是晏殊所追求的，是以在晏殊的文學思想中「尙雅遠俗」，一直是其文學創作的中心主旨。

（一）儒家思想

在晏殊的文學思想中，因爲傳統儒家的詩教觀，促使其「尙雅遠俗」，此從晏殊的〈進兩制三館牡丹歌詩狀〉一文中，可見晏殊其儒家思想「詩言志」之端倪：

> 昔者虞舜膺朝，有皋陶之賡載；周宣繼業，聞吉甫之誦章，蓋默助於謨猷，不專工于辭翰。迨于漢室，尤好藝文，別館離宮，多命從臣之制作，倡優鄭衛，已無前古之箴規。中葉以還，其風未泯，永平〈神雀〉之頌，孝明稱美者五人；貞元〈重元〉之篇，德宗考第于三等。並垂編簡，式著熙隆。洪惟聖運之會昌，可繼重華之輝耀。然于眾製，未復前修。思諷諭者，隱其誠而靡宣；局聲律者，豔其言而罕實，不足以上裨睿覽，下達民情，效明良喜起之音，續雅頌清徽之範。〔註40〕

上段引文，反映出了晏殊詩歌之創作理論，其主張詩歌應具諷諭時政之價值與功用。再者，即是批評當朝靡漫西昆詩體的風氣過於熾盛，故藉此狀批判之。由此看來，晏殊的文學觀，是以儒家思想爲其創作之根本的。

〔註39〕程杰：《北宋詩文革新研究》（台北：文津出版社，1996 年 12 月，初版），頁 555～556。

〔註40〕〔宋〕晏殊：〈進兩制三館牡丹歌詩狀〉，收入四川大學古籍整理研究所編：《全宋文》卷 397，（四川：巴蜀書社，1990 年 8 月，第 1 版），冊 10，頁 185。

（二）佛家思想

此外在晏殊的詩作中，亦可看出其佛家思想融入其文學思想當中，在其〈送僧歸護國寺〉一詩中，可以得知晏殊對於佛學亦曾專研，其詩如下：

> 海嶠黃金剎，安禪不記秋。來膺臣宰召，歸泛越人舟。達性融三界，隨緣極四流。還持双股錫，拂蘚坐巖幽。〔註41〕

此外，尚有一詩亦充分傳遞了晏殊的佛家思想，詩名爲〈憶越州〉其詩如下：

> 湖山杳渺不可狀，登覽幽求無所遺。高僧伴吟足清覽，見盡白蓮開落時。〔註42〕

上舉二詩，在其詩中晏殊對於佛教的詞彙用語，與其境界及其深入的意蘊，從中可以觀看出佛家之思想已融入其詩作。是以，使其創作風格呈現出一種清新且清曠的風格氣象。

（三）道家思想

在道家思想上，亦是晏殊文學思想中重要的一環，在其〈贈會稽道士〉一詩中，即表現出晏殊對於道家思想其體會之深刻：

> 藐姑容化三陰館，句漏砂封六乙泥。五練夜窮青玉枕，七明晨採碧雲梯。冠霞高把浮丘袂，握體深藏鬼谷奚。知有山西駐齡藥，何妨相贈一刀圭。〔註43〕

另有一詩，亦表現出晏殊其道家思想，詩名〈列子有力命王充論衡有命祿極言必定之致覽之有感〉其詩如下：

〔註41〕〔宋〕晏殊：〈送僧歸護國寺〉，收入北京大學古文獻研究所編：《全宋詩》卷171，（北京：北京大學出版社，1998年12月，第2版），冊3，頁1945。

〔註42〕〔宋〕晏殊：〈憶越州〉，收入北京大學古文獻研究所編：《全宋詩》卷171，（北京：北京大學出版社，1998年12月，第2版），冊3，頁1941。

〔註43〕〔宋〕晏殊：〈贈會稽道士〉，收入北京大學古文獻研究所編：《全宋詩》卷171，（北京：北京大學出版社，1998年12月，第2版），冊3，頁1940～1941。

大鈞播羣物，零茂歸自然。默定既有初，不爲智力遷。禦寇導其流，仲任派其源。智愚信自我，通塞當由天。宰世曰皋伊，迷邦有顏原。吾道誠一概，彼途鍾百端。卷之入纖毫，舒之盈八埏。進退得其宜，夸榮非所先。朝聞可夕隕，吾奉聖師言。〔註44〕

在上引二詩中，可以得知晏殊對於道家莊子、列子等人的思想，皆有其深入之研究與體會。是以，道家思想才能成爲晏殊其文學思想的另一脈流，而由於晏殊「學際天人」的才學，才得以將儒、釋、道等三家思想，融合無間。其詞作才得以呈現出一種「理性的思致」，其風格才得以呈現出一種「恬淡」、「婉約」、「清新」、「曠遠」等藝術風格特色。

〔註44〕　〔宋〕晏殊：〈列子有力命王充論衡有命祿極言必定之致覽之有感〉，收入北京大學古文獻研究所編：《全宋詩》卷171，（北京：北京大學出版社，1998年12月，第2版），冊3，頁1943。

下　編

第五章　晏殊酒詞之形式結構

　　「詞」相較於「詩」而言，詞於形式結構上，明顯的比詩多了許多的錯綜變化。宋人張炎（1248～1320）於《詞源》一書中，嘗言作詞之步驟為：「作慢詞，看是甚題目，先擇曲，然後命意。命意既了，思量頭如何起，尾如何結，方始選韻，而後述曲。最是過片，不要斷了曲意，須要承上接下。」〔註1〕此說對於擅長於填詞的文人，雖非是製詞之必然的定律，然而相對於一些文人的倚聲之作，與初習填詞的新手而言，大抵是順此法則。此外，楊守齋於〈作詞五要〉中，亦曾提出自己的看法：「作詞之要有五：第一要擇腔。腔不韻則勿作。……第二要擇律。律不應月，則不美。……第三要填詞按譜。自古作詞，能依句者已少，依譜用字者，百無一二。詞若歌韻不協，奚取焉。或謂善歌者，融化其字，則無疵。……第四要隨律押韻。……第五要立新意。若用前人詩詞意為之，則蹈襲無足奇者。」〔註2〕關於楊氏之說，王易曾就「作者」與「詞體」兩方面進行說解：

> 詞調與文情，亦有密切之關係。觀楊守齋〈作詞五要〉所
> 論：第一要擇腔，腔不韻則勿作；第二要擇律，律不應月

〔註1〕〔宋〕張炎：《詞源・製曲》卷下，收入唐圭璋編：《詞話叢編》附
　　　索引，（北京：中華書局，2005年10月，第2版），冊1，頁258。
〔註2〕〔宋〕張炎：《詞源》卷下，附錄「楊守齋作詞五要」，收入唐圭璋
　　　編：《詞話叢編》附索引，（北京：中華書局，2005年10月，第2版），
　　　冊1，頁267～268。

　　則不美；第三要填詞按譜；第四要隨律押韻。可知宮律詞
　　調，聲響文情，皆屬一貫。就作者言：則本情以尋聲，因
　　聲以擇調，由調以配律。就詞體言：則本律而立調，由調
　　而定聲，以聲而見情。〔註3〕

王易從「作者」與「詞體」的角度，說明了在填詞的創作過程中，其
順序並非是絕對的，而是端看創作者自己的考量。然而從上段引文
中，卻也可以看出詞之創作過程中「擇調」與「用韻」，是促使詞作
臻至完善的必要考量。是故，筆者下列將從晏殊的酒詞作品，針對其
「擇調」、「用韻」與「句式」之形式結構，作全盤的考察、分析，並
加以說明之。

第一節　擇　調

　　關於詞之源起，歷來學者皆有其不同之看法，然而從文學史之角
度而言，詞伴樂而生，此說則是為普遍學者所接受的。據《武英殿本
四庫全書提要・碧雞漫志提要》中所言：「迨金、元院本既出，併歌
詞之法亦亡。文士所作，僅能按舊曲平仄，循聲填字。自明以來，遂
變為文章之事，非復律呂之事。」〔註4〕由此可知，在明代以前詞與
音樂之關係，已逐漸的背道而馳，兩者之間對於創作而言已無緊密之
關係。是故，後世文人之詞作，亦只能循按前人之舊作「倚聲填字」
了。在鄭騫（1906～1991）的〈詞曲概說示例〉一文中嘗言：

　　詞曲的牌調，有些並無特質，拿來寫任何題目都可以；有
　　些則因聲調或習慣的關係，而不能普遍運用。例如賀新郎
　　本是個悲壯慷慨的調子，寫淒婉之情也還可以，並不適於
　　歡娛喜慶之用。但有人因為調名「賀新郎」之故，就填上

〔註3〕　王易：《詞曲史・構律第六》（南京：江蘇出版社，2005年8月，第
　　　　1版），頁171。
〔註4〕　〔清〕永瑢、紀昀等撰：《武英殿本四庫全書提要・碧雞漫志提要》
　　　　卷199，（台北：臺灣商務印書館股份有限公司，2001年2月，初版），
　　　　冊5，頁323。

一首來賀人結婚。這雖沒什麼不可以，從詞的藝術觀點來看，便覺不妥。……要緊的是：我們要把若干調子，特別是長調，逐調熟讀，記住他們的格律之後，也就能夠體會到他們的聲響，或爲悲壯慷慨，或爲歡娛恬適，或爲清新深婉，或爲悽愴怨慕。遇到寫作的時候，按照所要表現的情調，所要寫的內容，去找合適的調子，也就行了。〔註5〕

不同的詞調皆有其不同之聲響，而這些聲響所表現出的，則是文人創作時的心境與心聲，以至於讓「詩」、「聲」與「情」三者，能夠真正的相互縮合。就如龍沐勛（1902～1966）所言：「我們要了解『詞的藝術特徵』，仍得向它的聲律上去體會，得向各個不同曲調的結構上去體會。作者能夠掌握這些規律，選擇某一適合表達自己所要表達的情感的曲調，把詞情和聲情緊密結合起來，也就會產生各種不同的風格和面貌，引起讀者的共鳴。」〔註6〕是故，在深入剖析晏殊酒詞之作時，對其擇調勢必要詳加考察剖析，以便利於分析論述。

一、酒詞與非酒詞之詞牌對照

以下筆者將就晏殊《珠玉詞》中134闋詞作，對其「酒詞」與「非酒詞」之作品數量，進行兩者的擇調統計分析。

晏殊酒詞與非酒詞詞牌對照表

編號	詞　牌	總闋數	酒詞	非酒詞	編號	詞　牌	總闋數	酒詞	非酒詞
1	謁金門	1	1	0	19	殢人嬌	3	2	1
2	破陣子	5	3	2	20	踏莎行	5	2	3
3	浣溪沙	12	11	1	21	漁家傲	13	7	6
4	更漏子	4	3	1	22	雨中花	1	0	1

〔註5〕鄭騫：〈詞曲概說示例〉，收入鄭騫：《景午叢編》（台北：臺灣中華書局，1972年1月，初版），上編，頁69。

〔註6〕龍沐勛：《倚聲學——詞學十講》，附錄三〈談談詞的藝術特徵〉，（台北：里仁書局，2003年9月，初版），頁190。

編號	詞　牌	總闋數	酒詞	非酒詞	編號	詞　牌	總闋數	酒詞	非酒詞
5	鵲踏枝	2	1	1	23	瑞鷓鴣	2	0	2
	蝶戀花	5	4	1	24	望仙門	3	3	0
6	點絳脣	1	0	1	25	長生樂	2	2	0
7	鳳銜盃	3	2	1	26	拂霓裳	3	3	0
8	清平樂	5	4	1	27	菩薩蠻	4	2	2
9	紅窗聽	2	0	2	28	秋蕊香	2	2	0
10	採桑子	7	4	3	29	相思兒令	2	2	0
11	喜遷鶯	5	2	3	30	滴滴金	1	1	0
12	撼庭秋	1	0	1	31	山亭柳	1	1	0
13	少年遊	4	3	1	32	睿恩新	2	0	2
14	酒泉子	2	2	0	33	玉堂春	3	1	2
15	木蘭花	10	8	2	34	臨江仙	1	1	0
	玉樓春	1	0	1	35	燕歸梁	2	2	0
16	迎春樂	1	0	1	36	望漢月	1	1	0
17	訴衷情	9	5	4	37	連理枝	2	1	1
18	胡搗練	1	1	0		總計	134	87	47

　　經由上表所統計的數據資料，可得知晏殊於《珠玉詞》中，所選用的
詞牌總數為 37 種〔註7〕，而其詞作的作品總數是 134 闋。「酒詞」的
作品數量為 87 闋，其所占全作品數量的百分比為 64.93%。而「非酒
詞」之詞作數量為 47 闋，其所占的百分比則是 35.07%。經由以上的
數據資料，可以看出晏殊其酒詞之作，在作品的總數中其所占的比
率，約占作品總數量的三分之二。

〔註 7〕　此「晏殊酒詞與非酒詞詞牌對照表」，其編號次第，乃照唐圭璋《全
　　　　宋詞》其詞作之編排次第。然〈鵲踏枝〉與〈蝶戀花〉；〈木蘭花〉
　　　　與〈玉樓春〉，因為是「異名同調」之詞牌，故編排於同一編號內。

　　在上表的統計數據中，晏殊除了〈點絳脣〉、〈紅窗聽〉、〈撼庭秋〉、〈迎春樂〉、〈雨中花〉、〈瑞鷓鴣〉、〈睿恩新〉等 7 種詞牌未嘗有酒詞之作（因〈玉樓春〉又名〈木蘭花〉，兩種詞牌「異名同調」，故不列入統計之列）外，其 87 闋酒詞之作所選用的詞牌為 30 種，而其中〈謁金門〉、〈酒泉子〉、〈望仙門〉、〈長生樂〉、〈拂霓裳〉、〈秋蕊香〉、〈相思兒令〉、〈滴滴金〉、〈山亭柳〉、〈臨江山〉、〈燕歸梁〉、〈望漢月〉、〈胡搗練〉等 13 種詞牌，其詞牌的詞作總數每一闋都是酒詞之作，共計 22 闋，而晏殊另外的 65 闋酒詞之作，則是由其它 17 種詞牌填製而成。

二、酒詞詞調分析

　　經由上表「晏殊酒詞與非酒詞詞牌對照表」的統計分析之後，以下筆者將再從這 87 闋酒詞之作，對其所選用的 30 種詞牌，進行酒詞詞調分析。

晏殊酒詞詞調分析表

編號	詞　牌	酒詞數	句　式　體　例	字數	類別
1	謁金門	1	上片：4 句 4 仄韻；下片：4 句 4 仄韻	45	小令
2	破陣子	3	上片：5 句 3 平韻；下片：5 句 3 平韻	62	中調
3	浣溪沙	11	上片：3 句 3 平韻；下片：3 句 2 平韻	42	小令
4	更漏子	3	上片：6 句 2 仄 2 平韻；下片：6 句 2 仄 2 平韻	44	小令
5	鵲踏枝	1	上片：5 句 4 仄韻；下片：5 句 4 仄韻	60	中調
	蝶戀花	4			
6	鳳銜盃	2	上片：4 句 4 平韻；下片：5 句 4 平韻	57	小令
7	清平樂	4	上片：4 句 4 仄韻；下片：4 句 3 平韻	46	小令
8	採桑子	4	上片：4 句 3 平韻；下片：4 句 3 平韻	44	小令

編號	詞牌	酒詞數	句　式　體　例	字數	類別
9	喜遷鶯	1	上片：5 句 4 平韻；下片：5 句 3 仄 2 平韻	47	小令
		1	上片：5 句 3 平韻；下片：5 句 2 仄 2 平韻		
10	少年遊	1	上片：6 句 2 平韻；下片：5 句 3 平韻	51	小令
		2	上片：5 句 3 平韻；下片：5 句 2 平韻	50	
11	酒泉子	2	上片：4 句 2 平韻；下片：4 句 3 平韻	45	小令
12	木蘭花	8	上片：4 句 3 仄韻；下片：4 句 3 仄韻	56	小令
13	訴衷情	5	上片：4 句 3 平韻；下片：6 句 3 平韻	44	小令
14	胡搗練	1	上片：4 句 3 仄韻；下片：4 句 3 仄韻	48	小令
15	殢人嬌	2	上片：6 句 4 仄韻；下片：6 句 4 仄韻	68	中調
16	踏莎行	2	上片：5 句 3 仄韻；下片：5 句 3 仄韻	58	小令
17	漁家傲	7	上片：5 句 5 仄韻；下片：5 句 5 仄韻	62	中調
18	望仙門	3	上片：4 句 4 平韻；下片：5 句 4 平韻	46	小令
19	長生樂	1	上片：8 句 5 平韻；下片：6 句 4 平韻	75	中調
		1	上片：8 句 4 平韻；下片：6 句 4 平韻	75	中調
20	拂霓裳	2	上片：8 句 6 平韻；下片：9 句 5 平韻	82	中調
		1	上片：8 句 5 平韻；下片：9 句 5 平韻	83	
21	菩薩蠻	2	上片：4 句 2 仄 2 平韻；下片：4 句 2 仄 2 平韻	44	小令
22	秋蕊香	2	上片：4 句 4 仄韻；下片：4 句 4 仄韻	48	小令
23	相思兒令	2	上片：4 句 2 平韻；下片：4 句 3 平韻	47	小令
24	滴滴金	1	上片：4 句 4 仄韻；下片：4 句 4 仄韻	50	小令
25	山亭柳	1	上片：7 句 5 平韻；下片：7 句 4 平韻	79	中調
26	玉堂春	1	上片：6 句 2 仄 2 平韻；下片：4 句 2 平韻	61	中調
27	臨江仙	1	上片：5 句 3 平韻；下片：5 句 3 平韻	58	小令

編號	詞 牌	酒詞數	句　式　體　例	字數	類別
28	燕歸梁	2	上片：4句4平韻；下片：5句3平韻	51	小令
29	望漢月	1	上片：4句3仄韻；下片：4句3仄韻	52	小令
30	連理枝	1	上片：7句4仄韻；下片：7句4仄韻	47	小令

經由上表的統計數據資料，可得知晏殊酒詞之作，其詞調類別〔註8〕
爲中調 24 闋，分別爲〈破陣子〉、〈鵲踏枝〉、〈蝶戀花〉、〈殢人嬌〉、
〈漁家傲〉、〈長生樂〉、〈拂霓裳〉、〈山亭柳〉、〈玉堂春〉等 8 種詞牌
（因〈鵲踏枝〉與〈蝶戀花〉爲「異名同調」之詞牌，故爲 8 種詞
牌）填製而成，剩餘的小令 63 闋酒詞之作，則是由其它 22 種詞牌所
填製。

　　而根據上表「晏殊酒詞詞調分析表」中，可以得知，在晏殊的
酒詞作品中，其最常選用的詞牌其前三名分別是：〈浣溪紗〉（11
闋）、〈木蘭花〉（8 闋）與〈漁家傲〉（7 闋），三種詞牌的酒詞之作，
總計 26 闋。於晏殊 87 闋酒詞作品總數中，此三種詞牌所填製的酒
詞，其所占的百分比爲 29.89%，從中亦可窺知晏殊對於此三種詞牌
的愛好。

　　吳梅（1884～1939）於《詞學通論》一書中，嘗言：「凡題意寬
大，宜抒寫胸襟者，當用長調，而長調中尤以蘇、辛雄放之作爲宜。
若題意纖仄，模山範水者，當用小令或中調。惟境有悲歡，詞亦有哀
樂。」〔註9〕就晏殊 87 闋酒詞之作，小令 63 闋、中調 24 闋，從其內
容觀之，確如吳氏所言。在晏殊的酒詞作品中大多偏向纖細婉約之

〔註8〕　萬樹於《詞律·發凡》中曾云：「自《草堂》有小令、中調、長調之
　　　　日，後人因之，但亦約略云爾；《詞綜》所云，以臆見分之後，遂相
　　　　沿殊屬牽率者也。錢唐毛氏云：『五十八字以內爲小令，五十九字至
　　　　九十字爲中調，九十一字以外爲長調，古人定例也。」萬樹：《詞律》
　　　　附索引，（上海：上海古籍出版社，2009 年 4 月，第 1 版，據清光緒
　　　　二年本影印），頁 9。筆者此處採用錢唐毛氏之説。
〔註9〕　吳梅：《詞學通論》，收入吳梅著；解玉峰編：《吳梅詞曲論著集》（南
　　　　京：南京大學出版社，2008 年 10 月，第 1 版），頁 42。

作，而吳氏此說亦是符合一般詞作的創作論。此外，詞調與聲律之關係，亦是文人創作時所必須考量的，張夢機嘗於《詞律探原》一書中曾說道：

> 製詞之道，首貴乎辭與聲之相副，詞調之風格，猶內涵之特質，而抒旨屬辭，猶特質之外發，如聲旨與詞旨不能相符，是冒同一詞調之特質而出不衷之言也。故就倚聲而論，必憑依一詞調之本質風格，以敷辭旨之方向，始足以發其實，若矜言意匠天工，而敝屣詞調特質，則終不免偏頗之誚。〔註 10〕

每一詞調都有其自己的風格韻味，而其風格韻味則是要與詞之聲律，與作者所欲表達的聲情所相互綰合的。但若未能找到其適宜的詞調來進行創作，對於懂聲律的作者，亦可自度曲調，倚聲塡詞，抑或借現成之曲調，再另創新詞調，倚聲而作。

據姚友惠所作的統計，經由晏殊自己所創製的詞牌就有：〈雨中花〉、〈破陣子〉、〈睿思新〉、〈漁家傲〉、〈玉堂春〉、〈長生樂〉、〈望仙門〉、〈燕歸梁〉、〈秋蕊香〉、〈少年遊〉、〈山亭柳〉等 11 種詞調〔註 11〕。而據江姿慧在《欽定詞譜》中的考察，以晏殊詞作，作爲範例註明爲正體者則有：〈胡搗練〉、〈少年遊〉、〈滴滴金〉、〈燕歸梁〉、〈迎春樂〉、〈踏莎行〉、〈漁家傲〉、〈殢人嬌〉、〈山亭柳〉、〈拂霓裳〉、〈秋蕊香〉、〈雨中花〉、〈破陣子〉等 13 種詞調〔註 12〕。由此統計資料來看，不僅可以看出晏殊在詞調創製上的貢獻，亦可以看出晏殊是藉由自己所新製的詞調，來抒寫自我的內心情感，所以也就可以隨心抒發，不受限於詞調的束縛。

〔註 10〕張夢機：《詞律探原》（台北：文史哲出版社，1981 年 11 月，初版），頁 181。

〔註 11〕姚友惠：《馮延巳與晏殊詞比較研究》（彰化：國立彰化師範大學國文研究所碩士論文，2002 年 1 月），頁 55。

〔註 12〕江姿慧：《晏殊《珠玉詞》研究》（台北：國立臺灣師範大學國文研究所碩士論文，2003 年 6 月），頁 72。

第二節　用　韻

　　無論是「作詩」，抑或「填詞」，又或「度曲」，「韻」所表達出的情感，絕不亞於詩句中所羅織出來的情感。作者對於「用韻」，往往是有其考量取捨、精挑細選的，以求「詩情」與「聲情」，兩者得以融合無間。而「詩情」與「聲情」，亦是讀者所須藉此二者，才能去感受理解，作者其內心之情感的重要途徑。在夏承燾與吳熊和二人所合著的《讀詞常識》一書中就曾提及：

> 大抵用韻的位置疏密均勻的，它的聲情必較和平寬舒；用韻過疏過密的，聲情非弛慢則急促；多用三、五、七言句法相間的，聲情較舒暢；多用四字、六字句排偶的，聲情較穩重；字聲平仄相間均勻的，情感必安詳；多作拗句的，情感必鬱勁。〔註13〕

關於用韻的疏密，與其用韻位置是否貼妥，黃永武於《中國詩學：設計篇》一書中，嘗言：「吾人聽詩時，韻腳的聲響特別突出，所以它對情緒的影響最大。那麼韻腳的疏密與轉換，對於引導情緒的起伏，必然有顯著的效能。」、「所謂韻腳的疏密，是從韻腳相互的距離來看的，距離短，節奏就密；距離長，節奏就疏。押韻最密的該是『句中有韻』的詩。」〔註14〕是以，在解析、鑑賞一首詩歌作品的同時，對於詩人所選用的韻，必須要詳加的體會，如此才能感受出詩人所寄寓的聲情特色。

一、酒詞用韻分析

　　以下筆者將採用龍榆生（1902～1966）於《唐宋詞格律・凡例》一書中，對於韻腳的分類〔註15〕，製表探討晏殊 87 闋酒詞作品。對

〔註13〕夏承燾、吳熊和：《讀詞常識》（北京：中華書局，2002 年 11 月，新 1 版），頁 27～28。

〔註14〕黃永武：《新增本中國詩學：設計篇・談詩的音響》（台北：巨流圖書股份有限公司，2009 年 9 月，初版），頁 162。

〔註15〕龍榆生於《唐宋詞格律・凡例》中，將韻腳分類為五格，其五格分別為：「平韻、仄韻、平仄韻轉換、平仄韻通協、平仄韻錯協。」龍

其「用韻」作詳加的考察分析，並加以說明之。

晏殊酒詞用韻一覽表

編號	詞牌	首　句	韻　部	韻　　　字	韻　格
1	謁金門	秋露墜	第 3 部	上片：墜、淚、意、寐 下片：歲、異、桂、醉	仄聲韻
2	破陣子	燕子欲歸時節	第 1 部	上片：風、叢、紅 下片：桐、中、重	平聲韻
3	破陣子	憶得去年今日	第 3 部	上片：籬、卮、垂 下片：菲、飛、時	平聲韻
4	破陣子	湖上西風斜日	第 11 部	上片：英、輕、情 下片：聽、聲、停	平聲韻
5	浣溪沙	閬苑瑤臺風露秋	第 12 部	上片：秋、籌、留 下片：愁、流	平聲韻
6	浣溪沙	三月和風滿上林	第 13 部	上片：林、金、陰 下片：心、深	平聲韻
7	浣溪沙	一曲新詞酒一杯	第 3 部 第 5 部	上片：盃、臺、迴 下片：來、徊	平聲韻
8	浣溪沙	紅蓼花香夾岸稠	第 12 部	上片：稠、流、遊 下片：頭、愁	平聲韻
9	浣溪沙	小閣重簾有燕過	第 9 部	上片：過、莎、波 下片：荷、多	平聲韻
10	浣溪沙	宿酒纔醒厭玉卮	第 3 部	上片：卮、衣、枝 下片：時、垂	平聲韻
11	浣溪沙	綠葉紅花媚曉煙	第 7 部	上片：煙、蓮、船 下片：前、天	平聲韻
12	浣溪沙	湖上西風急暮蟬	第 7 部	上片：蟬、蓮、筵 下片：煙、年	平聲韻
13	浣溪沙	楊柳陰中駐彩旌	第 11 部	上片：旌、觥、聲 下片：程、情	平聲韻

榆生：《唐宋詞格律》(上海：上海古籍出版社出版社，2001 年 12 月，第 1 版)，頁 1。

編號	詞牌	首句	韻部	韻字	韻格
14	浣溪沙	一向年光有限身	第6部	上片：身、魂、頻 下片：春、人	平聲韻
15	浣溪沙	玉椀冰寒滴露華	第10部	上片：華、紗、花 下片：霞、斜	平聲韻
16	更漏子	寒鴻高	第3部 第7部	上片：滿、淺、眉、時 下片：軟、板、辭、離	平仄韻轉換
17	更漏子	雪藏梅	第2部 第3部 第11部 第12部	上片：柳、候、鶯、生 下片：醉、味、香、長	平仄韻轉換
18	更漏子	菊花殘	第3部 第5部 第6部 第9部	上片：墮、過、開、盃 下片：脆、袂、人、春	平仄韻轉換
19	鵲踏枝	紫府羣仙名籍秘	第3部	上片：秘、世、記、歲 下片：袂、地、逝、醉	仄聲韻
20	鳳銜盃	留花不住怨花飛	第3部	上片：飛、依、枝、披 下片：厄、時、期、思	平聲韻
21	鳳銜盃	柳條花類惱青春	第6部	上片：春、紛、脣、巾 下片：辰、雲、人、新	平聲韻
22	清平樂	春花秋草	第3部 第5部 第8部	上片：草、老、掃、少 下片：盃、催、臺	平仄韻轉換
23	清平樂	秋光向晚	第3部 第7部	上片：晚、讌、徧、院 下片：厄、詞、為	平仄韻轉換
24	清平樂	春去秋來	第1部 第4部	上片：去、處、露、住 下片：仲、桐、風	平仄韻轉換
25	清平樂	金風細細	第3部 第7部	上片：細、墜、醉、睡 下片：殘、干、寒	平仄韻轉換
26	採桑子	春風不負東君信	第2部	上片：芳、雙、梁 下片：光、忙、腸	平聲韻
27	採桑子	紅英一樹春來早	第3部	上片：時、期、蕤 下片：枝、悲、誰	平聲韻

編號	詞牌	首 句	韻 部	韻 字	韻 格
28	採桑子	櫻桃謝了梨花發	第3部 第5部	上片：催、來、開 下片：盃、哀、迴	平聲韻
29	採桑子	時光只解催人老	第11部	上片：情、亭、醒 下片：明、驚、聲	平聲韻
30	喜遷鶯	花不盡	第1部 第2部 第8部	上片：窮、同、空、逢 下片：悄、少、老、場、茫	平仄韻 轉換
31	喜遷鶯	燭飄花	第3部 第4部 第5部 第11部	上片：醒、聲、明 下片：去、處、來、梅	平仄韻 轉換
32	少年遊	霜華滿樹	第1部	上片：蓉、風 下片：中、容、紅	平聲韻
33	少年遊	芙蓉花發去年枝	第3部	上片：枝、飛、帷 下片：厄、時	平聲韻
34	少年遊	謝家庭檻曉無塵	第6部	上片：塵、辰、雲 下片：春、新	平聲韻
35	酒泉子	三月暖風	第6部	上片：紛、人 下片：身、茵、春	平聲韻
36	酒泉子	春色初來	第3部	上片：飛、枝 下片：衣、披、時	平聲韻
37	木蘭花	東風昨夜回梁苑	第7部	上片：苑、線、面 下片：雁、燕、散	仄聲韻
38	木蘭花	簾旌浪卷金泥鳳	第1部	上片：鳳、鬆、重 下片：共、動、夢	仄聲韻
39	木蘭花	燕鴻過後鶯歸去	第4部	上片：去、緒、處 下片：侶、住、數	仄聲韻
40	木蘭花	池塘水綠風微暖	第7部	上片：暖、面、旋 下片：畔、晚、半	仄聲韻
41	木蘭花	朱簾半下香銷印	第6部	上片：印、信、問 下片：恨、困、盡	仄聲韻

編號	詞牌	首句	韻部	韻字	韻格
42	木蘭花	杏梁歸燕雙回首	第12部	上片：首、候、酒 下片：獸、袖、壽	仄聲韻
43	木蘭花	紫薇朱槿繁開後	第12部	上片：後、漏、袖 下片：酒、壽、舊	仄聲韻
44	木蘭花	春蔥指甲輕攏撚	第7部	上片：撚、捲、腕 下片：限、戰、面	仄聲韻
45	訴衷情	青梅煮酒鬭時新	第6部	上片：新、春、人 下片：茵、親、雲	平聲韻
46	訴衷情	秋風吹綻北池蓮	第7部	上片：蓮、鮮、煙 下片：筵、船、年	平聲韻
47	訴衷情	世間榮貴月中人	第6部	上片：人、辰、雲 下片：巾、春、新	平聲韻
48	胡搗練	小桃花與早梅花	第17部	上片：格、拆、息 下片：惜、得、擲	仄聲韻
49	殢人嬌	二月春風	第4部	上片：路、緒、汙、住 下片：聚、柱、處、去	仄聲韻
50	殢人嬌	一葉秋高	第3部	上片：墜、氣、瑞、綴 下片：袂、細、歲、醉	仄聲韻
51	踏莎行	絲樹歸鶯	第7部	上片：燕、電、限 下片：怨、雁、見	仄聲韻
52	踏莎行	小徑紅稀	第7部	上片：徧、見、面 下片：燕、轉、院	仄聲韻
53	漁家傲	畫鼓聲中昏又曉	第8部	上片：曉、老、好、調、傲 下片：杳、少、笑、道、了	仄聲韻
54	漁家傲	荷葉荷花相間鬭	第12部	上片：鬭、就、後、繡、首 下片：久、皺、酒、袖、壽	仄聲韻
55	漁家傲	荷葉初開猶半卷	第7部	上片：卷、綻、羨、畔、面 下片：宴、限、散、願、見	仄聲韻
56	漁家傲	楊柳風前香百步	第4部	上片：步、露、府、趣、路 下片：處、語、去、住、雨	仄聲韻
57	漁家傲	葉下鶬鶊眠未穩	第6部	上片：穩、陣、近、問、粉 下片：潤、嫩、困、恨、盡	仄聲韻

編號	詞牌	首 句	韻 部	韻 字	韻 格
58	漁家傲	臉傅朝霞衣剪翠	第3部	上片：翠、水、細、醉、起 下片：刺、蕊、墜、意、淚	仄聲韻
59	漁家傲	楚國細腰元自瘦	第12部	上片：瘦、就、漏、晝、舊 下片：嗅、透、久、袖、後	仄聲韻
60	望仙門	紫薇枝上露華濃	第1部	上片：濃、風、櫳、中 下片：紅、逢、逢、客	平聲韻
61	望仙門	玉壺清漏起微涼	第2部	上片：涼、光、漿、鄉 下片：裳、香、香、長	平聲韻
62	望仙門	玉池波浪碧如鱗	第6部	上片：鱗、新、嚬、茵 下片：春、恩、恩、門	平聲韻
63	長生樂	玉露金風月正圓	第7部	上片：圓、天、筵、壽、煙 下片：絃、船、年、仙	平聲韻
64	長生樂	閬苑神仙平地見	第6部 第11部	上片：瀛、明、聲、觥 下片：笙、雲、清、生	平聲韻
65	蝶戀花	一霎秋風驚畫扇	第7部	上片：扇、面、徧、燕 下片：院、淺、遠、萬	仄聲韻
66	蝶戀花	紫菊初生朱槿墜	第3部	上片：墜、意、翠、水 下片：穗、瑞、袂、歲	仄聲韻
67	蝶戀花	簾幕風輕雙語燕	第7部	上片：燕、亂、見、院 下片：徧、面、晚、遠	仄聲韻
68	蝶戀花	南雁依稀迴側陣	第6部	上片：陣、嫩、困、暈 下片：瞬、寸、近、信	仄聲韻
69	拂霓裳	慶生辰	第6部	上片：辰、春、親、綸、恩、雲 下片：椿、人、焚、眞、新	平聲韻
70	拂霓裳	喜秋成	第11部	上片：成、平、生、屏、聲 下片：瀛、瓊、情、星、觥	平聲韻
71	拂霓裳	樂秋天	第7部	上片：天、圓、煙、絃、船、年 下片：難、筵、顏、歡、前	平聲韻
72	菩薩蠻	芳蓮九蕊開新豔	第2部 第10部 第12部 第14部	上片：豔、臉、堂、妝 下片：酒、壽、誇、花	平仄韻 轉換

編號	詞牌	首　句	韻部	韻　　字	韻格
73	菩薩蠻	人人盡道黃葵淡	第3部 第7部 第12部 第14部	上片：淡、豔、宜、施 下片：酒、壽、冠、看	平仄韻轉換
74	秋蕊香	梅蕊雪殘香瘦	第12部	上片：瘦、透、柳、候 下片：酒、袖、走、舊	仄聲韻
75	秋蕊香	向曉雪花呈瑞	第3部	上片：瑞、砌、桂、蕊 下片：翠、袂、醉、睡	仄聲韻
76	相思兒令	昨日探春消息	第11部	上片：平、生 下片：舫、聲、情	平聲韻
77	相思兒令	春色漸芳菲也	第9部	上片：波、何 下片：歌、多、蛾	平聲韻
78	滴滴金	梅花漏泄春消息	第17部	上片：息、碧、白、惜 下片：客、色、隔、憶	仄聲韻
79	山亭柳	家住西秦	第6部	上片：秦、身、新、雲、勤 下片：魂、人、春、巾	平聲韻
80	玉堂春	後園春早	第8部 第11部	上片：早、草、英、傾 下片：情、明	平聲韻
81	臨江仙	資善堂中三十載	第11部	上片：零、情、生 下片：亭、城、明	平聲韻
82	燕歸梁	雙燕歸飛繞畫堂	第2部	上片：堂、梁、光、張 下片：簧、香、長	平聲韻
83	燕歸梁	金鴨香爐起瑞煙	第7部	上片：煙、筵、絃、船 下片：天、年、仙	平聲韻
84	望漢月	千縷萬條堪結	第18部	上片：結、月、雪 下片：折、節、別	仄聲韻
85	連理枝	綠樹鶯轉老	第8部	上片：老、早、好、緲 下片：巧、妙、調、道	平聲韻
86	訴衷情	幕天席地闘豪奢	第10部	上片：奢、牙、花 下片：賒、華、涯	平聲韻
87	訴衷情	喧天絲竹韻融融	第1部	上片：融、中、紅 下片：鍾、窮、松	平聲韻

據上表的統計數據資料，可以得知晏殊酒詞之作，其「用韻」之情況在押韻的部分有下列三種形式：

    （1）平聲韻：44 闋。

    （2）仄聲韻：31 闋（其中有 3 闋押入聲韻）。

    （3）平仄韻轉換：12 闋。

而聲韻的美感效果，夏承燾於《作詞法入門》一書中嘗言：

> 大抵用平聲韻者，聲情常寬舒，宜於和平婉轉之詞；用上
> 聲韻者，聲情多高亢，宜慷慨豪放之詞；用去聲韻者，聲
> 情多沉著，宜於鬱怒幽怨之詞；用入聲韻者，聲情多遒峭，
> 宜於清勁或激切之詞。〔註16〕

平、上、去、入四聲之別，確實攸關著作者內心所欲表達之聲情。而作者藉由聲情的傳遞，不僅抒發了自己內心的情感，間接的也感染了讀者在閱讀的當下，其內心之感受與思緒。王易嘗言：「韻與文情關係至切：平韻和暢，上去韻纏綿，入韻迫切，此四聲之別也。」〔註17〕由此不難看出「平、上、去、入」四聲，各自表達出其不同之聲響，而各種韻類其中所暗藏的韻語，與其聲響是相互紺合，傳遞著屬於各自不同的聲情與內蘊。

二、酒詞韻部分析

    古典詩歌之創作，無論其體別（詩、詞、曲）為何，對於創作者而言，創作時對於「韻部」之擇取，「韻字」之選用，可謂重要之至，古今皆然。是以，作詩則有「詩韻」；填詞則有「詞韻」；度曲則有「曲韻」為依歸。以下筆者將以清人戈載《詞林正韻》一書中，其於書中將詞韻所劃分的 19 韻部，檢視晏殊於其酒詞作品中，其用韻之韻字的使用分布狀況與次數。

〔註16〕夏承燾：《作詞法入門》（台北：啓明書局，1958 年 12 月，初版），
       頁 11。

〔註17〕王易：《詞曲史·構律第六》（南京：江蘇出版社，2005 年 8 月，第
       1 版），頁 178。

晏殊酒詞各韻部用字統計表

韻　部	平聲韻字數	仄聲上聲韻字數	仄聲去聲韻字數	仄聲入聲韻字數
第 1 部	33	1	4	
第 2 部	27	0	0	
第 3 部	56	5	47	
第 4 部	0	9	21	
第 5 部	8	0	0	
第 6 部	66	5	19	
第 7 部	47	18	46	
第 8 部	4	19	6	
第 9 部	10	1	1	
第 10 部	12	1	0	
第 11 部	52	0	0	
第 12 部	10	16	31	
第 13 部	5	0	0	
第 14 部	0	1	12	
第 15 部				0
第 16 部				0
第 17 部				14
第 18 部				6
第 19 部				0
總　　計	330	76	187	20

據上表統計數據資料，可以得知在晏殊 87 闋的酒詞作品中，其韻字的使用狀況，其中押平聲韻的韻字總數量為 330 字，而押仄聲韻的韻字數量分別為：上聲韻 76 字；去聲韻 187 字；入聲韻 20 字。在 87 闋的酒詞作品中，其押韻的韻字總數量為 613 個韻字（實際使用韻字

爲 328 個，其中 285 個韻字，爲重覆使用的韻字），經由上表的統計
分析，亦可以看出晏殊於酒詞作品中，其喜用的韻部分別爲：

（一）平聲韻

其前三名的韻部分別爲：第 6 部（66 個韻字）、第 3 部（56 個韻
字），第 11 部（52 個韻字），而晏殊未嘗於酒詞作品中使用的韻部分
別是：第 4 部和第 14 部。

（二）仄聲韻上聲

其前三名的韻部分別爲：第 8 部（19 個韻字）、第 7 部（18 個韻
字）、第 12 部（16 個韻字），而晏殊未嘗於酒詞作品中使用的韻部分
別是：第 2 部、第 5 部、第 11 部和第 13 部。

（三）仄聲韻去聲

其前三名的韻部分別爲：第 3 部（47 個韻字）、第 7 部（46 個韻
字）和第 12 部（31 個韻字），而晏殊未嘗於酒詞作品中使用的韻部
分別是：第 2 部、第 5 部、第 10 部、第 11 部和第 13 部。

（四）仄聲韻入聲

在晏殊酒詞作品中，關於入聲韻的使用狀況，晏殊僅使用過兩種
入聲韻部，分別爲：第 17 部（14 個韻字）和第 18 部（6 韻個字），
而晏殊未嘗於酒詞作品中使用的入聲韻部分別是：第 15 部、第 16 部
和第 19 部。

從上表的統計數據資料中，可以得知晏殊酒詞之作，平聲韻與仄
聲韻的使用情況與詞韻選用的情況。而在晏殊酒詞作品中，其所使用
的韻字總計爲 613 個韻字，其中平聲韻的使用狀況共計 330 個韻字，
所占的百分比爲 53.83%，而仄聲韻共計 283 個韻字（仄聲韻其中包
含上聲韻 76 個韻字，去聲韻 187 個韻字，入聲韻 20 個韻字），所占
的百分比爲 46.17%，兩者差距雖然不大，但亦可看出晏殊在酒詞之
作中，還是比較習慣選用平聲韻的詞牌來進行創作，表達聲情。

三、酒詞韻字分析

　　下列筆者將就晏殊 87 闋酒詞作品，對其押韻使用韻字為 328 字（總數量為 613 個韻字，實際使用韻字為 328 個，其中有 285 個韻字，為重覆使用的韻字），分別逐字檢視其韻字的使用次數。

晏殊酒詞韻字使用一覽表

編號	韻字	次數	編號	韻字	次數	編號	韻字	次數	編號	韻字	次數
1	春	10	83	流	2	165	林	1	247	秋	1
2	人	8	84	愁	2	166	空	1	248	暈	1
3	面	7	85	恨	2	167	金	1	249	暖	1
4	時	7	86	英	2	168	門	1	250	椿	1
5	情	7	87	重	2	169	雨	1	251	節	1
6	雲	7	88	首	2	170	侶	1	252	稠	1
7	新	7	89	息	2	171	冠	1	253	羨	1
8	醉	7	90	桐	2	172	刺	1	254	腸	1
9	聲	7	91	畔	2	173	結	1	255	萬	1
10	酒	6	92	紛	2	174	哀	1	256	蛾	1
11	煙	6	93	草	2	175	屏	1	257	誇	1
12	壽	6	94	迴	2	176	徊	1	258	遊	1
13	巵	5	95	陣	2	177	思	1	259	隔	1
14	去	5	96	堂	2	178	怨	1	260	零	1
15	生	5	97	惜	2	179	星	1	261	霓	1
16	年	5	98	梁	2	180	爲	1	262	塵	1
17	明	5	99	淚	2	181	眉	1	263	夢	1
18	枝	5	100	淺	2	182	看	1	264	歌	1
19	燕	5	101	透	2	183	砌	1	265	滿	1

編號	韻字	次數	編號	韻字	次數	編號	韻字	次數	編號	韻字	次數
20	袂	5	102	就	2	184	芳	1	266	碧	1
21	船	5	103	散	2	185	宴	1	267	綴	1
22	處	5	104	期	2	186	容	1	268	綸	1
23	筵	5	105	蕊	2	187	悄	1	269	綻	1
24	墜	5	106	華	2	188	扇	1	270	聚	1
25	袖	5	107	雁	2	189	格	1	271	蓉	1
26	中	4	108	催	2	190	氣	1	272	語	1
27	天	4	109	圓	2	191	留	1	273	板	1
28	舡	4	110	親	2	192	眞	1	274	輕	1
29	老	4	111	路	2	193	施	1	275	鳳	1
30	住	4	112	過	2	194	秘	1	276	墮	1
31	見	4	113	道	2	195	秦	1	277	撚	1
32	辰	4	114	嫩	2	196	笑	1	278	數	1
33	歲	4	115	漏	2	197	粉	1	279	漿	1
34	盃	4	116	盡	2	198	紗	1	280	潤	1
35	紅	4	117	睡	2	199	脆	1	281	皺	1
36	風	4	118	緒	2	200	茫	1	282	線	1
37	飛	4	119	臺	2	201	記	1	283	緲	1
38	院	4	120	醒	2	202	起	1	284	誰	1
39	香	4	121	遠	2	203	停	1	285	趣	1
40	徧	4	122	魂	2	204	動	1	286	憶	1
41	長	3	123	瘦	2	205	城	1	287	戰	1
42	光	3	124	窮	2	206	奢	1	288	曉	1
43	巾	3	125	調	2	207	帷	1	289	濃	1

編號	韻字	次數	編號	韻字	次數	編號	韻字	次數	編號	韻字	次數
44	少	3	126	客	2	208	張	1	290	葵	1
45	困	3	127	開	2	209	得	1	291	融	1
46	身	3	128	水	2	210	捲	1	292	頭	1
47	來	3	129	月	1	211	掃	1	293	頻	1
48	花	3	130	忙	1	212	斜	1	294	瞬	1
49	後	3	131	別	1	213	旋	1	295	穗	1
50	限	3	132	了	1	214	旌	1	296	臉	1
51	候	3	133	寸	1	215	梅	1	297	鍾	1
52	恩	3	134	桂	1	216	涯	1	298	霞	1
53	蓮	3	135	干	1	217	涼	1	299	鮮	1
54	茵	3	136	松	1	218	淡	1	300	叢	1
55	舊	3	137	心	1	219	深	1	301	擲	1
56	晚	3	138	裳	1	220	清	1	302	簧	1
57	細	3	139	牙	1	221	異	1	303	繡	1
58	絃	3	140	世	1	222	笙	1	304	蟬	1
59	逢	3	141	半	1	223	脣	1	305	轉	1
60	意	3	142	巧	1	224	荷	1	306	雙	1
61	瑞	3	143	白	1	225	莎	1	307	離	1
62	翠	3	144	共	1	226	軟	1	308	顏	1
63	桂	2	145	印	1	227	逝	1	309	鬆	1
64	問	2	146	同	1	228	陰	1	310	嚬	1
65	久	2	147	地	1	229	雪	1	311	獸	1
66	露	2	148	成	1	230	場	1	312	瓊	1
67	仙	2	149	汗	1	231	寐	1	313	穩	1

編號	韻字	次數	編號	韻字	次數	編號	韻字	次數	編號	韻字	次數
68	平	2	150	色	1	232	寒	1	314	辭	1
69	多	2	151	何	1	233	悲	1	315	難	1
70	好	2	152	妙	1	234	殘	1	316	願	1
71	瀛	2	153	妝	1	235	焚	1	317	欏	1
72	早	2	154	忡	1	236	晝	1	318	籌	1
73	衣	2	155	折	1	237	程	1	319	鶯	1
74	豔	2	156	步	1	238	腕	1	320	歡	1
75	披	2	157	走	1	239	菲	1	321	聽	1
76	柳	2	158	依	1	240	詞	1	322	讌	1
77	波	2	159	卷	1	241	貰	1	323	驚	1
78	近	2	160	味	1	242	鄉	1	324	鱗	1
79	亭	2	161	宜	1	243	苑	1	325	鬭	1
80	信	2	162	府	1	244	亂	1	326	籬	1
81	前	2	163	拆	1	245	傲	1	327	勤	1
82	垂	2	164	杏	1	246	傾	1	328	嗅	1

據上表統計數據資料，可以得知在晏殊 87 闋的酒詞作品當中，其中與「酒」直接相關的韻字使用狀況分別爲：醉（7 次）、酒（6 次）、巵（5 次）、盃（4 次）、觥（4 次）、醒（2 次）、鍾（1 次）。這些與「酒」相關的韻字共計使用 7 種；而使用的總次數爲 39 次（此處筆者僅以「單字」作爲統計分析）。從晏殊的使用狀況來看，晏殊於其酒詞作品當中，對於選用與「酒」相關的韻字，是有其特別考量的，一則可爲酒詞增添聲韻之情味；二則可爲酒意境增添一抹朦朧悠深的藝術美感效果。

關於各種韻類所暗藏的聲情，清人周濟（1781～1839）於《宋四家詞選目錄序論》中嘗言：「東眞韻寬平，支先韻細膩，魚歌韻纏

綿，蕭尤韻感慨，各具聲響，莫草草亂用。陽聲字多則沉頓，陰聲字多則激昂。重陽間一陰，則柔而不靡。重陰間一陽，則高而不危。」〔註18〕而謝雲飛在其〈韻語的選用和欣賞〉一文中，亦曾針對韻字所傳遞的聲情，約略歸爲下列八種類型〔註19〕：

詩韻聲情一覽表

類別	韻　　類	「詩韻」所蘊含的聲情
1	「佳、咍」韻	都有悲哀的情感
2	「微、灰」韻	都含有氣餒抑鬱的情思
3	「蕭、肴、豪」韻	都含有輕佻、妖嬈之意
4	「尤、侯」韻	都似乎含有著千般愁怨，無法申訴的意味似的
5	「寒、恒」韻	都含有黯然神傷，偷彈雙淚的情愫，適用於獨自傷情的詩
6	「眞、文、魂」韻	都含有苦悶，深沈、怨恨的情調
7	「庚、青、蒸」韻	都含有一種「淡淡的哀愁，似乎又有相當理智」的情愫
8	「魚、虞、模」韻	都含有日暮途窮，極端失意的情感

而王易在其《詞曲史》一書中，亦曾說明各韻部所蘊涵的聲情，針對詞韻十九部進行闡述：

東董寬洪，江講爽朗，支紙縝密，魚語幽咽，佳蟹開展，
眞軫凝重，元阮清新，蕭篠飄灑，歌哿端莊，麻馬放縱，
庚梗振厲，尤有盤旋，侵寢沈靜，覃感蕭瑟，屋沃突兀，
覺藥活潑，質術急驟，勿月跳脫，合盍頓落，此韻部之別

〔註18〕〔清〕周濟：《宋四家詞選目錄序論》，收入唐圭璋編：《詞話叢編》附索引，（北京：中華書局，2005 年 10 月，第 2 版），冊 2，頁 1645。
〔註19〕筆者據謝雲飛所言，將其整理成「詩韻聲情一覽表」以便於閱讀。謝雲飛：《文學與音律·韻語的選用和欣賞》（台北：東大圖書有限公司，1978 年 11 月，初版），頁 61～63。

也。此雖未必切定，然韻近者情亦相近，其大較可審辨得
之。〔註20〕

若以王易之言，審視晏殊酒詞作品中，喜用的韻部則分別呈現出的
聲情是：「縝密」、「凝重」、「清新」、「飄灑」、「振厲」、「盤旋」、「急
驟」、「跳脫」等多種的聲情特色。而「韻」之於古典詩歌中的作用，
就誠如邱燮友所言：「詩歌僅憑文字符號的紀錄還不夠，它須透過脣
吻的遒會，才能搖盪我們的情靈，以收共鳴的效果。」〔註21〕是以，
晏殊於其酒詞作品中，其用韻在其婉約的風格中，又帶有清曠的風格
特色。

第三節　句　式

　　詞的句式變化，相較於「詩」（近體詩）而言，明顯的多了許多
錯綜複雜的變化特色，「因為韻腳於聲情有收束與呼應之功能，其與
非韻腳間之交互作用，有如人體之呼吸，故用韻均勻的，節奏之疾
徐較為合度；用韻過度的，較為弛緩；用韻過密的，較為快速。」
〔註22〕由此可見，詞在創作、用韻、選韻的過程中，其句式的錯綜變
化，亦是影響其聲情表現的重要因素。余毅恆對此關係亦曾說明：

　　　　一般說，隔句押韻，韻位安排得比較均勻的，其聲調就較
　　　　舒緩，宜於表達愉快、安閒和哀婉的思想感情。每句押韻
　　　　或不斷轉韻的，其聲調就較急促，沈重，宜於表達緊張、
　　　　激憤、憂愁的思想感情。〔註23〕

是故，筆者將從晏殊87闋酒詞之作，對其句式進行分析。

〔註20〕 王易：《詞曲史·構律第六》（南京：江蘇出版社，2005年8月，第
　　　　1版），頁178～179。
〔註21〕 邱燮友：《美讀與朗誦》（台北：幼獅文化事業公司，1991年8月，
　　　　初版），頁193。
〔註22〕 曾永義：〈中國詩歌中的語言旋律〉，收入曾永義：《詩歌與戲曲》（台
　　　　北：聯經出版事業公司，1988年4月，初版），頁14。
〔註23〕 余毅恆：《詞筌》（台北：正中書局，1996年11月，增訂版），頁182。

晏殊酒詞句式一覽表

編號	詞　牌	酒詞數	句　　　　式	單雙數
1	謁金門	1	上片：3。6。7。5。 下片：6。6。7。5。	單數句5 雙數句3
2	破陣子	3	上片：6，6。7，7。5。 下片：6，6。7，7。5。	單數句6 雙數句4
3	浣溪沙	11	上片：7。7。7。 下片：7，7。7。	單數句6
4	更漏子	3	上片：3，3。6。3，3。5。 下片：3，3。6。3，3。5。	單數句10 雙數句2
5	鵲踏枝	1	上片：7。4，5。7。7。 下片：7。4，5。7。7。	單數句8 雙數句2
5	蝶戀花	4		
6	鳳銜盃	2	上片：7，<u>3、4</u>。<u>6</u>，<u>3。3、3</u>。 下片：3，3。<u>3、4</u>。<u>6</u>，<u>3。3、3</u>。	單數句9
7	清平樂	4	上片：4。5。7。6。 下片：6。6。6，6。	單數句3 雙數句5
8	採桑子	4	上片：7，4。4。7。 下片：7，4。4。7。	單數句4 雙數句4
9	喜遷鶯	2	上片：3。3。5。7。5。 下片：3，3。6。7。5。	單數句9 雙數句1
10	少年遊	1	上片：4，4，5。4，4，5。 下片：4，4，5。7。5。	單數句5 雙數句6
10	少年遊	2	上片：7。5。4，4，5。 下片：7，5。4，4，5。	單數句6 雙數句4
11	酒泉子	2	上片：4，7，7。3。 下片：7。7，7。3。	單數句7 雙數句1
12	木蘭花	8	上片：7。7。7，7。 下片：7。7。7，7。	單數句8
13	訴衷情	5	上片：7。5。6，5。 下片：3，3。3。4，4，4。	單數句6 雙數句4
14	胡搗練	1	上片：7，6。6。5。 下片：7，6。6。5。	單數句4 雙數句4

編號	詞　牌	酒詞數	句　　式	單雙數
15	媜人嬌	2	上片：4，6。<u>3、4</u>。4，5。<u>3、6</u>。 下片：4，4。<u>3、4</u>。4，5。<u>3、6</u>。	單數句 6 雙數句 6
16	踏莎行	2	上片：4，4。7。7，7。 下片：4，4。7。7，7。	單數句 6 雙數句 4
17	漁家傲	7	上片：7。7。7。3。7。 下片：7。7。7。3。7。	單數句 10
18	望仙門	3	上片：7。3。7。3。 下片：5，6。7。3。5。	單數句 8 雙數句 1
19	長生樂	1	上片：7。5。4，5。6，4。4，7。 下片：4，4。6。<u>3、5</u>。6，5。	單數句 5 雙數句 9
		1	上片：7。5。4，5。6，4。4，7。 下片：4，4。7。7。6，5。	單數句 7 雙數句 7
20	拂霓裳	1	上片：3。7。3，7。5。5。3。<u>3、5</u>。 下片：4，3。3。3。7。5。5。3。<u>5、3</u>。	單數句 14 雙數句 3
		1	上片：3。8。3，7。5。5。3。<u>5、3</u>。 下片：4，3。3。3。7。5。5。3。<u>5、3</u>。	單數句 13 雙數句 4
		1	上片：3。7。3，7。5。5。3。<u>3、5</u>。 下片：4，3。3。3。7。5。5。3。<u>3、5</u>。	單數句 14 雙數句 3
21	菩薩蠻	2	上片：7。7。5。5。 下片：5。5。5。5。	單數句 8
22	秋蕊香	2	上片：6。6。7。6。 下片：7。3。7。6。	單數句 4 雙數句 4
23	相思兒令	2	上片：6，5。6，5。 下片：6。<u>3、4</u>。6，6。	單數句 3 雙數句 5
24	滴滴金	1	上片：7。3，3。7。5。 下片：7。3，3。7。5。	單數句 10
25	山亭柳	1	上片：4。5。<u>3、3</u>。6，6。6，4。 下片：7，7。<u>3、3</u>。6，6。6，4。	單數句 3 雙數句 11
26	玉堂春	1	上片：4。6。4，4。<u>4、5</u>，7。 下片：6，5。<u>4、5</u>，7。	單數句 5 雙數句 5
27	臨江仙	1	上片：7，6。7。4，5。 下片：7，6。7。4，5。	單數句 6 雙數句 4

編號	詞　牌	酒詞數	句　　　　式	單雙數
28	燕歸梁	2	上片：7。5。7，<u>3、3</u>。 下片：4，4，5。7。<u>3、3</u>。	單數句 5 雙數句 4
29	望漢月	1	上片：6。6。7，<u>3、4</u>。 下片：5，<u>3、4</u>。7。<u>3、4</u>。	單數句 6 雙數句 2
30	連理枝	1	上片：5。5。4，4，4。8。5。 下片：5。5。4，4，4。8。5。	單數句 6 雙數句 8

句式中的錯綜變化，直接形成了詞之音節的起伏變化，遂也影響了聲情的表現，而其中關於單數句與雙數句之音節，亦各自展現著不同的聲韻。劉永濟（1887～1966）就嘗於《詞論》一書中提到：

> 詩自五言倡於漢代，七言成於魏世，一句之中雜有單偶之辭，氣脈疏蕩，已較四言平整者爲優，然而錯綜之妙，變而未極。填詞遠承樂府雜言之體，故能一調之中長短互節，數句之內奇偶相生，調各有宜，雜而能理，或整若雁陣，或變若游龍，或碎若明珠之走盤，或暢若流泉之赴谷，莫不因情以吐字、準氣以位辭，可謂極織綜之能事者矣。〔註24〕

由此可見「句式」的錯綜變化，在詞的創作過程當中，亦是文人倚聲填詞所要考量的一環。正所謂：「積字成句，協以平仄，此填詞者盡人知之也。但句法有異，須在作者研討。一調有一定之平仄，而句法亦有成規，若亂次以濟，未有不舛謬者。」〔註25〕而句式的錯綜變化，往往會爲詞帶來不一樣的藝術美感效果。

根據上表「晏殊酒詞句式一覽表」的統計分析，可以歸納出晏殊於酒詞作品中，其所選用的句式類型，有下列四種類型：

〔註24〕 劉永濟：《詞論・名誼第一》卷上，收入劉永濟：《宋詞聲律探源大綱　詞論》合訂本，（北京：中華書局，2007 年 10 月，第 1 版），頁 80。

〔註25〕 吳梅：《詞學通論》，收入吳梅著；解玉峰編：《吳梅詞曲論著集》（南京：南京大學出版社，2008 年 10 月，第 1 版），頁 30。

一、完全單式

此句式在晏殊酒詞作品之中，其詞牌統計分別爲：〈浣溪沙〉、〈鳳銜盃〉、〈木蘭花〉、〈漁家傲〉、〈菩薩蠻〉、〈滴滴金〉等 6 種詞調，共計 31 闋。

二、單多雙少

此句式在晏殊酒詞作品之中，其詞牌統計分別爲：〈謁金門〉、〈破陣子〉、〈更漏子〉、〈鵲踏枝〉（又名：〈蝶戀花〉）、〈清平樂〉、〈喜遷鶯〉、〈少年遊〉、〈酒泉子〉、〈訴衷情〉、〈踏莎行〉、〈望仙門〉、〈拂霓裳〉、〈秋蕊香〉、〈山亭柳〉、〈臨江仙〉、〈燕歸梁〉、〈望漢月〉等 17 種詞調，共計 41 闋。

三、單雙相等

此句式在晏殊酒詞作品之中，其詞牌統計分別爲：〈採桑子〉、〈胡搗練〉、〈殢人嬌〉、〈長生樂〉、〈玉堂春〉等 5 種詞調，共計 9 闋。

四、雙多單少

此句式在晏殊酒詞作品之中，其詞牌統計分別爲：〈少年遊〉、〈長生樂〉、〈相思兒令〉、〈連理枝〉等 4 種詞調，共計 6 闋。

經由以上的數據分析，可看出晏殊酒詞作品，其創作的面向是偏重於單數句式。而鄭騫亦曾在〈詞曲的特質〉一文之中，對於單雙句式的使用情況，有如下的闡述：

> 絕大多數的詞調，都是由單式（三、五、七言）、雙式（二、四、六言），兩種句法合組而成。完全單式句的詞調像玉樓春，完全雙式的像十二時占極少數，而且都只是小令。這樣單雙句式相配合的組織，造成了音律的和諧。尤其要注意的是：多數詞調的組成，都是雙式句比較多，單式比較少。越是講究音律的詞家所常用的調子越是如此，音樂性越高的調子越是如此。這種雙多單少的配合方式，使調的

音律舒徐和緩，不近於立體而近於平面。這是構成陰柔美的條件之一。自然，詞調的音律也有縱橫跌宕，近於立體不近於平面的，如水調歌頭、歸朝歡這兩個調子。他們之所以縱橫跌宕，正因爲其中句式單多雙少。但像這樣的調子，不僅在詞調裏占少數，而且只有稱爲豪放派，不甚拘音律的詞人才用。〔註26〕

對於鄭騫之言，黃瑞枝曾再加以補充闡述說明之：「一般單式句，多用三、五、七字相間，其聲情較和諧，雙式句多用四、六、八字句排偶，聲情較重墜，而鄭騫先生則以爲單句先抑後揚，聲情健捷激裊，有活潑跳動之感；雙式句先揚後抑，聲情平緩舒徐，有和緩悠長之感，故純用單式句，或雙式句，在節奏上，都顯得太過單調一致，缺乏變化，音樂性小，所以詞曲採用兩者配合，使得節奏變化委婉，情韻諧美，音樂性極大。」〔註27〕由此可見，詞的句式結構不僅與音節、韻，息息相關，更是一種聲情的展現。

經由鄭氏與黃氏對於句式的剖析，綜觀在晏殊的酒詞作品中，不難發現晏殊完全「單句式」的酒詞之作總計爲 31 闋，加上「單多雙少句式」的酒詞之作總計 41 闋，而「雙多單少句式」的酒詞之作就僅僅只有 6 闋而已，「單雙相等句式」的酒詞之作總計 9 闋。倘若照鄭氏與黃氏之說法，綜觀晏殊在其酒詞之作中的句式表現形式，其酒詞之作的風格特色，則是於豪放之中蘊含著其作者自身富貴雍容的婉約之風格。

〔註26〕 鄭騫：〈詞曲的特質〉，收入鄭騫：《景午叢編》（台北：臺灣中華書局，1972 年 1 月，初版），上編，頁 59～60。

〔註27〕 黃瑞枝：《王碧山詞之藝術研究》（高雄：復文圖書出版社，1991 年 10 月，初版），頁 213。

第六章　晏殊酒詞之內容題材

　　在所有的文學作品中，作者往往會將其自身的情感，不管是有意識的，抑或無意識的，反映在其自己的作品當中。這是一種內部的文學創作思維，而作者於生活中所經歷的種種（舉凡所接觸的，人、事、物……等），滲雜著作者自身的情感。而呈現在作品之內的，那就是作者一種內部的心理思維，與外部（人、事、物）的觸發，所相互聯結起來的反應。這就是經由外部的因素，進而導向內部心裡層面的文學創作思維。

　　而作品當中所呈現的「內容題材」，就是在這種種複雜的心靈反映之下，所生成的一種化學效應。羅倩儀嘗言：「文學創作的過程中，題材內容是作品之精神所在。故探究文學作品，不僅可從作品之外在形式，窺其風貌，亦應就內在之內容、題材，辨析其內涵。」〔註1〕對此，羅氏曾更深一層的針對「內容題材」與「作者」兩者之關係，進行闡述：

> 作品之題材內容是作者將其生命經歷、生活素材提煉進作品中，作品即是作家賴以抒發情感的載體。故文學作品的形成，必然體現了作者的思想情感，透過對內容題材的分析，可洞析作者之精神心靈，省察作品思想內涵，不僅是

〔註1〕羅倩儀：《馮延巳詞研究》（台北：中國文化大學中國文學研究所碩士論文，2009年6月），頁111。

作者內在情志的顯現，更爲其生活面貌的反映。〔註2〕
羅氏之言，是誠有見地的。不僅道出了「內容題材」與「作者」間，
兩者其緊密之關係，從中亦可看出內容題材之於作者與文學作品中
的重要性。是以，德國詩人歌德（Johann Wolfgang von Goethe，1749
～1832）就曾如是說道：

還有什麼比題材更重要呢？離開題材還有什麼藝術學呢？
如果題材不適合，一切才能都會浪費掉。〔註3〕

所以，「題材在作品中具有重要意義，它是一切命意、造型、情趣、
技巧的依托物；沒有題材，一切就無從談起」〔註4〕。正因爲「內容
題材」對於作者的創作過程當中，是極爲重要所要考量的要件，所
以在經由歷代作者的書寫創作之下，有些內容題材也就形成了一種
「永恆的詩歌題材」。例如，「愛情」此一內容題材，無論古今，於
西方抑或東方的文學作品當中，此一主題在多少中外古今文人、詩
人們的歌詠之下，已成爲一種永恆的創作題材。而其他諸如，「死
生」、「離別」、「傷春悲秋」……等，亦是歷代詩人們所熱愛歌詠的創
作題材。

然而，爲何上述的這些重複性題材，得以讓古今中外歷代詩人
們，永恆地歌詠不墜的抒寫得下去，而不會讓讀者感到千篇一律？對
此，法國美學家丹納（Taine, Hippolyte Adolphe，1828～1893）於《藝
術哲學》一書中，在論述題材問題的處理方式時，曾提及：

同一題材可以用某種方式處理，也可以用相反的方式處
理，也可以用兩者之間的一切中間方式處理。〔註5〕

〔註2〕 羅倩儀：《馮延巳詞研究》（台北：中國文化大學中國文學研究所碩
士論文，2009年6月），頁111～112。
〔註3〕 【德國】約翰・彼得・愛克曼（Johann Poter Eckermann）輯錄；朱
光潛譯：《歌德談話錄》（北京：人民文學出版社，1980年2月，第
1版），頁11。
〔註4〕 許伯卿：《宋詞題材研究》（北京：中華書局，2007年12月，第1版），
頁10。
〔註5〕 【法國】丹納（Taine, Hippolyte Adolphe）著；傅雷譯：《藝術哲學》

這是因為就其題材的類型種類而言，會因作者之故，而有多種不同面向的開展。因為每位創作者的才學心性不同，在處理相同題材時，又因創作者自身所處的時代背景，與其經歷皆不相同，加上每位創作者皆有其屬於自己的表現形式與美學風格。是以，就算處在相同的題材之中，皆能有其各種不同的表現手法，而不會讓人感到千篇一律。就誠如清人況周頤（1859～1926）於《蕙風詞話》中所言：「作詞不拘說何物事，但能句中有意即佳。」〔註6〕讀者所重視的即是詩人內心所欲傳達的那份誠摯的情感。此外，清人李重華（1682～1755）於《貞一齋詩說》一書中，亦嘗言：

> 吟咏先須擇題；運用先須選料。不擇題，則俗物先能穢目；
> 不選料，則粗才安足動人？〔註7〕

這裡的「擇題」即是對作品進行「題材」的淘選，而「選料」則是須考量該以何種「內容」妥善的運用，才能收到最佳的藝術效果，或以「情」；或用「景」；或「情景相間」的導入作品之中。而兩者又須相互縮合才能抒發傳遞出自身的情感，進而才得以感動讀者的心。

　　然而，在分析詩歌作品當中，內容題材其類型的歸屬，確實有其模糊的界限。往往在一首詩歌作品中，其題材內容就可能含蓋兩種或兩種以上的類型。對於此種狀況英國詩人瑪卓麗‧布爾頓（Marjorie Boulton）亦曾在其《詩歌解剖》一書中提及到：

> 把公認的傳統詩歌種類羅列出來可能很有益處；但是，讀者必須警惕：藝術中的種類範疇很難有十分清晰的界定；還可能有無數的次屬、重疊、例外，混雜和中間類──以及無法圓滿地歸入任何一類的詩。〔註8〕

（北京：人民文學出版社，1991年7月，第1版），頁338。
〔註6〕　〔清〕況周頤：《蕙風詞話》卷1，收入唐圭璋編：《詞話叢編》附索引，（北京：中華書局，2005年10月，第2版），冊5，頁4416。
〔註7〕　〔清〕李重華：《貞一齋詩說》，收入丁仲祜訂：《清詩話》（台北：藝文印書館，該書未註明出版年月及版次），冊3，頁9（後）。
〔註8〕　【英國】瑪卓麗‧布爾頓（Marjorie Boulton）著；傅浩譯：《詩歌解

這種模糊界限的主要原因，許伯卿曾把它歸爲下列三點：其一是「題材類型的概念都帶有一定的模糊性」；其二是「分類的角度和方法不同」；其三是「各種題材類型的相互滲透和交叉」。〔註9〕正因爲在界定各種題材上，有許多的模糊界限（尤其是詩歌作品的歸屬）。是以，筆者對於晏殊酒詞中的「內容題材」，其類型的歸屬，將視研究中論述分析的需要，予以歸類，進而將其劃分爲：「相思念遠之酒」、「離愁別緒之酒」、「閒情傷時之酒」、「詠物繪人之酒」與「祈願頌禱之酒」等五種內容題材。而在每個題材類型的歸屬之下，又將例舉晏殊酒詞作品中，貼合該類題材類型的酒詞之作。

第一節　相思念遠之酒

關於相思情愛的題材，一直是恆穿古今中外，永遠被詩人們所歌詠不墜的永恆母題之一。而「高明的相思之作在含孕著情慾因子的同時，喚起人的愛慾與高尚健康的審美情趣。所以要維持人心理平衡的正常需要，必然有人生常理常情的質樸傳達，即令在禮教瀰漫的封建社會中也不免爲人暗自認同」〔註10〕。這是在古代傳統封建禮教社會之下，無論其所處的是在哪個社會階層，都是人人內心裡，對於愛情理想國度裡的一種深切的期盼。

然而，每個人對於愛情裡的相思情感程度不同，許或會隨著時間的變化，或增遽（筆者意指「苦相思」一類）；抑或褪退（筆者意指「空念遠」一類）。但不變的是埋藏在自我內心裡的那份真摯情感，卻不會因時光的流轉而淡忘，它已是伴隨一生始終存在的情感。是

　　　剖》（北京：生活・讀書・新知三聯書店，1992 年 6 月，第 1 版），
　　　頁 126。
〔註 9〕　許伯卿：《宋詞題材研究》（北京：中華書局，2007 年 12 月，第 1 版），
　　　頁 25～26。
〔註 10〕　王立：《中國古代文學十大主題——原型與流變》（台北：文史哲出
　　　版社，1994 年 7 月，初版），頁 65。

以，這份深摯的情感就轉化成詩人們筆下的題材與創作的動機。例如，陶淵明在〈閑情賦〉裡所抒寫下的「十願十悲」，即是感人肺腑的深情之作：

> 願在衣而爲領，承華首之餘芳；悲羅襟之宵離，怨秋夜之未央。願在裳而爲帶，束窈窕之纖身；嗟溫涼之異氣，或脫故而服新。願在髮而爲澤，刷玄鬢於頹肩；悲佳人之屢沐，從白水已枯煎。願在眉而爲黛，隨瞻視以閑揚；悲脂粉之尚鮮，或取毀於華粧。願在莞而爲席，安弱體於三秋；悲文茵之代御，方經年而見永。願在絲而爲履，附素足以周旋；悲行止之友節，空委棄於牀前。願在晝而爲影，常依形而西東；悲高樹之多陰，慨有時而不同。願在夜而爲燭，照玉容於兩楹；悲扶桑之舒光，奄滅景而藏明。願在竹而爲扇，含淒颸於柔握；悲白露之晨零，顧襟袖以緬邈。願在木而爲桐，作膝上之鳴琴；悲樂極以哀來，終推我而輟音。〔註11〕

雖然，昭明太子蕭統將陶淵明此賦視之爲「白璧微瑕者，惟在〈閑情〉一賦」〔註12〕。然而如果僅單就抒情賦的角度來看，陶淵明於〈閑情賦〉中其「十願十悲」所欲傳達的情感，其「十願」就非常貼合筆者於相思情愛題材中所劃分的「空念遠」一類；而「十悲」則誠如「苦相思」一類。雖然兩者所傳遞出的情感，都展現出了一種執迷而不悔的深情態度，然而就其所呈現出的情感強度而言，則又有其深淺之不同。是以，筆者將就晏殊其相思念遠之酒，再將其細分成「空念遠」與「苦相思」二類，以便探析晏殊於酒詞作品中，其所表現出的相思情愛中，其情感之厚薄輕重，並加以例舉貼切的酒詞之作，以明之。

〔註11〕〔晉〕陶淵明：〈閑情賦〉，收入〔晉〕陶淵明著；逯欽立校注：《陶淵明集》（北京：中華書局，2008年5月，第1版），頁154～155。

〔註12〕〔南朝梁〕蕭統：〈陶淵明集序〉，收入〔晉〕陶淵明著；逯欽立校注：《陶淵明集》（北京：中華書局，2008年5月，第1版），頁10。

一、空念遠

　　晏殊酒詞在「空念遠」這一類型的相思情愛題材中，詞中所傳遞的情感，並非是情感激烈的迸發，其所呈現的情感張力、厚度，亦非強烈到令人有「興怨生恨」之感。反而呈現出一種既無奈，而又深情縣遠的傷感情調。試看，晏殊於〈破陣子〉一詞中，其所呈現出的相思無奈之情：

> 憶得去年今日，黃花已滿東籬。曾與玉人臨小檻，共折香英泛酒卮。長條插鬢垂。　　人貌不應遷換，珍叢又覩芳菲。重把一尊尋舊徑，所惜光陰去似飛。風飄露冷時。〔註 13〕

該酒詞上片起句，詞中男子因季節、時序、景物而喚起了潛藏於心的女子。這份思緒讓他想起了「去年今日」黃菊盛開之場景，曾同心儀的女子把盞、賞花、共飲之情景；然而下片起句，卻是一個跳脫，詞中男子拉回到現今的時空當下，景物雖然依舊，然而此時男子卻是孤身一人，獨自喝著悶酒，回想著往日情懷。該詞上、下片中以明顯的今昔對比，加上詞中男子手中之酒杯，所乘載著一樂一傷的替換，無疑地加深了此闋酒詞其凄冷感傷的藝術美感情調。

　　此闋詞經由作者巧心的經營，採用時空倒置「由昔至今」的回憶手法寫來，特見詞中男子其悱惻相思之情。然而雖感憂傷之色，其強度卻是溫婉的並非那麼強烈。是以，從此闋詞中充分的傳遞出了晏殊酒詞裡，那股幽深念遠的相思之情。

　　又如，晏殊於〈少年遊〉一詞中，其所傳遞的相思之情：

> 霜華滿樹，蘭凋蕙慘，秋艷入芙蓉。臙脂嫩臉，金黃輕蕊，猶自怨西風。　　前歡往事，當歌對酒，無限到心中。更憑朱檻憶芳容。腸斷一枝紅。〔註 14〕

〔註 13〕 晏殊：〈破陣子〉，收入唐圭璋編：《全宋詞》（北京：中華書局，1998年 11 月，第 1 版），冊 1，頁 88。

〔註 14〕 晏殊：〈少年遊〉，收入唐圭璋編：《全宋詞》（北京：中華書局，1998年 11 月，第 1 版），冊 1，頁 94。

此闋酒詞的上片，雖然看似在吟詠芙蓉花姿，然而作者於歇拍處「猶自怨西風」一句，由景入情巧妙的過片，興起了下片詞中男子因見芙蓉花姿，而憶起了「前歡往事」，曾同心儀女子共賞時該女子之芳容。而這股感傷的心緒，在男子手持酒杯，獨自憑倚朱欄旁，霎時今昔時空的穿越與遙想，更見詞中男子因空憶遠方女子而讓人倍感淒涼心酸。

此闋詞的藝術手法，在時空上作者所採用的是由「今」憶「昔」再重新拉回到「今」的創作手法。加上因物（景）思人（情），情景相融的架構。整闋詞自上片歇拍處開始，引領著過片感傷之情緒逐漸的加遽，然而其情感的張力還是有所收斂。是以，詞中男子的相思之情，遂呈現出一種緜遠而又悠長的憂傷情思。

二、苦相思

「苦相思」這類型的相思情愛題材在晏殊的筆下，所傳遞出的情感是一種強烈迸發的濃烈情感。其情感的張力與厚度表現於詞中，那股因愛之深切，卻又無法如心之所願，又因深情執著無法割捨下心中的那份情感，遂形成一股既怨又恨的執苦相思之情。試看，晏殊於〈鳳銜盃〉一詞中，其所呈現的執苦相思之情：

> 留花不住怨花飛。向南園、情緒依依。可惜倒紅斜白、一枝枝。經宿雨、又離披。　　憑朱欄，把金巵。對芳叢、惆悵多時。何況舊歡新恨、阻心期。空滿眼、是相思。
>
> 〔註15〕

該酒詞上片起句「留花不住怨花飛」，雖然看似詞中人物乃因落花而興起了傷春之情懷。實則作者於此句之中，即巧妙的埋下了情感的導火線，其後又因一夜風雨的摧殘，更加深了景物之淒涼，遂興起了下片詞中人物因外在景象的淒清，而興起了內心底那份因相思而又執苦

〔註15〕晏殊：〈鳳銜盃〉，收入唐圭璋編：《全宋詞》（北京：中華書局，1998年11月，第1版），冊1，頁91。

悵然之情緒的迸發。作者於該闋酒詞中,充分的傳遞出了一份很強烈的情感張力,而下片歇拍處的「空滿眼」中,所流的不僅是淚、是愛、是怨、是恨,更有一股執苦而不悔的相思之情。

　　此闋詞從內容上雖然難以推斷詞中人物,是為男子抑或女子。但作者於上片詞中以其極為淒清之景象,成功的牽引出了下片詞中人物那份執苦悵然之情感。再者,上片雖然看似言景,然而作者於起句之中,即已注入了下片情感的起伏線。是以,下片詞中之情因上片詞中之景,兩者相互縮合呈現出了淒清的情景美感效果。

　　再看,晏殊於〈木蘭花〉一詞中,如何傳遞出詞中女子其內心的沉痛相思之情:

　　　　朱簾半下香銷印。二月東風催柳信。琵琶旁畔且尋思,鸚鵡前頭休借問。　　驚鴻去後生離恨。紅日長時添酒困。

　　　　未知心在阿誰邊,滿眼淚珠言不盡。〔註16〕

該酒詞上片起句,作者經由室內場景,成功地刻劃出詞中女子其滿心苦悶之情。直至上片歇拍處「鸚鵡前頭休借問」一句,可以感受出該女子鬱積於心頭上的心事,想說,卻又無人得以訴說,又怕別人得知其心緒。是以,就連在鸚鵡面前亦不敢透露隻字片語;下片起句,則點明了該女子愁苦之由來。自從情人去後,斷無音信,該女子滿心的鬱悶,本希冀借由手底的酒杯來消融這份思念,然而痛苦的卻是自己深情依舊,卻又無法得知情人是否早已變心?遂在極度的思念中,抑制不住思念的淚水,滿腔悲悶至此決堤宣洩奔放。

　　此闋酒詞,晏殊雖是作為詞中女子的代言人,但在描繪詞中女子因執苦思念情人,徹夜輾轉難眠之情態與心態,則是非常成功的刻劃出了其心理層面之掙扎。整闋詞是以該女子之情感,由情入詞,貫穿全詞。自過片處,其情感的厚度與張力,旋即陷入一片執苦相思之中,詞中女子這份相思之情,不僅悲苦而且壓抑,卻又無法借由「酒」與

───────────────

〔註16〕晏殊:〈木蘭花〉,收入唐圭璋編:《全宋詞》(北京:中華書局,1998年11月,第1版),冊1,頁96。

「淚水」來消融，遂只能沉浸於執苦相思，那份既悲苦而又鬱結的情感深淵中。

第二節　離愁別緒之酒

　　人類生來本就是一個孤獨的個體，但卻又難以脫離集體群居在同一個社會中的人們。是故，於社會之中彼此之間必然有所接觸互動，而人的情感也就因此而生發。在原本孤獨的心靈中，由於人與人之間的交游與互動過程中，在相互瞭解彼此的心性之後，也就成了彼此之間情感的共鳴。是以，在面臨離別，抑或死別時，其內心往往會不由自主的生起不捨之情，尤其是在面對至親的親人，抑或平生知己時，這股悲傷的情緒，往往會令人難以招架，這就誠如屈原（前 340～前 278）於〈九歌・大司命〉中所言：

　　　　悲莫悲兮生別離，樂莫樂兮新相知。〔註17〕

此外，又如南朝梁江淹（444～505）於〈別賦〉中所言：

　　　　黯然消魂者，唯別而已矣。〔註18〕

人生最大的喜樂，莫過於得以知遇懂得自己之人。然而就算是相知相惜，亦必須有面臨離別的一天，而「離別」在古代中卻是格外特別令人感到沉重的。因為古時交通極為不便，無法同今日因科技之發達，可以致使兩地「時空收斂」，進而縮短彼此之間的距離。是以，古人在面臨離別時，心中不免會油然生起相會是何年之感。對此，陶爾夫（1928～1997）曾有過精湛的說解：

　　　　離情相思是古詩詞中一個極其重要的側面。人類之所以特
　　　　別重視離別，並不僅僅因為離別會使自己跌入孤獨的深
　　　　淵，重要的是每一次離別都彷彿跟隨有死神的幻影。在交

〔註17〕　〔宋〕朱熹：《楚辭集注・大司命》卷 2，（台北：文津出版社，1987
　　　　年 10 月，初版），頁 40。

〔註18〕　〔南朝梁〕江淹：〈別賦〉，收入〔清〕陳元龍輯：《歷代賦彙》（北
　　　　京：北京圖書館出版社，1999 年 11 月，第 1 版，據清康熙 45 年刻
　　　　本影印），冊 10，頁 406。

通極其不發達的古代，尤其如此。文學藝術作品之所以用
很多篇幅來抒寫離情相思，恰恰是因爲這些作品在深層次
上表現了人類與孤獨、與死神搏鬥的過程和勇氣。〔註19〕
對於情感眞摯之人，此種情緒必定來的更加沉重，加上古代許多離別
之中，總隱含著一種永別在其中。是以，自古文人在面對離別時，其
心緒總不設防地，要跌降至一種讓人觸摸不到的深淵裡。所以在面對
人生中的每一次離別時，都讓人顯得格外的感傷，這是一種讓人消極
又感無奈的傷痛，然而這又是人生中所必須面對經歷的事實。

　　是以，下列筆者將就晏殊酒詞當中，關於「離愁別緒」的題材類
型，細分成兩個面向「惘聚散」與「悵別離」來進行探討。在這二類
題材的酒詞作品中，晏殊分別呈現出了不一樣的生命情調。是故，其
作品中情感的張力也有所區別，以下就此二類離愁別緒題材，進行探
析與例舉。

一、惘聚散

　　晏殊在此類酒詞作品中，雖然無送別場景的描寫，但在此類作品
中，卻因宴會的聚散離合，而興起了作者對於人生的離情別緒之感。
在此類題材中，作者於詞中所表現出的情感，雖有感傷的筆觸，但多
是呈現一片喜悅暢飲的和樂之情。這些因宴會而相聚同堂的友朋，雖
然終有宴散的時候，但在主人公晏殊殷勤的勸飲之下，每位賓客皆能
開懷盡興，共享這短暫的相聚時光。試看，晏殊於〈更漏子〉一詞中，
於宴會場合中頻留賓客同醉歡飲之情況：

> 塞鴻高，仙露滿。秋入銀河清淺。逢好客，且開眉。盛年
> 能幾時。　　寶箏調，羅袖軟。拍碎畫堂檀板。須盡醉，
> 莫推辭。人生多別離。〔註20〕

〔註19〕陶爾夫：〈珠玉詞：詩意的生命之光〉，《北京大學學報》（哲學社會
　　　　科學版），第 35 卷第 5 期（總第 189 期），1998 年，頁 80。
〔註20〕晏殊：〈更漏子〉，收入唐圭璋編：《全宋詞》（北京：中華書局，1998
　　　　年 11 月，第 1 版），冊 1，頁 90。

該酒詞在上片的描寫中，點出了此次宴會的季節與時間，是在秋天的夜晚中所舉辦的。而在字裡行間中，可以看出詞中主人公的好客之情，在賓客皆入座後；下片緊接著描寫在管絃歌樂聲中，與主人公殷勤勸飲之下，主人與賓客的盡興之情景。然而在盡興之餘，主人公的情緒為之一轉，道出了「人生多別離」的人生現實境況，遂在歇拍處呈現出了一種感傷的色調。

　　再看，晏殊於〈拂霓裳〉一詞中，如何於平日宴會之中，頻留賓客開懷共醉之情況：

> 樂秋天。晚荷花綴露珠圓。風日好，數行新雁貼寒煙。銀簧調脆管，瓊柱撥清絃。捧觥船。一聲聲、齊唱太平年。
> 　　人生百歲，離別易，會逢難。無事日，剩呼賓友啓芳筵。星霜催綠鬢，風露損朱顏。惜清歡。又何妨、沈醉玉尊前。〔註21〕

在該酒詞作品中，上片作者藉由秋夜的自然風光，搭配著管絃聲樂，描繪出了此次酒筵盛會中一片融樂之景況；然而作者於下片起句中，詞中主人公的情緒卻旋即一轉，在歡樂的氛圍中，忽感人生聚散之無常。是以，發出了「無事日，剩呼賓友啓芳筵」及時行樂之聲呼，更進而道出時光易逝，容顏易老，人生好景無常之慨歎，不如聊借手中之酒一醉方休。而此「醉」是於及時歡樂之情中，又挾帶著一抹淺淡的感傷之情思。

二、恨別離

　　在此類的酒詞題材中，在晏殊的筆下則分別呈現出兩種不一樣的情感張力與厚度。有溫和惆悵當下的送別情感，亦有劇烈沉痛縣遠的送別情感。然而此兩種離情別緒，皆傳遞出了送別之人其深摯的情感。試看，晏殊於〈浣溪沙〉一詞中，其所呈現的當下離別之情：

〔註21〕晏殊：〈拂霓裳〉，收入唐圭璋編：《全宋詞》（北京：中華書局，1998年11月，第1版），冊1，頁105。

楊柳陰中駐彩旌。芰荷香裏勸金觥。小詞流入管絃聲。
　　只有醉吟寬別恨，不須朝暮促歸程。雨條煙葉繫人
情。〔註22〕

該酒詞從上片的描寫中，可以得知作者此次的送別場景，是選在楊
柳樹蔭之下與荷花之畔，爲送別友人所開設的餞別酒宴。在自然景物
與管絃聲中，作者以手中之酒杯，勤勸即將離行的友人開懷暢飲；至
下片作者的情感隨著送別時間的迫近，旋即轉入惆悵感傷之情。而友
人即將臨行時，作者還不忘叮嚀他「不須朝暮促歸程」，勿因貪趕路
程而讓自己過於勞累，下片歇拍處作者憑借著自然之景物「雨條煙
葉」，投入了自身之情感「繫人情」，傳遞出了作者其眞摯之情誼與感
傷之心緒。

　　在此闋送別友人的酒詞中，晏殊巧妙地選用了室外的場景，以景
（上片）入情（下片），藉由「楊柳」此一象徵送別的植物，上片起
句「楊柳陰中駐彩旌」（景），與下片歇拍「雨條煙葉繫人情」（情）
縐和無間，眞摯地傳遞出了作者在送別友人時其誠摯的情誼。

　　再看，晏殊於〈殢人嬌〉一詞中，如何傳遞出詞中女子送別情人
時的悲傷不捨之情，以及送別後其內心沉痛不已的哀傷之情：

二月春風，正是楊花滿路。那堪更、別離情緒。羅巾掩淚，
任粉痕霑汙。爭奈向、千留萬留不住。　　　玉酒頻傾，宿
眉愁聚。空腸斷、寶箏絃柱。人間後會，又不知何處。魂
夢裏、也須時時飛去。〔註23〕

該酒詞上片從詞中女子送別情人的場景入手，從「羅巾掩淚，任粉痕
霑汙」，可見女子之心緒極爲悲傷不捨。而上片歇拍處「爭奈向、千
留萬留不住」一句，詞中女子的情感又一頓挫，致使送別場景讓人感
到更加的沉痛欲絕；下片由詞中女子送別情人後的場景寫起，該女子

〔註22〕晏殊：〈浣溪沙〉，收入唐圭璋編：《全宋詞》（北京：中華書局，1998
　　　　年11月，第1版），冊1，頁90。
〔註23〕晏殊：〈殢人嬌〉，收入唐圭璋編：《全宋詞》（北京：中華書局，1998
　　　　年11月，第1版），冊1，頁98。

因難捨情人的離去，而意欲借酒以澆愁。從「玉酒頻傾」一句中，可感該女子其悲傷惆悵之情，怎知酒入愁腸後，不僅無法消除心事，反而促使其回想起了昔日的種種，思念之情反而因此加遽難收。至下片歇拍處「魂夢裏、也須時時飛去」一句，是該女子情感的爆發，雖是癡語看似平淡，但其情感之真摯熱烈，無疑地加深了送別情人之後，該女子其內心沉痛悲傷之情。

此闋送別酒詞中，晏殊在景物、場景上的調度，由外（上片）而內（下片）。而詞中女子送別時的情感，及其送別之後的情感，亦因場景的轉換而有明顯的心理層次之別。詞中女子其情感的厚度與張力，經由場景的調換亦慢慢的逐遽加深。而該詞上、下片的歇拍處，直可謂以有餘之心理刻劃，而餘不盡情感之真摯，充分展現了該女子面臨送別時，及送別之後，種種因心理層面所引發的舉止與情感層次的刻劃。

第三節　閒情傷時之酒

人生在世總難免會因為季節時序的遷換，而心生感傷之情懷。然而此類題材在晏殊的酒詞之中，所表現出來的風格特色，寫來卻是一種清淡悠遠的意境。而「傷春悲秋」本是詩人創作中的主要題材，陸機（261～303）就嘗於《文賦》中說道：「遵四時以歎逝，瞻萬物而思紛。悲落葉於勁秋，喜柔條於芳春。」〔註24〕而詩人因以其敏銳的觸覺，感受著自然界中四季的變化，卻也因為四季的遷變，直接地抑或間接地觸動了詩人其敏感的心。就誠如鍾嶸（468～518）於《詩品》中所言：

> 若乃春風春鳥，秋月秋蟬，夏雲暑雨，冬月祈寒，斯四候之感諸詩者也，嘉會寄詩以親，離群託詩以怨。〔註25〕

〔註24〕〔晉〕陸機著；張少康集釋：《文賦》（北京：人民文學出版社，2005年12月，第1版），頁20。
〔註25〕〔南朝梁〕鍾嶸著；曹旭箋注：《詩品箋注‧詩品序》（北京：人民

而閒情傷時之感，絕非是無由而來的，因爲「人稟七情，應物斯感，感物吟志，莫非自然」〔註 26〕，人的心隨著景物的變換，也會興起著一種「氣之動物，物之感人，故搖蕩性情，形諸舞詠」〔註 27〕的生理反應。此外，陶爾夫亦嘗於〈珠玉詞：詩意的生命之光〉一文中提及：

> 人，若想「詩意的栖居」於這個「世界」，是十分不易的，雖然人類自稱是萬物之靈，但在永恆的時間與有限的生命這一二律背反之中，人類（特別是古人）的掙扎與努力卻是極爲有限的，甚至連應付小小季節變化都要付出某種代價。正因爲如此，季節變化在詩人心靈中引起的反映，便顯得分外敏感。〔註 28〕

對此，王立曾言：「文學作品是詩人作家自身本質力量的寫照，這種寫照往往通過創作主體對客體外界的反映來展示。而借反映自然界景物來展示主體自身本質則是中國文學的一個重要的民族特色。」〔註 29〕外部的季節變化巧妙地牽引著詩人內部的心理反應，兩者就在這相互交錯的作用之下，季節的遷換也就成了詩人們創作中的靈感。

　　是以，這種閒情傷時的情緒，絕不會是無故生起的，必定是有其原由的。因外物的觸發而使其心理內部產生種種情緒的感受，然而正因這種細微的思緒，有時卻是很難以道明白的，所以在晏殊這類酒詞作品當中，總會讓人感受到一股恬淡卻又幽深的感傷情緒。下列筆者將就閒情傷時之酒中，再劃分爲「賦閒情」與「傷時序」等二種題材，

文學出版社，2009 年 12 月，第 1 版），頁 28。

〔註 26〕〔南朝梁〕劉勰著；范文瀾注：《文心雕龍注‧明詩第六》卷 2，（北京：人民文學出版社，2008 年 4 月，第 1 版），上冊，頁 65。

〔註 27〕〔南朝梁〕鍾嶸著；曹旭箋注：《詩品箋注‧詩品序》（北京：人民文學出版社，2009 年 12 月，第 1 版），頁 1。

〔註 28〕陶爾夫：〈珠玉詞：詩意的生命之光〉，《北京大學學報》（哲學社會科學版），第 35 卷第 5 期（總第 189 期），1998 年，頁 78。

〔註 29〕王立：《中國古代文學十大主題——原型與流變》（台北：文史哲出版社，1994 年 7 月，初版），頁 147。

進行說解並加以例舉晏殊酒詞之作。

一、賦閒情

　　關於晏殊此類題材的酒詞作品，「閒情」二字，就誠如葉嘉瑩為其所作的解釋：「所謂『閒情』者是莫之為而為、莫之致而致的一種感情，只要人一閒下來就會湧上心頭的一種難以解脫的感情。」〔註30〕而這種湧上心間的情感，有時雖難以用言語完整的傳達，但卻又並非是一種無由自來的愁緒。這份閒情是常因季節時序與景物的變化，而莫名的湧上心頭的一種真實的情感。試看，晏殊於〈採桑子〉一詞中，因美好的景物經夜雨摧殘後所引發的情感：

> 紅英一樹春來早，獨占芳時。我有心期。把酒攀條惜絳蕤。　　無端一夜狂風雨，暗落繁枝。蝶怨鶯悲。滿眼春愁說向誰。〔註31〕

該酒詞上片雖然看似是在吟詠春景風物，然而作者於歇拍處「把酒攀條惜絳蕤」一句中，則暗暗的注入了自身的閒情愁緒；以至於下片本置身於如此美景之中的主人公，卻因景物無端的遭受風雨之摧殘。遂引發了主人公一種因景之殘敗，而移情於其間的閒情愁緒。至下片歇拍處「滿眼春愁說向誰」一句中，所描寫的不僅是物之情而已，更是人之情的抒發。

　　再看，晏殊於〈酒泉子〉一詞中，如何於春景中，引發其閒情愁緒之感：

> 春色初來，徧拆紅芳千萬樹，流鶯粉蝶鬭翻飛。戀香枝。　　勸君莫惜縷金衣。把酒看花須強飲，明朝後日漸離披。惜芳時。〔註32〕

〔註30〕葉嘉瑩，《唐五代名家詞選講》（北京：北京大學出版社，2007年1月，第1版），頁69。

〔註31〕晏殊：〈採桑子〉，收入唐圭璋編：《全宋詞》（北京：中華書局，1998年11月，第1版），冊1，頁93。

〔註32〕晏殊：〈酒泉子〉，收入唐圭璋編：《全宋詞》（北京：中華書局，1998年11月，第1版），冊1，頁95。

該酒詞上片經由「春色初來」，刻劃了大地一片生氣盎然之景緻，然而在這春和景明與鶯蝶翻舞的良辰風光下。下片無預警的引發出詞中主人公的感傷情懷，就算良辰再好、景緻再美，亦終有消散之時。是以，心中遂生起了「把酒看花須強飲」的閒情愁緒之感傷。

二、傷時序

在此類酒詞作品中，晏殊所表達的是一種在良辰美景之下，心中忽因有感於時序之遷換、光陰之流逝，所引發的傷時之感。試看，晏殊於〈破陣子〉一詞中，在管絃美景當下，所引發的傷時之感：

> 湖上西風斜日，荷花落盡紅英。金菊滿叢珠顆細，海燕辭巢翅羽輕。年年歲歲情。　　美酒一盃新熟，高歌數闋堪聽。不向尊前同一醉，可奈光陰似水聲。迢迢去未停。〔註33〕

該酒詞上片藉由秋天之景緻，呈現出一幅色調鮮豔，景物豐富的秋景圖。然而作者於歇拍處「年年歲歲情」一句中，巧妙的興起了情感的變化，這是準備於過片由景入情的轉折處；下片即因在如此的秋宴管絃歌聲中，引發出詞中主人公在面對此情此景時，有感於光陰宛若流水易逝的感傷慨歎，遂有尊前求醉的傷時之情。

再看，晏殊於〈蝶戀花〉一詞中，如何因時序的遷換交替，所興起的傷時情懷：

> 南雁依稀迴側陣。雪霽牆陰，偏覺蘭芽嫩。中夜夢餘消酒困。爐香卷穗燈生暈。　　急景流年都一瞬。往事前歡，未免縈方寸。臘後花期知漸近。寒梅已作東風信。〔註34〕

該酒詞上片經由冬末（雪霽）初春（蘭芽）自然界景物的描寫，由外至內的拉回到室內場景。詞中主人公因夜闌酒醒、夢醒時，因室外之

〔註33〕晏殊：〈破陣子〉，收入唐圭璋編：《全宋詞》（北京：中華書局，1998年11月，第1版），冊1，頁88。

〔註34〕晏殊：〈蝶戀花〉，收入唐圭璋編：《全宋詞》（北京：中華書局，1998年11月，第1版），冊1，頁104。

景，遂引發出一抹淡淡的閒情愁緒；下片在主人公朦朧酒醒間，乍感人世光景變遷之一瞬，而前歡往事霎時在其心間湧起的情感，更加添這股莫名實有而又縣長的傷時之情緒。

第四節　詠物繪人之酒

在此類題材創作中，作者常會借由身旁的人、物描繪來進行詩歌的創作，劉勰（約 465～約 522）在其《文心雕龍・物色》篇中就曾說道：「自近代以來，文貴形似，窺情風景之上，鑽貌草木之中。吟詠所發，志惟深遠；體物為妙，功在密附。故巧言切狀，如印之印泥，不加雕削，而曲寫毫芥。故能瞻言而見貌，印（范注云：疑作即字）字而知時也。」〔註35〕對此，宋人張炎於《詞源》一書中，亦嘗論及到詠物詞的難作之處：

> 詩難於詠物，詞為尤難。體認稍真，則拘而不暢，模寫差遠，則晦而不明，要須收縱聯密，用事合題，一段意思，全在結句，斯為絕妙。〔註36〕

詠物詞之難作，就誠如張氏所言，在「實寫」與「虛寫」之間的描繪，要拿捏到其創作的分寸，確實是吟詠風物中，最難之處。是以，清人劉熙載（1813～1881）於《詞概》中亦嘗言及：「昔人詞，詠古詠物，隱然只是詠懷，蓋其中有我在也。」〔註37〕但如果能在吟詠風物的當下，將自己的情志注入於作品中，就誠如黃永武於〈詠物詩的評價標準〉一文中所言：

> 詠物詩的地位與價值，不僅是低層次的物質世界，而是在更高層次的生命世界與心靈世界。沒有生命與心靈的投

〔註35〕　〔南朝梁〕劉勰著；范文瀾注：《文心雕龍注・物色第四十六》卷 10，（北京・人民文學出版社，2008 年 4 月，第 1 版），下冊，頁 694。

〔註36〕　〔宋〕張炎：《詞源・詠物》卷下，收入唐圭璋編：《詞話叢編》附索引，（北京：中華書局，2005 年 10 月，第 2 版），冊 1，頁 261。

〔註37〕　〔清〕劉熙載：《詞概》，收入唐圭璋編：《詞話叢編》附索引，（北京：中華書局，2005 年 10 月，第 2 版），冊 4，頁 3704。

入，詠物詩變成乾枯的紙剪的機械物象，而絕少動人的情
調。〔註38〕

因為「詠物詩最好有作者生命的投入，從物質世界中喚起生命世界與
心靈世界」〔註39〕，在吟詠風物之中，若能適時的投入作者的生命情
感，那即是劉氏所謂的「有我在」。正因作者注入了自身的情志於其
作品當中。是以，在吟詠風物的作品中，自能展現出一種作者對於生
命的思致。而晏殊於此類的酒詞作品中，正因注入了自身的情志，所
以才得以讓人感覺清爽而不流俗。

此外，晏殊在吟詠人物方面的描寫，因為其所處的社會環境之關
係，所以歌舞藝妓的形象摹況，亦常被寫入詞篇當中。而歌舞藝妓所
處於當時的社會環境之中，因與詩人有著頻繁的接觸。是以，在詩人
創作的當下即起了微妙的作用。對此，楊海明嘗針對此種作用，於
〈「妙在得於婦人」——論歌妓對唐宋詞的作用〉一文中，提出了兩
點看法：

第一，歌妓是激發男性詞人創作欲望和寫作靈感的十分重
要和相當主要的「信息源」。……第二，歌妓又為大量描寫
女性形象和男女戀情的婉約詞作提供了生活原型和創作素
材。〔註40〕

楊氏所言，對於宋代當時的社會時代背景而言，這兩點看法是誠有見
地的。據此反觀晏殊酒詞作品當中，許多對於歌筵酒席上對於歌妓形
象的描寫，亦可說明歌妓在當時詩人的創作過程中，不僅起著重要的
媒介作用，亦是創作題材的來源之一。是以，下列筆者將就詠物繪人
之酒中的題材，劃分成「吟風物」與「繪聲影」等二種類型，進行探
討與實際例舉晏殊酒詞中，該類題材的優秀作品。

〔註38〕 黃永武：《詩與美》（台北：洪範書店有限公司，1984 年 12 月，初版），
頁 174。
〔註39〕 黃永武：《詩與美》（台北：洪範書店有限公司，1984 年 12 月，初版），
頁 173。
〔註40〕 楊海明：〈「妙在得於婦人」——論歌妓對唐宋詞的作用〉，《中國典
籍與文化》第 2 期，1995 年，頁 12～13。

一、吟風物

　　晏殊此類酒詞作品中，最喜吟詠的風物是花卉類的刻劃描寫，對此葉嘉瑩曾提及詩人爲何喜詠花卉之因：「因爲花所給予人的生命感最深切也最完整的緣故。……它一方面近到足以喚起人親切的共感，一方面又遠到足以使人保留一種美化和幻想的餘裕。」〔註41〕正因花卉有上述之特點，是以，花卉成了詩人喜詠的植物。試看，晏殊於〈浣溪沙〉一詞中，對於牡丹花的描繪：

　　　三月和風滿上林。牡丹妖豔直千金。惱人天氣又春陰。

　　　　　爲我轉回紅臉面，向誰分付紫檀心。有情須殢<u>酒盃</u>深。〔註42〕

該酒詞上片，作者經由季節時序中的牡丹花作爲吟詠之對象，道出了牡丹花妖豔的姿態；下片作者進而一轉將牡丹花比擬成一位艷麗的絕世佳人，有情似的嬌羞與其共看共飲。

　　再看，晏殊於〈菩薩蠻〉一詞中，在友朋的壽宴場合中，對於蓮花的描寫刻劃：

　　　芳蓮九蕊開新豔。輕紅淡白勻雙臉。一朵近華堂。學人宮樣妝。　　看時<u>斟</u>美酒。共祝千年壽。銷得曲中誇。世間無此花。〔註43〕

該酒詞在上片中，即直起描繪蓮花之姿態，擬人化的將其花容視之爲傾城佳人般。而「輕紅淡白勻雙臉」一句，更是巧妙雙關的道出了蓮花的姿色與佳人的容態；下片作者則點明了此次的場景，是在壽宴之上，酒邊花下，在如此的景緻中，作者亦虔誠的傳達了內心對於壽主的祝願之情。

〔註41〕葉嘉瑩：〈幾首詠花的詩和一些有關詩歌的話〉，收入葉嘉瑩：《迦陵論詩叢稿》（北京：中華書局，2005 年 1 月，新 1 版），頁 267。

〔註42〕晏殊：〈浣溪沙〉，收入唐圭璋編：《全宋詞》（北京：中華書局，1998年 11 月，第 1 版），冊 1，頁 88。

〔註43〕晏殊：〈菩薩蠻〉，收入唐圭璋編：《全宋詞》（北京：中華書局，1998年 11 月，第 1 版），冊 1，頁 105。

二、繪聲影

在晏殊所處的時代背景中，此類題材的描繪有其時代之因素，因為歌舞藝妓盛行於社會當中，間接的也成了詩人創作下的靈感來源，與創作的媒介。試看，晏殊於〈浣溪沙〉一詞中，如何刻劃絕世佳人之容貌：

> 玉椀冰寒滴露華。粉融香雪透輕紗。晚來妝面勝荷花。
>
> 　鬢嚲欲迎眉際月，酒紅初上臉邊霞。一場春夢日西斜。〔註44〕

該酒詞在上片中，作者刻劃了此位絕世佳人其體態之美好，再藉由施妝後的容貌比擬蓮花之姿；下片作者對該女子之髮飾進行描寫，在飲酒過後，該女子的容貌因酒之故，臉邊所泛起的紅暈更顯其姿色與情態之嫵媚。然而作者於歇拍處發出了「一場春夢日西斜」，感傷青春之易逝，容顏之易老的深沉慨歎。這不僅是作者之感傷，亦是詞中女子之感傷。

再看，晏殊於〈木蘭花〉一詞中，如何於壽宴場合中，描繪出歌女的琴藝與姿態：

> 春蔥指甲輕攏撚。五彩條垂雙袖捲。雪香濃透紫檀槽，胡語急隨紅玉腕。　　當頭一曲情無限。入破錚琮金鳳戰。
>
> 百分芳酒祝長春，再拜斂容擡粉面。〔註45〕

該酒詞作者經由壽宴場合，成功的描繪出一位歌妓的聲影形象。上片起句「春蔥指甲輕攏撚」一句，不僅刻劃出了該女子其從容不迫之姿態，更暗暗地為其後的描繪，刻劃出了該女子琴藝之精湛；下片起句「當頭一曲情無限」一句，則點明了該女子所彈奏的琴聲樂曲，是有其撼動人心的情感層次，而非僅是一般平淡無奇，沒有情感的音符聲樂。下片歇拍處「再拜斂容擡粉面」一句，不僅突顯了該女子動人之

〔註44〕晏殊：〈浣溪沙〉，收入唐圭璋編：《全宋詞》（北京：中華書局，1998年11月，第1版），冊1，頁90。

〔註45〕晏殊：〈木蘭花〉，收入唐圭璋編：《全宋詞》（北京：中華書局，1998年11月，第1版），冊1，頁96。

風姿，更吸引了眾多壽宴與會者的傾慕目光。

第五節　祈願頌禱之酒

在晏殊《珠玉詞》中「祈願頌禱」此類題材作品，因為佔其作品總數中，數量頗多。是以，常因此而遭到後人的非議。諸如，胡雲翼（1906～1965）就曾於《宋詞研究》一書中，對於晏殊此類題材的詞作，批評為「讀起來很覺酸腐」〔註46〕。又如，陸侃如（1903～1978）與馮沅君（1900～1974）所合著的《中國詩史》一書中，則稱晏殊此類題材為「魚目」，進而批評為：

> 所謂「魚目」者，實指下列幾種詞：一，祝壽的詞，……
> 二，詠物的詞，……三，歌頌昇平的詞，……這三種詞約
> 占《珠玉詞》的三分之一，就中壽詞尤多。這三種詞大都
> 無內容，少風致，讀之味如嚼蠟，而壽詞尤劣。〔註47〕

此外，詹安泰（1902～1967）於其《宋詞散論》一書中，也批評晏殊此類題材為：

> 晏殊的內容，大都不出男歡女愛，離情別緒，沒有什麼特
> 異的地方，其中還有不少祝壽之詞，尤其令人煩厭。〔註48〕

對此，宛敏灝（1906～1994）亦曾批評晏殊此類作品，「在文學上毫無價值」〔註49〕，萬尊疑則說：「詞集中那些粉飾昇平，諂諛君主以及祝壽之詞，……實在毫無文學價值。」〔註50〕上述的評論者，大多

〔註46〕 胡雲翼：《宋詞研究》（台南：大行出版社，1990 年 6 月，初版），頁90。

〔註47〕 陸侃如、馮沅君：《中國詩史》（天津：百花文藝出版社，2008 年 1月，第 1 版），頁 354。

〔註48〕 詹安泰：《宋詞散論》（廣東：廣東人民出版社，1980 年 11 月，第 1版），頁 190。

〔註49〕 宛敏灝：《二晏及其詞》（上海：商務印書館，1935 年 10 月，再版），頁 168。

〔註50〕 萬尊疑之言，收入陳永正選注：《晏殊　晏幾道詞選‧前言》（台北：遠流出版事業股份有限公司，2000 年 6 月，臺灣二版），頁 7。

僅單就其內容題材就予以嚴厲的批判，加上常以有無社會寫實的實用性角度來評論。是以，晏殊此類祝壽作品，站在他們的評論觀點上，也就沒有任何的藝術與社會價值意義。

但倘若立足在詩人所處的時代背景中來看，晏殊不僅是處於封建時代的政治社會中，而其爲官又位極人臣之位，詞中歌頌昇平之世，亦屬自然之事。再者，就晏殊之性格而言，亦不是會以諂諛詞作來干求功名利祿之人。是以，晏殊祝壽之作，本是發自於內心誠切的祝願而已，故不應如此嚴格視之。對此，葉嘉瑩於〈大晏詞的欣賞〉一文中，就曾給予晏殊此類作品，給予正面的評價：

> 《珠玉詞》中有一部分祝頌之詞，這是最爲不滿大晏的人所據爲口實，而對之加以詆毀的。祝頌之詞之易流於俗惡，自是不可諱言的事實。……大晏所寫的祝頌之詞，也絕沒有明言專指的淺俗卑下之言。他只是平淡然而卻誠摯地寫他個人的一份祝願，且多以自然界之景物爲陪襯，而大晏對自然界之景物又自有其一份詩人之感覺，所以大晏所寫的祝頌之詞，不但閑雅富麗，而且更有著一份清新之致。〔註51〕

葉氏之言，是誠有見地的。晏殊在其壽詞的表面下，確實傳達了晏殊一種發自內心「平淡卻又誠摯的祝願」，而這種祝願早於《詩經》當中，就屢屢見到，諸如：「爲此春酒，以介眉壽」、「躋彼公堂，稱彼兕觥，萬壽無疆」〔註52〕、「如南山之壽，不騫不崩」〔註53〕、「樂只

〔註51〕 葉嘉瑩：《迦陵論詞叢稿‧大晏詞的欣賞》（北京：北京大學出版社，2008 年 4 月，第 1 版），頁 109。

〔註52〕 〔漢〕毛亨傳；〔漢〕鄭玄箋；〔唐〕孔穎達疏；龔抗雲等整理：《毛詩正義‧豳風‧七月》卷 8 之 1，收入李學勤主編：《十三經注疏》整理本，（台北：臺灣古籍出版有限公司，2001 年 10 月，初版），冊 6，頁 589、594。

〔註53〕 〔漢〕毛亨傳；〔漢〕鄭玄箋；〔唐〕孔穎達疏；龔抗雲等整理：《毛詩正義‧小雅‧天保》卷 9 之 3，收入李學勤主編：《十三經注疏》整理本，（台北：臺灣古籍出版有限公司，2001 年 10 月，初版），冊 7，頁 686。

君子，萬壽無期」〔註54〕等，為人祈願頌禱的詩句。是以，實不應對
晏殊此類作品過於苛責之，而且壽詞此類題材，本身亦非容易創作。
對此，宋人沈義父於《樂府指迷》一書中就曾提及：

> 壽曲最難作，切宜戒壽酒、壽香、老人星、千春百歲之類。
> 須打破舊曲規模，只形容當人事業才能，隱然有祝頌之意
> 方好。〔註55〕

此外，宋人張炎於《詞源》中亦嘗論及：

> 難莫難於壽詞，倘盡言富貴則塵俗，盡言功名則諛佞，盡
> 言神仙則迂闊虛誕，當總此三者而為之，無俗忌之辭，不
> 失其壽可也。松椿龜鶴，有所不免，卻要融化字面，語意
> 新奇。〔註56〕

以上二則引文，不僅說明了壽詞此種題材在創作上的難度，也說出
了一般人所認為的諛佞之言，應當於詞作中避免。再者，就其用字而
言，詞中所用的祝壽詞彙，難免會運用到一般人容易聯想到的用
語，但是作者除了要懂得融化於字面外，還要懂得造出新意方是上乘
之作。

　　是以，下列筆者將就晏殊「祈願頌禱」題材類型的酒詞作品，再
區分為作者自己的自壽詞作「自祈福」，與賀禱親友壽辰的詞作「禱
人壽」等兩種類型，分別進行探討，與實際例舉晏殊酒詞中，該類題
材的作品。

一、自祈福

　　人的一生所要面臨的不外乎生老病死，這是每個人都必須經歷

〔註54〕　〔漢〕毛亨傳；〔漢〕鄭玄箋；〔唐〕孔穎達疏；龔抗雲等整理：《毛
　　　　詩正義‧小雅‧南山有臺》卷10之1，收入李學勤主編：《十三經注
　　　　疏》整理本，（台北：臺灣古籍出版有限公司，2001年10月，初版），
　　　　冊7，頁718。
〔註55〕　〔宋〕沈義父：《樂府指迷》，收入唐圭璋編：《詞話叢編》附索引，
　　　　（北京：中華書局，2005年10月，第2版），冊1，頁282。
〔註56〕　〔宋〕張炎：《詞源》卷下，收入唐圭璋編：《詞話叢編》附索引，（北
　　　　京：中華書局，2005年10月，第2版），冊1，頁266。

走這一遭的。所以當身衰年老時，難免在面對死生問題的思考上，會多了一份祝願，這並非是戀生抑或畏死，而是一種發乎自然的思考，與帶有一分自我感傷的思緒。試看，晏殊於〈漁家傲〉一詞中，在自己的壽宴上爲自己祈福的景況：

> 荷葉荷花相間鬭。紅嬌綠嫩新妝就。昨日小池疏雨後。鋪錦繡。行人過去頻回首。　　倚徧朱闌凝望久。鴛鴦浴處波文皺。誰喚謝娘斟美酒。縈舞袖。當筵勸我千長壽。〔註57〕

該酒詞上片，作者以擬人的手法，描繪荷花之姿態，而著此一「鬭」字，則鮮活的把原本靜止的荷花，霎時活靈活現的呈現在眼前。加上作者巧妙的將荷花之花容，與美人之容貌連結在一起。是故，興起路過的行人猶如觀望美人般的頻頻回首；下片起句「倚徧朱闌凝望久」一句中，著此「凝」字，除了可見作者煉字之功，亦突顯了其愛花之情。在此美景中壽宴開啓，歌女舞妓各展其技藝，眾人當然不能免俗的爲壽主獻上誠摯的祝福，當然其中亦隱含著壽主對於自身的祈願。

再看，晏殊於〈菩薩蠻〉一詞中，如何將自然植物擬人化，化作人身爲自己祈願祝壽：

> 人人盡道黃葵淡。儂家解説黃葵豔。可喜萬般宜。不勞朱粉施。　　摘承金盞酒。勸我千長壽。擘作女眞冠。試伊嬌面看。〔註58〕

該酒詞上片，作者以自問自答的口吻，道出了自身對於黃葵花的愛好與品格。當眾人嫌其花容素淡時，作者反愛其素淡幽雅之姿，間接突顯了作者本身其平淡高雅的品格；下片起句「摘承金盞酒」，可謂作者天外一筆，突發綺想之句。摘花承酒以爲自己祈福，而該花霎時亦

〔註57〕 晏殊：〈漁家傲〉，收入唐圭璋編：《全宋詞》（北京：中華書局，1998年11月，第1版），冊1，頁100。

〔註58〕 晏殊：〈菩薩蠻〉，收入唐圭璋編：《全宋詞》（北京：中華書局，1998年11月，第1版），冊1，頁105。

擬物成美人之姿，同與詞中主人公共度這良辰美景。

二、禱人壽

在晏殊酒詞作品中，關於「禱人壽」此一題材，又可劃分為「親人」祝壽，與為「友朋」祝壽兩類，下列筆者將分別舉例。

（一）親人

在此類題材中晏殊雖然並未點明壽主對象是為何人？但就其詞中的用辭來看，應是晏殊為其親人的壽辰所作的頌禱之作。試看，晏殊於〈殢人嬌〉一詞中，如何描繪親人的壽宴：

> 一葉秋高，向夕紅蘭露墜。風月好、乍涼天氣。長生此日，見人中嘉瑞。斟壽酒、重唱妙聲珠綴。　　鳳笙移宮，鈿衫迴袂。簾影動、鵲爐香細。南真寶籙，賜玉京千歲。良會永、莫惜流霞同醉。〔註59〕

該酒詞上片起句，作者藉由秋景，道明詞中壽主的壽辰，是生於如此的良辰美景之中。緊接著在歇拍處作者由室外之景，拉回到了室內壽宴的場合上，而這一場景的調度，則是準備為過片所作的鋪陳；下片作者刻繪在室內所舉行的壽宴場合上，其歌舞聲動之熱鬧景況。而在為壽主祝頌之後，作者於歇拍處「良會永、莫惜流霞同醉」一句，其情感的層面有兩種轉折，其一是懇切希望與會的眾人能珍惜這良辰吉日，其二是在面對如此喧鬧的景況中，霎那問生起了生命無常之感傷。

再看，晏殊於〈長生樂〉一詞中，在其親人的壽宴上，所描繪的熱鬧景況：

> 閬苑神仙平地見，碧海架蓬瀛。洞門相向，倚金鋪微明。處處天花撩亂，飄散歌聲。裊真筵壽，賜與流霞滿瑤觥。　　紅鸞翠節，紫鳳銀笙。玉女雙來近彩雲。隨步朝夕拜

〔註59〕晏殊：〈殢人嬌〉，收入唐圭璋編：《全宋詞》（北京：中華書局，1998年11月，第1版），冊1，頁98～99。

三清。爲傳王母金籙，祝千歲長生。〔註60〕

該酒詞上片起句，像似描繪道家仙境般的，爲此次的壽宴景況進行刻劃；下片則承續上片之景況，進而投入了拜壽的人影於其中，上、下片在作者有意的安排下渾然相承。而該壽詞最大的特色，即是作者運用許多道家傳說與典故來進行描寫，爲原本難以創作的壽詞，營造出了不同凡俗的詞境。

（二）友朋

此類題材作品是晏殊作客於友人的壽宴上，爲其友人所作的虔誠祝福。試看，晏殊於〈訴衷情〉一詞中，於壽宴場合中爲其友人祈願祝禱之描寫：

世間榮貴月中人。嘉慶在今辰。蘭堂簾幕高卷，清唱過行
雲。　　持玉盞，斂紅巾。祝千春。榴花壽酒，金鴨爐香，
歲歲長新。〔註61〕

該酒詞上片，作者以賓客的身份，受邀參與了此次友人的壽宴，進而對其壽宴之場景進行描繪，也道明了壽主的富貴身份；下片，在一片極其富麗的盛宴中，終於到了向壽主拜壽的時候。是以，作者亦獻上自己虔誠的祝福之語。

再看，晏殊於〈蝶戀花〉一詞中，如何刻劃在其友朋壽宴上，爲其祝禱的景況：

紫菊初生朱槿墜。月好風清，漸有中秋意。更漏乍長天似
水。銀屏展盡遙山翠。　　繡幕卷波香引穗。急管繁絃，
共慶人間瑞。滿酌玉盃縈舞袂。南春祝壽千千歲。〔註62〕

該酒詞上片，作者藉由秋天自然之景緻，描繪出了一片清新的自然景

〔註60〕 晏殊：〈長生樂〉，收入唐圭璋編：《全宋詞》（北京：中華書局，1998
年 11 月，第 1 版），冊 1，頁 103。
〔註61〕 晏殊：〈訴衷情〉，收入唐圭璋編：《全宋詞》（北京：中華書局，1998
年 11 月，第 1 版），冊 1，頁 98。
〔註62〕 晏殊：〈蝶戀花〉，收入唐圭璋編：《全宋詞》（北京：中華書局，1998
年 11 月，第 1 版），冊 1，頁 103。

象；下片，因與上片之景緻相互牽引。是故，雖然在壽宴場合上的管弦聲樂，此起彼落，然而亦是讓人感到一片清新祥和之景，而不感其喧鬧。

　　因為晏殊此類題材，在其作品中所佔的數量甚多，因此常遭受到後人的非議與批評。但是如果站在晏殊身處的地位身份，與其所處的時代背景中來看，這些作品的產生亦是情有可原。黃文吉嘗於〈從詞的實用功能看宋代文人的生活〉一文中，從宋代的社會生活文化面向，肯定了壽詞的價值：

> 壽詞真正可貴之處，是文人能把詞打入莊嚴的生活層面，壽辰是很隆重的日子，將原本歌女口中輕佻的詞體，用來祝壽，使詞登上大雅之堂，為各階層所喜愛，它促進詞體發達則不無貢獻。我們從這麼多的壽詞，從祝壽對象的廣泛，或自壽、壽妻子，可以看出宋代文人生活輕鬆活潑、溫馨祥和的一面。〔註63〕

這是從宋代社會文化背景中，肯定了壽詞的創作，另外對於壽詞此類題材，許伯卿嘗於《宋詞題材研究》一書中作過數據統計，在全宋詞 21203 首〔註64〕的統計中，「雖然傳統題材如豔情和閨情仍是主要類型，但其在全宋詞中所佔的比例已大大縮小，兩類題材的詞作共 4353 首，占全宋詞的 20.53%，第一、第二的位置已讓給祝頌詞（3351 首）和咏物詞（3011 首），這兩類占全宋詞的 30.01%」〔註65〕，經由許氏的統計資料，可以得知壽詞之所以能在這諸多題材中獨占鰲頭，除了有其時代的背景因素外。再者，就其於社會文化層面中的功用，亦是有其實用的特殊價值。

〔註63〕黃文吉：〈從詞的實用功能看宋代文人的生活〉，收入黃文吉：《黃文吉詞學論集》（台北：臺灣學生書局有限公司，2003 年 11 月，初版），頁 12。

〔註64〕許伯卿：《宋詞題材研究》（北京：中華書局，2007 年 12 月，第 1 版），頁 7。

〔註65〕許伯卿：《宋詞題材研究》（北京：中華書局，2007 年 12 月，第 1 版），頁 15。

第七章　晏殊酒詞之藝術手法

　　在文學創作的當下，作者常常須以其極敏銳的心思，將其所見的事物，所聞所感的風吹草動，投入其自身的情感（七情六慾）之中。在外在與內在兩者相互的縮合之下，作品的產生其中就包含了一種藝術的風格（屬於作者本身）與一種藝術美感（作者給予讀者的一種感受），這就誠如英國文學藝術批評家克萊夫・貝爾（Clive Bell，1881～1964）所言：

> 大家不要以為情感的表達是藝術作品外在的、肉眼可見的標誌。藝術作品的特點在於它有力量喚起人們的審美情感，而情感的表達可能就是給它賦予這種力量的東西。
> 〔註1〕

筆者之所以要引用此段話的原因，就是要說明藝術作品其本身所存在的內在情感，即是作者想要（所要）表現出來的情感。作者在這一系列的情感撞擊之下進而產生了共鳴，所以才得以激發出讀者許多不同的審美情感。諸如：一首詩歌、一件藝術作品（雕塑、繪畫、音樂）之所以可以引發出讀者諸多的感受與情緒的共鳴，而不是僅徒具形體的一堆文字或一件物品而已，它所憑恃的就是一種看似無形，卻又實質有形存在的內心情感。而這種情感則是作者經由創作中所加注進去

〔註1〕　【英國】克萊夫・貝爾（Clive Bell）著；薛華譯：《藝術》（南京：江蘇教育出版社，2005年2月，第1版），頁35。

的,這就誠如黃維樑所言:

> 任何文學作品所表達的,畢竟離不開抽象的情意與具象的
> 景物、事象和境況。〔註2〕

在這種藝術形象塑造的過程當中,往往又會因作者本身的創作習慣,而成為一種可以讓讀者去分析解讀的外在形式。是以,本章節筆者擬從晏殊酒詞作品中,去分析其作品中所表現出的藝術手法,因而將其分為「酒意象的營造」、「時空設計」與「情景架構」等三個面向,分別進行分析舉例探討。

第一節 酒意象的營造

「意象」一詞,它在文學作品當中,常被詩人們廣泛的運用,但是卻又很難實指它的所在意涵。是以,常會讓人有一種「書不盡言,言不盡意」〔註3〕之感。這就像莊子(約前369～約前286)於〈外物〉篇中所提到的:「荃者所以在魚,得魚而忘荃。蹄者所以在兔,得兔而忘蹄。言者所以在意,得意而忘言。」〔註4〕然而莊子之言還是有令人意猶未盡之感,直到魏晉時期,王弼(226～249)於《周易略例・明象》篇中,則更進一步的加以詮釋:

> 夫象者,出意者也;言者,明象者也。盡意莫若象,盡象
> 莫若言。言生於象,故可尋言以觀象;象生於意,故可尋
> 象以觀意。意以象盡,象以言著。故言者所以明象,得象
> 而忘言。象者所以存意,得意而忘象。……是故,存言者,
> 非得象者也,存象者,非得意者也。象生於意而存象焉,
> 則所存者乃非其象也;言生於象而存言焉,則所存者非其

〔註2〕 黃維樑:《中國詩學縱橫論》(台北:洪範書局有限公司,1977年12月,初版),頁7。

〔註3〕 〔魏〕王弼注;〔唐〕孔穎達疏:盧光明、李申整理:《周易正義・繫辭上》下經卷7,收入李學勤主編:《十三經注疏》整理本,(台北:臺灣古籍出版有限公司,2001年9月,初版),冊2,頁342。

〔註4〕 〔清〕王先謙:《莊子集解・外物第二十六》卷7,(台北:世界書局,2001年11月,二版),頁257。

　　言也，然則，忘象者，乃得意者也；忘言者，乃得象者也，
　　得意在忘象，得象在忘言。〔註5〕

而關於「意象」此文藝思想，到了南北朝時期，劉勰於《文心雕龍·
神思》篇中，則將「意象」一詞完整的熔鑄在一起：

　　是以陶鈞文思，貴在虛靜，疏瀹五藏，澡雪精神，積學以
　　儲寶，酌理以富才，研閱以窮照，馴致以懌辭，然後使玄
　　解之宰，尋聲律而定墨；獨照之匠，闚意象而運斤，此蓋
　　馭文之首術，謀篇之大端。〔註6〕

這是中國文學理論中，最早將「意象」一詞聯結在一起的文論，然而
在劉勰的〈神思〉篇中，雖然可以讓人得知「意象」是構成詩歌的重
要因素，但還是未能將「意象」一詞，作出一個完整的詮釋。是以，
後世諸多學者對於「意象」，又重新對其做了整理與理解，進而作了
更進一步的補充闡述。諸如，袁行霈曾於〈中國古典詩歌的意象〉一
文中說道：

　　意象是融入了主觀情意的客觀物象，或者是借助客觀物象
　　表現出來的主觀情感。〔註7〕

再者，又如黃永武於〈談意象的浮現〉一文中所作的闡述：

　　「意象」是作者的意識與外界的物象相交會，經過觀察、
　　審思與美的釀造，成為有意境的景象。然後透過文字，利
　　用視覺意象或其他感官意象的傳達，將完美的意境與物象
　　清晰地重現出來，讓讀者如同親見親受一樣，這種寫作的
　　技巧，稱之為意象的浮現。〔註8〕

〔註5〕　〔魏〕王弼著；〔唐〕邢璹注：《周易略例·明象》，收入〔魏〕王弼
　　　　注；〔晉〕韓康伯注：《周易王韓注》（台北：明文書局股份有限公司，
　　　　2002年8月，初版），頁379～381。
〔註6〕　〔南朝梁〕劉勰著；范文瀾注：《文心雕龍·神思第二十六》卷6，（北
　　　　京：人民文學出版社，2008年4月，第1版），下冊，頁493。
〔註7〕　袁行霈：〈中國古典詩歌的意象〉，收入袁行霈：《中國詩歌研究》（北
　　　　京：北京大學出版社，2009年1月，第3版），頁54。
〔註8〕　黃永武：《新增本中國詩學：設計篇·談意象的浮現》（台北：巨流
　　　　圖書股份有限公司，2009年1月，初版），頁1。

經由上列引文，可以得知在詩歌創作中，作者所營造、形塑出來的意象，往往是一種經由作者個人主觀的情意與客觀的物象，兩者巧妙的相互搭配後，所形成一種富有情感的意象。換句話說「即是以可感性詞語爲語言外殼的主客觀複合體」〔註9〕，因爲這種「主客觀的複合體」是作者必須借由文字傳遞給讀者的。是以，如果作者的「思想離開了詞的表達，只是一團沒有定形的、模糊不清的渾然之物」〔註10〕，文字不僅是人與人之間溝通的媒介，在詩歌作品中其所仰賴的亦是文字，而「意象」之於詩歌創作，又是不可或缺的因素，所以余光中於〈論意象〉一文中曾經說道：

> 意象（imagery）是構成詩的藝術之基本條件之一，我們似乎很難想像一首沒有意象的詩，正如我們很難想像一首沒有節奏的詩。〔註11〕

綜合上述，可以得知詩人在營造意象的當下，不僅會將自身的主觀情感熔鑄於客觀的物象之中，而其中所寓含的不僅讓人有一種美感的聯想，也間接地反映出了作者本身的精神意識與生命內涵。這就誠如德國美學思想家康德（Immanuel Kant，1724～1804）於《判斷力批判·崇高的分析》一書中所言：

> 審美的意象是指想像力所形成的一種形象顯現，它能引人想到很多的東西，卻又不可能由任何明確的思想或概念把它充分表達出來，因此也沒有語言能完全適合它，把它變成可以理解的。〔註12〕

〔註9〕 吳曉：《詩歌與人生——意象符號與情感空間》（台北：書林出版有限公司，1995年3月，一版），頁10。

〔註10〕 【瑞士】費爾迪南·德·索緒爾（Saussure, Ferdinand de）著；高名凱譯；岑麒祥、葉蜚聲校注：《普通語言學教程》（上海：商務印書館，2005年12月，第1版），頁157。

〔註11〕 余光中：《掌上雨·論意象》（台北：時報文化出版事業有限公司，1981年1月，再版），頁17。

〔註12〕 【德國】伊曼努爾·康德（Immanuel Kant）：《判斷力批判·崇高的分析》，引自朱光潛：《西方美學史》（北京：人民文學出版社，2002年1月，第2版），頁390。此段引文，乃作者據康德原文直接翻譯

正因為這種想像力是讓人難以理解的，是故康德（Immanuel Kant）
將其稱之為：「想像力所造成的這種形象顯現可以叫做意象。」〔註13〕
而這種想像力則是經由作者所引發出來的美感，再經由讀者的容受
與解讀後，詩歌作品中的意象就成了一種富含情感意義的符號。這就
正如美國美學家蘇珊‧朗格（Susanne K. Langer，1895～1982）所言：
「藝術品作為一個整體來說，就是情感的意象。對於這種意象，我們
可以稱之為藝術符號。」〔註14〕因為這種情感的符號帶有其某種虛幻
的光澤。是以，蘇珊‧朗格（Susanne K. Langer）於其《情感與形式》
一書中亦曾論及：

> 每一件真正的藝術作品都有脫離塵寰的傾向。它所創造的
> 最直接的效果，是一種離開現實的「他性」（otherness），這
> 是包羅作品因素如事物、動作、陳述、旋律等的幻象所造
> 成的效果。〔註15〕

> 脫離現實的「他性」──它甚至給實際的生產品如一幢樓
> 房或一隻花瓶以某種虛幻的光澤──是至關重要的因素，
> 它寓示著藝術的本質。藝術家一次又一次地考慮它，並非
> 出於偶然，亦非任意為之。〔註16〕

蘇珊‧朗格（Susanne K. Langer）之言，筆者是深感認同的，作者之
所以會一而再的於自己的作品當中，將某種意象一再的呈現，這恐或

　　　引於書中。

〔註13〕【德國】伊曼努爾‧康德（Immanuel Kant）：《判斷力批判‧崇高的
　　　分析》，引自朱光潛：《西方美學史》（北京：人民文學出版社，2002
　　　年1月，第2版），頁390。此段引文，乃作者據康德原文直接翻譯
　　　引於書中。

〔註14〕【美國】蘇珊‧朗格（Susanne K. Langer）著；滕守堯譯：《藝術問
　　　題》（南京：南京出版社，2006年1月，第1版），頁148。

〔註15〕【美國】蘇珊‧朗格（Susanne K. Langer）著；劉大基、傅志強、周
　　　發祥譯：《情感與形式》（台北：商鼎文化出版社，1991年10月，臺
　　　灣初版），頁55。

〔註16〕【美國】蘇珊‧朗格（Susanne K. Langer）著；劉大基、傅志強、周
　　　發祥譯：《情感與形式》（台北：商鼎文化出版社，1991年10月，臺
　　　灣初版），頁56。

是經過其深思考量的,「一個意象的多次出現,不僅能持續代表某一特定的情志,也能隨著詞人精神意識、生命感受的不同,產生不同的內涵。」〔註17〕是以,詩歌中的意象之所以能夠感動、震撼著讀者的心,這是因為「詩開拓人的心胸,因為它讓想像力獲得自由,在一個既定的概念範圍之中,在可能表達這概念的無窮無盡的雜多的形式之中,只選出一個形式,因為這個形式才能把這個概念的形象顯現聯繫到許多不能完全用語言來表達的深廣思致,因而把自己提升到審美的意象。」〔註18〕正因為詩人以其豐富敏銳的想像力,才得以創作出這諸多的美學意象。

但又因這種形象式的顯現有許多是無法用語言、科學邏輯來進行解釋的,所以它才會讓人有一種雖感虛幻,卻又著實撼動人心的藝術美感特質。而關於這種「形象顯現」(即是意象)卻是作者所傳遞給讀者的一種情感的符號。是以,當讀者在接受此一「情感符號」的當下,內心將會生發出諸多關於藝術美感的解讀。是故,以下筆者將就晏殊酒詞作品中的酒意象,將其歸為「感傷之情的消解」與「愉悅之情的展現」兩者,分別進行闡述與實際列舉其酒詞之作。

一、感傷之情的消解

在看似閒淡之中而又讓人感覺其悠遠的感傷思緒,一直是晏殊酒詞作品中所表現出來的藝術美感特質。然而綜觀晏殊其酒詞作品,「酒意象」之所以被其緜密的使用,除了有深化其酒詞作品本身的感傷氛圍功用之外。再者,就是晏殊於其酒詞作品當中,「酒意象」本身雖帶有感傷之情,然而往往又能映射出晏殊其對於生命存在當

〔註17〕 羅倩儀:《馮延巳詞研究》(台北:中國文化大學中國文學研究所碩士論文,2009 年 6 月),頁 148~149。

〔註18〕 【德國】伊曼努爾‧康德(Immanuel Kant):《判斷力批判‧崇高的分析》,引自朱光潛:《西方美學史》(北京:人民文學出版社,2002年 1 月,第 2 版),頁 392。此段引文,乃作者據康德原文直接翻譯引於書中。

中，對於感傷之情的一種「消解作用」（多為當下片刻的消解，是以於酒詞作品中，產生了一種情感驟降驟起的藝術美感）。試看，晏殊於〈浣溪沙〉一詞中，於送別友人的場合中所忽發的感傷之情：

> 湖上西風急暮蟬。夜來清露濕紅蓮。少留歸騎促歌筵。
>
> 為別莫辭金<u>盞</u>酒，入朝須近玉爐煙。不知重會是何
>
> 年。〔註19〕

在此闋送別酒詞中，作者巧妙地以秋天之景緻，襯托出了此次送別中的感傷之情。雖然送別本身即含有感傷的氛圍，但在這看似恬靜悠美的秋景描繪中，作者注入了其對於友人真摯不捨之情誼，在這感傷的送別場景當中，作者以一句「為別莫辭金盞酒」，瞬時消解了此一感傷的情感與氛圍。雖然這只是當下片刻的消解而已，但在該詞情感的轉折中卻起著莫大的作用，經此一轉折後，作者於下片歇拍處「不知重會是何年」一句中，又將此一感傷的情感張力，驟然拉起，不僅突顯了作者情誼之真摯外，又隱然的透露出了其在面對離別中，一種對於生命的思致與韻味。

再看，晏殊於〈採桑子〉一詞中，如何因景物時序的變換而觸發其感傷之情懷：

> 櫻桃謝了梨花發，紅白相催。燕子歸來。幾處風簾繡戶
>
> 開。　　人生樂事知多少，且<u>酌</u>金盃。管咽絃哀。慢引蕭
>
> 娘舞袖迴。〔註20〕

該酒詞上片，作者藉由「櫻桃」、「梨花」兩種原本靜態的植物，巧妙的以「催」字作為動態的描寫，進而讓人感到一種動靜交替時序中的變換；而「燕子」的遷移，本身就是一種時序變遷的象徵，作者經由景物的描寫，暗地裡為過片作了因時序變換中所引發的感傷之情。是以，下片起句「人生樂事知多少」一句，即因上片景物時序的變換，

〔註19〕晏殊：〈浣溪沙〉，收入唐圭璋編：《全宋詞》（北京：中華書局，1998年11月，第1版），冊1，頁89～90。

〔註20〕晏殊：〈採桑子〉，收入唐圭璋編：《全宋詞》（北京：中華書局，1998年11月，第1版），冊1，頁93。

而在內心興起了感傷之情懷。雖然作者於「且酌金盃」一句中，看似達觀地消解了內心之感傷，然而沉積於生命中的諸多回憶，並未因酒而完全消解。是故，作者再藉由「管咽絃哀」一句，透過樂音傳達了其感傷之情懷。

二、愉悅之情的展現

在晏殊酒詞作品中另一種酒意象，即是愉悅之情的展現。此意象的情感不同於上述感傷之情來的迂迴跌宕，而往往是一種直抒胸臆的情感表現，而其愉悅之情感則多表現於宴會場合之中。試看，晏殊於〈望仙門〉一詞中，於壽宴場合中在為其友人祝禱的當下，所發出的愉悅之情：

> 玉池波浪碧如鱗。露蓮新。清歌一曲翠眉顰。舞華茵。　　滿酌蘭香酒，須知獻壽千春。太平無事荷君恩。荷君恩。齊唱望仙門。〔註21〕

該酒詞的愉悅之情起於壽宴的聚會場合中，上片作者先對其壽宴場合中的景物進行描寫，再進而對宴會上的歌舞藝妓進行其展演的刻劃。是以，在上片中即營造出了一片歡愉之氛圍；而在下片的描寫當中，作者經由「酒」承接了上片這份愉悅之情，其內心除了表達對壽主誠摯的祝願外，亦藉此頌揚當今統治者之德政，充分展現出了作者其內心的愉悅之情感。

再看，晏殊於〈更漏子〉一詞中，如何刻劃其於宴會場合上，所發出的愉悅之情：

> 菊花殘，梨葉墮。可惜良辰虛過。新酒熟，綺筵開。不辭紅玉盃。　　蜀絃高，羌管脆。慢颭舞娥香袂。君莫笑，醉鄉人。熙熙長似春。〔註22〕

〔註21〕 晏殊：〈望仙門〉，收入唐圭璋編：《全宋詞》（北京：中華書局，1998年11月，第1版），冊1，頁103。

〔註22〕 晏殊：〈更漏子〉，收入唐圭璋編：《全宋詞》（北京：中華書局，1998年11月，第1版），冊1，頁90。

該酒詞上片，作者於起首二句「菊花殘」、「梨葉墮」中，雖因感秋景之殘敗而興起了「可惜良辰虛過」之感傷之情。但也因此更加突顯了，此次秋宴中所展現出的愉悅之情。是故，其微薄的感傷思緒，在「新酒熟」、「綺筵開」、「不辭紅玉盃」後，旋即褪退，其心境進而轉入愉悅之情；下片持續爲此次秋宴加強這股歡愉的氛圍，經由歌舞藝妓的描寫，再加上「酒」的助興之下，作者的愉悅之情得到了完整的抒發。

第二節　時空設計

古典詩歌之所以得以緜延不絕的流傳至今，是因爲在詩歌作品當中，本身就有其可以穿透，跨越時空的藝術美感特質。就誠如李元洛所言：「時間與空間，是大千世界萬事萬物所賴以依存的條件和環境，任何樣式的文學作品，都不能脫離對時間與空間的描繪。」〔註23〕對此，黃永武於〈詩的時空設計〉一文中也曾說道：

> 人與自然時空是那樣奇妙地融合無間，情感與哲理，不喜歡脫離時空景象，去作純粹的摹情說理，每每透過時空實象的交互映射予形象化。因此可以說：時空設計，是中國詩裡最重要的環節。〔註24〕

黃氏所言，是誠有見地的。因爲這種時空的感染力是「寂然凝慮，思接千載；悄焉動容，視通萬里」〔註25〕的，而在詩歌作品中的時空之所以可以穿透古今，正因爲「藝術時空是經過藝術家審美觀照和審美處理之後的時空，是客觀再現與主觀表現對立統一的審美時空，簡而言之就是一種美學的時空」〔註26〕，而這種藝術時空的建構，本是

〔註23〕李元洛：《歌鼓湘靈——楚詩詞藝術欣賞》（台北：東大圖書股份有限公司，1990 年 8 月，初版），頁 111。

〔註24〕黃永武：《新增本中國詩學：設計篇・詩的時空設計》（台北：巨流圖書股份有限公司，2009 年 1 月，初版），頁 53。

〔註25〕〔南朝梁〕劉勰著；范文瀾注：《文心雕龍・神思第二十六》卷 6，（北京：人民文學出版社，2008 年 4 月，第 1 版），下冊，頁 493。

〔註26〕李元洛：《詩美學》（台北：東大圖書股份有限公司，2007 年 7 月，

作者可以任意穿透、橫越的時空軸線，藉由作品本身即可引領著讀者
共同一起翱翔的美學時空。而且「在物理時空中，時與空是攪在一起
的，像一個四維的球；所以空間的三維架構、廣延性，以及時間的不
間斷性、瞬逝性、不可逆性，都在其中展現」〔註27〕，物理時空的特
性，經由作者自己重新再建構後，於是在作者的心理時空上，就成了
一種可以伸縮變形的美學時空，這就正如李元洛於《詩與美》一書中
所言：

> 這種心理時空，雖然必然要受到客觀時空規律的制約，但
> 它卻更是一種藝術想像的產物，它表面上不大符合生活中
> 如實存在的時空真實，但它卻創造了一個忠實於審美感情
> 的時空情境，比生活真實的時空更富於美的色彩。〔註28〕

這種心理時空，雖然有其時空規律的制約，但是心理時空與物理時
空，兩者卻又並非相互扞格。因為「時間可以表現空間，空間亦可以
描繪時間，時間中可以融入空間，空間裡亦可以包納時間；時空原
非彼此對立，而是相互開放、相互圓成的系統」〔註29〕，這種時空相
互開放又相互圓成的結果，就誠如劉雨於《寫作心理學》一書中所提
及的：

> 當作者按著已有的主觀意圖，去重新審視和排列某些記憶
> 表象之時，實際上是在想像中建立起一個新的時空秩序。
> 〔註30〕

作者在記憶的表象之下，抑或是在想像中所建構出的時空，本就會呈
現出一種「虛」與「實」的時空現象，而關於「虛」與「實」之於時

二版），頁310。

〔註27〕仇小屏：《古典詩詞時空設計美學》（台北：文津出版社有限公司，
2002年11月，初版），頁18。

〔註28〕李元洛：《詩美學》（台北：東大圖書股份有限公司，2007年7月，
二版），頁314。

〔註29〕陳清俊：《盛唐詩時空意識研究》（台北：臺灣師範大學國文學研究
所博士論文，1996年6月），頁408。

〔註30〕劉雨：《寫作心理學》（高雄：麗文文化事業股份有限公司，1995年
3月，初版），頁275。

空中的定義，陳滿銘則有如下的解說：

> 虛實就空間來說，凡窮盡目力，寫眼前所見的，是實；而
> 透過設想，寫遠處情況的，則是虛。〔註31〕

> 虛實就時間來說，凡是敘事、寫景或抒情，只限於過去或
> 當前的，是「實」；透過想像，伸向未來的，則爲「虛」。
> 〔註32〕

而這種「虛」與「實」的關係，並非是二元對立的關係，反而經由「虛
和實二者相互聯繫，相互滲透，相互轉化」〔註33〕之下，使得詩歌的
「藝術形象生生不窮，從而具有很高的審美價值」〔註34〕，而在時空的
軸線上，詩人總能在自己的情感與物理現象中，建構出一個屬於他們
的時空奇異點。而在此奇異點上，讀者容受了它，感覺了它的存在美
感。是以，虛、實才得以渾化於詩歌當中，而不會讓人覺得扞格。

　　就古典詩歌中空間的表現形式，詩人往往能透過空間，進而傳遞
出自我內心中的一種思緒。這就如同孫立於《詞的審美特性》一書中
所提到的：「往往在詞作中以大小空間形式的相映、糅合，作爲情調
的渲染、加著。……所構成的空間跳躍也頗能反映出作者內在的細微
意緒。」〔註35〕這種空間的變化，確實能傳達出一種空間的情感。而
這種空間的創作，亦是有其要考量的地方。誠如李元洛於《詩美學》
一書中所說道的：

> 空間意象一味求大，就會走向浮泛與空疏，空間意象一味
> 求小，就會流於瑣屑和狹窄。……大中取小，小中見大，

〔註31〕陳滿銘：《章法學新裁》（台北：萬卷樓圖書有限公司，2001 年 1 月，
　　　　初版），頁 105。

〔註32〕陳滿銘：《章法學新裁》（台北：萬卷樓圖書有限公司，2001 年 1 月，
　　　　初版），頁 107～108。

〔註33〕曾祖蔭：《中國古代文藝學範疇》（台北：文津出版社，1987 年 8 月，
　　　　初版），頁 177。

〔註34〕曾祖蔭：《中國古代文藝學範疇》（台北：文津出版社，1987 年 8 月，
　　　　初版），頁 177。

〔註35〕孫立：《詞的審美特性》（台北：文津出版社，1995 年 2 月，初版），
　　　　頁 121。

　　　　巨細結合，點面相映，這，可簡稱之為詩中空間大小的正
　　　　面的映照。〔註36〕

在空間層次的安排、調度上，確實可以產生諸多不同的藝術美感效
果，進而讓人有諸多不同的情意感受。是以，無論「遠近」、「大小」、
「內外」、「虛實」，詩人在創作的當下，於其內心都會有其一番精心
的考量。

　　再者，就時間的表現形式，不僅有過去、現在、未來與作者自我
意識中所想像的時間（這種想像的時間，不同於未來時間，有點類似
「夢境」）。而這種猶如虛幻夢境般的時間軸線，雖是作者所憑空想
像出來的，然而其「非自控型的美感騰飛在人們的睡夢中更為自由而
酣暢，不受主觀意識的任何限制，也可以說是意識的一種失控現象，
是意識的自由流動」〔註37〕，所以作者可以經由自己的意識，恣意的
在時空軸線中任意穿越。對此，吳功正於其《中國文學美學》一書中
也曾提及：

　　　　審美的意識、情感需要，完全可以打破時間的自然值，化
　　　　時態為心態。〔註38〕

這是因為「詩人經過情感化審美改造，可以改變自然時間箭頭，以近
推遠，以今推古」〔註39〕，所以經由作者自我意識的想像（抑或聯
想），「它既可以再現過去的經驗，又可以由過去想到未來，在心目中
設想出未來的圖景。構思中由於運用了聯想這種思維形式，會使作者
在回憶的基礎上，擴大和豐富經驗領域的內容和視野」〔註40〕。這就

〔註36〕李元洛：《詩美學》（台北：東大圖書股份有限公司，2007年7月，
　　　　二版），頁344。
〔註37〕張紅雨：《寫作美學》（高雄：麗文文化事業股份有限公司，1996年
　　　　10月，初版），頁133。
〔註38〕吳功正：《中國文學美學》（南京：江蘇教育出版社，2001年9月，
　　　　第1版），上卷，頁357。
〔註39〕吳功正：《中國文學美學》（南京：江蘇教育出版社，2001年9月，
　　　　第1版），上卷，頁358。
〔註40〕劉雨：《寫作心理學》（高雄，麗文文化事業股份有限公司，1995年
　　　　3月，初版），頁245。

誠如楊匡漢於《詩學心裁》一書中所言：

> 藝術時間是詩人及藝術家憑藉情感邏輯和想像邏輯，或加速、或減緩、或推進、或逆轉時間的進程，於回首或前瞻中，使時間被重新認識、重新組織的權力。〔註41〕

雖然時間本是一種不可讓人捉摸，卻又永恆存在的現象，加上其原本就存有的不可捉摸現象，本就會讓人感到有其距離的存在感。但是經由詩人的安排之下，原本時間所形成的無形距離，反而成了「美的塑造者」〔註42〕，而這種時空軸線的變化效果，原本只是詩人創作中所賴以掌握的美感距離，但間接的也感染了讀者的審美距離。是故，下列筆者將就晏殊酒詞作品中，針對其時空設計，將其分為「從今至昔的時空軸線」、「由昔入今的時空軸線」與「今昔交錯的時空軸線」等三個面向，進行論述與實際的列舉酒詞之作。

一、從今至昔的時空軸線

在「從今至昔」的時空軸線安排中，晏殊於酒詞中其句數的描寫比例是：「今」的時空描寫，多於「昔」的時空描寫。而詞中之「酒」往往是晏殊「從今至昔」的時空轉換物，經由「酒」而橫跨、穿越了時空的軸線。試看，晏殊於〈清平樂〉一詞中，其「從今至昔」的時空軸線：

> 金風細細。葉葉梧桐墜。綠酒初嘗人易醉。一枕小窗濃睡。　　紫薇朱槿花殘。斜陽却照闌干。雙燕欲歸時節，銀屏昨夜微寒。〔註43〕

該酒詞所表現出的時空軸線是：上片作為純「今」的時空描寫，然而在「酒」此一時空轉換物的引領之下，詞中人物在「醉」爾後入「睡」

〔註41〕楊匡漢：《詩學心裁》（西安：陝西人民教育出版社，1995年7月，第1版），頁202。

〔註42〕童慶柄：《中國古代心理詩學與美學》（北京：中華書局，1997年10月，第1版），頁146。

〔註43〕晏殊：〈清平樂〉，收入唐圭璋編：《全宋詞》（北京：中華書局，1998年11月，第1版），冊1，頁92。

的動作當中，時空軸線已起了微妙的變化；是以，在下片的時空中成爲「今→昔」的時空軸線，下片起首二句「紫薇朱槿花殘」、「斜陽却照闌干」，是詞中人物因醒酒後放眼所見的景物描寫，但作者於末二句「雙燕欲歸時節」、「銀屏昨夜微寒」當中，對時空軸線進行了「今→昔」的轉換動作。

再看，晏殊於〈鳳銜盃〉一詞中，如何刻劃詞中女子其「心理時空」的變化：

> 柳條花穎惱青春。更那堪、飛絮紛紛。一曲細絲清脆、倚朱脣。斟綠酒、掩紅巾。　　追往事，惜芳辰。暫時間、留住行雲。端的自家心下、眼中人。到處裏、覺尖新。
> 〔註44〕

該酒詞所表現出的時空軸線是：上片經由詞中女子其心緒的刻劃，到肢體動作之描寫，作爲「今」的時空背景，然而在歇拍處「斟綠酒、掩紅巾」一句，該女子因「酒」至「淚」的過程當中，已爲過片的時空軸線作了準備；是以，在下片的時空中轉換成「昔」的時空軸線，自下片起句「追往事」一句起，該女子之心緒因在酒、淚的交織之下，呈現出了一種「心理時空」的追憶，即該女子游走於過往時空中與情人的甜蜜回憶。

二、由昔入今的時空軸線

晏殊在「由昔入今」的時空軸線安排中，「酒」原本是作爲「從今至昔」的重要媒介，與具有時空轉換的功能。然而在「由昔入今」的時空軸線佈局中，「酒」已不具任何時空轉換的媒介功能。反而在此時空軸線中的變換，往往是先虛立於「今」的時空當中，因「憶」（心理時空）此一回想的過程，作爲「昔」的時空轉換媒介。試看，晏殊於〈破陣子〉一詞中，該女子追憶於酒筵宴席上與情人相會之情

〔註44〕晏殊：〈鳳銜盃〉，收入唐圭璋編：《全宋詞》（北京：中華書局，1998年11月，第1版），冊1，頁91～92。

景，及其後續之心理的刻劃：

> 燕子欲歸時節，高樓昨夜西風。求得人間成小會，試把金
> 尊傍菊叢。歌長粉面紅。　　斜日更穿簾幕，微涼漸入梧
> 桐。多少襟懷言不盡，寫向蠻牋曲調中。此情千萬重。
> 〔註45〕

該酒詞所表現出的時空軸線是：上片經由詞中女子「憶」的回想過
程，作為「昔」的時空背景，因為在「昔」的時空表現形式當中，
詞中人物往往已先虛立於「今」的時空當中，加上「憶」本身即是
一種由心理情感所產生的「心理時空」。所以在詞的描寫當中，往
往可以隨時跳脫、拉回到「今」的時空軸線。是故，上片詞中該女
子因季節時序所引發的心理情感，「憶」起了與情人相處時的甜蜜
時光後；下片又拉回到「今」的時空背景之下，對詞中女子其深情
之心緒與肢體兩者進行刻劃，成了一種因（昔）果（今）關係的時空
軸線。

再看，晏殊於〈少年遊〉一詞中，在其親人的壽宴上，如何設計
其時空軸線的架構：

> 芙蓉花發去年枝。雙燕欲歸飛。蘭堂風軟，金爐香暖，新
> 曲動簾帷。　　家人拜上千春壽，深意滿瓊巵。綠鬢朱顏，
> 道家裝束，長似少年時。〔註46〕

該酒詞所表現出的時空軸線是：上片起首二句，「芙蓉花發去年枝」
與「雙燕欲歸飛」中，經由作者心理時空「憶」的回想，成了「昔」
的時空背景。再經由壽宴場合上「蘭堂風軟」、「金爐香暖」、「新曲動
簾帷」的描寫，於是上片的時空結構成了「昔→今」的轉換；下片作
者則是純以「今」作為時空背景進行描寫，以便對其親人致上他真摯
的祝願之情。

〔註45〕晏殊：〈破陣子〉，收入唐圭璋編：《全宋詞》（北京：中華書局，1998
　　　　年11月，第1版），冊1，頁88。
〔註46〕晏殊：〈少年遊〉，收入唐圭璋編：《全宋詞》（北京：中華書局，1998
　　　　年11月，第1版），冊1，頁95。

三、今昔交錯的時空軸線

在「今昔交錯」的時空軸線表現形式中，其最大之藝術特色即是
經由時空軸線的交錯變化，一來一往，回環往返中加深了詞中，其情
感的密度，因隨著時空的變換亦形成了情感上，或升或降、或淡或濃
的轉折變化。而此藝術創作手法是時空設計中最富變化的一種，無疑
地亦加深了作品中的藝術美感特質。試看，晏殊於〈木蘭花〉一詞中，
如何安排其「今昔交錯」的時空軸線：

> 池塘水綠風微暖。記得玉真初見面。重頭歌韻響錚琮，入
> 破舞腰紅亂旋。　　玉鉤闌下香階畔。醉後不知斜日晚。
> 當時共我賞花人，點檢如今無一半。〔註47〕

該酒詞所表現出的時空軸線是：上片起句「池塘水綠風微暖」一句，
作者經由當下之景物作為「今」的時空背景，順勢因自身心理情感的
作用，「憶」起了昔日佳人的儀態，進而對該女子進行了其聲音與姿
態之描繪，成了「昔」的時空背景。於是在上片的時空結構中，成了
「今→昔」的時空軸線；而下片起首二句，「玉鉤闌下香階畔」、「醉
後不知斜日晚」，則是作者持續追「憶」與該女子相遇後之景況，於
是成了「昔」的時空背景。最後作者再跳脫、拉回到「今」的時空背
景當中，於歇拍處發出了「當時共我賞花人」、「點檢如今無一半」之
慨歎。於是在下片的時空背景中，就成了「昔→今」的時空軸線。在
這一來一往，「今昔交錯」的時空變化軸線中，遂引發了作者其內心
那份既深沉而又感傷之思緒。而該酒詞於上、下片中，所呈現出的時
空結構是：「今→昔→昔→今」相互交錯的時空軸線。

再看，晏殊於〈清平樂〉一詞中，如何於懷人的當下，對其時空
背景進行變換：

> 春來秋去。往事知何處。燕子歸飛蘭泣露。光景千留不
> 住。　　酒闌人散忡忡。閒階獨倚梧桐。記得去年今日，

〔註47〕晏殊：〈木蘭花〉，收入唐圭璋編：《全宋詞》（北京：中華書局，1998
年11月，第1版），冊1，頁96。

依前黃葉西風。〔註48〕

該酒詞所表現出的時空軸線是：作者因上片起句「春來秋去」一句，經由當下對時序變遷的感知，作為「今」的時空背景。再因其心理情感的作用，「往事知何處」一句，「憶」起了昔日之景況，而該句則因心理時空而成為了「昔」的時空背景，進而作者在經由「燕子歸飛蘭泣露」、「光景千留不住」二句，與起句相互縮合重新拉回到了當下，成了「今」的時空背景，於是上片的時空結構成了「今→昔→今」的時空軸線。

下片起首二句，「酒闌人散忡忡」、「閒階獨倚梧桐」，則是作者持續為「今」的時空背景，對詞中人物進行描繪。然而因為有「酒」作為時空轉換的媒介物，是以「記得去年今日」一句，轉換為「昔」的時空背景，在經由「依前黃葉西風」一句，拉回到「今」的時空背景之中，於是下片的時空背景佈局，就成了「今→昔→今」的時空軸線。是以，該酒詞於上、下片中，所呈現出的時空背景結構是：「今→昔→今→今→昔→今」緜密且相互交錯的時空軸線。

第三節　情景架構

在古典詩歌的創作中，「情」與「景」二者，一直是詩人不可避免亦必須妥當處理的兩種架構。這就誠如清人王夫之（1619～1692）於《薑齋詩話》一書中所言：「情景名為二，而實不可離。神於詩者，妙合無垠。巧者則有情中景，景中情。」〔註49〕對此，清人劉熙載亦曾於《詞概》一書中提及：「詞或前景後情，或前情後景，或情景齊到，相間相融，各有其妙。」〔註50〕是以，詩人在架構情景二者時，不僅

〔註48〕晏殊：〈清平樂〉，收入唐圭璋編：《全宋詞》（北京：中華書局，1998年11月，第1版），冊1，頁92。

〔註49〕〔清〕王夫之著；舒蕪校點：《薑齋詩話》卷2，收入郭紹虞主編：《四溟詩話　薑齋詩話》合訂本，（北京：人民文學出版社，2005年12月，第1版），頁150。

〔註50〕〔清〕劉熙載：《詞概》，收入唐圭璋編：《詞話叢編》附索引，（北

要考量其藝術美感的效果，亦要謹慎的爲情景作適當的安排與搭配。
對此，清人李漁（1610～1680）於《窺詞管見》一書中亦曾論及：

> 作詞之料，不過情景二字，非對眼前寫景，即據心上說情，
> 說得情出，寫得景明，即是好詞。〔註51〕

因爲在詩人的創作過程中，「景」本身已不是單純的「景」，而是加入
了詩人的情感於其內，「人因景而具象，景因人而靈現」〔註52〕，於
是也就形成了王國維所稱說的：「一切景語皆情語也。」〔註53〕此外，
在情景架構的安排上，清人方東樹（1772～1851）於《昭昧詹言》一
書中曾說道：

> 詩人成詞，不出情、景二端，二端又各有虛實遠近大小死
> 活之殊，不可混淆，不可拘板。大約宜分寫，見界畫：或
> 二句情，二句景；或前情後景，前景後情；或上下四字三
> 字，互相形容；尤在情景交融，如在目前，使人津詠不置，
> 乃妙。〔註54〕

在情景的相互交融之下，往往會形成「情即是景」、「景即是情」的景
況，就誠如清人王夫之所言：「情景雖有在心在物之分，而景生情，
情生景，哀樂之觸，榮悴之迎，互藏其宅。」〔註55〕於是這就形成了
一種「情不虛情，情皆可景，景非滯景，景總含情」〔註56〕的藝術美

京：中華書局，2005 年 10 月，第 2 版），冊 4，頁 3699。

〔註51〕 〔清〕李漁：《窺詞管見》，收入唐圭璋編：《詞話叢編》附索引，（北
京：中華書局，2005 年 10 月，第 2 版），冊 1，頁 554。

〔註52〕 謝文利：《詩歌美學》（北京：中國青年出版社，1989 年 10 月，第 1
版），頁 151。

〔註53〕 王國維：《人間詞話》卷下，收入王國維：《王國維文學論著三種》（北
京：商務印書館，2003 年 3 月，第 1 版，據商務印書館 1940 年版《王
國維遺書》校點重排），頁 447。

〔註54〕 〔清〕方東樹：《昭昧詹言》卷 14，（台北：漢京文化事業有限公司，
2004 年 1 月，初版），頁 377。

〔註55〕 〔清〕王夫之著；舒蕪校點：《薑齋詩話》卷 1，收入郭紹虞主編：《四
溟詩話　薑齋詩話》合訂本，（北京：人民文學出版社，2005 年 12
月，第 1 版），頁 144。

〔註56〕 〔清〕王夫之評選；張國星點校：《古詩評選》卷 5，（保定：河北大

感效果，進而收到了「情景雙收」的作用。是故，「情」與「景」二者於古典詩歌當中，猶如謝文利於《詩歌美學》一書中所言：

> 幾乎沒有一個詩人能夠回避「景物」這個審美對象。但他究竟選擇什麼樣的景物，并進而選擇一個什麼樣的角度和感受方式，再進而塑造出一個什麼樣的「景物的形象美」來，却不能不取決於他的創作意圖和動機，他的審美趣味和審美理想，他的人格美和價值觀。〔註57〕

針對上段引文，謝氏總結爲：「所謂景物的形象美，究其實質，體現著詩人的人格美和心靈美。」〔註58〕謝氏如此的結論是允當的，這就誠如劉勰所言：「歲有其物，物有其容；情以物遷，辭以情發。」〔註59〕而這種爲景物所塑造之形象，雖看似是情景分寫的情況，然而其本身却並不是一種切割。因爲「這種分寫絕不是分割，而是情中有景，景中有情，彼此獨立而又互相滲透，共同構成詩的永不凋敝的美」〔註60〕，這是因爲在「景」的描繪當中，往往亦會注入作者其主觀（絕大部份），抑或客觀的情志於其中，就誠如謝文利於《詩歌美學》一書中所提到的：

> 詩中的景與情共，並不是簡單的景加情，不是絲絲入扣地組合裝配。在詩人的實驗室裡，形象總是泡在感情的溶液裡，以想像爲催化劑，令其進行綜合性的化學反應的。〔註61〕

謝氏所言，其舉例可謂甚爲詼諧巧妙。詩歌作品中情與景之關係，絕

學出版社，2008 年 11 月，第 1 版），頁 244。

〔註57〕 謝文利：《詩歌美學》（北京：中國青年出版社，1989 年 10 月，第 1 版），頁 151。

〔註58〕 謝文利：《詩歌美學》（北京：中國青年出版社，1989 年 10 月，第 1 版），頁 151。

〔註59〕 〔南朝梁〕劉勰著：范文瀾注，《文心雕龍‧物色第四十六》卷 10，（北京：人民文學出版社，2008 年 4 月，第 1 版），下册，頁 693。

〔註60〕 李元洛：《歌鼓湘靈──楚詩詞藝術欣賞》（台北：東大圖書股份有限公司，1990 年 8 月，初版），頁 215。

〔註61〕 謝文利：《詩歌美學》（北京：中國青年出版社，1989 年 10 月，第 1 版），頁 154。

不是單純的「情景組裝」而已，在詩人的內心世界中，「情」是詩人內在本有之情，而「景」雖是外在形象之物。然而詩人在取「景」作爲形象塑造的當下，本身即已投入了其自身之「情」於其中。所以「情」、「景」之關係，乃是「情」包含著「景」，使得原本沒有情感的「景」，因在「情」的容受之下，進而產生了情感。是故，下列筆者將就晏殊酒詞作品中的情景架構，將其分爲「寄情於景」、「以景襯情」與「情景渾融」等三個面向，分別進行論述並實際列舉晏殊酒詞之作。

一、寄情於景

在「寄情於景」的藝術手法中，誠如清人吳喬於《圍爐詩話》一書中所言：「夫詩以情爲主，景爲賓，景物無自生，惟情所化。情哀則景哀，情樂則景樂。」〔註62〕正因爲情之本身即包含著景，故情之悲、喜、哀、樂的表現，亦能在繪景的當下表現出來，「蓋寫景與言情，非二事也，善言情者，但寫景而情在其中」〔註63〕，進而使人亦能因景而感受到詩人其情之悲、喜、哀、樂的心緒。試看，晏殊於〈採桑子〉一詞中，其「寄情於景」的架構：

> 時光只解催人老，不信多情。長恨離亭。淚滴春衫酒易醒。　　梧桐昨夜西風急，淡月朧明。好夢頻驚。何處高樓雁一聲。〔註64〕

該酒詞上片以「情」作爲上片之架構。自起句「時光只解催人老」一句起，詞中人物因感時間之忽逝，霎那間於腦海中浮泛起了昔日之種種。然而作者並不因此而順勢的對過往進行描寫，而是在更進一層地強化詞中人物之心緒，進行其心理的刻劃。是以，詞中人物於

〔註62〕　〔清〕吳喬：《圍爐詩話》卷1，收入郭紹虞編選；富壽蓀校點：《清詩話續編》（上海：上海古籍出版社，1983年12月，第1版），上冊，頁478。

〔註63〕　〔清〕況周頤：《蕙風詞話》卷2，收入唐圭璋編：《詞話叢編》附索引，（北京：中華書局，2005年10月，第2版），冊5，頁4425。

〔註64〕　晏殊：〈採桑子〉，收入唐圭璋編：《全宋詞》（北京：中華書局，1998年11月，第1版），冊1，頁93。

千迴百轉中發出了深沉的慨歎，於相思感傷中念想了諸多的情感。故終至上片歇拍處「淚滴春衫酒易醒」一句，其情感的張力密度表現是逐漸的增強變大；而自下片起句「梧桐昨夜西風急」一句，即轉入以「景」作爲架構，在上片極其感傷之情的渲染下，對於景物之描寫亦讓人心感其感傷之情，至歇拍處「何處高樓雁一聲」一句。詞中人物的相思感傷之情，在「情→景」的結構當中，未曾減損其感傷之情的厚度。

再看，晏殊於〈漁家傲〉一詞中，其「寄情於景」的架構：

> 楚國細腰元自瘦。文君膩臉誰描就。日夜聲聲催箭漏。昏復晝。紅顏豈得長如舊。　　醉折嫩房和蕊嗅。天絲不斷清香透。卻傍小闌凝坐久。風滿袖。西池月上人歸後。
> 〔註65〕

該酒詞上片起首二句，「楚國細腰元自瘦」、「文君膩臉誰描就」，雖看似是爲吟詠荷花所作的鋪寫。然而作者既選用了歷史人物作爲鋪寫，就非只是純對景物所作的刻劃。是以，起首二句是以「情」作爲該詞的開端，詞中人物因感時間之忽逝，忽心生感慨之情，故終至上片歇拍處「紅顏豈得長如舊」一句，其感傷之情於平淡悠遠之中，準備過片；下片起句「醉折嫩房和蕊嗅」一句，轉入以「景」作爲架構，景物在詞中人物的舉手動作之中呈現，終至歇拍處「西池月上人歸後」一句，作者經由人景的描繪，詞中人物的感傷之情，在「情→景」的結構當中，始終讓人感到其平淡卻又悠遠的感傷情懷。

二、以景襯情

在「以景襯情」的架構中，誠如楊海明所言：「觸景生情或因景生情的寫法，比較符合於人的『感物生情』的思維邏輯，因而使人讀後感到比較自然親切。」〔註66〕而對於景物之描寫一直是晏殊所擅長

〔註65〕晏殊：〈漁家傲〉，收入唐圭璋編：《全宋詞》（北京：中華書局，1998年11月，第1版），冊1，頁101～102。

〔註66〕楊海明：《唐宋詞美學》（南京：江蘇教育出版社，1998年6月，第

的藝術表現手法，故在「此類看似觸景生情的寫法仍然包藏著詞人的一番匠心在內。也就是說，這些寫景看似信眼觀去（或信耳聽去）和信手寫來，但其實還是有所選擇和經過『加工』的」〔註67〕，加上晏殊其情感的表現較爲含蓄悠深，是以此種情景架構於晏殊酒詞當中，總能帶給人一股縣遠而又深致的感受。試看，晏殊於〈破陣子〉一詞中，其「以景襯情」之架構：

> 湖上西風斜日，荷花落盡紅英。金菊滿叢珠顆細，海燕辭巢翅羽輕。年年歲歲情。　　美酒一盃新熟，高歌數闋堪聽。不向尊前同一醉，可奈光陰似水聲。迢迢去未停。
> 〔註68〕

該酒詞於上片起句中，「湖上西風斜日」一句，即以「景」作爲上片的開端。經由一系列秋天景物的刻劃，於上片歇拍處「年年歲歲情」一句中，雖引起了詞中人物其一股淡薄的感傷之情，但此乃因景之敘述故不宜視作是情感的轉換；而下片起句中「美酒一盃新熟」，作者以人的肢體進行刻劃，持續作爲「景」的底圖架構。最後，再於歇拍處「可奈光陰似水聲」、「迢迢去未停」二句，由原本的人、景描寫，轉入「情」的深層慨歎中。而詞中人物的感傷之情，在「景→情」的結構當中，由原本薄淡的感傷之中，隨著歇拍處「情」的刻劃，感傷之情因而轉深。

再看，晏殊於〈清平樂〉一詞中，其「以景襯情」之架構：

> 秋光向晚。小閣初開讌。林葉殷紅猶未徧。雨後青苔滿院。　　蕭娘勸我金巵。殷懃更唱新詞。暮去朝來即老，人生不飲何爲。〔註69〕

---

1 版），頁 274。

〔註67〕 楊海明：《唐宋詞美學》（南京：江蘇教育出版社，1998 年 6 月，第 1 版），頁 274。

〔註68〕 晏殊：〈破陣子〉，收入唐圭璋編：《全宋詞》（北京：中華書局，1998 年 11 月，第 1 版），冊 1，頁 88。

〔註69〕 晏殊：〈清平樂〉，收入唐圭璋編：《全宋詞》（北京：中華書局，1998 年 11 月，第 1 版），冊 1，頁 92。

該酒詞上片起句，自「秋光向晚」一句起，作者純以「景」作爲上片的描寫，對於節序變換、酒宴地點、當日景緻進行刻劃，寫來讓人感到清新而又自然；下片起句「蕭娘勸我金卮」、「殷懃更唱新詞」，作者經由歌女的肢體動作進行描繪，持續作爲「景」的底圖架構。最後，再於下片歇拍處「暮去朝來卽老」、「人生不飲何爲」二句，由原本的景、人描寫，轉入了「情」的感傷刻劃中。而在「景→情」的結構當中，由原本清新自然的景況，隨著於歇拍處「情」的情感刻劃，轉換成了感傷的思緒。

三、情景渾融

在「情景渾融」的結構中，其藝術的表現手法，就「有如於『夾心餅乾』：那餅乾（景）固因果仁（情）而顯得分外有味，而那果仁（情）卻也因餅乾（景）的裏夾而變得耐人咬嚼。情景如此融合交織，就更使其意境有了豐厚的韻味」〔註70〕，而在情景渾融的結構中，其情感的張力密度，往往會表現出一種既深重而又厚實的情感。試看，晏殊於〈清平樂〉一詞中，其「情景渾融」之架構：

> 春花秋草。只是催人老。總把千山眉黛掃。未抵別愁多少。　　勸君綠酒金盃。莫嫌絲管聲催。兔走烏飛不住，人生幾度三臺。〔註71〕

該酒詞於上片起句中，經由「春花秋草」一句，作爲節序景物的描寫，以作爲「景」的開端後。再由「只是催人老」、「總把千山眉黛掃」、「未抵別愁多少」三句，所發出的感傷之情，轉入了「情」的描寫。於是上片的情景結構就成了「景→情」的表現形式；而下片起句，「勸君綠酒金盃」、「莫嫌絲管聲催」，作者以人的肢體動作進行刻劃，轉換成「景」的底圖架構後。再於歇拍處「兔走烏飛不住」、「人

〔註70〕 楊海明：《唐宋詞美學》（南京：江蘇教育出版社，1998 年 6 月，第 1 版），頁 278。

〔註71〕 晏殊：〈清平樂〉，收入唐圭璋編：《全宋詞》（北京：中華書局，1998 年 11 月，第 1 版），冊 1，頁 92。

生幾度三臺」二句，由原本對於詞中人物的肢體描寫，轉入了「情」的人生慨歎中。於是下片的情景結構就成了「景→情」的表現形式。而詞中人物的感傷之情，也在情景渾融的變化中，其感傷之情的張力亦持續的加深。是以，該酒詞於上、下片中，所呈現出的情景結構是：「景→情→景→情」相互渾融的情景變換。

再看，晏殊於〈蝶戀花〉一詞中，其「情景渾融」之架構：

> 簾幕風輕雙語燕。午醉醒來，柳絮飛撩亂。心事一春猶未見。餘花落盡青苔院。　　百尺朱樓閒倚徧。薄雨濃雲，抵死遮人面。消息未知歸早晚。斜陽只送平波遠。〔註72〕

該酒詞於上片起句，經由春天「簾幕風輕雙語燕」的景緻描繪，作為「景」的開端後。再經由詞中人物的肢體動作「午醉醒來」持續作為景的底圖，再轉換成「柳絮飛撩亂」對景物的描寫後，即轉入「心事一春猶未見」所發出的感傷之情，轉入了「情」的描寫之後。再轉換成「餘花落盡青苔院」對景物的描寫，轉入「景」的架構中。於是上片的情景結構就成了「景→情→景」的表現形式；而下片起句，自「百尺朱樓閒倚徧」、「薄雨濃雲」，作者以人的肢體動作與景的刻劃，持續上片歇拍處的「景」圖架構。其後在「抵死遮人面」、「消息未知歸早晚」二句中，轉入了「情」的刻劃。最後，再於歇拍處「斜陽只送平波遠」重回對「景」的描繪。於是下片的情景結構就成了「景→情→景」的表現形式。而詞中人物因春天節序之景緻，所興起的懷人之感傷，在情景渾融的變化當中，其感傷之情的張力顯得閒淡而又幽深。是以，該酒詞於上、下片中，所呈現出的情景結構是：「景→情→景→景→情→景」情景渾融的變換形式。

〔註72〕晏殊：〈蝶戀花〉，收入唐圭璋編：《全宋詞》（北京：中華書局，1998年11月，第1版），冊1，頁104。

第八章　晏殊酒詞下的心靈觀照

　　本章節主要是要整合於前面各章節中的研究心得，擬從晏殊其生平之經歷與其所處之時代背景（離心式研究），搭配其酒詞作品中所表現出的生命內涵及其藝術美感，進行全面性的統整（向心式研究）。經由「離心式」（外緣）與「向心式」（內緣）的研究，在二者相互觀照整合探討下，以便尋繹出其潛藏於心靈精神層次中的生命意韻及其內涵。筆者以為，「酒」會起因於人之情緒（七情六欲）的變化而飲之，但這亦只是屬於一般普遍性生理層面的宣洩而已，然而詩人們既然選擇以「酒」作為素材寫入詩篇，此時「酒」就恐非只是一般普遍性生理層次的宣洩物質而已，更多的恐怕是屬於詩人們其心靈精神層次的宣洩，藉由「酒」進而反映在其作品當中。這就誠如法國現象學家杜夫潤（Mikel Dufrenne）所言：

> 作品無疑堪稱是作者的化身，它載有作者或喜或憂地簽下
> 的、或深或淺的署名；它帶著創作歷程的烙印；它指定它
> 的作者。……作者不在任何地方唯有在作品之中。〔註1〕

這正可說明在諸多文學作品當中，作者往往會自覺的，抑或不自覺的將自己的身影投入其中。這就誠如童慶炳所言：「藝術家創作任何作

〔註1〕 【法國】杜夫潤（Mikel Dufrenne）著；岑溢成譯注：〈文學批評與現象學〉，收入鄭樹森編：《現象學與文學批評》（台北：東大圖書股份公司，2004年9月，二版），頁63～64。

品，都有一個足以激起他們創作欲望的第一直接的動機。藝術家對周圍的世界有獨特的感受、體驗和理解，他們的心裡儲存了許多原料，他們爲創作某部藝術品的意向甚至已醞釀了多年。」〔註2〕而這「許多原料」即是作者於創作時，其主要心靈精神層次的來源，經由「酒」的媒介作用，遂引發了這些沉積於心的「原料」，形成了一種「創作性的衝動」。對此，瑞士心理精神分析學家榮格（Carl Gustav Jung，1875～1961）曾於〈心理學與文學〉一文中，針對集體無意識與創作之間的關係中說道：

> 孕育在藝術家心中的作品是一種自然力，它以自然本身固有的狂暴力量和機敏狡猾去實現它的目的，而完全不考慮那作爲它的載體的藝術家的個人命運。創作衝動從藝術家得到滋養，就像一棵樹從它賴以汲取養料的土壤中得到滋養一樣。因此，我們最好把創作過程看成是一種紮根在人心中的、有生命的東西。在分析心理學的語言中，這種有生命的東西就叫做自主情結。〔註3〕

就榮格（Carl Gustav Jung）所言的觀點而言，某些是符合創作的實際狀況，但他認爲「集體無意識」主宰著藝術家之創作，視藝術家爲被動的載體，這就忽略了作者本身情感的創作自主性了。對此，俄國哲學思想家別林斯基（В. Г. Белинский，1811～1848）嘗言：「情感是詩的天性中一個主要的活動因素；沒有情感就沒有詩人，也沒有詩；但也并不是不可能有這樣一種人；他有情感，甚至寫出了浸潤著情感的不算壞的詩──却一點也不是詩人。」〔註4〕從中可以得知情感之於

〔註2〕 童慶炳：《藝術創作與審美心理》（天津：百花文藝出版社，1999 年 9 月，第 1 版），頁 25。

〔註3〕 【瑞士】卡爾・古斯塔夫・榮格（Carl Gustav Jung）：〈心理學與文學〉，收入【瑞士】卡爾・古斯塔夫・榮格（Carl Gustav Jung）著；馮川、蘇克編譯：《心理學與文學》（台北：久大文化股份有限公司，1994 年 5 月，一版），頁 84。

〔註4〕 【俄國】維沙里昂・格利戈列維奇・別林斯基（В. Г. Белинский）著；【俄國】符・別列金娜選錄；梁真譯：《別林斯基論文學》（上海：新文藝出版社，1958 年 7 月，第 1 版），頁 14。

創作中的重要性，而關於詩歌作品中情感的「眞」、「假」問題，別林斯基（В. Г. Белинский）就曾指出：

> 在眞正詩的作品裡，思想不是以教條方式表現出來的抽象概念，而是構成充溢在作品裡面的作品靈魂，像光充溢在水晶體裡一般。詩的作品裡的思想，──這是作品的熱情。熱情是什麼？──就是對某種思想的熱情的體會和迷戀。
> 〔註5〕

筆者以爲，這種「熱情的體會和迷戀」，正是詩歌作品中其心靈精神之所在。而這股「熱情的體會和迷戀」，是有足以撼動人之心靈的情感力量，這亦是詩人一種眞實情感的展現。然而如果這種情感不知節制的被詩人亂加、妄加宣洩使用的話，就誠如美國美學思想家蘇珊·朗格（Susanne K. Langer）於《藝術問題》一書中所言：「一個藝術家表現的是情感，但並不是像一個大發牢騷的政治家或是像一個正在大哭或大笑的兒童所表現出來的情感。」〔註6〕其中的關鍵所在，即是作者本身對於情感的拿捏與收放的掌握。

關於以上這一點在晏殊的酒詞作品中，其對於情感的拿捏與收放是恰當合宜的。不管是情感張力密度的厚薄，抑或是情感張力密度的收放，皆能以其含蓄的手法，反映於酒詞作品當中。進而傳遞出其深致且饒富韻味的生命情感，這亦是晏殊酒詞作品中難能可貴之處。而關於晏殊此種情感的表現方式，葉嘉瑩就曾經說道：

> 獨能將理性之思致，融入抒情之敘寫中，在傷春怨別之情緒內，表現出一種理性之反省及操持，在柔情銳感之中，透露出一種圓融曠達之理性的觀照。〔註7〕

〔註5〕【俄國】維沙里昂·格利戈列維奇·別林斯基（В. Г. Белинский）著；【俄國】符·別列金娜選錄；梁眞譯：《別林斯基論文學》（上海：新文藝出版社，1958年7月，第1版），頁51。

〔註6〕【美國】蘇珊·朗格（Susanne K. Langer）著；滕守堯譯：《藝術問題》（南京：南京出版社，2006年1月，第1版），頁30。

〔註7〕葉嘉瑩：《唐宋詞名家論稿·論晏殊詞》（石家莊：河北教育出版社，1998年6月，第1版），頁56。

葉氏之言，確實可以表達出晏殊詞中，那份於「理性的反省與操持」中，所表現出來的藝術美感特色。於理性之中又展現出，其一種對於生命存在圓融曠達的心靈觀照，這雖是晏殊其性格使然，然亦有其對於生命中，緒多現象的感悟存在其中。

　　而「酒」本可喚醒詩人存在於體內的那股激情，但晏殊所飲之酒則更多是來自於其心靈的理性省思，所以他的激情所表現出的生命內涵，往往會帶有其心靈世界中一種對於生命的理性觀照，而這種理性的表現，葉嘉瑩又曾如是說道：

> 一般人的理性乃但出於一己頭腦之思索，……然而詩人之理性則有不同於此者，詩人之理性該只是對情感加以節制，和使情感淨化昇華的一種操持的力量，此種理性不得之於頭腦之思索，而得之於對人生之體驗與修養。〔註8〕

詩人這種淨化昇華的心靈景況，如同古希臘思想家亞里斯多德（Aristotle，前384～前322）所言，是「借引起憐憫與恐懼來使這種情感得到陶冶」〔註9〕，而這種「淨化」的作用，不僅是詩人心靈的一種沉澱，更是一種精神層次的昇華。綜觀晏殊其酒詞作品，其內裏總帶有一抹揮之不去的感傷思緒，而這種感傷的思緒，即是來自其心靈精神世界中所反映出的一種「淨化作用」。

　　是以，以下筆者將就「情與愛的想望」、「仕與隱的掙扎」、「生與死的感悟」等三個面向，分別探討晏殊於其酒詞當中，那潛藏於心靈世界下，對於生命存在的思悟，進而進行爬梳論述，以明之。

第一節　情與愛的想望

　　在晏殊的酒詞作品中，有不少關於相思情愛的內容題材，而離別與戀情詞，雖然本就是詞體創作中的傳統題材。然而結合晏殊之生平

〔註8〕　葉嘉瑩：《迦陵論詞叢稿・大晏詞的欣賞》（北京：北京大學出版社，2008年4月，第1版），頁101。

〔註9〕　【古希臘】亞里斯多德（Aristotle）著；羅念生譯：《詩學》（上海：上海人民出版社，2006年5月，第1版），頁30。

經歷與其所處之時代背景，以及其酒詞作品的相互觀照之下，似乎可見其對於情與愛一種發自內心心靈層面的想望，而這種想望對於每個人而言都是一種純乎自然的心理需求。

　　這就像美國人本土義心理學家馬斯洛（Abraham Maslow，1908～1970），在其人的「需求層次」中所提及的，在人的發展過程中其第三種層次「歸屬和愛的需要」〔註10〕。而詩人內心的情感往往又比一般人的情感，來的更為敏銳起伏更大，是以在此需求層次上的心靈感受自當比一般人來的強烈。而詞的創作正給予了詩人們一種抒發的管道。對此，錢鍾書（1910～1998）就曾針對宋詞與宋詩，對於愛情的描寫與創作，其區別在於：

> 宋代五七言詩講「性理」或「道學」的多得惹厭，而寫愛
> 情的少得可憐。宋人在戀愛生活裡的悲歡離合不反映在他
> 們的詩裡，而常常出現在他們的詞裡。……據唐宋兩代的
> 詩詞看來，也許可以說，愛情，尤其是在封建禮教眼開眼
> 閉的監視之下那種公然走私的愛情，從古體詩裡差不多全
> 部撤退到近體詩裡，又從近體詩裡大部分遷移到詞裡。

〔註11〕

錢氏所言，雖看似諧趣但確是誠有見地的。此外，錢氏所謂的「公然走私的愛情」，這亦是符合宋代的時代背景與社會之風氣的，因為「中原息兵，汴京繁庶，歌臺舞席，競賭新聲」〔註12〕的風氣下，加上又有上位者的提倡與愛好，於是「公然走私的愛情」靡漫在整個社會環境當中，而這公然走私的愛情對象，即是在當時社會中的歌舞藝妓，是以「宋代歌妓變成宋詞的表現主體，對詞體內容產生極深遠的

〔註10〕 【美國】弗蘭克‧G‧戈布爾（Goble, F. G.）著；呂明、陳紅雯譯：《第三思潮：馬斯洛心理學》（上海：上海譯文出版社，2001 年 10 月，第 1 版），頁 43～44。
〔註11〕 錢鐘書選註：《宋詩選註‧序》（北京：人民文學出版社，2005 年 8 月，第 3 版），頁 7。
〔註12〕 〔清〕宋翔鳳：《樂府餘論》，收入唐圭璋編：《詞話叢編》附索引，（北京：中華書局，2005 年 10 月，第 2 版），冊 3，頁 2499。

影響」〔註13〕，而這些色藝雙全的女子，也就成了詩人們情感的對象，寫入詩篇也就成了一種對於情感的抒發與心靈的想望了。

是故，下列筆者將從「傳統婚教」、「社會風氣」與「潛在性格」，分別論述晏殊在此三個面向下，其酒詞作品中對於其心靈世界裡，其內心關於情與愛的一份想望。

一、傳統婚教

在舊時封建社會的傳統婚教觀下，男女雙方往往會因門第之見而聯姻，是以也就造就了不少關於愛情的悲劇。然綜觀晏殊此生所娶的三位妻子，也是因其門第相當而成就的婚姻，然而此間其夫妻二人是否就真的幸福，確實是有需要深入探討的。晏殊的婚姻幸福與否？從其第一任妻子李氏；與第二任妻子孟氏，皆因早逝之故，可以得知晏殊其幸福的時間是非常短暫的。再者，加上其第三任妻子王氏其性情似乎又並非和順溫婉，此從宋人所記載的筆記《道山清話》一書中，可以窺知一二：

> 晏元獻公爲京兆，辟張先爲通判。新納侍兒，公甚屬意。先字子野，能爲詩詞，公雅重之。每張來，即令侍兒出侑觴，往往歌子野所爲之詞。其後，王夫人寖不容，公即出之。一日，子野至，公與之飲。子野作〈碧牡丹〉詞，令營妓歌之，有云「望極藍橋，但暮雲千里，幾重山，幾重水」之句。公聞之，憮然曰：「人生行樂耳，何自苦如此？」亟命於宅庫支錢若干，復取前所出侍兒。既來，夫人亦不復誰何也。〔註14〕

經由上段引文，似乎可以推斷晏殊與其第三任妻子王氏二人的相處，

〔註13〕 黃文吉：〈宋代歌妓繁盛對詞體之影響〉，收入黃文吉：《黃文吉詞學論著》（台北：臺灣學生書局有限公司，2003 年 11 月，初版），頁 57。

〔註14〕 〔宋〕佚名；孔一校點：《道山清話》，收入上海古籍出版社編：《宋元筆記小說大觀》（上海：上海古籍出版社，2001 年 12 月，第 1 版），冊 3，頁 2934～2935。

可能不如第一、二任妻子，李氏與孟氏來的幸福與融洽。是故，晏殊
只好將內心裡對於愛情的想望，藉由創作抒發於作品當中。對此，法
國文學批評家斯達爾夫人（Madame de Staël，1766～1817）曾說：

> 對幸福的人而言，生命可說是在不知不覺中流逝的。可是
> 內心痛苦的時候，思想就活躍起來，去尋覓希望，或者去
> 探索產生遺憾的原因，深入檢討過去，瞻望未來。人們在
> 安靜與幸福中時，這種觀察的能力差不多完全以外界事物
> 為對象；而人們遭到厄運的時候，它才在我們內心的感受
> 上起作用。痛苦不倦地糾纏著我們，使一些思想和情感在
> 我們心中不斷反復閃現，折磨我們，仿佛每時每刻都會有
> 什麼巨大事變發生似的。對天才來說，這是何等取之不竭
> 的思考的泉源啊！〔註15〕

從上段引文中，可以得知當自身處於內心痛苦或遭逢厄運時，其心靈
精神層面就會變得異常的敏感，綜觀晏殊與三位妻子之關係，前二任
妻子的早逝，與第三任妻子的性情，無疑地觸發了其內心世界對於情
與愛的想望。是以，在其酒詞作品當中，抒寫了許多關於戀情的詩
篇，以為其自身之情感作一抒發，以便為自己尋得一個心靈的出口。
這就誠如奧地利心理精神分析學家弗洛依德（Freud, Sigmund，1856
～1939）所言：「一個幸福的人從來不會去幻想，只有那些願望難以
滿足的人才去幻想。幻想的動力是尚未滿足的願望，每一個幻想都是
一個願望的滿足，都是對令人不滿足的現實的補償。」〔註16〕正因為
於現實世界中無法完成自我內心的想望，進而投身於幻想世界中，以
尋求一種自我心靈的補償。

　　試看，晏殊於〈浣溪沙〉一詞中，其對於情與愛之刻劃：

> 閬苑瑤臺風露秋。整鬟凝思捧觥籌。欲歸臨別強遲留。

〔註15〕　【法國】斯達爾夫人（Madame de Staël）著；徐繼曾譯：《論文學》
　　　　　（北京：人民文學出版社，1986年12月，第1版），頁295。

〔註16〕　【奧地利】西格蒙德・弗洛依德（Freud, Sigmund）著；車文博主編：
　　　　　《佛洛依德文集・作家與白日夢》（長春：長春出版社，1998年9月，
　　　　　第1版），第4卷，頁429。

月好謾成孤枕夢，<u>酒闌</u>空得兩眉愁。此時情緒悔風
流。〔註17〕

該酒詞在時空的設計上，於「昔（上片）→今（下片）」的強烈對比
當中，可以清楚的讓人感受到，詞中人物其情感的落差。從上片經由
詞中人物的回想過程中，可以讓人感受到其二人之甜蜜；然而下片一
個轉折後，這份甜蜜的喜悅之情，瞬時消散，詞中人物旋即陷入一片
愁海之中。在酒入愁腸之後，感傷之情遂深，歇拍處「此時情緒悔風
流」一句，筆者以爲，此是詞中人物深情痴情之語，其言「悔」而實
則反說，由此亦可反見其情感之深切。而該詞所呈現的藝術美感，則
表現出了一種相思纏綣的美感韻味。

二、社會風氣

就晏殊當時的社會風氣而言，色藝雙全的歌舞藝妓，靡漫在整個
宋代社會之中，這無疑地形成了晏殊其心靈世界中，對於情愛想望中
的一個媒介。對此，楊海明亦嘗說道：「唐宋詞人既身逢其時地生活
在一個追求享樂和風情旖旎的時代環境裡，又加上他們的作詞多在軟
語溫存、淺酌低唱的特殊場合中進行，所以他們宣洩和『投放』在詞
中的戀情心理就遠較前代文人在詩中所表現的戀情心理來的深濃厚
實。」〔註18〕身處於如此的環境，無疑地誘發了晏殊酒詞中，那些對
於歌舞藝妓的描繪，以及引發其內心情感上的波動。對此，黃文吉曾
於〈宋代歌妓繁盛對詞體之影響〉一文中提到：

我們明白宋代歌妓是引發詞人的愛情泉源之後，看到流連
秦樓楚館的柳永、晏幾道、秦觀，或岸然位居中樞的晏殊、
歐陽修等，均有那麼多情意深厚、相思離愁的作品，也將
會視爲當然或不覺訝異了。〔註19〕

〔註17〕晏殊：〈浣溪沙〉，收入唐圭璋編：《全宋詞》（北京：中華書局，1998
年11月，第1版），冊1，頁88。

〔註18〕楊海明：《唐宋詞美學》（南京：江蘇教育出版社，1998年6月，第
1版），頁26。

〔註19〕黃文吉：〈宋代歌妓繁盛對詞體之影響〉，收入黃文吉：《黃文吉詞學論

正因在整個社會環境的助長之下，對於晏殊其心靈層面而言，情與愛的想望自然而然地，亦會反映在其酒詞作品當中。

試看，晏殊於〈踏莎行〉一詞中，其對於情與愛之刻劃：

> 綠樹歸鶯，雕梁別燕。春光一去如流電。當歌對酒莫沈吟，人生有限情無限。　　弱袂縈春，修蛾寫怨。秦箏寶柱頻移雁。尊中綠醑意中人，花朝月夜長相見。〔註20〕

該酒詞在情景安排上，作者於上片中以景起筆以襯其感傷之情。在時序的遷換之下，詞中人物對於世間萬物興起了一份感傷思緒，思索著人事之無常，感嘆著生命之短暫。故於歇拍處發出了「人生有限情無限」之語；而下片經由對歌妓之刻劃，其感傷之情亦因此而褪退，在良辰美景的襯托下，下片詞中人物所飲之酒，遂起了轉換情緒之功效，進而成為愉悅之情的抒發。而該詞所呈現的藝術美感，則表現出了一種上片略因時序之變換而感傷，下片應景而消融的美感特色。

三、潛在性格

在晏殊本身的性格中，據史書記載其給人的感覺是「剛直」的，而「剛直」總會讓人聯想到「理性」。但這些印象卻都只是晏殊其外顯性格中的一部分而已，然而在從其與友人交游的過程當中，則又可看見其「幽默諧趣」的一面，這亦是其本身性格中的一部分。此外，若從酒詞內容的角度來看，則可窺見晏殊其潛在之性格，亦是有其「深情痴情」的一面。對此，俄國哲學思想家別林斯基（В. Г. Белинский）嘗言：

> 詩人創作活動的源泉是從他的個性裡表現出來的那種精神。他的作品的特色及精神應該在他的個性裡去求得初步的解釋。〔註21〕

　　著》（台北：臺灣學生書局有限公司，2003年11月，初版），頁60。

〔註20〕　晏殊：〈踏莎行〉，收入唐圭璋編：《全宋詞》（北京：中華書局，1998年11月，第1版），冊1，頁99。

〔註21〕　【俄國】維沙里昂·格利戈列維奇·別林斯基（В. Г. Белинский）著；【俄國】符·別列金娜選錄；梁真譯：《別林斯基論文學》（上海：

詩人的性格，確實有其決定、反映作品之精神特色的重要成因，因爲「藝術創作都發自個性，發自一個統一的、完整的、獨特的個性」〔註 22〕，而晏殊其「深情痴情」則是一種「潛在性格」，不同於其子晏幾道是「外顯性格」，其情感的奔放得以讓人清楚容易的感受到，正因晏殊其「深情痴情」的性格是潛在的，是故，葉嘉瑩將其詞中情感的表現，形容爲理性的詩人：

> 他們的感情不似流水，而似一面平湖，雖然受風時亦復縠綯千疊，投石下亦復盤渦百轉，然而無論如何總也不能使之失去其含斂靜止、盈盈脈脈的一份風度。對一切事物，他們都有著思考和明辨，也有著反省和節制。他們已養成了成年人的權衡與操持，却仍保有著一顆眞情銳感的詩心。此一類型之詩人，自以晏殊爲代表。〔註 23〕

葉氏之舉例，是符合晏殊其外顯性格及其身份地位的，但筆者於此補述，晏殊在這湖面上雖看似平穩，然而於湖面下（潛在性格）實則又有其看不見的漩渦伏流隱匿於其下。是以，在其作品中有時其情感的張力密度之強大，反映的則正是隱匿在這湖面底下的漩渦伏流。此外，「在人的心靈深處原本蘊藏著相當豐富複雜的情感和審美心理，其中就包括人們的『豔情』即戀情和『以豔爲美』及『以柔爲美』的審美心理」〔註 24〕，所以晏殊在其酒詞作品當中，亦有其情感張力極大之作。

　　試看，晏殊於〈訴衷情〉一詞中，晏殊於詞中人物的刻劃中，對於情感張力所進行的「強弱」轉換：

> 青梅煮<u>酒</u>鬥時新。天氣欲殘春。東城南陌花下，逢著意中

新文藝出版社，1958 年 7 月，第 1 版），頁 138。
〔註 22〕童慶炳：《藝術創作與審美心理》（天津：百花文藝出版社，1999 年 9 月，第 1 版），頁 6。
〔註 23〕葉嘉瑩：《迦陵論詞叢稿・大晏詞的欣賞》（北京：北京大學出版社，2008 年 4 月，第 1 版），頁 100～101。
〔註 24〕楊海明：〈男子而作閨音〉，收入楊海明：《唐宋詞主題探索》（高雄：麗文文化事業股份有限公司，1995 年 10 月，初版），頁 10。

　　人。　　　回繡袂，展香茵。敘情親。此情拚作，千尺游絲，

惹住朝雲。〔註25〕

該酒詞其情感張力的表現為「由弱（上片）→轉強（下片）」，從中亦
可看出晏殊於情感張力上的收放功力。上片作者經由時序景物的描寫
著手，原本「天氣欲殘春」的自然景緻，準備讓人心生傷春之情的
同時，作者於歇拍處一個跳脫「逢著意中人」，讓詞中男子巧遇其心
儀之女子，故其情感的張力亦由此句，準備攀升；下片作者在二人相
遇後，進行肢體與心靈之刻劃，從「此情拚作，千尺游絲，惹住朝雲」
三句中，刻劃了該男子其內心裡情感之奔騰，從中亦可感知該男子其
情之真摯及其深厚。而該詞所呈現的藝術美感，則表現出了一種上片
清淡，下片濃豔的美感特質。

第二節　仕與隱的掙扎

　　就傳統士大夫的身份，加上儒家思想三不朽（立德、立言、立
功）的觀念，於是身處傳統封建社會中的士大夫，其心中難免會在
「仕」與「隱」之間，有所掙扎，有所抉擇。就晏殊其所處的時代背
景下，宋氏王朝「以文治國」的政策，無疑地會加深士大夫心中，對
於「仕」、「隱」間的矛盾情結，而晏殊於宋氏王朝中又是位極人臣之
位，於是「仕」與「隱」的抉擇，也就成了其心靈層面的掙扎所在。
此外，從其酒詞作品當中亦隱隱約約地透露了其心中的掙扎之情。是
故，下列筆者將就「仕──儒家思想的影響」與「隱──佛道思想的
影響」兩個面向進行探討，在藉由酒詞作品的例舉，窺探其潛藏於心
靈世界中，對於仕與隱的掙扎之情。

一、仕──儒家思想的影響

　　在儒家思想的影響下，晏殊作為朝廷的重臣，在此方面必當是顯

〔註25〕晏殊：〈訴衷情〉，收入唐圭璋編：《全宋詞》（北京：中華書局，1998
　　年11月，第1版），冊1，頁97。

示出其積極入世的情懷。雖然晏殊於政事上並無其友人范仲淹、歐陽修之政績，但亦不可一筆抹殺其有濟世爲民之心。然而有許多研究者卻常因此而視其爲「太平宰相」，這是非常不公允的說辭。諸如：

陳俐在其〈試談晏殊《珠玉詞》的修辭手法〉一文中，稱其：

晏殊是個太平宰相，政治上沒有什麼大的建樹，整天沉迷於宴飲歌舞之中，白白地虛度光陰，內心不免感到空虛。〔註26〕

單軍貴在其〈淺談晏殊詞〉一文中，稱其：

太平宰相晏殊，生活面非常狹窄，感情也相當平和，既無國事之憂，又無個人生活上的愁煩，整日間除晏樂以外，就只有一點偶然的閒愁閒緒。〔註27〕

劉曉林、孟國棟在其〈燕歸花落總關情──淺析晏殊詞的創作特色〉一文中，稱其：

在宋初近百年相對安定的社會中，歷仕兩朝，長期擔任同中書門下平章事兼樞密使（宰相兼軍事），加上他本人只求富貴、不求事業的人生態度，使之成爲久居高位卻沒有什麼作爲的太平宰相。〔註28〕

上述三則引文，對於晏殊之評論是不恰當的，倘若以晏殊之生平經歷及其所處之時代背景，一一加以印證的話，當知上述引文中這些似是而非的言論是非常不公允的。對此，薛礪若（1903～1957）亦曾於《宋詞通論》中說道：「其在政治上建樹，雖無顯赫功績，而能汲引賢俊。以成北宋昇平之治，其功亦甚偉異。」〔註29〕薛氏對於晏殊之

〔註26〕陳俐：〈試談晏殊《珠玉詞》的修辭手法〉，《淮北煤師院學報》（哲學社會科學版），第 22 卷第 5 期，2001 年 10 月，頁 102。

〔註27〕單軍貴：〈淺談晏殊詞〉，《甘肅高師學報》第 10 卷第 4 期，2005 年，頁 39。

〔註28〕劉曉林、孟國棟：〈燕歸花落總關情──淺析晏殊詞的創作特色〉，《湖南大眾傳媒職業技術學院學報》第 8 卷第 4 期，2008 年 7 月，頁 97。

〔註29〕薛礪若：《宋詞通論》（臺北：臺灣開明書店，1982 年 4 月，臺八版），頁 78。

評價，其言是客觀中肯的。

　　試看，晏殊於〈山亭柳〉贈歌者，其所描繪的內容隱然有其對於「仕」的一份堅持之情存在：

> 家住西秦。賭博藝隨身。花柳上、鬥尖新。偶學念奴聲調，
> 有時高遏行雲。蜀錦纏頭無數，不負辛勤。　　數年來往
> 咸京道，殘<u>盃</u>冷炙謾消魂。衷腸事、託何人。若有知音見
> 採，不辭徧唱陽春。一曲當筵落淚，重掩羅巾。〔註30〕

在該酒詞中作者藉由歌妓之遭遇，映襯了自身之境遇，大有白居易〈琵琶行〉之韻味。從上片中經由對歌妓的描寫，彷彿映照了晏殊於宋真宗朝深受賞識的自身景況；而下片在時空上的一個轉折，呈現出了明顯的「昔→今」之慨歎，下片中經由歌妓之遭遇，其所映照的則是晏殊於宋仁宗朝上所受到的貶謫遭遇。從深獲賞識（昔）到身受三次貶謫（今），正如同詞中歌妓的遭遇一般。然而晏殊之所以會發出如此的感傷慨歎，自是其內心對於「仕」仍存有一份堅持。是故，有「若有知音見採，不辭徧唱陽春」的豪情壯志。而鄭騫在評選此詞時，亦曾說道：

> 同叔罷相後歷知潁州、陳州、許州、永興軍。永興即今陝
> 西長安，此詞云西秦咸京，當是知永興時作。時同叔年逾
> 六十，去國已久，難免抑鬱；此詞慷慨激越，所謂借他人
> 酒杯澆胸中塊壘者也。〔註31〕

鄭氏此言，是誠有見地的。就鄭氏之推斷該詞的創作時間來看，此時晏殊已年逾六十，從京師至貶謫之所的時間上推算，已離開京師有五年之久了。然而因其深受儒家思想的影響，此刻雖是耳順之年，雖久處於貶謫之所，然而其內心對於「仕」亦是有其掙扎之情存在的。

〔註30〕　晏殊：〈山亭柳〉贈歌者，收入唐圭璋編：《全宋詞》（北京：中華書局，1998年11月，第1版），冊1，頁106。

〔註31〕　鄭騫：《詞選》（台北：中國文化大學出版部，1991年10月，新一版），頁29。

二、隱——佛道思想的影響

晏殊其生平曾經歷過三次貶謫，在外時間約有十六年之久。在這外放的十六年期間，對其內心自是難免會有「隱」的思想，存在其內心之中掙扎著，這或多或少也是因爲其學際天人之故，於其內心裡存有佛道思想的影響。宋人蔡絛於《西清詩話》中曾記載，晏殊五十五歲被貶謫潁州之景況：

> 晏元獻慶歷中罷相守潁，以惠山泉烹日注（茶），從容置酒賦詩曰：「稽山新茗綠如煙，靜挈都藍煮惠泉。未向人間殺風景，更持醪醑醉花前。」〔註32〕

在上段引文的敘述中，不禁讓人感到晏殊如此的生活，儼然就像是出世退隱山林的隱逸之士。此外，在此期間又與梅堯臣詩酒唱和，潁州三年的生活可謂是晏殊遠離內部政治圈後，過得最閒適自在的一段時光了。是以，在此期間其內心興起隱逸之念頭亦屬自然。此外，筆者以爲，晏殊在其酒詞作品〈浣溪沙〉中，隱然透露出其「隱」的思想。

試看，晏殊於〈浣溪沙〉一詞中，所隱含的隱逸思想：

> 紅蓼花香夾岸稠。綠波春水向東流。小船輕舫好追遊。
> 　　漁父酒醒重撥棹，鴛鴦飛去卻回頭。一盃銷盡兩眉愁。〔註33〕

該酒詞經由作者對於景物之描繪，不僅讓人有如觀山水畫之感受，而其中對於景物的調度與安排上，亦讓人感到一股清新而又恬淡的韻味。是以，筆者以爲，晏殊此詞應是作於潁州貶謫時期，詞中「漁父」儼然有其隱逸之意味。作者在閒飲此杯酒的當下，有其對於生命存在的一份感悟之情，在仕與隱的拉扯之下，其淡薄的感傷之情，

〔註32〕 〔宋〕蔡絛：《西清詩話》，收入郭紹虞校輯：《宋詩話輯佚》卷上，（台北：文泉閣出版社，1972 年 4 月，再版），頁 325。筆者案：文中「歷」疑作「曆」；「穎」疑作「潁」。

〔註33〕 晏殊：〈浣溪沙〉，收入唐圭璋編：《全宋詞》（北京：中華書局，1998年 11 月，第 1 版），冊 1，頁 89。

遂也油然於心中昇起。然而，黃文吉在其〈「漁父」在唐宋詞中的意義〉一文中，認爲晏殊此詞中的「漁父」只是布景而已，不具任何意義之說：

> 在詞裏只是布景而已，並不是主角，更不能顯示特別的意
> 義，……都是把他當作景物之一來描寫，晃眼即過，不能
> 帶給我們什麼深刻的印象。〔註34〕

對於黃氏所言，筆者有其不一樣的看法。筆者以爲，就晏殊其生平經歷來看，該闋詞很有可能是創作於貶謫時期，若由此方向來看，晏殊酒詞中的「漁父」應是有其心靈層面的象徵意涵，代表了其對於隱逸生活中一種美好的期盼，而並非只是「布景」晃眼即過而已，相反的是有其對於「隱」心靈層面的掙扎之情存在其中的。

此外，晏殊於〈漁家傲〉一詞中，其所描繪出的閒適情景，亦宛如歸隱山林之士：

> 畫鼓聲中昏又曉。時光只解催人老。求得淺歡風日好。齊
> 揭調。神仙一曲漁家傲。　　綠水悠悠天杳杳。浮生豈得
> 長年少。莫惜醉來開口笑。須信道。人間萬事何時了。
> 〔註35〕

晏殊在此闋酒詞中，雖有其微薄的感傷之情，但詞中所表現出的閒適自得之情，是很符合其文學思想中的佛道思想精神。在上片中作者雖發出了「時光只解催人老」的感傷思緒。然而此感傷之情是來自於其對於生命存在之洞澈的感悟，故其情感的張力並不深沉；在下片的結構中，作者以與上片相同的藝術手法進行創作。然而在下片中，作者對於生命的存在，則進行了更深一層的描述，其於歇拍處「人間萬事何時了」一句，即是作者在洞澈生命人事之後，所發出的自適及

〔註34〕 黃文吉：〈「漁父」在唐宋詞中的意義〉，收入黃文吉：《黃文吉詞學論著》（台北：臺灣學生書局有限公司，2003 年 11 月，初版），頁102。

〔註35〕 晏殊：〈漁家傲〉，收入唐圭璋編：《全宋詞》（北京：中華書局，1998年 11 月，第 1 版），冊 1，頁 99～100。

其省悟之情。而該詞所呈現出的藝術美感，則表現了一種於清淡悠遠中又略帶感傷的美感特質。

第三節　生與死的省思

生與死一直是人之於生命中，所無法避免去思考的課題。在晏殊其特殊的生平經歷中（接連六次喪親、三次貶謫），想必會在其生命中留下了諸多情感的體會。進而使其心靈世界對於死生有了一種異於常人的感悟之情，而這感悟之情映照在晏殊的酒詞作品當中，往往呈現出一種感傷的藝術美感效果。然而，「生」與「死」的過程，似乎是早就注定好的悲劇，張淑香曾於《抒情傳統的省思與探索》中說道：

> 試想人忽焉而生，忽焉而滅，短短一生，虛如夢幻，來去皆身不由主，更莫知其所以然；彷彿迷失於無垠宇宙的旅者，踽踽漂泊於太空的孤影。⋯⋯面對如此蒼茫飄忽的生命，這種無從究詰叩解的苦惱，這種終古的迷懼與悲涼，豈不就是生命最大的苦悶？最深的哀怨？而這就是人類被注定的悲劇性命運，人人所無法豁免。〔註36〕

生與死的生命課題，似乎是從人呱呱墜地時，就已注定要承擔其過程中的喜、怒、哀、樂，又似乎是一早就已注定了人存在於生命中的悲劇。是故，下列筆者將就「生離死別的觸發」以及「生命存在的思索」等兩個面向，對其酒詞作品與晏殊之生平經歷進行觀照，當晏殊在面對此一人生課題時，其心靈世界會呈現出如何的省思感悟之情。

一、生離死別的觸發

晏殊此生所經歷的「死別」相較於常人之下，其所歷經的情感在長久的積累中，已成其個人對於生離死別的一種觸發。在歷經父母、

〔註36〕張淑香：《抒情傳統的省思與探索》（台北：大安出版社，1992 年 3 月，第一版），頁 8。

二位妻子、其弟、與長子之喪時，死亡忽如其來的驟然降臨，必定會帶給晏殊一種倉促而又不知所措的感覺。然而在這接踵而至，失去至親摯愛的巨痛過後，其內心所沉澱下來的情感，也就成了其面對生命中死別的一種觸發。再者，在歷經三次貶謫的過程中，這種與至交好友的「生離」，對其生命也就又成了一種人世聚散無常的觸發，而反映在酒詞作品當中，就常會出現晏殊對於生命中，對於「生離死別」的一種心靈觸發。德國哲學家馬丁·海德格爾（Heidegger, M.，1889～1976）曾於論述生存論中的死亡概念中說道：

> 向死這種可能性存在的最近的近處對現實的東西說來則是要多遠就有多遠。這種可能性越無遮蔽地被領會著，這種領會就越純粹地深入這種可能性中，而這種可能性就是生存之根本不可能的可能性。死亡，作為可能性，不給此在任何「可實現」的東西，不給此在任何在本身作為現實的東西能夠是的東西。死是對任何事情都不可能有所作為的可能性，是每一種生存都不可能的可能性。〔註37〕

海德格爾（Heidegger, M.）所言，即是在說明死亡雖是不可觸摸、無法感知，但又確實、真實、隨時的存在於人的身邊。正因為這種無法觸摸、不可感知的存在每個人的身邊，所以當晏殊在面臨到生離死別時，寫入酒詞之中的作品，往往在離別之中，又隱含了有一種死別的生命感傷。

　　試看，晏殊於〈臨江仙〉一詞中，於送別友人中所引發的生命感傷：

> 資善堂中三十載，舊人多是凋零。與君相見最傷情。一尊如舊，聊且話平生。　　此別要知須強飲，雪殘風細長亭。待君歸覲九重城。帝宸思舊，朝夕奉皇明。〔註38〕

〔註37〕 【德國】馬丁·海德格爾（Heidegger, M.）著；陳嘉映、王慶節合譯；熊偉校；陳嘉映修訂：《存在與時間》修訂譯本，（北京：生活·讀書·新知三聯書店，2009年1月，第3版），頁301。

〔註38〕 晏殊：〈臨江仙〉，收入唐圭璋編：《全宋詞》（北京：中華書局，1998年11月，第1版），冊1，頁107。

該詞當是晏殊晚年於貶謫之所送別友人之作，從詞中亦可窺知二人其交情之深厚，在上片起句「資善堂中三十載」一句中，經由往事遂引發其「舊人多是凋零」對於生命之感傷。在諸多回憶的浮現下，其情感的張力雖看似平淡，實則隱含的是內心裡深沉的感傷；在下片中因送別友人在即，故作者仍持續沉浸於感傷之中。從該詞中不僅可以感知晏殊其對於生命的省思過程中，在面對生離送別時，總會帶有其對於死別之感傷。是以，該詞表現出了一股憂傷淒涼的藝術美感特色。

又如，晏殊於〈浣溪沙〉一詞中，於眼前所觸及之景物，所引發的生命感傷之情：

　　一向年光有限身。等閒離別易銷魂。<u>酒筵歌席莫辭頻</u>。

　　　　滿目山河空念遠，落花風雨更傷春。不如憐取眼前

　　人。〔註39〕

該酒詞在晏殊的描繪中，其情感的表現是由「情」引領著「景」，進而發出其對於離別後的感傷與懷思之情懷。上片起句，藉由時間，興起了詞中人物對於生命中諸多人事的感傷，而令其感傷之因，則是來自於內心裡苦苦念想之人；而在下片起首二句中，作者把上片的感傷之情，帶入景物之中，在「滿目山河空念遠，落花風雨更傷春」的感傷之下，是作者藉由眼前所道之景，對其自身生命存在的省思觀照之情，遂引發其有「不如憐取眼前人」珍惜人事之感悟。是以，該詞瀰漫在一股憂傷淒涼的藝術美感氛圍之中。

二、生命存在的思索

關於生命存在的本質為何？一直是人所極欲探究的人生課題之一，而晏殊在歷經了這諸多人事變故的大風大浪之後，生命的存在，也就成了其心靈世界中極欲思索的重要議題，德國哲學家恩斯特・卡

〔註39〕晏殊：〈浣溪沙〉，收入唐圭璋編：《全宋詞》（北京：中華書局，1998年11月，第1版），冊1，頁90。

西爾（Ernst Cassirer，1874～1945）嘗言：「認識自我乃是哲學探究的最高目標——這看來是眾所公認的。」〔註40〕而這種對於生命存在的省思，常在晏殊的酒詞作品當中，表現出一種感傷的色調。對此，程千帆、吳新雷二人所合著的《兩宋文學史》一書中，就曾說道：

> 優裕的物質生活並不能滿足他渴求著探討人生奧秘的心靈，他心靈的觸角常常是其來無端地伸向人心的深處，……
> 於是一縷輕煙薄霧似的哀愁就上升到了他的筆頭。〔註41〕

上段引文所言極是，很能表現出晏殊其心靈世界中，對於生命存在的一種省思之情。綜觀晏殊諸多題材類型中，從其祝頌詞的創作數量中亦可反映出，其對於生命存在下的一種省思，「生日既然是一個人生命的開端，隨著歲月的增長，每年遭逢此日，不管是自己過生日或為別人祝壽，詞作裏面必蘊含有作者對生命的期許」〔註42〕，而晏殊於這些祝頌詞中，無論是晏殊的自壽之詞，抑或是為其親友所作的祝禱之詞，確實都隱含有作者自身對於生命省思後，一種發自內心的虔誠祝願。對此，黃文吉亦曾於〈北宋倚聲家初祖——晏殊〉一文中說道：

> 即使官場得意，地位崇高，也難免有心靈的空虛寂寞，尤其對生命的恐懼，對人生短暫的慨嘆，這恐怕人之常情，無關富貴與貧賤吧？〔註43〕

黃氏此言是中肯之語，因為人的存在本就是一個孤獨的個體，而心靈的空虛寂寞，又往往會如影隨行的伴隨在自己身旁，「我們既已在無知無識的自然界看到大自然的內在本質就是不斷的追求掙扎，無目

〔註40〕【德國】恩斯特‧卡西爾（Ernst Cassirer）著；甘陽譯：《人論》（上海：上海譯文出版社，2009年1月，第1版），頁3。

〔註41〕程千帆、吳新雷：《兩宋文學史》（上海：上海古籍出版社，1998年1月，第1版），頁104。

〔註42〕黃文吉：〈壽詞與宋人的生命理想〉，收入黃文吉：《黃文吉詞學論著》（台北：臺灣學生書局有限公司，2003年11月，初版），頁72。

〔註43〕黃文吉：〈北宋倚聲家初祖——晏殊〉，收入黃文吉：《北宋十大詞家研究》（台北：文史哲出版社，1996年3月，初版），頁7。

標無休止的追求掙扎,那麼,在我們考察動物和人的時候,這就更明顯地出現在我們眼前了。欲求和掙扎是人的全部本質,完全可以和不能解除的口渴相比擬,但是一切欲求的基地卻是需要,缺陷,也就是痛苦;所以,人從來就是痛苦的,由於他的本質就是落在痛苦的手心裡的」〔註44〕。在人的生命中本就存在著諸多的欲求與掙扎,而詩人之情感又異常的敏銳,是以詩人在賦入詩篇的過程中,就誠如羅倩儀所言:

> 作者的思想感情和生活周遭、外在事物等有著密不可分的
> 關係,因接收到外在事物之刺激萌發,而將情緒、感情,
> 甚至思想融入至詩歌中。使創作者內心受到觸動感發的外
> 在事物,包括自然景物、生活狀態及作者所歷所聞。〔註45〕

在上段引文中,羅氏之見解,是誠有見地的。在人的生命存在過程中,往往會因「外在因素」與「內在因素」,兩者於內心中相互劇烈激盪,進而產生了自身對於生命之存在價值上,諸多的感悟與省思之情,而詩人賦入詩篇中表現出的往往是這份心靈淨化昇華後的哲思。

試看,晏殊於〈浣溪沙〉一詞中,因時序之遷換所引發其對於生命的省思之情:

> 一曲新詞<u>酒一盃</u>。去年天氣舊亭臺。夕陽西下幾時迴。
> 　　無可奈何花落去,似曾相識燕歸來。小園香徑獨徘
> 徊。〔註46〕

晏殊此闋酒詞,雖看似是「閒情傷時」之作,但其中是有作者對於生命之存在的省思之情存在其中的,故不宜只當閒情傷時之作而等閒視

〔註44〕 【德國】叔本華(Arthur Schopenhauer)著;石沖白譯;楊一之校:《作爲意志和表象的世界》(北京:商務印書館,1997年2月,第1版),頁427。

〔註45〕 羅倩儀:《馮延巳詞研究》(台北:中國文化大學中國文學研究所碩士論文,2009年6月),頁111。

〔註46〕 晏殊:〈浣溪沙〉,收入唐圭璋編:《全宋詞》(北京:中華書局,1998年11月,第1版),冊1,頁89。

之。上片起句，在看似悠閒的當下，其中已暗伏作者對於生命存在的思索之情。在新詞書成，聊酒一杯的當下，作者在面對眼前的景物時，其內心中對於自然界的景物，興起了其生命人事與自然景物的共通之情感；是以，作者在下片中的起首二句「無可奈何花落去，似曾相識燕歸來」裡，其描寫的不僅僅只是自然景物的規律而已，其中更包含了作者其對於生命中的省思之情。而作者於歇拍處的「徘徊」，絕非是漫無思緒的徘徊，其所徘徊的當下，其所徘徊的每一步，都是作者對於生命中的一種沉思與情感的沉澱。是以，該詞在閒淡幽雅的藝術美感中，富含了作者對其生命存在中的哲思意味。

　　又如，晏殊於〈踏莎行〉一詞中，在自然景物與其內心共通之後，對於自然生命的存在所發出的恬淡感傷：

　　　　小徑紅稀，芳郊綠徧。高臺樹色陰陰見。春風不解禁楊花，濛濛亂撲行人面。　　翠葉藏鶯，朱簾隔燕。爐香靜逐遊絲轉。一場愁夢酒醒時，斜陽卻照深深院。〔註47〕

在該酒詞的上片起首二句中，作者藉由春天的景物著手刻劃，寫來讓人感到一股恬淡而又清新的韻味。加上在結尾二句，作者以其饒富趣味的自身情感，觀照了景物之情感。是以，在「人」、「景」情感的共通交流中，顯現出了作者對於自然生命中的省思情味；下片起句，作者還是用其敏銳的觸角，觀照著自然界中景物的動態，原本恬淡清新的感傷情感，經由空間視角的轉換「外→內」，作者的感傷思緒因空間之故，遂增添了其情感上的張力，在「愁夢酒醒」之後，其所面對的自然景觀，「斜陽」夕照成了其觀照自身生命存在的一種自我思索之心景。是以，該詞於恬淡清新之中又挾帶著薄薄的感傷美感特質。

　　再看，晏殊於〈謁金門〉一詞中，其對於生命的省思及其感傷之情：

〔註47〕晏殊：〈踏莎行〉，收入唐圭璋編：《全宋詞》（北京：中華書局，1998年11月，第1版），冊1，頁99。

秋露墜。滴盡楚蘭紅淚。往事舊歡何限意。思量如夢寐。

人貌老于前歲。風月宛然無異。座有嘉賓<u>尊</u>有桂。莫
辭終夕<u>醉</u>。〔註48〕

此闋酒詞上片詞中人物因秋天之景緻，而興起了內心的感傷思緒，前
塵往事瞬時一一浮現眼前，然而在其仔細「思量」下，發現人生就宛
如浮生一夢般，「夢寐」後終有復醒之時；而下片在上片所營造的感
傷氛圍裡，持續的對於生命之存在進行思考，而有萬物依舊，人事瞬
遷之生命的感傷。是以，在其有限之身中，發出了珍惜當下之感悟。
而晏殊於下片歇拍處的「醉」字，就誠如劉若愚（1926～1986）於
《中國詩學》中所說道：

中國詩時常言及飲酒和達到「醉」……。這個字並不含有
強烈的感官享樂的意思，也不像許多歐洲的飲酒歌那樣，
暗示歡樂和高興。……而是指一個人精神上脫離日常關心
的事的狀態。〔註49〕

劉氏對於「醉」字的闡述，很能表現出晏殊於酒詞中的「醉」，而「醉」
往往只是一層透明的外衣，其中所包含的則是詩人其對於生命存在
更進一層的思索。是以，通過「作品中所描繪的感覺與具體事物而表
現出來的，就是潛藏在它裏面的作家的個性、生命、心靈、思想、情
調與感情」〔註50〕，而在晏殊酒詞中所描繪表現出的情景，正反映在
其酒詞作品當中，對於生命存在的省思中，一種發自心靈世界饒富意
韻及其生命內涵的感傷思緒。是以，晏殊於酒詞作品中其感傷的思
緒之情，就猶如德國哲學思想家尼采（Friedrich W. Nietzsche，1844
～1900）在其《悲劇的誕生》一書中所提及的：

面對夢幻世界而獲得心靈恬靜的精神狀態，這夢幻世界乃

〔註48〕　晏殊：〈謁金門〉，收入唐圭璋編：《全宋詞》（北京：中華書局，1998
年 11 月，第 1 版），冊 1，頁 87。

〔註49〕　【美國】劉若愚著；杜國清譯：《中國詩學》（台北：幼獅文化事業
公司，1979 年 1 月，再版），頁 98～99。

〔註50〕　【日本】厨川白村著；林文瑞譯：《苦悶的象徵》（台北：志文出版
社，1999 年 8 月，再版），頁 37。

是專爲擺脫變化不定的生存而設計出來的美麗形像的世
界。〔註51〕

晏殊在現實中的夢幻世界裡，投影了其自身的生命情感於酒詞作品當
中，是以其所呈現的心靈世界，就猶如尼采（Friedrich W. Nietzsche）
所言，它（夢幻世界）不僅是作者心靈上、精神上的一種美麗新世
界，它也轉化了作者於其內心世界裡的種種想望與省思，而在這現實
與夢幻世界中，晏殊逐步地將其心靈深處對於生命存在的感悟構築於
酒詞之中。

〔註51〕　【德國】弗里德里希・威廉・尼采（Friedrich W. Nietzsche）：《悲劇
的誕生》，引自朱光潛：《悲劇心理學》（台北：駱駝出版社，1993 年
11 月，二版），頁 146～147。此段引文，乃作者據尼采原文直接翻
譯引於書中。

第九章 結 論

　　本書在章節架構上的安排，設計為在上編的章節裡，從「外緣研究」的面向，探討晏殊之生平暨其所處之時代背景；在下編的章節裡，則是以「內緣研究」的視角，對其 87 闋酒詞作品的「形式結構」、「內容題材」、「藝術手法」，逐一地進行探討。而在最後的章節「晏殊酒詞下的心靈觀照」，則是筆者針對上編中有關晏殊之生平、時代背景中的研究心得，與下編針對酒詞作品於各章節中的研究心得，作一全面性的整合，這是整合了「外緣」與「內緣」研究，所作的最後探討。然綜觀本書撰寫的中心主旨則有下列三端：

　　其一是從晏殊之生平經歷、性格才學、交游狀況，以及其文學的創作觀，分別作一全面性的探討。再者，就是針對晏殊其所處的時代背景中，是否合乎後世諸多研究學者口中所稱謂的「太平宰相」？對此，筆者就從宋代政治環境著手，先進行釐清之工作，再進而深入的探討，以求還原晏殊所處於宋代政治環境中的真實景況。

　　其二是經由晏殊的 87 闋酒詞作品，分別逐次漸進的進行探討，首先，筆者先從酒詞的「形式結構」進行分析，探究其酒詞作品中的擇調狀況，與其喜用的韻部，進行歸納統計，進而分析其酒詞作品中所表現出的聲情美感。其次，是從酒詞的「內容題材」進行探討，將其酒詞作品，進行各類題材類型的劃分。最後，經由晏殊酒詞作品中

「藝術手法」的探討，分別以不同的美學視角，對其酒詞作品進行探析，晏殊於酒詞中所呈現出的藝術美感及其創作手法。

其三則是經由上編「離心式」（外緣）的研究，對晏殊之生平暨其時代背景的研究心得，與下編「向心式」（內緣）的研究，針對晏殊酒詞作品的研究心得，二者相互觀照、相互整合下，以便探究出晏殊於酒詞作品中，其潛藏於內心中的心靈世界。在上述二種研究方法的相互觀照之下，不僅可以探究出晏殊其酒詞創作的心靈背景因素，亦可從中探析出晏殊酒詞於其心靈世界中所隱含的生命意韻及其內涵。

經由上述三端逐步有次地的研究，即是爲求能整全的探究，晏殊於其酒詞作品中所展現出的藝術美感，與其潛藏於心靈底層下的生命意韻及其內涵。以下筆者將就各章節的研究心得，進行複述以爲本書作最後的研究總結。

首先，筆者所探討的是：「第二章　酒與文人暨詩歌之概述」，這是擬從以一個宏觀的角度，從「酒之源起」進而在與古典詩歌相互連結的過程，進行一個大方向的釐清工作。從中不僅可以得知酒之於社會文化中，有其實用的功用性，而文人之所以喜以酒入詩篇，除了有其社會文化層面的因素外。再者，就是「酒」本身有其精神性的紓解作用，這對於增進文人創作的靈感是有其功用的。而酒入詩篇後，作品本身所呈現出的藝術美感效果，則確實有爲其增色與增加詩韻之作用，是以詩人往往以酒傾注於自己的作品當中。

其次，筆者所探討的是：「第三章　晏殊時代背景暨生平事略」，經由此章節的研究可以清楚的釐清，晏殊詞作中以酒入詞的作品，之所以會有如此驚人的數目，主要乃是其時代背景因素的催促，加上自古文人莫不好飲的習故，是以促成其酒詞作品的創作數量。再者，就其政治社會上的角度探討後，可以得知晏殊並非人人口中所稱羨的「太平宰相」，他亦曾身受三次貶謫，在外流放達十六年之久的經歷，就連最後的晚年亦是貶謫在外，因疾之故，才又重回京師，然而隔年

卻也因疾，病故於京師。此外，大宋王朝內弊叢生，其太平的景況亦
只是掩人耳目之假象，邊境外患隨時有叩關之危機，在如此內外交困
的政治環境下，實不宜稱晏殊為「太平宰相」。

　　其三，筆者所探討的是：「第四章　晏殊之交游暨文學觀」，此章
節是延續前一章節，對於晏殊之生平經歷在作一深入的研究，從其所
交游的友人中，亦可反觀晏殊之人格品性與才學，而在其所結交的友
人中，大抵可分為二種性格：其一是剛正不阿之性格，這與晏殊本身
的性格是相貼合的；其二是幽默風趣之性格，從中亦可窺視出晏殊其
潛在的性格。再者，經由晏殊之詩、文之作與古籍文獻所載，逐次爬
梳出晏殊其文學創作觀中的成因與其美學觀。

　　其四，筆者所探討的是：「第五章　晏殊酒詞之形式結構」，本章
節筆者是以科學統計的研究方式，針對晏殊 87 闋酒詞作品，逐一分
析，進而製表將其統計化成數據資料，再就分析統計中的數據資料，
進行歸納、比較分析，探討出晏殊酒詞作品中，其聲情的展現常帶有
一種於「豪放之中又帶有富貴雍容的婉約風格」之特色。

　　其五，筆者所探討的是：「第六章　晏殊酒詞之內容題材」，本章
節是從晏殊的酒詞作品中，對其內容題材進行分析歸類，進而再對其
酒詞作品進行探討。「離別戀情」之詞，一直是古典詩歌創作中最主
要的題材類型，在晏殊的酒詞作品中，其所呈現的情感張力與厚度，
則分別呈現出兩種不同的情感表現方式。在明顯的區分下，即是「強
烈」（此情感是劇烈而沉重的）與「薄弱」（此情感雖薄弱卻深致而縣
遠）。此外，在「詠物詠人」之題材中，晏殊皆能以其巧妙的手筆，
對其進行刻劃描繪使其生動如畫。另外，關於晏殊在「祝頌詞」這一
類型題材的作品中，一直是遭受到後世研究學者的非議與批判。筆者
小不諱言，晏殊在此類作品當中，亦是有其平淡無味之作，但這畢竟
是少數，絕大多數的作品皆能讓人感受到，晏殊其內心一種發自天然
而又真摯的祝願之情。再者，晏殊對於壽詞此類作品的描寫皆能跳脫
窠臼，呈現出一種清新而又發自內心虔誠祈願的思致韻味。

其六，筆者所探討的是：「第七章　晏殊酒詞之藝術手法」，在本章節中筆者經由晏殊酒詞作品，對其酒意象的營造與酒詞中的時空佈局、情景的安排等藝術手法分別進行探討，從中不僅可以得知晏殊於酒詞創作中，擅用的藝術表現手法，亦可進而從中感受晏殊於其酒詞作品當中，所展現出的藝術美感效果，若從其於酒詞作品中，所表現出的藝術美感與創作手法，與其呈現出的風格特色來看，晏殊之所以被後世人譽之爲「北宋倚聲家之初祖」，此稱謂確實當之無愧。

其七，筆者所探討的是：「第八章　晏殊酒詞下的心靈觀照」，本章節即是整合在上述各章節中的研究心得，經由晏殊的生平經歷及其時代背景，與酒詞作品之內容進行相互觀照之下，從中探得晏殊於酒詞作品當中，潛藏於其心靈世界中，三種對於生命存在的面向。首先探討的即是其對於「情與愛的想望之情」，在這個心靈層面的探討中，晏殊不僅在其生平經歷、潛在性格與時代背景等因素的牽引之下，使其對於情與愛生起了一份想望之情，然而在外顯性格的壓抑下，他始終保持著一份理性的操持，但在其酒詞作品中亦可窺知其潛在性格中，內心那份對於情與愛的深情與痴情；其次探討的是關於晏殊心靈世界中對於「仕與隱的掙扎之情」，而這份仕隱之間的矛盾掙扎情結，筆者歸因於其生平經歷、學際天人（儒融佛道的思想）與政治環境之故，因爲儒家思想使其對於自身與國家社會，於其內心便有了一份使命與責任之情，然而因爲佛道思想的牽引之下，又使其心靈世界生起了一份隱逸的念想，在這兩者的拉扯之下，內心掙扎之情遂油然而生；其三筆者則探討晏殊在其心靈世界中對於「生與死的省思之情」，由於晏殊其特殊的生平經歷，使其對於生命之存在產生了特殊的感傷之情，然而這份特殊的思緒在其圓融的觀照之下，遂形成了一種對於生命的感悟之情。在上述所探討的這些因素，分別融匯於晏殊的心靈世界當中，是以在其生命中，生起了一種人之於生命存在的感傷思緒，而這份潛藏的心靈感傷之情，在其酒詞作品當

中，則促使其作品的藝術美感特質，有著一層恬淡悠遠而又情意深致
之韻味。

　　經由各個章節的探討，可以得知晏殊之所以創作了如此多的酒
詞作品，不僅是「酒」本身就具有其精神層面的抒發作用。再者，就
晏殊其本身所處的時代背景環境中，又確實有促進其酒詞創作之因
素。此外，其親人相繼故世的經歷，無疑地又會在其心靈情感的層面
上受到沉重的打擊。另外，晏殊於宋眞宗朝的平步青雲之態，與其於
宋仁宗朝所遭受三次貶謫的反差，想必亦是會在其心中生起了，「仕」
與「隱」之間的矛盾省思與掙扎之情結。在上述種種因素之下，無疑
地都助長了，晏殊其酒詞作品的創作數量，與其酒詞作品中所表現出
的藝術美感。

　　筆者於此借用昭明太子蕭統於〈陶淵明集序〉中所言作爲最後
總結。筆者以爲，「有疑晏同叔詞（陶淵明詩），篇篇有酒，吾觀其意
不在酒，亦寄酒爲跡焉」。晏殊 87 闋酒詞「吾觀其意不在酒，亦寄酒
爲跡焉」，正是本書探討晏殊酒詞的中心主旨，故以此作爲本書之總
結。客觀的就晏殊之生平經歷，與其酒詞作品中的內容，進行分析探
討之後，確實可以讓人感受出晏殊於其酒詞作品中，有其對於生命存
在一種感悟的思致，這也是其一直潛藏於心靈層面中，對於生命存在
意義上的一種意韻及其生命之內涵。

引用文獻

一、專書

（一）晏殊相關研究專著

1. 《二晏及其詞》，宛敏灝，上海：商務印書館，1935 年 10 月，再版。

2. 《全宋詞補輯》，孔凡禮補輯，台北：源流文化事業有限公司，1982 年 12 月，初版。

3. 《全宋文》，四川大學古籍整理研究所編，四川：巴蜀書社，1990 年 8 月，第 1 版。

4. 《全宋詞》，唐圭璋編，北京：中華書局，1998 年 11 月，第 1 版。

5. 《全宋詩》，北京大學古文獻研究所編，北京：北京大學出版社，1998 年 12 月，第 2 版。

6. 《晏殊　晏幾道詞選》，陳永正選注，台北：遠流出版事業股份有限公司，2000 年 6 月，臺灣二版。

7. 《晏殊詞新釋輯譯》，劉揚忠編著，北京：中國書店，2003 年 1 月，第 1 版。

8. 《二晏詞箋注》，〔宋〕晏殊、晏幾道著；張草紉箋注，上海：上海古籍出版社，2008 年 12 月，第 1 版。

9. 《宋詞互見考》，唐圭璋，收入唐圭璋：《宋詞四考》，南京：江蘇文藝出版社，2009 年 2 月，第 1 版。

10. 《唐宋名人年譜》，夏承燾，收入夏承燾：《夏承燾集》，杭州：浙江古籍出版社、浙江教育出版社，該書未註明出版年月與版次。

（二）古籍專著

1. 《春秋左傳正義》，〔先秦〕左丘明傳；〔晉〕杜預注；〔唐〕孔穎達疏；浦衛忠等整理，收入李學勤主編：《十三經注疏》整理本，台北：臺灣古籍出版有限公司，2001 年 10 月，初版。

2. 《孟子集注》，〔先秦〕孟子著；〔宋〕朱熹注，收入〔宋〕朱熹：《四書章句集註》，台北：鵝湖出版社，2000 年 9 月，五版。

3. 《神異經》，〔西漢〕東方朔，收入湯約生校閱：《百子全書》，台北：古今文化出版社，1963 年 9 月，臺初版。

4. 《戰國策》，〔西漢〕劉向輯錄；〔東漢〕高誘注，台北：藝文印書館，1969 年 10 月，再版。

5. 《尚書正義》，〔西漢〕孔安國傳；〔唐〕孔穎達疏；廖名春、陳明整理，收入李學勤主編：《十三經注疏》整理本，台北：臺灣古籍出版有限公司，2001 年 9 月，初版。

6. 《毛詩正義》，〔西漢〕毛亨傳；〔漢〕鄭玄箋；〔唐〕孔穎達疏；龔抗雲等整理，收入李學勤主編：《十三經注疏》整理本，台北：臺灣古籍出版有限公司，2001 年 10 月，初版。

7. 《漢書》，〔東漢〕班固撰；〔唐〕顏師古注，北京：中華書局，1975 年 1 月，第 1 版。

8. 《世本》，〔東漢〕宋衷注；〔清〕張澍輯並補注，收入《續修四庫全書》編纂委員會編：《續修四庫全書》，上海：上海古籍出版社，1985 年 3 月，第 1 版，據清道光元年張氏二酉堂刻西堂叢書本影印。

9. 《禮記正義》，〔東漢〕鄭玄注；〔唐〕孔穎達疏；龔抗雲整理，收入李學勤主編：《十三經注疏》整理本，台北：臺灣古籍出版有限公司，2001 年 10 月，初版。

10. 《新添古音說文解字注》，〔東漢〕許慎撰；〔清〕段玉裁注，台北：洪葉文化事業股份有限公司，2001 年 10 月，增修一版。

11. 《阮籍集校注》，〔三國魏〕阮籍著；陳伯君校注，北京：中華書局，2006 年 3 月，第 1 版。

12. 《周易正義》，〔魏〕王弼注；〔唐〕孔穎達疏；盧光明、李申整理，收入李學勤主編：《十三經注疏》整理本，台北：臺灣古籍出版有限公司，2001 年 9 月，初版。

13. 《周易略例》，〔魏〕王弼著；〔唐〕邢璹注，收入〔魏〕王弼注；〔晉〕韓康伯注：《周易王韓注》，台北：明文書局股份有限公司，2002 年 8 月，初版。

14. 《酒誥》,〔晉〕江統,收入〔清〕陳夢雷編:《古今圖書集成》,台北:鼎文書局,1977 年 4 月,初版。

15. 《文賦》,〔晉〕陸機著;張少康集釋,北京:人民文學出版社,2005年 12 月,第 1 版。

16. 《陶淵明集》,〔晉〕陶淵明著;逯欽立校注,北京:中華書局,2008年 5 月,第 1 版。

17. 《世說新語校箋》,〔南朝宋〕劉義慶撰;〔南朝梁〕劉孝標注;楊勇校箋,北京:中華書局,2006 年 6 月,第 1 版。

18. 《後漢書》,〔南朝梁〕范曄撰;〔唐〕李賢等注,北京:中華書局,1973 年 8 月,第 1 版。

19. 《文心雕龍注》,〔南朝梁〕劉勰著;范文瀾注,北京:人民文學出版社,2008 年 4 月,第 1 版。

20. 《詩品箋注》,〔南朝梁〕鍾嶸著;曹旭箋注,北京:人民文學出版社,2009 年 12 月,第 1 版。

21. 《北堂書鈔》,〔唐〕虞世南撰;〔明〕陳與謨補注,收入〔清〕永瑢、紀昀等纂修:《景印文淵閣四庫全書》,台北:臺灣商務印書館股份有限公司,1986 年 3 月,初版。

22. 《晉書》,〔唐〕房玄齡等撰,北京:中華書局,1987 年 1 月,第 1版。

23. 《李賀詩注》,〔唐〕李賀撰;〔明〕曾益等注,台北:世界書局,1996 年 7 月,初版。

24. 《花間集》,〔後蜀〕趙崇祚輯;蕭繼宗評點校注,台北:臺灣學生書局,1986 年 8 月,三版。

25. 《西清詩話》,〔宋〕蔡絛,收入郭紹虞校輯:《宋詩話輯佚》,台北:文泉閣出版社,1972 年 4 月,再版。

26. 《酒譜》,〔宋〕竇革,收入〔清〕陳夢雷編:《古今圖書集成》,台北:鼎文書局,1977 年 4 月,初版。

27. 《酒經》,〔宋〕朱翼中,收入〔清〕陳夢雷編:《古今圖書集成》,台北:鼎文書局,1977 年 4 月,初版。

28. 《能改齋漫錄》,〔宋〕吳曾,台北:木鐸出版社,1982 年 5 月,初版。

29. 《續資治通鑑長編》,〔宋〕李燾,收入〔清〕永瑢、紀昀等纂修:《景印文淵閣四庫全書》,台北:臺灣商務印書館股份有限公司,1986 年 3 月,初版。

30. 《徂徠集》,〔宋〕石介,收入〔清〕永瑢、紀昀等纂修:《景印文

淵閣四庫全書》，台北：臺灣商務印書館股份有限公司，1986 年 3
月，初版。

31. 《楚辭集注》，〔宋〕朱熹，台北：文津出版社，1987 年 10 月，初
版。

32. 《歐陽修全集》，〔宋〕歐陽永叔，北京：中國書店，1994 年 12 月，
第 1 版，據世界書局 1936 年版影印。

33. 《蘇軾文集》，〔宋〕蘇軾撰；〔明〕茅維編；孔凡禮點校，北京：
中華書局，1999 年 7 月，第 1 版。

34. 《東軒筆錄》，〔宋〕魏泰撰；穆公校點，收入上海古籍出版社編：
《宋元筆記小說大觀》，上海：上海古籍出版社，2001 年 12 月，
第 1 版。

35. 《青箱雜記》，〔宋〕吳處厚撰；尚成校點，收入上海古籍出版社編：
《宋元筆記小說大觀》，上海：上海古籍出版社，2001 年 12 月，
第 1 版。

36. 《曲洧舊聞》，〔宋〕朱弁；王根林校點，收入上海古籍出版社編：
《宋元筆記小說大觀》，上海：上海古籍出版社，2001 年 12 月，
第 1 版。

37. 《揮麈錄》，〔宋〕王明清撰；穆公校點，收入上海古籍出版社編：
《宋元筆記小說大觀》，上海：上海古籍出版社，2001 年 12 月，
第 1 版。

38. 《江鄰幾雜志》，〔宋〕江休復撰；孔一校點，收入上海古籍出版社
編：《宋元筆記小說大觀》，上海：上海古籍出版社，2001 年 12 月，
第 1 版。

39. 《道山清話》，〔宋〕佚名；孔一校點，收入上海古籍出版社編：《宋
元筆記小說大觀》，上海：上海古籍出版社，2001 年 12 月，第 1
版。

40. 《避暑錄話》，〔宋〕葉夢得撰；徐時儀校點，收入上海古籍出版社
編：《宋元筆記小說大觀》，上海：上海古籍出版社，2001 年 12 月，
第 1 版。

41. 《石林燕語》，〔宋〕葉夢得撰；〔宋〕余文紹奕考異；穆公校點，
收入上海古籍出版社編：《宋元筆記小說大觀》，上海：上海古籍
出版社，2001 年 12 月，第 1 版。

42. 《涑水紀聞》，〔宋〕司馬光撰；王根林校點，收入上海古籍出版社
編：《宋元筆記小說大觀》，上海：上海古籍出版社，2001 年 12 月，
第 1 版。

43. 《畫墁錄》，〔宋〕張舜民撰；丁如明校點，收入上海古籍出版社編：《宋元筆記小說大觀》，上海：上海古籍出版社，2001 年 12 月，第 1 版。

44. 《邵氏聞見後錄》，〔宋〕邵博撰；王根林校點，收入上海古籍出版社編：《宋元筆記小說大觀》，上海：上海古籍出版社，2001 年 12 月，第 1 版。

45. 《老學庵筆記》，〔宋〕陸游撰；高克勤校點，收入上海古籍出版社編：《宋元筆記小說大觀》，上海：上海古籍出版社，2001 年 12 月，第 1 版。

46. 《孔氏談苑》，〔宋〕孔平仲撰；王根林校點，收入上海古籍出版社編：《宋元筆記小說大觀》，上海：上海古籍出版社，2001 年 12 月，第 1 版。

47. 《歸田錄》，〔宋〕歐陽修撰；韓谷校點，收入上海古籍出版社編：《宋元筆記小說大觀》，上海：上海古籍出版社，2001 年 12 月，第 1 版。

48. 《李清照集箋注》，〔宋〕李清照著；徐培均箋注，上海：上海古籍出版社，2002 年 4 月，第 1 版。

49. 《補錄：東坡志林》，〔宋〕蘇軾撰；孔凡禮整理，收入朱易安、傅璇琮等主編：《全宋筆記》，鄭州：大象出版社，2003 年 10 月，第 1 版。

50. 《龍川別志》，〔宋〕蘇轍撰；孔凡禮整理，收入朱易安、傅璇琮等主編：《全宋筆記》，鄭州：大象出版社，2003 年 10 月，第 1 版。

51. 《宋景文筆記》，〔宋〕宋祁撰；儲玲玲整理，收入朱易安、傅璇琮等主編：《全宋筆記》，鄭州：大象出版社，2003 年 10 月，第 1 版。

52. 《曾鞏集》，〔宋〕曾鞏撰；陳杏珍、晁繼周點校，北京：中華書局，2004 年 11 月，第 1 版。

53. 《詞源》，〔宋〕張炎，收入唐圭璋編：《詞話叢編》附索引，北京：中華書局，2005 年 10 月，第 2 版。

54. 《樂府指迷》，〔宋〕沈義父，收入唐圭璋編：《詞話叢編》附索引，北京：中華書局，2005 年 10 月，第 2 版。

55. 《夢溪筆談》，〔宋〕沈括撰；胡靜宜整理，收入朱易安、傅璇琮等主編：《全宋筆記》，鄭州：大象出版社，2006 年 1 月，第 1 版。

56. 《石林詩話》，〔宋〕葉夢得，收入〔清〕何文煥輯：《歷代詩話》，北京：中華書局，2006 年 6 月，第 2 版。

57. 《東京夢華錄箋注》，〔宋〕孟元老撰；伊永文箋注，北京：中華書

局，2006 年 8 月，第 1 版。

58. 《五朝名臣言行錄》，〔宋〕朱熹，收入北京圖書館出版社影印室輯：
《宋代傳記資料叢刊》，北京：北京圖書館出版社，2006 年 10 月，
第 1 版，據民國商務印書館《四部叢刊》景印本。

59. 《事物紀原》，〔宋〕高承，收入嚴一萍選輯：《百部叢書集成——
惜陰軒叢書第八函》，台北：藝文印書館，該叢書未註明出版年月
與版次，據清道光李錫齡輯刊惜陰軒叢書本影印。

60. 《宋史》，〔元〕脫脫等撰，北京：中華書局，1977 年 11 月，第 1
版。

61. 《瀛奎律髓》，〔元〕方回編，收入〔清〕永瑢、紀昀等纂修：《景
印文淵閣四庫全書》，台北：臺灣商務印書館股份有限公司，1986
年 3 月，初版。

62. 《漢魏六朝百三名家集》，〔明〕張溥輯，台北：文津出版社，1979
年 8 月，初版。

63. 《酒史》，〔明〕馮化時，收入嚴一萍選輯：《百部叢書集成——
寶顏堂秘笈叢書第二十二函》，台北：藝文印書館，該叢書未註
明出版年月與版次，據明萬曆繡水沈氏尚白齋刻寶顏堂秘笈本影
印。

64. 《紫桃軒雜綴》，〔明〕李日華著；沈亞公校訂，上海：中央書店，
1935 年 12 月，初版。

65. 《觴政》，〔明〕袁宏道，收入《百部叢書集成——寶顏堂秘笈第七
函》，台北：藝文印書館，該叢書未註明出版年月與版次，據明萬
曆繡水沈氏尚白齋刻寶顏堂秘笈本影印。

66. 《貞一齋詩說》，〔清〕李重華，收入丁仲祜訂：《清詩話》，北京，
中華書局，1963 年，第 1 版。

67. 《圍爐詩話》，〔清〕吳喬，收入郭紹虞編選；富壽蓀校點：《清詩
話續編》，上海：上海古籍出版社，1983 年 12 月，第 1 版。

68. 《臨川縣志》，〔清〕胡亦堂等修、謝元鍾等纂，台北：成文出版社
有限公司，1989 年 3 月，臺一版，據清康熙十九年刊本影印。

69. 《江西通志》，〔清〕謝旻等修、陶成等纂，台北：成文出版社有限
公司，1989 年 3 月，臺一版，據清雍正十年刊本影印。

70. 《歷代賦彙》，〔清〕陳元龍輯，北京：北京圖書館出版社，1999
年 11 月，第 1 版，據清康熙 45 年刻本影印。

71. 《武英殿本四庫全書提要》，〔清〕永瑢、紀昀等撰，台北：臺灣商
務印書館股份有限公司，2001 年 2 月，初版。

72. 《莊子集解》，〔清〕王先謙，台北：世界書局，2001 年 11 月，二版。

73. 《廿二史劄記校證》訂補本，〔清〕趙翼著；王樹民校證，北京：中華書局，2001 年 11 月，第 1 版。

74. 《清稗類鈔》，〔清〕徐珂，北京：中華書局，2003 年 8 月，第 1 版。

75. 《昭昧詹言》，〔清〕方東樹，台北：漢京文化事業有限公司，2004 年 1 月，初版。

76. 《范仲淹全集》，〔清〕范能濬編集；薛正興校點，南京：鳳凰出版社，2004 年 11 月，第 1 版。

77. 《新校本幽夢影》，〔清〕張心齋著；王名稱校，台北：頂淵文化事業有限公司，2005 年 2 月，初版。

78. 《古今詞論》，〔清〕王又華，收入唐圭璋編：《詞話叢編》附索引，北京：中華書局，2005 年 10 月，第 2 版。

79. 《西圃詞說》，〔清〕田同之，收入唐圭璋編：《詞話叢編》附索引，北京：中華書局，2005 年 10 月，第 2 版。

80. 《宋四家詞選目錄序論》，〔清〕周濟，收入唐圭璋編：《詞話叢編》附索引，北京：中華書局，2005 年 10 月，第 2 版。

81. 《蕙風詞話》，〔清〕況周頤，收入唐圭璋編：《詞話叢編》附索引，北京：中華書局，2005 年 10 月，第 2 版。

82. 《詞概》，〔清〕劉熙載，收入唐圭璋編：《詞話叢編》附索引，北京：中華書局，2005 年 10 月，第 2 版。

83. 《窺詞管見》，〔清〕李漁，收入唐圭璋編：《詞話叢編》附索引，北京：中華書局，2005 年 10 月，第 2 版。

84. 《樂府餘論》，〔清〕宋翔鳳，收入唐圭璋編：《詞話叢編》附索引，北京：中華書局，2005 年 10 月，第 2 版。

85. 《薑齋詩話》，〔清〕王夫之著；舒蕪校點，收入郭紹虞主編：《四溟詩話　薑齋詩話》合訂本，北京：人民文學出版社，2005 年 12 月，第 1 版。

86. 《宋論》，〔清〕王夫之；舒士彥點校，北京：中華書局，2008 年 11 月，第 1 版。

87. 《古詩評選》，〔清〕王夫之評選；張國星點校，保定：河北大學出版社，2008 年 11 月，第 1 版。

88. 《詞律》附索引，〔清〕萬樹，上海：上海古籍出版社，2009 年 4 月，第 1 版，據清光緒二年本影印。

89. 《茗香詩論》,〔清〕宋大樽,收入嚴一萍選輯:《百部叢書集成——知不足齋叢書第二十函》,台北:藝文印書館,該叢書未註明出版年月與版次,據清乾隆鮑廷博校刊知不足齋叢書本影印。

(三)今人專著

1. 《作詞法入門》,夏承燾,台北:啓明書局,1958 年 12 月,初版。

2. 《宋代政教史》,劉伯驥,台北:臺灣中華書局,1971 年 12 月,初版。

3. 《宋代興亡史》,吳孟倫,台北:臺灣商務印書館股份有限公司,1972 年 4 月,臺二版。

4. 《中國通史》,史仲序,台北:華岡出版部,1973 年 8 月,初版。

5. 《中國史稿》,郭沫若,北京:人民出版社,1976 年 7 月,第 1 版。

6. 《中國詩學縱橫論》,黃維樑,台北:洪範書局有限公司,1977 年 12 月,初版。

7. 《文學與音律》,謝雲飛,台北:東大圖書有限公司,1978 年 11 月,初版。

8. 《宋詞散論》,詹安泰,廣東:廣東人民出版社,1980 年 11 月,第 1 版。

9. 《掌上雨》,余光中,台北:時報文化出版事業有限公司,1981 年 1 月,再版。

10. 《詞律探原》,張夢機,台北:文史哲出版社,1981 年 11 月,初版。

11. 《宋詞通論》,薛礪若,台北:臺灣開明書店書店,1982 年 4 月,臺八版。

12. 《詩與美》,黃永武,台北:洪範書店有限公司,1984 年 12 月,初版。

13. 《唐宋詞的風格學》,該書未註明作者,台北:木鐸出版社,1987 年 6 月,初版。該書據唐圭璋所寫的序文中,可以得知,此書爲大陸學者「楊海明」的著作。

14. 《中國古代文藝學範疇》,曾祖蔭,台北:文津出版社,1987 年 8 月,初版。

15. 《中國詞學的現代觀》,葉嘉瑩,台北:大安出版社,1988 年 12 月,初版。

16. 《中國通史》,中國文化大學中國通史編輯委員會編著,台北:中國文化大學出版部,1988 年 12 月,第三次修訂一版。

17. 《詩歌美學》，謝文利，北京：中國青年出版社，1989 年 10 月，第 1 版。

18. 《宋詞研究》，胡雲翼，台南：大行出版社，1990 年 6 月，初版。

19. 《歌鼓湘靈——楚詩詞藝術欣賞》，李元洛，台北：東大圖書股份有限公司，1990 年 8 月，初版。

20. 《美讀與朗誦》，邱燮友，台北：幼獅文化事業公司，1991 年 8 月，初版。

21. 《詞選》，鄭騫，台北：中國文化大學出版部，1991 年 10 月，新一版。

22. 《王碧山詞之藝術研究》，黃瑞枝，高雄：復文圖書出版社，1991 年 10 月，初版。

23. 《抒情傳統的省思與探索》，張淑香，台北：大安出版社，1992 年 3 月，第一版。

24. 《唐宋詞集序跋匯編》，金啓華等編，台北：臺灣商務印書館股份有限公司，1993 年 2 月，臺灣初版。

25. 《悲劇心理學》，朱光潛，台北：駱駝出版社，1993 年 11 月，二版。

26. 《詩與酒》，劉揚忠，台北：文津出版社，1994 年 1 月，初版。

27. 《中國古代文學十大主題——原型與流變》，王立，台北：文史哲出版社，1994 年 7 月，初版。

28. 《詞的審美特性》，孫立，台北：文津出版社，1995 年 2 月，初版。

29. 《詩歌與人生——意象符號與情感空間》，吳曉，台北：書林出版有限公司，1995 年 3 月，一版。

30. 《寫作心理學》，劉雨，高雄，麗文文化事業股份有限公司，1995 年 3 月，初版。

31. 《國史大綱》，錢穆，台北：臺灣商務印書館股份有限公司，1995 年 7 月，修訂三版。

32. 《詩學心裁》，楊匡漢，西安：人民教育出版社，1995 年 7 月，第 1 版。

33. 《醉裡看乾坤——中國士人飲酒心態》，劉武，長沙・岳麓書社，1995 年 12 月，第 1 版。

34. 《寫作美學》，張紅雨，高雄：麗文文化事業股份有限公司，1996 年 10 月，初版。

35. 《詞筌》，余毅恆，台北：正中書局，1996 年 11 月，增訂版。

36. 《北宋詩文革新研究》，程杰，台北：文津出版社，1996 年 12 月，初版。

37. 《中國古代心理詩學與美學》，童慶柄，北京：中華書局，1997 年 10 月，第 1 版。

38. 《兩宋文學史》，程千帆、吳新雷，上海：上海古籍出版社，1998 年 1 月，第 1 版。

39. 《先秦漢魏晉南北朝詩》，逯欽立輯校，北京：中華書局，1998 年 5 月，第 1 版。

40. 《唐宋詞美學》，楊海明，南京：江蘇教育出版社，1998 年 6 月，第 1 版。

41. 《唐宋詞名家論稿》，葉嘉瑩，石家莊：河北教育出版社，1998 年 6 月，第 1 版。

42. 《唐宋詞史》，楊海明，天津：天津古籍出版社，1998 年 12 月，第 1 版。

43. 《蘇詩彙評》，曾棗莊、曾濤編，台北：文史哲出版社，1999 年 7 月，初版。

44. 《藝術創作與審美心理》，童慶炳，天津：百花文藝出版社，1999 年 9 月，第 1 版。

45. 《中國詩歌文化》，李善奎，濟南：齊魯書社，1999 年 11 月，第 1 版。

46. 《全唐五代詞》，曾昭岷等編撰，北京：中華書局，1999 年 12 月，第 1 版。

47. 《美學散步》，宗白華，上海：人民出版社，2000 年 3 月，第 1 版。

48. 《李白詩歌接受史》，楊文雄，台北：五南圖書出版有限公司，2000 年 3 月，初版。

49. 《校編全唐詩》，王啓興主編，武漢：湖北人民出版社，2001 年 1 月，第 1 版。

50. 《章法學新裁》，陳滿銘，台北：萬卷樓圖書有限公司，2001 年 1 月，初版。

51. 《中華酒經》，萬偉成，廣州：南方日報出版社，2001 年 3 月，第 1 版。

52. 《中國文學美學》，吳功正，南京：江蘇教育出版社，2001 年 9 月，第 1 版。

53. 《唐宋詞格律》，龍榆生，上海：上海古籍出版社出版社，2001 年 12 月，第 1 版。

54. 《西方美學史》，朱光潛，北京：人民文學出版社，2002 年 1 月，第 2 版。

55. 《中國古代的酒與飲酒》，劉軍、莫福山、吳雅芝合著，台北：臺灣商務印書館股份有限公司，2002 年 6 月，初版。

56. 《讀詞常識》，夏承燾、吳熊和，北京：中華書局，2002 年 11 月，新 1 版。

57. 《古典詩詞時空設計美學》，仇小屏，台北：文津出版社有限公司，2002 年 11 月，初版。

58. 《人間詞話》，王國維，收入王國維：《王國維文學論著三種》，北京：商務印書館，2003 年 3 月，第 1 版，據商務印書館 1940 年版《王國維遺書》校點重排。

59. 《倚聲學——詞學十講》，龍沐勛，台北：里仁書局，2003 年 9 月，初版。

60. 《宋詩選註》，錢鍾書選註，北京：人民文學出版社，2005 年 8 月，第 3 版。

61. 《詞曲史》，王易，南京：江蘇教育出版社，2005 年 8 月，第 1 版。

62. 《葉嘉瑩說漢魏六朝詩》，葉嘉瑩，北京：中華書局，2007 年 1 月，第 1 版。

63. 《唐五代名家詞選講》，葉嘉瑩，北京：北京大學出版社，2007 年 1 月，第 1 版。

64. 《葉嘉瑩說阮籍咏懷詩》，葉嘉瑩，北京：中華書局，2007 年 3 月，第 1 版。

65. 《詩美學》，李元洛，台北：東大圖書股份有限公司，2007 年 7 月，二版。

66. 《詞論》，劉永濟，收入劉永濟：《宋詞聲律探源大綱　詞論》合訂本，北京：中華書局，2007 年 10 月，第 1 版。

67. 《宋詞題材研究》，許伯卿，北京：中華書局，2007 年 12 月，第 1 版。

68. 《中國詩史》，陸侃如、馮沅君，天津：百花文藝出版社，2008 年 1 月，第 1 版。

69. 《迦陵論詞叢稿》，葉嘉瑩，北京：北京大學出版社，2008 年 4 月，第 1 版。

70. 《中古文學史論》重排本，王瑤，北京：北京大學出版社，2008 年 5 月，第 2 版。

71. 《酒魂十章》，葛承雍，北京：中華書局，2008 年 6 月，第 1 版。

72. 《新增本中國詩學：鑑賞篇》，黃永武，台北：巨流圖書股份有限公司，2008 年 7 月，初版。

73. 《中國酒文化賞析》，王魯地編著，濟南：山東大學出版社，2008 年 8 月，第 1 版。

74. 《詞學通論》，吳梅，收入吳梅著；解玉峰編：《吳梅詞曲論著集》，南京：南京大學出版社，2008 年 10 月，第 1 版。

75. 《宋代家族與文學研究》，張劍、呂肖奐、周揚波，北京：中國社會科學出版社，2009 年 9 月，第 1 版。

76. 《新增本中國詩學：設計篇》，黃永武，台北：巨流圖書股份有限公司，2009 年 9 月，初版。

（四）外文翻譯專著

1. 《別林斯基論文學》，【俄國】維沙里昂‧格利戈列維奇‧別林斯基（В. Г. Белинский）著；【俄國】符‧別列金娜選錄；梁眞譯，上海：新文藝出版社，1958 年 7 月，第 1 版。

2. 《文學研究法》，【日本】丸山學著；郭虛中譯，台北：臺灣商務印書館股份有限公司，1972 年 5 月，臺三版。

3. 《中國詩學》，【美國】劉若愚著；杜國清譯，台北：幼獅文化事業公司，1979 年 1 月，再版。

4. 《歌德談話錄》，【德國】約翰‧彼得‧愛克曼（Johann Poter Eckermann）輯錄；朱光潛譯，北京：人民文學出版社，1980 年 2 月，第 1 版。

5. 《論文學》，【法國】斯達爾夫人（Madame de Staël）著；徐繼曾譯，北京：人民文學出版社，1986 年 12 月，第 1 版。

6. 《創造的秘密》，【美國】S‧阿瑞提（Silvano Arieti）著；錢崗南譯，瀋陽：遼寧人民出版社，1987 年 8 月，第 1 版。

7. 《藝術哲學》，【法國】丹納（Taine, Hippolyte Adolphe）著；傅雷譯，北京：人民文學出版社，1991 年 7 月，第 1 版。

8. 《情感與形式》，【美國】蘇珊‧朗格（Susanne K. Langer）著；劉大基、傅志強、周發祥譯，台北：商鼎文化出版社，1991 年 10 月，臺灣初版。

9. 《詩歌解剖》，【英國】瑪卓麗‧布爾頓（Marjorie Boulton）著；傅浩譯，北京：生活‧讀書‧新知三聯書店，1992 年 6 月，第 1 版。

10. 《作爲意志和表象的世界》，【德國】叔本華（Arthur Schopenhauer）著；石沖白譯；楊一之校，北京：商務印書館，1997 年 2 月，第 1 版。

11. 《佛洛依德文集》,【奧地利】西格蒙德・弗洛依德(Freud, Sigmund)著;車文博主編,長春:長春出版社,1998 年 9 月,第 1 版。

12. 《苦悶的象徵》,【日本】廚川白村著;林文瑞譯,台北:志文出版社,1999 年 8 月,再版。

13. 《第三思潮:馬斯洛心理學》,【美國】弗蘭克・G・戈布爾(Goble, F. G.)著;呂明、陳紅雯譯,上海:上海譯文出版社,2001 年 10 月,第 1 版。

14. 《藝術》,【英國】克萊夫・貝爾(Clive Bell)著;薛華譯,南京:江蘇教育出版社,2005 年 2 月,第 1 版。

15. 《普通語言學教程》,【瑞士】費爾迪南・德・索緒爾(Saussure, Ferdinand de)著;高名凱譯;岑麒祥、葉蜚聲校注,上海:商務印書館,2005 年 12 月,第 1 版。

16. 《藝術問題》,【美國】蘇珊・朗格(Susanne K. Langer)著;滕守堯譯,南京:南京出版社,2006 年 1 月,第 1 版。

17. 《詩學》,【古希臘】亞里斯多德(Aristotle)著;羅念生譯,上海:上海人民出版社,2006 年 5 月,第 1 版。

18. 《存在與時間》修訂譯本,【德國】馬丁・海德格爾(Heidegger, M.)著;陳嘉映、王慶節合譯;熊偉校;陳嘉映修訂,北京:生活・讀書・新知三聯書店,2009 年 1 月,第 3 版。

19. 《人論》,【德國】恩斯特・卡西爾(Ernst Cassirer)著;甘陽譯,上海:上海譯文出版社,2009 年 1 月,第 1 版。

二、學位論文

(一)晏殊相關研究

1. 《馮延巳與晏殊詞比較研究》,姚友惠,彰化:國立彰化師範大學國文研究所碩士論文,2002 年 1 月。

2. 《晏殊《珠玉詞》研究》,江婆慧,台北:國立臺灣師範大學國文研究所碩士論文,2003 年 6 月。

3. 《《珠玉詞》的感傷與消解》,張秋芬,彰化:國立彰化師範大學國文研究所碩士論文,2005 年 1 月。

4. 《馮晏歐詠秋詞研究》,范詩屏,高雄:國立高雄師範大學國文研究所碩士論文,2007 年 6 月。

5. 《晏歐詞之比較研究》,李芳蓓,台南:國立成功大學中國文學研究所碩士論文,2009 年 7 月。

（二）其他

1. 《盛唐詩時空意識研究》，陳清俊，台北：國立臺灣師範大學國文研究所博士論文，1996 年 6 月。

2. 《兩宋詠史詞研究》，鄭淑玲，台北：中國文化大學中國文學研究所碩士論文，1997 年 6 月。

3. 《宋代茶酒文化之研究》，侯月嬌，嘉義：國立嘉義大學中國文學系在職專班碩士論文，2006 年 6 月。

4. 《馮延巳詞研究》，羅倩儀，台北：中國文化大學中國文學研究所碩士論文，2009 年 6 月。

三、期刊、學報

（一）晏殊相關研究

臺灣地區

1. 〈夏承燾「晏殊年譜」摭遺〉，阮廷焯，《華學季刊》第 5 卷第 4 期，1984 年 12 月。

2. 〈晏歐詞中的「酒」意象析論〉，李芳蓓，《東方人文學誌》第 8 卷第 4 期，2009 年 12 月。

大陸地區

1. 〈晏殊詩選注〉，涂木水，《撫州師專學報》第 3 期（總第 46 期），1995 年 9 月。

2. 〈晏殊年譜補證〉，薛玉坤，《古籍整理研究學刊》第 4 期，1996 年。

3. 〈「二晏」年譜小考〉，晏立豪，《文獻》第 2 期，1997 年。

4. 〈新發現的晏殊散文〈義方記〉〉，涂木水，《撫州師專學報》第 2 期（總第 49 期），1996 年 6 月。

5. 〈石信道〈雪〉詩爲晏殊佚詩考〉，曦鍾，《北京大學學報》（哲學社會科學版），第 1 期，1998 年。

6. 〈珠玉詞：詩意的生命之光〉，陶爾夫，《北京大學學報》（哲學社會科學版），第 35 卷第 5 期（總 189 期），1998 年。

7. 〈晏殊的籍貫和出生地小考〉，涂木水，《撫州師專學報》第 20 卷第 1 期，2001 年 3 月。

8. 〈試談晏殊《珠玉詞》的修辭手法〉，陳俐，《淮北煤師院學報》（哲學社會科學版），第 22 卷第 5 期，2001 年 10 月。

9. 〈「一曲新詞酒一杯」隱忍之情誰人知──從酒的角度解讀《珠玉詞》〉,張春柳,《職大學報》第 1 期,2003 年。

10. 〈還給晏殊一個公道──從《珠玉詞》看晏詞的審美特徵〉,林麗珠,《陝西廣播電視大學學報》第 2 卷第 1 期,2003 年 3 月。

11. 〈淺談晏殊詞〉,單軍貴,《甘肅高師學報》第 10 卷第 4 期,2005 年。

12. 〈燕歸花落總關情──淺析晏殊詞的創作特色〉,劉曉林、孟國棟,《湖南大眾傳媒職業技術學院學報》第 8 卷第 4 期,2008 年 7 月。

(二)其他

1. 〈催化與緩解:酒在中國文人生活中的作用〉,高建新,《文科教學》第 1 期,1994 年。

2. 〈「妙在得於婦人」──論歌妓對唐宋詞的作用〉,楊海明,《中國典籍與文化》第 2 期,1995 年。

3. 〈詩酒三札〉,夏太生,《文藝評論》,2001 年 4 月。

4. 〈詩酒風流──試論酒與酒文化精神對唐詩的影響〉,葛景春,《河北大學學報》(哲學社會科學版),第 2 卷(總第 108 期),2002 年 6 月。

5. 〈論古詩詞中「酒」意象的審美內涵及象徵意義〉,張國榮,《廣西右江民族師專學報》第 17 卷第 4 期,2004 年 8 月。

四、論文集

(一)晏殊相關研究

1. 〈北宋倚聲家初祖──晏殊〉,黃文吉,收入黃文吉:《北宋十大詞家研究》,台北:文史哲出版社,1996 年 3 月,初版。

2. 〈夏著二晏年譜補正〉,鄭騫,收入鄭騫:《景午叢編》,台北:臺灣中華書局,1972 年 1 月,初版。

(二)外文翻譯論文

1. 〈心理學與文學〉,【瑞士】卡爾‧古斯塔夫‧榮格(Carl Gustav Jung),收入【瑞士】卡爾‧古斯塔夫‧榮格(Carl Gustav Jung)著;馮川、蘇克編譯:《心理學與文學》,台北:久大文化股份有限公司,1994 年 5 月,一版。

2. 〈文學批評與現象學〉,【法國】杜夫潤(Mikel Dufrenne)著;岑

溢成譯注，收入鄭樹森編：《現象學與文學批評》，台北：東大圖書股份公司，2004 年 9 月，二版。

（三）其他

1. 〈詞曲概說示例〉，鄭騫，收入鄭騫：《景午叢編》，台北：臺灣中華書局，1972 年 1 月，初版。

2. 〈詞曲的特質〉，鄭騫，收入鄭騫：《景午叢編》，台北：臺灣中華書局，1972 年 1 月，初版。

3. 〈中國詩歌中的語言旋律〉，曾永義，收入曾永義：《詩歌與戲曲》，台北：聯經出版事業公司，1988 年 4 月，初版。

4. 〈男子而作閨音〉，楊海明，收入楊海明：《唐宋詞主題探索》，高雄：麗文文化事業股份有限公司，1995 年 10 月，初版。

5. 〈壽詞與宋人的生命理想〉，黃文吉，收入黃文吉：《黃文吉詞學論著》，台北：臺灣學生書局有限公司，2003 年 11 月，初版。

6. 〈宋代歌妓繁盛對詞體之影響〉，黃文吉，收入黃文吉：《黃文吉詞學論著》，台北：臺灣學生書局有限公司，2003 年 11 月，初版。

7. 〈「漁父」在唐宋詞中的意義〉，黃文吉，收入黃文吉：《黃文吉詞學論著》，台北：臺灣學生書局有限公司，2003 年 11 月，初版。

8. 〈從詞的實用功能看宋代文人的生活〉，黃文吉，收入黃文吉：《黃文吉詞學論集》，台北：臺灣學生書局有限公司，2003 年 11 月，初版。

9. 〈從〈飲馬〉到〈吁嗟〉——談建安樂府之緣事與緣情〉，廖一瑾，收入國立成功大學中文系編輯：《魏晉南北朝文學與思想學術研討會論文集》第五輯，台北：里仁書局，2004 年 11 月，初版。

10. 〈幾首詠花的詩和一些有關詩歌的話〉，葉嘉瑩，收入葉嘉瑩：《迦陵論詩叢稿》，北京：中華書局，2005 年 1 月，新 1 版。

11. 〈中國古典詩歌的意象〉，袁行霈，收入袁行霈：《中國詩歌研究》，北京：北京大學出版社，2009 年 1 月，第 3 版。

參考文獻

一、專書

（一）晏殊相關研究

1. 《二晏詞選註》，夏敬觀，台北：臺灣商務印書館，1965 年 5 月，臺一版。

2. 《珠玉詞研究》，葉茂雄，台北：文津出版社，1975 年 7 月，初版。

3. 《二晏研究》，唐紅衛，天津：南開大學出版社，2010 年 1 月，第 1 版。

（二）其他

1. 《古詩文修辭例話》，路燈照、成九田，台北：臺灣商務印書館股份有限公司，1987 年 10 月，初版。

2. 《宋代詞學資料匯編》，張惠民編，汕頭：汕頭大學出版社，1998 年 8 月，第 1 版。

3. 《詞林紀事　詞林紀事補正合編》，張宗橚編；楊寶霖補正，上海：上海古籍出版社，1998 年 11 月，第 1 版。

4. 《時空情境中的自我影像——以阮籍、陸機、陶淵明詩爲例》，李清筠，台北：文津出版社有限公司，2000 年 10 月，初版。

5. 《古代漢語修辭學》，王占福著，武占坤校訂，石家莊：河北教育出版社，2001 年 1 月，第 1 版。

6. 《唐宋詞與人生》，楊海明，石家莊：河北人民出版社，2002 年 5 月，第 1 版。

7. 《中國詞學史》修訂本，謝桃坊，成都：巴蜀書社，2002 年 12 月，

第 1 版。

8. 《修辭學》，黃慶萱，台北：三民書局股份有限公司，2004 年 1 月，增訂三版。

9. 《唐宋詩詞文化解讀》，蔡鎮楚、龍宿莽，北京：北京圖書館出版社，2004 年 9 月，第 1 版。

10. 《北宋詞史》，陶爾夫、諸葛憶兵，哈爾濱：黑龍江人民出版社，2005 年 1 月，第 1 版。

11. 《詩人玉屑》，〔宋〕魏慶之，台北：世界書局股份有限公司，2005 年 5 月，七版。

12. 《詩詞例話》，周振甫，南京：江蘇教育出版社，2006 年 3 月，第 1 版。

13. 《宋人軼事彙編》，丁傳靖輯，北京：中華書局，2006 年 4 月，第 2 版。

14. 《字句鍛鍊法》新增訂本，黃永武，台北：洪範書店有限公司，2006 年 6 月，增訂二版。

15. 《宋代文學史》，孫望、常國武主編，北京：人民文學出版社，2006 年 6 月，第 1 版。

16. 《宋代文學思想史》修訂本，張毅，北京：中華書局，2006 年 6 月，第 1 版。

17. 《修辭學發凡》，陳望道，上海：上海教育出版社，2006 年 7 月，新 4 版。

18. 《周振甫講修辭》，周振甫，南京：江蘇教育出版社，2006 年 7 月，第 1 版。

19. 《中國詩學史：詞學卷》，蔣哲倫、傅蓉蓉著；陳伯海、蔣哲倫主編，廈門：鷺江出版社，2006 年 9 月，第 1 版。

20. 《唐宋詞與唐宋歌妓制度》修訂本，李劍亮，杭州：浙江大學出版社，2006 年 10 月，第 2 版。

21. 《中國詞史》，黃拔荊，福州：福建人民出版社，2007 年 1 月，第 1 版。

22. 《唐宋詞流派史》，劉揚忠，北京：中國社會科學出版社，2007 年 4 月，第 1 版。

23. 《唐宋詞社會文化學研究》修訂本，沈松勤，杭州：浙江大學出版社，2007 年 9 月，第 3 版。

24. 《宋詞紀事》，唐圭璋編著，北京：中華書局，2008 年 5 月，第 1 版。

25. 《北宋文人集會與詩歌》，熊海英，北京：中華書局，2008 年 5 月，第 1 版。

26. 《詞與音樂關係研究》，施議對，北京：中華書局，2008 年 8 月，第 1 版。

27. 《宋詞體演變史》，木齋，北京：中華書局，2008 年 12 月，第 1 版。

28. 《唐宋詞與唐宋文化》，劉尊明、甘松，南京：鳳凰出版社，2009 年 4 月，第 1 版。

二、學位論文

（一）晏殊相關研究

臺灣地區

1. 《珠玉詞校訂箋注》，張紹鐸，台北：中國文化學院中國文學研究所碩士論文，1971 年 6 月。

2. 《二晏詞研究》，黃瓊誼，台北：國立政治大學中國文學研究所碩士論文，1990 年 6 月。

3. 《晏殊《珠玉詞》花鳥意象研究》，侯鳳如，台北：國立臺灣師範大學國文研究所碩士論文，2006 年 1 月。

4. 《晏殊《珠玉詞》中的生命意識探究》，楊麗珠，新竹：國立新竹教育大學中國語文學研究所碩士論文，2007 年 12 月。

大陸地區

1. 《《珠玉詞》之聲律與修辭研究》，王金成，香港：珠海大學中文研究所碩士論文，1993 年 6 月。

2. 《論晏殊詞》，李皖梨，廣州：華南師範大學中文研究所碩士論文，2003 年 5 月。

3. 《二晏詞比較研究》，曾馳宇，貴陽：貴州大學中文研究所碩士論文，2008 年 4 月。

4. 《二晏詞中的女性形象研究》，周成虎，吉林：延邊大學中文研究所碩士論文，2009 年 5 月。

（二）酒與詩歌相關研究

臺灣地區

1. 《李白飲酒詩研究》，陳懷心，高雄：國立中山大學中國文研究所

　　碩士論文，2003 年 1 月。

2. 《李白飲酒詩研究》，余瑞如，彰化：國立彰化師範大學國文研究所在職進修專班碩士論文，2003 年 8 月。

3. 《蘇東坡詞酒意象探析》，許育喬，台北：國立臺灣師範大學國文研究所碩士論文，2008 年 1 月。

4. 《辛棄疾酒詞研究》，黃郁棻，台南：國立成功大學中國文學研究所在職專班碩士論文，2009 年 1 月。

大陸地區

1. 《中國古代文學中詩與酒交融現象的美學研究》，單永軍，南京：南京師範大學中文研究所碩士論文，2004 年 4 月。

2. 《晚唐五代「醉夢詞」探析》，宋秋敏，蘇州：蘇州大學中文研究所碩士論文，2004 年 4 月。

3. 《詩酒人生──從酒詞看社會環境對宋代詞人創作心態的影響》，施靜，呼和浩特：內蒙古大學中文研究所碩士論文，2005 年 5 月。

4. 《王績飲酒詩研究》，李婷，濟南：山東大學中文研究所碩士論文，2006 年 4 月。

5. 《詩酒相生　醉樂無極──論唐詩中詩酒因緣及唐詩之酒文化精神的影響》，雷道海，重慶：西南大學中文研究所碩士論文，2008 年 4 月。

6. 《蘇詩酒事──蘇軾詩飲酒內容及飲酒詩研究》，張莎，重慶：西南大學中文研究所碩士論文，2008 年 4 月。

7. 《李白酒詩研究》，劉金紅，北京：首都師範大學中文研究所碩士論文，2008 年 12 月。

8. 《陸游巴蜀酒詩研究》，李繼紅，重慶：重慶師範大學中文研究所碩士論文，2009 年 3 月。

9. 《宋代女性詞人酒意象研究》，張明雪，蘇州：蘇州大學中文研究所碩士論文，2009 年 5 月。

（三）其他

1. 《北宋前期詞研究》，廖泓泉，上海：華東師範大學中文研究所博士論文，2003 年 4 月。

2. 《詞風嬗變與文學思潮關系研究》，孫虹，蘇州：蘇州大學中文研究所博士論文，2003 年 4 月。

3. 《詞學審美範疇研究》，周明秀，上海：華東師範大學中文研究所博士論文，2003 年 4 月。

4. 《唐宋詞意象的符號學闡釋》，辛衍君，蘇州：蘇州大學中文研究所博士論文，2005 年 4 月。

5. 《宋代祝頌詞研究》，梁葆莉，北京：北京師範大學中文研究所博士論文，2007 年 4 月。

6. 《宋代令詞研究》，霍明宇，濟南：山東大學中文研究所博士論文，2008 年 5 月。

三、期刊、學報

1. 〈燕子意象：晏殊生存反思的感性載體〉，王欣星，《陝西理工學院學報》（社會科學版），第 4 期，2008 年。

2. 〈主動的感傷──讀晏殊傷時之詞〉，林綠峯，《青年科學》第 5 期，2009 年。

3. 〈論晏殊詞中的女性描寫〉，劉麗佳，《文教資料》第 28 期，2008 年。

4. 〈淺析晏殊詞中的理性光芒〉，李玉，《考試週刊》第 32 期，2008 年。

5. 〈憐我‧寬我‧悟我──馮、晏、歐三家詞對憂患的不同超越方式〉，嚴雷，《新長征》第 5 期，2008 年。

6. 〈北宋太平宰相晏殊的詩學思想〉，段莉萍，《西南交通大學學報》（社會科學版），第 4 期，2006 年。

7. 〈「純情」之濃愁與「理性」之薄愁──李煜、晏殊詞比較鑒賞〉，范育新，《語文學刊》第 12 期，2006 年。

8. 〈晏殊詩詞合流探源〉，洪關流，《杭州師範學院學報》（醫學版），第 3 期，2006 年。

9. 〈論晏殊思想性格中的儒釋道結構特徵〉，王麗潔，《海南師範學院學報》（社會科學版），第 2 期，2005 年。

10. 〈晏殊：富貴氣象和清婉心態〉，吳功正，《南京社會科學》第 6 期，2003 年。

11. 〈人類靈魂的焦慮與掙扎──試論晏殊《珠玉詞》的生命意識〉，田幹生，《江淮論壇》第 5 期，2002 年。

12. 〈憂懼衰老：晏殊的惜時心緒〉，楊海明，《文史知識》第 12 期，1999 年。

13. 〈晏殊詞的夕陽意象〉，肖錦川，《語文學刊》第 5 期，1999 年。

14. 〈晏殊詞的理性〉，李春麗，《陰山學刊》第 3 期，1999 年。

15. 〈跨越時空的不解情結——二晏詞「癡情」、「惆悵」意緒論〉,黃南,《江西社會科學》第 12 期,1996 年。

16. 〈論晏殊詞的創作心態〉,王建根,《撫州師專學報》第 2 期,1994 年。

17. 〈論晏殊的詞學觀〉,葉永勝,《撫州師專學報》第 2 期,1994 年。

四、工具書

1. 《詞學研究書目(1912~1992)》,黃文吉主編,台北:文津出版社,1993 年 4 月,初版。

2. 《詞學論著總目(1901~1992)》,林玫儀主編,台北:中央研究院中國文哲研究所籌備處,1995 年 6 月,初版。

3. 《宋詞精品鑑賞辭典》,賀新輝主編,北京:中國社會科學出版社,2003 年 1 月,第 1 版。

4. 《唐宋詞鑑賞辭典:唐、五代、北宋》,唐圭璋等著,上海:上海辭書出版社,2006 年 6 月,第 1 版。

5. 《宋詞鑑賞辭典》,夏承燾等撰,上海:上海辭書出版社,2006 年 11 月,第 1 版。

6. 《詞林正韻》,〔清〕戈載,上海:上海古籍出版社,2009 年 4 月,第 2 版,據吳縣潘氏藏清道光元年翠薇花館本影印。

五、學術網站

1. 臺灣博碩士論文知識加值系統
   http://ndltd.ncl.edu.tw/cgi-bin/gs32/gsweb.cgi/ccd=Q5Q8Bq/login?jstimes=1&loadingjs=1&o=dwebmge&ssoauth=1&cache=147874433230

2. 國家圖書館期刊文獻資訊網—臺灣期刊論文索引系統
   http://readopac.ncl.edu.tw/nclJournal/index.htm

3. 中國知網—CNKI 知識網絡服務平臺(中國博士學位論文全文數據庫)
   http://big5.oversea.cnki.net/kns55/brief/result.aspx?dbPrefix=CDFD

4. 中國知網—CNKI 知識網絡服務平臺(中國優秀碩士學位論文全文數據庫)
   http://big5.oversea.cnki.net/kns55/brief/result.aspx?dbPrefix=CMFD

5. 中國知網—CNKI 知識網絡服務平臺(中國期刊全文數據庫)
   http://big5.oversea.cnki.net/kns55/brief/result.aspx?dbPrefix=CJFD

附錄一：晏殊生平簡表

　　此「晏殊生平簡表」，乃據夏承燾《唐宋詞人年譜・二晏年譜》、鄭騫〈夏著二晏年譜補正〉、阮廷焯〈夏承燾「晏殊年譜」摭遺〉、涂木水〈晏殊的籍貫和出生地小考〉、晏立豪〈「二晏」年譜小考〉、薛玉坤〈晏殊年譜補證〉等資料，整理而成。

宋帝年號	西元	年齡	經　　　　歷
太宗 淳化二年	991	1	◆ 晏殊生於撫州臨川（今江西省撫州市）。 ◆ 范仲淹三歲。 ◆ 張先二歲。
太宗 至道二年	996	6	◆ 宋庠生。
太宗 至道三年	997	7	◆ 能屬文，聲動鄉里，號爲神童。
眞宗 咸平元年	998	8	◆ 宋祁生。
眞宗 咸平五年	1002	12	◆ 梅堯臣生。
眞宗 咸平六年	1003	13	◆ 李虛己許妻以女，因薦於楊大年（楊億）。
眞宗 景德元年	1004	14	◆ 張知白安撫江南，以神童薦於朝。 ◆ 富弼生。
眞宗 景德二年	1005	15	◆ 三月，廷試，賜同進士出身，擢秘書省正字。
眞宗 景德三年	1006	16	◆ 遷太常寺奉禮郎。

眞宗 景德四年	1007	17	◆ 歐陽修生。
眞宗 大中祥符元年	1008	18	◆ 十月，遷光祿寺丞。 ◆ 韓琦生。
眞宗 大中祥符二年	1009	19	◆ 四月，獻〈大酺賦〉，召試學士院，爲集賢校理。
眞宗 大中祥符三年	1010	20	◆ 爲集賢校理。 ◆ 四月，宋仁宗生。 ◆ 十二月，陝州（今河南三門峽）黃河再清，獻〈河清頌〉。遷著作佐郎。
眞宗 大中祥符四年	1011	21	◆ 七月，同叔弟穎賜進士出身。
眞宗 大中祥符六年	1013	23	◆ 喪父，歸臨川，眞宗奪服起之。
眞宗 大中祥符七年	1014	24	◆ 正月，從眞宗祀亳州（今安徽亳縣）太清宮，同判太常禮院。 ◆ 喪母，求終喪，不許。
眞宗 大中祥符八年	1015	25	◆ 范仲淹第進士，年二十七歲。
眞宗 大中祥符九年	1016	26	◆ 五月，獻〈景靈宮〉、〈會靈觀〉二賦。遷太常寺丞。
眞宗 天禧元年	1017	27	◆ 韓維生。
眞宗 天禧二年	1018	28	◆ 二月，爲昇王府（仁宗本年二月封昇王）記室參軍，再遷左正言，擢史館。 ◆ 八月，以戶部員外郎，充太子舍人，知制誥，判集賢院。
眞宗 天禧三年	1019	29	◆ 司馬光、曾鞏生。
眞宗 天禧四年	1020	30	◆ 六月，被誤宣入禁中，命草拜除大臣制書；辭以不敢越職，並恐洩漏機密，遂宿於學士院。 ◆ 七月，又誤被召命。 ◆ 八月，拜翰林學士。 ◆ 十一月，爲太子左庶子。 ◆ 草丁謂復相制。
眞宗 天禧五年	1021	31	◆ 爲翰林學士。 ◆ 王安石生。

眞宗 乾興元年	1022	32	◆ 爲翰林學士。 ◆ 二月，眞宗崩。仁宗即位，拜右諫議大夫，兼侍讀學士，遷給事中。建言群臣奏事太后者，垂簾聽之皆毋得見。 ◆ 奉詔撰《天和殿御覽》、《眞宗實錄》。
仁宗 天聖元年	1023	33	◆ 作〈崇天曆序〉。 ◆ 寇準卒於雷州（今廣東雷州）。
仁宗 天聖二年	1024	34	◆ 三月，預修《眞宗實錄》成，遷禮部侍郎知審官院。 ◆ 十一月，爲郊禮儀仗使。 ◆ 宋庠、宋祁第進士。
仁宗 天聖三年	1025	35	◆ 十月，自翰林學士、禮部侍郎遷樞密副使。 ◆ 十二月，上疏論張耆不可爲樞密使，由是忤章獻太后旨。
仁宗 天聖五年	1027	37	◆ 正月，罷樞密副使，以刑部侍郎知宣州（今安徽宣城），改應天府（今河南商丘縣）。 ◆ 大興學校，延請范仲淹掌學，以教生徒。 ◆ 舉王琪爲府簽判。
仁宗 天聖六年	1028	38	◆ 被召回京，拜御史中丞，改兵部侍郎，兼秘書監，資政殿學士，翰林侍讀學士。 ◆ 十二月，薦范仲淹爲秘閣校理。
仁宗 天聖七年	1029	39	◆ 開始營造西園私邸。 ◆ 以女字富弼。
仁宗 天聖八年	1030	40	◆ 正月，知禮部貢舉，舉歐陽修第一。
仁宗 天聖九年	1031	41	◆ 六月，長子居厚遷奉禮郎。 ◆ 爲三司使。
仁宗 明道元年	1032	42	◆ 二月，李宸妃薨。由晏殊撰李宸妃墓志。 ◆ 八月，自守刑部侍郎復爲樞密副使，未拜。改參知政事，遷尙書左丞。

仁宗 明道二年	1033	43	◆ 二月，諫太后服袞冕饗太廟。 ◆ 三月，章獻太后崩。 ◆ 四月，罷參知政事，以禮部尚書知亳州。
仁宗 景祐元年	1034	44	◆ 在亳州。
仁宗 景祐二年	1035	45	◆ 二月，自亳州徙知陳州（今河南淮陽縣）。
仁宗 景祐三年	1036	46	◆ 在陳州。 ◆ 十二月，蘇軾生。
仁宗 寶元元年	1038	48	◆ 自陳州召還，為御史中丞、三司使。 ◆ 與宋綬詳定《李照新樂》。
仁宗 康定元年	1040	50	◆ 正月，西夏元昊寇延州（今陝西延安）。 ◆ 二月，知制誥韓琦安撫陝西。 ◆ 三月，自三司使刑部尚書除知樞密院事。 ◆ 三月，范仲淹知永興軍，改陝西都運使。七月，除龍圖閣直學士，與韓琦並為陝西經略安撫副使。 ◆ 九月，加檢校太尉樞密使。追贈曾祖以下誥封。
仁宗 慶曆元年	1041	51	◆ 為樞密使。與陸經、歐陽修等西園宴飲詠雪，以此與修不協。
仁宗 慶曆二年	1042	52	◆ 七月，自樞密使加同平章事。
仁宗 慶曆三年	1043	53	◆ 三月，自檢校太尉刑部尚書同平章事，加同中書門下平章事，集賢殿學士，兼樞密使。
仁宗 慶曆四年	1044	54	◆ 元日，會兩禁於私邸，作〈木蘭花〉（東風昨夜回梁苑）詞。 ◆ 九月，為孫甫、蔡襄所論，罷相，以工部尚書知潁州（今安徽阜陽）。
仁宗 慶曆五年	1045	55	◆ 在潁州。改刑部尚書。
仁宗 慶曆七年	1047	57	◆ 在潁州，與梅堯臣唱和。
仁宗 慶曆八年	1048	58	◆ 春，自潁州移陳州。 ◆ 范仲淹過陳州來謁。

仁宗　皇祐元年	1049	59	◆ 正月，歐陽修自滁州（今安徽滁州）移知潁州。 ◆ 八月，自陳州徙知許州（今河南許昌縣）。
仁宗　皇祐二年	1050	60	◆ 秋，遷戶部尚書，以觀文殿大學士知永興軍（今陝西西安）。 ◆ 辟張先爲通判。
仁宗　皇祐三年	1051	61	◆ 在永興軍任。
仁宗　皇祐四年	1052	62	◆ 在永興軍任。 ◆ 五月，范仲淹卒於徐州（今江蘇徐州）。
仁宗　皇祐五年	1053	63	◆ 秋，自永興軍徙知河南，兼西京留守，遷兵部尚書。封臨淄公。
仁宗　至和元年	1054	64	◆ 在河南。 ◆ 六月，以疾歸京師。 ◆ 八月，疾少間，侍講邇英閣。
仁宗　至和二年	1055	65	◆ 正月，卒。 ◆ 三月，葬於許州陽翟縣麥秀鄉之北原。諡元獻，蘇頌爲諡議。歐陽修爲〈神道碑〉，王洙書。仁宗篆碑首，曰：「舊學之碑」。

附錄二：晏殊酒詞一覽表

　　此附錄資料「晏殊酒詞一覽表」，其詞牌之編排次第與酒詞順序，乃據唐圭璋編《全宋詞》一書；加上文末 2 闋酒詞〈訴衷情〉，乃據孔凡禮補輯《全宋詞補輯》一書，補輯而來，故放置於文末。是以，晏殊此 87 闋酒詞，乃據上述二書，整理而成。

編號	詞　牌	詞　　　原　　　文
1	〈謁金門〉	秋露墜。滴盡楚蘭紅淚。往事舊歡何限意。思量如夢寐。　　人貌老於前歲。風月宛然無異。座有嘉賓罇有桂。莫辭終夕醉。
2	〈破陣子〉	燕子欲歸時節，高樓昨夜西風。求得人間成小會，試把金罇傍菊叢。歌長粉面紅。　　斜日更穿簾幕，微涼漸入梧桐。多少襟懷言不盡，寫向蠻牋曲調中。此情千萬重。
3	〈破陣子〉	憶得去年今日，黃花已滿東籬。曾與玉人臨小檻，共折香英泛酒卮。長條插鬢垂。　　人貌不應遷換，珍叢又覩芳菲。重把一罇尋舊徑，所惜光陰去似飛。風飄露冷時。
4	〈破陣子〉	湖上西風斜日，荷花落盡紅英。金菊滿叢珠顆細，海燕辭巢翅羽輕。年年歲歲情。　　美酒一盃新熟，高歌數闋堪聽。不向罇前同一醉，可奈光陰似水聲。迢迢去未停。
5	〈浣溪沙〉	閬苑瑤臺風露秋。整鬟凝思捧觥籌。欲歸臨別強遲留。　　月好謾成孤枕夢，酒闌空得兩眉愁。此時情緒悔風流。
6	〈浣溪沙〉	三月和風滿上林。牡丹妖豔直千金。惱人天氣又春陰。　　為我轉回紅臉面，向誰分付紫檀心。有情須殢酒盃深。

7	〈浣溪沙〉	一曲新詞酒一盃。去年天氣舊亭臺。夕陽西下幾時迴。 無可奈何花落去，似曾相識燕歸來。小園香徑獨徘徊。
8	〈浣溪沙〉	紅蓼花香夾岸稠。綠波春水向東流。小船輕舫好追遊。 漁父酒醒重撥棹，鴛鴦飛去卻回頭。一盃銷盡兩眉愁。
9	〈浣溪沙〉	小閣重簾有燕過。晚花紅片落庭莎。曲闌干影入涼波。 一霎好風生翠幕，幾回疏雨滴圓荷。酒醒人散得愁多。
10	〈浣溪沙〉	宿酒纔醒厭玉卮。水沈香冷懶熏衣。早梅先綻日邊枝。 寒雪寂寥初散後，春風悠颺欲來時。小屏閒放畫簾垂。
11	〈浣溪沙〉	綠葉紅花媚曉煙。黃蜂金蕊欲披蓮。水風深處懶回船。 可惜異香珠箔外，不辭清唱玉尊前。使星歸覲九重天。
12	〈浣溪沙〉	湖上西風急暮蟬。夜來清露濕紅蓮。少留歸騎促歌筵。 為別莫辭金盞酒，入朝須近玉爐煙。不知重會是何年。
13	〈浣溪沙〉	楊柳陰中駐彩旌。芰荷香裏勸金觥。小詞流入管絃聲。 只有醉吟寬別恨，不須朝暮促歸程。雨條煙葉繫人情。
14	〈浣溪沙〉	一向年光有限身。等閒離別易銷魂。酒筵歌席莫辭頻。 滿目山河空念遠，落花風雨更傷春。不如憐取眼前人。
15	〈浣溪沙〉	玉椀冰寒滴露華。粉融香雪透輕紗。晚來妝面勝荷花。 鬢嚲欲迎眉際月，酒紅初上臉邊霞。一場春夢日西斜。
16	〈更漏子〉	塞鴻高，仙露滿。秋入銀河清淺。逢好客，且開眉。盛年 能幾時。　　寶箏調，羅袖軟。拍碎畫堂檀板。須盡醉， 莫推辭。人生多別離。
17	〈更漏子〉	雪藏梅，煙著柳。依約上春時候。初送雁，欲聞鶯。綠池 波浪生。　　探花開，留客醉。憶得去年情味。金盞酒， 玉爐香。任他紅日長。
18	〈更漏子〉	菊花殘，梨葉墮。可惜良辰虛過。新酒熟，綺筵開。不辭 紅玉盃。　　蜀絃高，羌管脆。慢颭舞娥香袂。君莫笑， 醉鄉人。熙熙長似春。
19	〈鵲踏枝〉	紫府羣仙名籍秘。五色斑龍，暫降人間世。海變桑田都不 記。蟠桃一熟三千歲。　　露滴彩旌雲繞袂。誰信壺中， 別有笙歌地。門外落花隨水逝。相看莫惜尊前醉。
20	〈鳳銜盃〉	留花不住怨花飛。向南園、情緒依依。可惜倒紅斜白、一 枝枝。經宿雨、又離披。　　憑朱檻，把金卮。對芳叢、 惆悵多時。何況舊歡新恨、阻心期。空滿眼、是相思。

21	〈鳳銜盃〉	柳條花纇惱青春。更那堪、飛絮紛紛。一曲細絲清脆、倚朱脣。斟綠<u>酒</u>、掩紅巾。　　追往事，惜芳辰。暫時間、留住行雲。端的自家心下、眼中人。到處裏、覺尖新。
22	〈清平樂〉	春花秋草。只是催人老。總把千山眉黛掃。未抵別愁多少。　　勸君綠<u>酒</u>金盃。莫嫌絲管聲催。兔走烏飛不住，人生幾度三臺。
23	〈清平樂〉	秋光向晚。小閣初開讌。林葉殷紅猶未徧。雨後青苔滿院。　　蕭娘勸我金<u>巵</u>。殷懃更唱新詞。暮去朝來即老，人生不<u>飲</u>何為。
24	〈清平樂〉	春來秋去。往事知何處。燕子歸飛蘭泣露。光景千留不住。　　<u>酒</u>闌人散忡忡。閒階獨倚梧桐。記得去年今日，依前黃葉西風。
25	〈清平樂〉	金風細細。葉葉梧桐墜。綠<u>酒</u>初嘗人易<u>醉</u>。一枕小窗濃睡。　　紫薇朱槿花殘。斜陽卻照闌干。雙燕欲歸時節，銀屏昨夜微寒。
26	〈採桑子〉	春風不負東君信，徧拆羣芳。燕子雙雙。依舊銜泥入杏梁。　　須知一<u>盞</u>花前<u>酒</u>，占得韶光。莫話忽忙。夢裏浮生足斷腸。
27	〈採桑子〉	紅英一樹春來早，獨占芳時。我有心期。把<u>酒</u>攀條惜絳蕤。　　無端一夜狂風雨，暗落繁枝。蝶怨鶯悲。滿眼春愁說向誰。
28	〈採桑子〉	櫻桃謝了梨花發，紅白相催。燕子歸來。幾處風簾繡戶開。　　人生樂事知多少，且<u>酌</u>金盃。管咽絃哀。慢引蕭娘舞袖迴。
29	〈採桑子〉	時光只解催人老，不信多情。長恨離亭。淚滴春衫<u>酒</u>易<u>醒</u>。　　梧桐昨夜西風急，淡月朧明。好夢頻驚。何處高樓雁一聲。
30	〈喜遷鶯〉	花不盡，柳無窮。應與我情同。<u>觥</u>船一棹百分空。何處不相逢。　　朱絃悄。知音少。天若有情應老。勸君看取利名場。今古夢茫茫。
31	〈喜遷鶯〉	燭飄花，香掩燼，中夜<u>酒</u>初<u>醒</u>。畫樓殘點兩三聲。窗外月朧明。　　曉簾垂，驚鵲去。好夢不知何處。南園春也已歸來。庭樹有寒梅。
32	〈少年遊〉	霜華滿樹，蘭凋蕙慘，秋豔入芙蓉。臙脂嫩臉，金黃輕蕊，猶自怨西風。　　前歡往事，當歌對<u>酒</u>，無限到心中。更憑朱檻憶芳容。腸斷一枝紅。

33	〈少年遊〉	芙蓉花發去年枝。雙燕欲歸飛。蘭堂風軟，金爐香暖，新曲動簾帷。　家人拜上千春壽，深意滿瓊卮。綠鬢朱顏，道家裝束，長似少年時。
34	〈少年遊〉	謝家庭檻曉無塵。芳宴祝良辰。風流妙舞，櫻桃清唱，依約駐行雲。　榴花一盞濃香滿，爲壽百千春。歲歲年年，共歡同樂，嘉慶與時新。
35	〈酒泉子〉	三月暖風，開卻好花無限了，當年叢下落紛紛。最愁人。　長安多少利名身。若有一盃香桂酒，莫辭花下醉芳茵。且留春。
36	〈酒泉子〉	春色初來，偏拆紅芳千萬樹，流鶯粉蝶鬪翻飛。戀香枝。　勸君莫惜縷金衣。把酒看花須強飲，明朝後日漸離披。惜芳時。
37	〈木蘭花〉	東風昨夜回梁苑。日腳依稀添一線。旋開楊柳綠蛾眉，暗拆海棠紅粉面。　無情一去雲中雁。有意歸來梁上燕。有情無意且休論，莫向酒盃容易散。
38	〈木蘭花〉	簾旌浪卷金泥鳳。宿醒醒來長簟鬆。海棠開後曉寒輕，柳絮飛時春睡重。　美酒一盃誰與共。往事舊歡時節動。不如憐取眼前人，免更勞魂兼役夢。
39	〈木蘭花〉	燕鴻過後鶯歸去。細算浮生千萬緒。長於春夢幾多時，散似秋雲無覓處。　聞琴解佩神仙侶。挽斷羅衣留不住。勸君莫作獨醒人，爛醉花間應有數。
40	〈木蘭花〉	池塘水綠風微暖。記得玉眞初見面。重頭歌韻響錚琮，入破舞腰紅亂旋。　玉鉤闌下香階畔。醉後不知斜日晚。當時共我賞花人，點檢如今無一半。
41	〈木蘭花〉	朱簾半下香銷印。二月東風催柳信。琵琶旁畔且尋思，鸚鵡前頭休借問。　驚鴻去後生離恨。紅日長時添酒困。未知心在阿誰邊，滿眼淚珠言不盡。
42	〈木蘭花〉	杏梁歸燕雙回首。黃蜀葵花開應候。畫堂元是降生辰，玉盞更斟長命酒。　爐中百和添香獸。簾外青蛾回舞袖。此時紅粉感恩人，拜向月宮千歲壽。
43	〈木蘭花〉	紫薇朱槿繁開後。枕簟微涼生玉漏。玳筵初啓日穿簾，檀板欲開香滿袖。　紅衫侍女頻傾酒。龜鶴仙人來獻壽。歡聲喜氣逐時新，青鬢玉顏長似舊。
44	〈木蘭花〉	春葱指甲輕攏撚。五彩條垂雙袖捲。雪香濃透紫檀槽，胡語急隨紅玉腕。　當頭一曲情無限。入破錚琮金鳳戰。百分芳酒祝長春，再拜斂容擡粉面。

45	〈訴衷情〉	青梅煮酒鬭時新。天氣欲殘春。東城南陌花下，逢著意中人。　　回繡袂，展香茵。敘情親。此情拚作，千尺游絲，惹住朝雲。
46	〈訴衷情〉	秋風吹綻北池蓮。曙雲樓閣鮮。畫堂今日嘉會，齊拜玉爐煙。　　斟美酒，祝芳筵。奉觥船。宜春耐夏，多福莊嚴，富貴長年。
47	〈訴衷情〉	世間榮貴月中人。嘉慶在今辰。蘭堂簾幕高卷，清唱遏行雲。　　持玉盞，斂紅巾。祝千春。榴花壽酒，金鴨爐香，歲歲長新。
48	〈胡搗練〉	小桃花與早梅花，盡是芳妍品格。未上東風先拆。分付春消息。　　佳人釵上玉尊前，朵朵穠香堪惜。誰把彩毫描得。免恁輕抛擲。
49	〈殢人嬌〉	二月春風，正是楊花滿路。那堪更、別離情緒。羅巾掩淚，任粉痕霑汙。爭奈向、千留萬留不住。　　玉酒頻傾，宿眉愁聚。空腸斷、寶箏絃柱。人間後會，又不知何處。魂夢裏、也須時時飛去。
50	〈殢人嬌〉	一葉秋高，向夕紅蘭露墜。風月好、乍涼天氣。長生此日，見人中嘉瑞。斟壽酒、重唱妙聲珠綴。　　鳳笙移宮，鈿衫迴袂。簾影動、鵲爐香細。南眞寶籙，賜玉京千歲。良會永、莫惜流霞同醉。
51	〈踏莎行〉	綠樹歸鶯，雕梁別燕。春光一去如流電。當歌對酒莫沈吟，人生有限情無限。　　弱袂縈紆，修蛾寫怨。秦箏寶柱頻移雁。尊中綠醑意中人，花朝月夜長相見。
52	〈踏莎行〉	小徑紅稀，芳郊綠徧。高臺樹色陰陰見。春風不解禁楊花，濛濛亂撲行人面。　　翠葉藏鶯，朱簾隔燕。爐香靜逐遊絲轉。一場愁夢酒醒時，斜陽卻照深深院。
53	〈漁家傲〉	畫鼓聲中昏又曉。時光只解催人老。求得淺歡風日好。齊揭調。神仙一曲漁家傲。　　綠水悠悠天杳杳。浮生豈得長年少。莫惜醉來開口笑。須信道。人間萬事何時了。
54	〈漁家傲〉	荷葉荷花相間鬭。紅嬌綠嫩新妝就。昨日小池疏雨後。鋪錦繡。行人過去頻回首。　　閒徧朱闌凝望久。鴛鴦浴處波文皺。誰喚謝娘斟美酒。縈舞袖。當筵勸我千長壽。
55	〈漁家傲〉	荷葉初開猶半卷。荷花欲拆猶微綻。此葉此花眞可羨。秋水畔。青涼繖映紅妝面。　　美酒一盃留客宴。拈花摘葉情無限。爭奈世人多聚散。頻祝願。如花似葉長相見。

56	〈漁家傲〉	楊柳風前香百步。盤心碎點眞珠露。疑是水仙開洞府。妝景趣。紅幢綠蓋朝天路。　小鴨飛來稠鬧處。三三兩兩能言語。飲散短亭人欲去。留不住。黃昏更下蕭蕭雨。
57	〈漁家傲〉	葉下鵁鶄眠未穩。風翻露颭香成陣。仙女出遊知遠近。羞借問。饒將綠扇遮紅粉。　一掬蕊黃霑雨潤。天人乞與金英嫩。試折亂條醒酒困。應有恨。芳心拗盡絲無盡。
58	〈漁家傲〉	臉傅朝霞衣剪翠。重重占斷秋江水。一曲採蓮風細細。人未醉。鴛鴦不合驚飛起。　欲摘嫩條嫌綠刺。閒敲畫扇偷金蕊。半夜月明珠露墜。多少意。紅腮點點相思淚。
59	〈漁家傲〉	楚國細腰元自瘦。文君膩臉誰描就。日夜聲聲催箭漏。昏復晝。紅顏豈得長如舊。　醉折嫩房和蕊嗅。天絲不斷清香透。卻傍小闌凝坐久。風滿袖。西池月上人歸後。
60	〈望仙門〉	紫薇枝上露華濃。起秋風。管絃聲細出簾櫳。象筵中。仙酒斟雲液，仙歌轉繞梁虹。此時佳會慶相逢。慶相逢。歡醉且從容。
61	〈望仙門〉	玉壺清漏起微涼。好秋光。金盃重疊滿瓊漿。會仙鄉。　新曲調絲管，新聲更颭霓裳。博山爐暖泛濃香。泛濃香。爲壽百千長。
62	〈望仙門〉	玉池波浪碧如鱗。露蓮新。清歌一曲翠眉顰。舞華茵。　滿酌蘭香酒，須知獻壽千春。太平無事荷君恩。荷君恩。齊唱望仙門。
63	〈長生樂〉	玉露金風月正圓。臺榭早涼天。畫堂嘉會，組繡列芳筵。洞府星辰龜鶴，來添福壽。歡聲喜色，同入金爐泛濃煙。　清歌妙舞，急管繁絃。榴花滿酌觥船。人盡祝、富貴又長年。莫教紅日西晚，留著醉神仙。
64	〈長生樂〉	閬苑神仙平地見，碧海架蓬瀛。洞門相向，倚金鋪微明。處處天花撩亂，飄颺歌聲。裝眞筵壽，賜與流霞滿瑤觥。　紅鸞翠節，紫鳳銀笙。玉女雙來近彩雲。隨步朝夕拜三清。爲傳王母金籙，祝千歲長生。
65	〈蝶戀花〉	一霎秋風驚畫扇。豔粉嬌紅，尚拆荷花面。草際露垂蟲響徧。珠簾不下留歸燕。　掃掠亭臺開小院。四坐清歡，莫放金盃淺。龜鶴命長松壽遠。陽春一曲情千萬。
66	〈蝶戀花〉	紫菊初生朱槿墜。月好風清，漸有中秋意。更漏乍長天似水。銀屏展盡遙山翠。　繡幕卷波香引穗。急管繁絃，共慶人間瑞。滿酌玉盃縈舞袂。南春祝壽千千歲。

67	〈蝶戀花〉	簾幕風輕雙語燕。午醉醒來，柳絮飛撩亂。心事一春猶未見。餘花落盡青苔院。　百尺朱樓閒倚徧。薄雨濃雲，抵死遮人面。消息未知歸早晚。斜陽只送平波遠。
68	〈蝶戀花〉	南雁依稀迴側陣。雪霽牆陰，偏覺蘭芽嫩。中夜夢餘消酒困。爐香卷穗燈生暈。　急景流年都一瞬。往事前歡，未免縈方寸。臘後花期知漸近。寒梅已作東風信。
69	〈拂霓裳〉	慶生辰。慶生辰是百千春。開雅宴，畫堂高會有諸親。鈿函封大國，玉色受絲綸。感皇恩。望九重、天上拜堯雲。　今朝祝壽，祝壽數，比松椿。斟美酒，至心如對月中人。一聲檀板動，一炷蕙香焚。禱仙真。願年年今日、喜長新。
70	〈拂霓裳〉	喜秋成。見千門萬戶樂昇平。金風細，玉池波浪縠文生。宿露霑羅幕，微涼入畫屏。張綺宴，傍熏爐蕙炷、和新聲。　神仙雅會，會此日，象蓬瀛。管絃清，旋翻紅袖學飛瓊。光陰無暫住，歡醉有閒情。祝辰星。願百千為壽、獻瑤觥。
71	〈拂霓裳〉	樂秋天。晚荷花綴露珠圓。風日好，數行新雁貼寒煙。銀簧調脆管，瓊柱撥清絃。捧觥船。一聲聲、齊唱太平年。　人生百歲，離別易，會逢難。無事日，剩呼賓友啓芳筵。星霜催綠鬢，風露損朱顏。惜清歡。又何妨、沈醉玉罇前。
72	〈菩薩蠻〉	芳蓮九蕊開新豔。輕紅淡白勻雙臉。一朵近華堂。學人宮樣妝。　看時斟美酒。共祝千年壽。銷得曲中誇。世間無此花。
73	〈菩薩蠻〉	人人盡道黃葵淡。儂家解說黃葵豔。可喜萬般宜。不勞朱粉施。　摘承金盞酒。勸我千長壽。擎作女真冠。試伊嬌面看。
74	〈秋蕊香〉	梅蕊雪殘香瘦。羅幕輕寒微透。多情只似春楊柳。占斷可憐時候。　蕭娘勸我盃中酒。翻紅袖。金烏玉兔長飛走。爭得朱顏依舊。
75	〈秋蕊香〉	向曉雪花呈瑞。飛徧玉城瑤砌。何人剪碎天邊桂。散作瑤田瓊蕊。　蕭娘斂盡雙蛾翠。迴香袂。今朝有酒今朝醉。遮莫更長無睡。
76	〈相思兒令〉	昨日探春消息，湖上綠波平。無奈繞堤芳草，還向舊痕生。　有酒且醉瑤觥。更何妨、檀板新聲。誰教楊柳千絲，就中牽繫人情。

77	〈相思兒令〉	春色漸芳菲也，遲日滿煙波。正好豔陽時節，爭奈落花何。　醉來擬恣狂歌。斷腸中、贏得愁多。不如歸傍紗窗，有人重畫雙蛾。
78	〈滴滴金〉	梅花漏泄春消息。柳絲長、草芽碧。不覺星霜鬢邊白。念時光堪惜。　蘭堂把酒留嘉客。對離筵、駐行色。千里音塵便疏隔。合有人相憶。
79	〈山亭柳〉 贈歌者	家住西秦。賭博藝隨身。花柳上、鬥尖新。偶學念奴聲調，有時高遏行雲。蜀錦纏頭無數，不負辛勤。　數年來往咸京道，殘盃冷炙謾消魂。衷腸事、託何人。若有知音見採，不辭徧唱陽春。一曲當筵落淚，重掩羅巾。
80	〈玉堂春〉	後園春早。殘雪尚濛煙草。數樹寒梅，欲綻香英。小妹無端、折盡釵頭朵，滿把金尊細細傾。　憶得往年同伴，沈吟無限情。惱亂東風、莫便吹零落，惜取芳菲眼下明。
81	〈臨江仙〉	資善堂中三十載，舊人多是凋零。與君相見最傷情。一尊如舊，聊且話平生。　此別要知須強飲，雪殘風細長亭。待君歸覲九重城。帝宸思舊，朝夕奉皇明。
82	〈燕歸梁〉	雙燕歸飛繞畫堂。似留戀虹梁。清風明月好時光。更何況、綺筵張。　雲衫侍女，頻傾壽酒，加意動笙簧。人人心在玉爐香。慶佳會、祝延長。
83	〈燕歸梁〉	金鴨香爐起瑞煙。呈妙舞開筵。陽春一曲動朱絃。斟美酒、泛觥船。　中秋五日，風清露爽，猶是早涼天。蟠桃花發一千年。祝長壽、比神仙。
84	〈望漢月〉	千縷萬條堪結。占斷好風良月。謝娘春晚先多愁，更撩亂、絮飛如雪。　短亭相送處，長憶得、醉中攀折。年年歲歲好時節。怎奈尚、有人離別。
85	〈連理枝〉	綠樹鶯聲老。金井生秋早。不寒不暖，裁衣按曲，天時正好。況蘭堂逢著壽筵開，見爐香縹緲。　組繡呈纖巧。歌舞誇妍妙。玉酒頻傾，朱絃翠管，移宮易調。獻金盃重疊祝長生，永逍遙奉道。
86	〈訴衷情〉壽	幕天席地鬥豪奢。歌妓捧紅牙。從他醉醒醒醉，斜插滿頭花。　車載酒，解貂賒。盡繁華。兒孫賢俊，家道榮昌，祝壽無涯。
87	〈訴衷情〉	喧天絲竹韻融融。歌唱畫堂中。玲女世間希有，燭影夜搖紅。　一同笑，飲千鍾。興何窮。功成名遂，富足年康，祝壽如松。

附錄三：晏殊詞古今評論一覽表

　　此附錄資料「晏殊詞古今評論一覽表」。主要乃據，劉揚忠編著《晏殊詞新釋輯評》；張草紉箋注《二晏詞箋注》二書中所載之附錄資料，加上筆者於研究中，所見之相關文獻，加以補充，整理而成。

編號	評論者	評　　語	出　　處
1	〔宋〕 劉攽 （1022～1088）	◆ 晏元獻尤喜江南馮延巳歌詞。其所自作，亦不減延巳。	《歷代詩話・中山詩話》
2	〔宋〕 李之儀 （1035～1117）	◆ 晏元獻、歐陽文忠、宋景文則以其餘力遊戲，而風流閑雅，超出意表，又非其類也。諦味研究，字字皆有據，而其妙見於卒章，語盡而意不盡，意盡而情不盡，豈平平可得彷彿哉！	《姑溪居士文集・跋吳思道小詞》卷 40
3	〔宋〕 李清照 （1084～1156）	◆ 至晏元獻、歐陽永叔、蘇子瞻，學際天人，作為小歌詞，直如酌蠡水於大海。然皆句讀不葺之詩爾。又往往不協音律者。何耶？蓋詩文分平側，而歌詞分五音，又分五聲，又分六律，又分清濁輕重。	《李清照集箋注・文・詞論》卷 3
4	〔宋〕 王灼 （1105～1181）	◆ 晏元獻公、歐陽文忠公，風流蘊藉，一時莫及，而溫潤秀潔，亦無其比。	《詞話叢編・碧雞漫志・各家詞短長》卷 2

5	〔宋〕 曾季貍 （1118？～？）	◆ 晏元獻小詞爲本朝之冠，然小詩亦有工者，如「春寒欲盡復未盡，二十四番花信風」，「遙想江南此時節，小梅黃熟子規啼」之類，亦有思致，不減唐人。	《歷代詩話續編·艇齋詩話》
6	〔宋〕 吳處厚 （？～？）	◆ 公風骨清羸，不喜肉食，尤嫌肥膻。每讀韋應物詩，愛之曰：「全沒些脂膩氣。」故公於文章尤負賞識，集梁《文選》以後迄於唐別爲《集選》五卷，而詩之選尤精，凡格調猥俗而脂膩者皆不載也。	《宋元筆記小說大觀·青箱雜記》卷5
7	〔宋〕 吳曾 （？～？）	◆ 晁無咎評本朝樂章，……晏元獻不蹈襲人語，而風調閑雅。如「舞低楊柳樓心月，歌盡桃花扇底風」，知此人不住三家村也。	《詞話叢編·能改齋詞話·黃魯直詞謂之著腔詩》卷1
8	〔宋〕 尹覺 （？～？）	◆ 詞，古詩流也。吟咏情性，莫工於詞。臨淄、六一，當代文伯，其樂府猶有憐景泥情之偏。豈情之所鍾，不能自己於言耶？	《宋名家詞·題坦菴詞》
9	〔元〕 王博文 （1223～1288）	◆ 樂府始於漢，著於唐，盛於宋。大概以情致爲主，秦、晁、賀、晏雖得其體，然哇淫靡曼之聲勝，東坡、稼軒矯之以雄詞英氣，天下之趨向始明。	《天籟集·序三》
10	〔元〕 趙文 （1239～1315）	◆ 觀歐、晏詞，知是慶曆、嘉祐間人語。觀周美成詞，其爲宣和、靖康也無疑矣。聲音之爲世道邪？世道之爲聲音邪？有不自知其然而然者矣。悲夫！	《青山集·吳山房樂府序》卷2
11	〔明〕 王世貞 （1526～1590）	◆ 之詩而詞，非詞也。之詞而詩，非詩也。言其業，李氏、晏氏父子、耆卿、子野、美成、少游、易安至矣，詞之正宗也。溫、韋艷而促，黃九精而險，長公麗而壯，幼安辨而奇，又其次也，詞之變體也。	《詞話叢編·藝苑卮言·詞之正宗與變體》
12	〔明〕 夏樹芳 （1551～1635）	◆ 同叔之玄超，小山之流媚，柳屯田之翻空廣調，六一居士之清遠多風，幾最按拍。加以坡翁之卓絕，山谷之蕭疎，淮海之騫芳，東堂之振藻，亟爲	《宋名家詞·刻宋名家詞序》

		引商。至於幼安之風襟豪上，睥睨無前，放翁之不倫不理，乾坤莽蕩，又勃勃焉欲褰裳濡足以游。之數公者，人各具一詞，詞各呈一伎倆。 ◆ 元獻、文忠、稼軒、澤民諸君子，立朝建議，大義炳如。公餘眺賞之暇，諷詠悲歌，時爲小令，時作長吟，孰知其所以合，孰知其所以離，固風雅之別流，而詞壇之逸致也。	
13	〔明〕 毛晉編 （1599～1659）	◆ 同叔，……賦性剛峻，遇人以誠，一生自奉如寒士。爲文瞻麗，應用不窮，尤工風雅，間作小詞。其暮子幾道云：先公爲詞，未嘗作婦人語也。	《宋名家詞·珠玉詞跋》
14	〔清〕 鄒祗謨 （？～1670）	◆ 余常與文友論詞，謂小調不學《花間》，則當學歐、晏、秦、黃。《花間》綺琢處，於詩爲靡，而於詞則如古錦紋理，自有黯然異色。歐、晏蘊藉，秦、黃生動，一唱三嘆，總以不盡爲佳。	《詞話叢編·遠志齋詞衷·董文友詞論》
15	〔清〕 曹爾堪等撰 （1617～1679）	◆ 王阮亭（士禎）曰：歐、晏正流妙處俱在神韻，不在字句。	《詞話叢編續編·錦瑟詞話·妙在神韻》引「王士禎」語
16	〔清〕 尤侗 （1618～1704）	◆ 宋人父子能詞者，無如晏同叔之有叔原也。坡老之有叔黨，少游之有處度，雖時有佳句，餘音寥寥矣。	《續修四庫全書·百名家詞鈔·團扇詞·跋》
17	〔清〕 魏際瑞 （1620～1677）	◆ 宋人如柳永、周邦彥輩，塡詞鄙濁，有市井之氣。惟歐陽永叔、秦淮海、晏同叔可稱清麗，蘇子瞻猶其亞也。珠圓玉潤，一歸大雅，則歐陽公之作，爲不可及矣。	《魏伯子文集·鈔所作詩餘序》卷1
18	〔清〕 任繩隗 （1621～？）	◆ 顧又謂：詞者，詩之餘也，大雅所不道也。故六代之綺靡柔曼，幾爲詞苑濫觴。自唐文三變，燕、許、李、杜諸君子，變而愈上，遂障其瀾而爲詩。宋人無詩，大家如歐、蘇、黃、	《直木齋全集·學文堂詞選序》卷11

		秦,不能力追初盛,多淫哇細響,變而愈下,遂汛其流而爲詞。此主乎文章風會言之也。或又以永叔名冠詞壇,當時謗其與女戚贈答,大爲清流所薄。晏元獻天聖間賢輔,乃至以作小詞致譏,此較乎立德與立言重輕之異也。	
19	〔清〕王士禎（1634～1711）	◆ 弇州謂蘇、黃、稼軒爲詞之變體,是也。謂溫、韋爲詞之變體,非也。夫溫、韋視晏、李、秦、周,譬賦有〈高唐〉、〈神女〉,而後有〈長門〉、〈洛神〉。詩有古詩錄別,而後有建安、黃初、三唐也。謂之正始則可,謂之變體則不可。	《詞話叢編·花草蒙拾·溫韋非變體》
		◆ 詩之爲功既窮,而聲音之道,勢不可以終廢。於是溫、和生而《花間》作,李、晏出而《草堂》興。此詩之餘而樂府之變也。……有詩人之詞,唐蜀、五代諸君子是也;有文人之詞,晏、歐、秦、李諸君子是也;有詞人之詞,柳永、周美成、康與之屬是也;有英雄之詞,蘇、陸、辛、劉之屬是也。	《詞話叢編補編·倚聲初集輯評序·序一》
20	〔清〕汪懋麟（1640～1688）	◆ 予嘗論宋詞有三派:歐、晏正其始;秦、黃、周、柳、姜、史、李清照之徒備其盛;東坡、稼軒放乎其言之矣。其餘子,非無單詞隻句,可喜可誦,苟求其繼,難矣哉。	《清名家詞·棠村詞·棠村詞序》
		◆ 晏元獻、歐文忠爲宋名臣,其所建樹與所著作,自古罕匹。而《珠玉》、《六一》之詞,歌咏人口至今不廢。蓋大君子之用心,不汨汨於嗜欲,政事之暇,寄閒情於詞賦,性情使然也,夫何害松陵。	《百尺梧桐閣集·文集·棠村詞序》卷2
21	〔清〕焦袁熹（1661～1736）	◆〈采桑子〉:昇平宰相神仙客,歌舞華茵。玉貌朱唇。花月樽前現在身。九天欬唾成珠玉,白雪陽春。賭鬥清新。不是三家村裏人。	《清詞珍本叢刊·此木軒直寄詞·晏元獻》

22	〔清〕 紀昀等撰 （1724～1805）	◆ 殊賦性剛峻，而詞語特婉麗，故劉攽《中山詩話》謂：元獻喜馮延巳歌詞，其所自作，亦不減延巳。趙與時《賓退錄》記殊幼子幾道嘗稱殊詞不作婦人語，今觀其集，綺豔之詞不少，蓋幾道欲重其父名，故作是言，非確論也。	《四庫全書總目・珠玉詞提要》
		◆ 殊性剛方，而詞格特爲婉麗。劉攽《中山詩話》稱，殊喜馮延巳歌詞，其所自作，亦不減延巳。良不虛也。	《四庫全書簡明目錄・珠玉詞》
23	〔清〕 王初侗 （1729～1821）	◆ 或問二晏優劣，余曰：大晏神骨厚，小晏氣韻高，俱不愧爲名家。但專尚神骨，其弊也黯；專尚氣韻，其弊也佻。必也神骨爲先，而氣韻超乎其表，氣韻爲主，而神骨寓乎其中，乃爲毫髮無遺憾。 ◆ 晏元獻〈破陣子〉「燕子來時新社」一闋，見《花庵詞選》，而汲古閣刻《珠玉詞》無之。〈鷓鴣天〉「彩袖殷勤捧玉鍾」一闋，《花庵》、《草堂》皆作小山詞。《雪浪齋日記》亦謂叔原工小詞，如「舞低楊柳樓心月，歌盡桃花扇底風」，不愧六朝宮掖體，而晁无咎乃云：元獻不蹈襲人語，而風調閑雅，如「舞低楊柳樓心月，歌盡桃花扇底風」，知此人不住三家村也。茗溪魚隱曰：元獻詞名《珠玉集》，叔原詞名《樂府補亡集》，此兩句在《樂府補亡集》中，全篇婉麗，无咎以爲元獻詞，誤也。 ◆ 宋人詞句之最藉藉著，莫如「紅杏枝頭春意鬧」、「雲破月來花弄影」、「舞低楊柳樓心月，歌盡桃花扇底風」……余謂皆語奇而格不高，不如晏同叔「雙燕欲歸時節，銀屏昨夜微寒」、「高樓目盡欲黃昏，梧桐葉上蕭蕭雨」、「一場愁夢酒醒時，斜陽卻照深深院」；張子野「隴上梅花落盡，江南消息沉沉」，格調之高，直逼唐季，宋人中所不可多得，而不知者皆以爲平淡無奇也。	《詞話叢編二編・小嫏嬛詞話》卷1

24	〔清〕 李調元 （1734～1803）	◆ 晏殊《珠玉詞》極流麗，能以翻用成語見長。如「垂楊只解惹春風，何曾繫得行人住」，又「春風不解禁楊花，濛濛亂撲行人面」等句是也。翻覆用之，各盡其致。	《詞話叢編・雨村詞話・珠玉詞》卷 2
25	〔清〕 馮金伯輯 （1738～1810）	◆ 《浣花》風流醞藉，詞如其人，麗而則，清而峭，晏、周之流亞也。	《詞話叢編・詞苑萃編・浣花詞》卷 8，引「顧梁汾」語
26	〔清〕 郭 麐 （1767～1831）	◆ 風流華美，渾然天成，如美人臨粧，却扇一顧，《花間》諸人是也。晏元獻、歐陽永叔諸人繼之。	《詞話叢編・靈芬館詞話・詞有四派》卷 1
27	〔清〕 周 濟 （1781～1839）	◆ 晏氏父子，仍步溫、韋。小晏精力尤勝。	《詞話叢編・宋四家詞選目錄序論》
28	〔清〕 蔣敦復 （1808～1867）	◆ 然石帚、夢窗，尚需加一層渲染；淮海、清眞，則更添幾層意思。加渲染，添意思，正欲其厚也。若入李氏、晏氏父子手中，則不期厚而自厚。此種當於神味別之。	《詞話叢編・芬陀利室詞話・小梅詞尖新》卷 3
29	〔清〕 楊希閔 （1808～1882）	◆ 書家學眞書，必從篆隸入乃高勝。吾謂詞家亦當從漢魏六朝樂府入，而以溫、韋爲宗，二晏、賀、秦爲嫡裔。歐、蘇、黃則如光武崛起，別爲世廟。如此則有祖有禰，而後乃有子有孫，彼載從南宋夢窗、玉田入者，不啻生於空桑矣。	《詞話叢編二編・詞軌・序》
		◆ 溫、韋、二晏、秦、賀皆能詩，蘇、黃尤卓卓，姜、辛詩亦工，安身立命不在詞，故溢爲詞夐絕也。屯田、清眞、梅溪、夢窗、碧山、玉田諸子，藉詞藩身，他文翰一無可見，有委無源，故綉繪字句，排比長調以自飾。	《詞話叢編二編・詞軌・總論》
		◆ 《四庫全書提要》云：殊賦性剛峻，而詞特婉麗。劉攽《中山詩話》云：元獻喜馮延巳歌詞，其所自作，亦不	《詞話叢編二編・詞軌》卷 3

		減延巳云。而吾友陳廣夫則謂元獻立朝，了無建明，而處諸公之上，家國盛時，每有此一種人，譬如冠玉弁瑲，雖無用，亦不可少。合二論觀之，珠玉詞之眞面見矣。	
30	〔清〕 劉熙載 （1813～1881）	◆ 馮延巳詞，晏同叔得其俊，歐陽永叔得其深。	《詞話叢編·詞概·晏歐學馮》卷 4
		◆ 詞中句與字有似觸著者，所謂極鍊如不鍊也。晏元獻「無可奈何花落去」二句，觸著之句也。宋景文「紅杏枝頭春意鬧」，鬧字觸著之字也。	《詞話叢編·詞概·極鍊如不鍊》卷 4
31	〔清〕 謝章鋌 （1820～1903）	◆ 詞淵源《三百篇》，萌芽古樂府，成體於唐，盛於宋，衰於元、明，復昌於國朝。溫、李，正始之音也，晏、秦，當行之技也，稼軒出始用氣，白石出始立格。嗚乎！詞雖小道，難言矣。	《賭棋山莊全集·文集·葉辰溪我聞室詞敍》卷 1
		◆ 詞之興也，大抵由於尊前惜別，花底談心，情事率多褻近，數傳而後，俯仰激昂，時有寄託，然而其量未盡也。故趙宋一代作者，蘇、辛之派不及姜、史，姜、史之派不及晏、秦，此固正變之推未窮，而亦以塡詞爲小道，若其量之祇宜如此者。	《賭棋山莊全集·文集·與黃子壽論詞書》卷 5
		◆ 元祐、慶曆，代不乏人。晏元獻之辭致婉約，蘇長公之風情爽朗。豫章、淮海，掉鞅於詞壇。子野、美成，聯鑣於藝苑。	《詞話叢編·賭棋山莊詞話·兩宋詞評》卷 3
		◆ 御卜又謂：詞體如美人含嬌掩媚，秋波微轉，正視之一態，旁觀之又一態，近窺之一態，遠窺之又一態。數語頗俊，然此以亦謂溫、李、晏、秦耳，若蘇、辛、劉、蔣，則如素娥之視虙妃，尙嫌臨波作態。	《詞話叢編·賭棋山莊詞話·黃甌論詞》卷 7
		◆ 北宋多工短調，南宋多工長調。北宋多工軟語，南宋多工硬語，然二者偏至，終非全才。歐陽、晏、秦，北宋之正宗也。	《詞話叢編·賭棋山莊詞話·姜夔傳》卷 12

32	〔清〕 馮　煦 （1842～1927）	◆ 詞至南唐，二主作於上，正中和於下，詣微造極，得未曾有。宋初諸家，靡不祖述二主，憲章正中，譬之歐、虞、褚、薛之書，皆出逸少。晏同叔去五代未遠，馨烈所扇，得之最先，故左宮右徵，和婉而明麗，爲北宋倚聲家初祖。劉攽《中山詩話》謂：「元獻喜馮延巳歌詞，其所自作，亦不減延巳。」信然。	《詞話叢編・蒿庵詞話・論晏殊詞》
		◆ 宋初大臣之爲詞者，寇萊公、晏元獻、宋景文、范蜀公、與歐陽文忠，並有聲藝林。然數公或一時興到之作，未爲專詣。獨文忠與元獻，學之既至，爲之亦勤。翔雙鵠於交衢，取二龍於天路。且文忠家廬陵，而元獻家臨川，詞家遂有西江一派。其詞與元獻同出南唐，而深刻則過之。	《詞話叢編・蒿庵詞話・論歐陽修詞》
33	〔清〕 樊增祥 （1846～1931）	◆ 盛宋名臣，多嫻斯製，間爲綺語，未是專家。小山有作，始空臺騅。伊川正色，且移情於謝橋；洛甫幽思，將並名於團扇。豈非同叔之鳳毛而穎昌之麟角乎？子野歌詞亞於小晏，晁无咎稱其高韻，耆卿所無讒哉。	《樊山集・東溪草堂詞選自敘》卷23
34	〔清〕 陳廷焯 （1853～1892）	◆ （明代）綜論臺公，其病有二。一則板襲南宋面目，而遺其真，謀色揣稱，雅而不韻。一則專習北宋小令，務取濃豔，遂以爲晏、歐復生。不知晏、歐已落下乘，取法乎下，弊將何極，況並不如晏、歐耶。	《詞話叢編・白雨齋詞話・國初臺公之病》卷1
		◆ 北宋詞，沿五代之舊，才力較工，古意漸遠。晏、歐著名一時，然并無甚強人意處。即以豔體論，亦非高境。	《詞話叢編・白雨齋詞話・北宋詞古意漸遠》卷1
		◆ 晏、歐詞雅近正中，然貌合神離，所失甚遠。蓋正中意餘於詞，體用兼備，不當作豔詞讀。若晏、歐不過極力爲豔詞耳，尚安足重！	《詞話叢編・白雨齋詞話・晏歐詞近正中》卷1

◆ 文忠思路甚雋，而元獻較婉雅。後人爲豔詞，好作纖巧語者，是又晏、歐之罪人也。	《詞話叢編‧白雨齋詞話‧好作纖巧語爲晏歐之罪人》卷1
◆ 閑情之作，雖屬詞中下乘，然亦不易工。蓋摹色繪聲，礙難著筆，第言姚冶，易近纖佻。兼寫幽貞，又病迂腐。然則何爲而可，曰：「根柢於風騷，涵泳於溫、韋，以之作正聲也可，以之作豔體亦無不可。」古人詞如……晏元獻之「樓頭殘夢五更鐘，花底離愁三月雨」……似此則婉轉纏綿，情深一往，麗而有則，耐人玩味。	《詞話叢編‧白雨齋詞話‧閑情之作亦不易工》卷5
◆ 晏元獻、歐陽文忠皆工詞，而皆出小山下。專精之詣，固應讓渠獨步。然小山雖工詞，而卒不能比肩溫、韋，方駕正中者，以情溢詞外，未能意蘊言中也。故悅人甚易，而復古則不足。	《詞話叢編‧白雨齋詞話‧晏元獻歐陽文忠出小山下》卷7
◆ 唐宋名家，流派不同，本原則一。論其派別，大約……馮正中爲一體（唐五代諸詞人以暨北宋晏、歐、小山等附之）。	《詞話叢編‧白雨齋詞話‧唐宋名家流派不同》卷8
◆ 溫、韋創古者也。晏、歐繼溫、韋之後，面目未改，神理全非，異乎溫、韋者也。蘇、辛、周、秦之於溫、韋，貌變而神不變。聲色大開，本原則一。	《詞話叢編‧白雨齋詞話‧皋文菼庵爲風雅正宗》卷8
◆ 詞有表裏俱佳，文質適中者，……詞中之上乘也。有質過於文者，……亦詞中之上乘也。有文過於質者，李後主、牛松卿、晏元獻……是也，詞中之次乘也。	《詞話叢編‧白雨齋詞話‧論歷代詞》卷8
◆ 北宋晏、歐、王、范諸家，規模前輩，益以才思。	《詞話叢編補編‧雲韶集輯評‧宋詞》卷2

		◆ 元獻詞，風神婉約，骨格自高，不流俗穢，與延巳相伯仲也。	《詞話叢編補編・雲韶集輯評・晏殊》卷2
35	〔清〕張德瀛（？～1914）	◆ 同叔之詞溫潤，東坡之詞軒驍，美成之詞精邃，少游之詞幽豔，無咎之詞雄邈，北宋惟五子可稱大家，若柳耆卿、張子野，則又當時所翕然嘆服者也。	《詞話叢編・詞徵・北宋五子》卷5
36	〔清〕況周頤（1859～1926）	◆ 晏同叔賦性剛峻，而詞語特婉麗。	《詞話叢編・蕙風詞語・詞不可概人》卷1
		◆ 夫詞如唐之《金荃》，宋之《珠玉》，何嘗有寄託，何嘗不卓絕千古，何庸為是非真之寄託耶。	《詞話叢編・蕙風詞語・詞貴有寄託》卷5
		◆ 小山詞從《珠玉》出，而成就不同，體貌各具。《珠玉》比花中之牡丹，《小山》其文杏乎？	《詞話叢編補編・蕙風詞語補編・小山珠玉不同》卷1
		◆ 《歸田錄》云：晏元獻喜評詩，嘗曰「老覺腰金重，慵便玉枕涼」未是富貴語，不如「笙歌歸院落，燈火下樓臺」，此善言富貴者也。斯恉可通於填詞，凡言情寫景亦何莫不然。昔張端義云：「柳詞皆無表德，只是實說。」「腰金」、「玉枕」等字，即表德之謂矣。元獻〈浣溪沙〉云：「無可奈何花落去，似曾相識燕歸來。小園香徑獨徘徊。」〈踏莎行〉云：「一場愁夢酒醒時，斜陽卻照深深院。」〈蝶戀花〉云：「消息未知歸早晚，斜陽只送平波遠。」此等詞無須表德，並無須實說，所謂「不著一字，盡得風流」，羅羅清疏，卻按之有物，此北宋人所以不可及也。	《詞話叢編補編・歷代詞人考略・晏殊》卷7

		◆ 碧山樂府如書中歐陽信本，准繩規矩極佳。二晏如右軍父子，賀方回如李北海，白石如虞伯施，而雋上過之，公謹如褚登善，夢窗如魯公，稼軒如誠懸，玉田如趙文敏。	《歷代詞話續編·香海棠館詞話》
37	〔清〕沈雄（？～？）	◆ 江尚質曰：賢如寇准、晏殊、范仲淹、趙鼎，勛名重臣，不少豔詞。	《詞話叢編·古今詞話·詞話·不以人廢言》上卷，引「江尚質」語
		◆ 《詩眼》曰：晏叔原見蒲傳正曰，先君小詞，未嘗作婦人語。傳正云：「綠楊芳草長亭路，年少拋人容易去。」豈非婦人語。叔原曰：公謂年少爲所歡乎？因公言，遂曉樂天詩兩句，「欲留所歡待富貴，富貴不來所歡去」。傳正笑而悟其言之失。	《詞話叢編·古今詞話·詞話·晏殊小詞未嘗作婦人語》上卷
		◆ 曹爾堪曰：余性不喜豔詞，亦惟筆性之所近而已。曾聞衡山先輩端方之至，不受污褻。而〈水龍吟〉、〈風入松〉、〈南鄉子〉諸調，復詠吳閶麗人及閨情之作，想亦詞用情景有必然者。迺知歐、晏雖有綺靡之語，而亦無關正色立朝之大節也。	《詞話叢編·古今詞話·詞話·衡山端方亦詠閨情》下卷，引「曹爾堪」語
38	〔清〕先著等撰（？～？）	◆ 情景相副，宛轉關生，不求工而自合。宋初所以不可及也。（評晏殊〈清平樂〉金風細細）	《詞話叢編·詞潔輯評·清平樂》卷1
		◆ 如小山父子及德麟輩，用事亦未常不輕，但有厚薄濃淡之分。後人一再過，不復留餘味，而古人雋永不已。（評晏幾道〈蝶戀花〉醉別西樓醒不記）	《詞話叢編·詞潔輯評·蝶戀花》卷2
39	〔清〕陸鎣（？～？）	◆ 無論三唐五季，佳詞林立。即論兩宋，廬陵翠樹，元獻清商，……其見於《草堂》、《花間》不下數百家。雖藻采孤騫，而源流攸別。	《詞話叢編·問花樓詞話·蘇辛周柳》

40	〔清〕 蔣兆蘭 （？～？）	◆ 詞家正軌，自以婉約爲宗，歐、晏、張、賀，時多小令，慢詞寥寥，傳作較少。	《詞話叢編・詞說・清眞詞中之聖》
		◆ 歐陽、大小晏、安陸、東山，皆工小令，足爲師法。詞家醉心南宋慢詞，往往忽視小令，難臻極詣。	《詞話叢編・詞說・宋初諸公工小令》
41	〔清末民初〕 陳　洵 （1870～1942）	◆ 宋詞既昌，唐音斯暢，二晏濟美，六一專家。	《詞話叢編・海綃說詞・通論・源流正變》
42	〔清末民初〕 夏敬觀 （1875～1953）	◆ （晏殊）賦性剛峻，居處清儉，不類其詞之婉麗也。 ◆ 然觀殊所爲詞，託於男女情悅思慕之言，實未之廢。蓋詞之始，所以潤色里巷之歌謠，被諸絃管，其至者正在得之人情物態。 ◆ 殊父子詞，語淺意深，有迴腸蕩氣之妙；幾道殆過其父。	《二晏詞選注・導言》
		◆ 晏氏父子嗣響南唐二主，才力相敵。蓋不特辭勝，猶有過人之情。叔原以貴人暮子，落拓一生，華屋山邱，身親經歷，哀絲豪竹，寓其徵痛纖悲，宜其造詣又過於父。山谷謂爲「狎邪之大雅，豪士之鼓吹」，未足以盡之也。	《詞話叢編補編・小山詞・小山詞跋》
43	〔清末民初〕 樊志厚 （1876～1931）	◆ 珠玉所以遜六一，小山所以愧淮海者，意境異也。	《詞話叢編・人間詞話・附錄二：樊志厚人間詞序》
44	〔清末民初〕 王國維 （1877～1927）	◆ 詩蒹葭一篇，最得風人深致。晏同叔之「昨夜西風凋碧樹，獨上高樓，望盡天涯路」，意頗近之，但一灑落，一悲壯耳。	《詞話叢編・人間詞話・晏詞意近詩蒹葭》
		◆ 美成詞多作態，故不是大家氣象，若同叔、永叔，雖不作態，而一笑百媚生矣。此天才與人力之別也。	《詞話叢編・人間詞話・附錄一：美成詞多作態》

		◆ 予於詞，五代喜李後主、馮正中，而不喜《花間》。宋喜同叔、永叔、子瞻、少游，而不喜美成，南宋只愛稼軒一人，而最惡夢窗、玉田。	《詞話叢編·人間詞話·附錄一：介存論詞多獨到語》
45	〔清末民初〕吳 梅（1884～1939）	◆ 論詞至趙宋，可云家懷隋珠，人抱和璧，盛極難繼者矣。然合兩宋計之，其源流遞嬗，可得而言焉。大抵開國之初，沿五季之舊，才力所詣，組織較工。晏歐為一大宗。二主一馮，實資取法。顧未能脫其範圍也。	《詞學通論·第七章概論二（兩宋）》
		◆ 宋初如王禹偁、錢惟演輩，亦有小詞。王之〈點絳唇〉，錢之〈玉樓春〉，雖有佳處，實非專家。故宋詞應以元獻為首。	《詞學通論·第七章概論二（兩宋）·晏殊》
46	〔清末民初〕陳匪石（1884～1959）	◆ 珠玉、小山、子野、屯田、東山、淮海、清眞，其詞皆神於鍊，不似南宋名家，鍼線之迹未滅盡也。然鍊句本於鍊意。	《詞話叢編·聲執·鍊字鍊句》卷上
		◆ 至於北宋小令，近承五季。慢詞蕃衍，其風始微。晏殊、歐陽修、張先，固雅負盛名，而砥柱中流，斷非幾道莫屬。	《詞話叢編·聲執·宋詞舉·論北宋六家》卷下
47	〔清末民初〕蔡嵩雲（1891～1944）	◆ 唐、五代小令，為詞之初期，故《花間》、後主、正中之詞，均自然多於人工。宋初小令，如歐、秦、二晏之流，所作以精到勝，與唐、五代稍異，蓋人工甚於自然矣。	《詞話叢編·柯亭論詞·自然與人工各占地位》
48	〔清末民初〕趙尊嶽（1898～1965）	◆ 不必言情而自足於情，一字一句，落落大方，能得天籟，斯即為詞中之聖境，《珠玉》是矣。由《珠玉》而少加磐治，使智慧偶然流露，以益見生色者，《小山》是矣。《珠玉》如渾金璞玉，《小山》加以潢治而仍不傷於琢，此晏氏父子可貴之處也。	《詞學第四輯·塡詞叢話》卷3
		◆ 宋詞以晏、秦、周、柳、蘇、吳、姜、張為八大家。……晏詞智慧流露而重大有餘，實為渾金璞玉之音。	《詞學第五輯·塡詞叢話》卷4

		◆《花間》不易遽學，古蕃錦豈人盡可織？下之如夢窗之七寶樓臺，《珠玉》之渾金樸玉，《小山》之風神淡厚，蘇、辛之清雄天成，均不易為師資。	《詞學第五輯·填詞叢話》卷5
		◆ 倚聲之學，托始於唐，浸盛於五季。其君若臣，歌舞宴酣；風流相尚，琱璠鏤玉，方巧化工，《尊前》、《花間》，奄有眾美。爰及天水，晏氏父子，引溫、韋之緒。歐、蘇、秦、柳，風雅所宗。	《蓉影詞·蓉影詞跋》
49	〔近代〕顧憲融（1901～1955）	◆ 同叔生當北宋初葉，去五代未遠，故其詞多小令，和婉明麗，所詣與南唐馮氏為近。惟設色選詞一洗《花間》浮豔，蓄情於物，疏淡中自見脈絡。故小山謂其父「生平不作婦人語也」。	《填詞百法·二晏詞研究法》卷下
50	〔近代〕詹安泰（1902～1967）	◆ 晏詞的藝術風格是清雅含蓄。……說它「清雅」，因為它明朗而不暗晦，通俗而不庸俗，說它「含蓄」，因為它言淺而情深，韻短而味長。 ◆ 晏殊的內容，大都不出男歡女愛，離情別緒，沒有什麼特異的地方，其中還有不少祝壽之詞，尤其令人煩厭。	《宋詞散論·簡論晏歐詞的藝術風格》
		◆ 歐、晏並稱，歐詞清深，晏詞和美，小晏運以巧思，尤多麗句，故較易學。	《歷代詞話續編·無庵說詞》
51	〔近代〕馮沅君（1900～1974）陸侃如（1903～1978）	◆ 所謂「魚目」者，實指下列幾種詞：一，祝壽的詞，……二，詠物的詞，……三，歌頌昇平的詞，……這三種詞約占《珠玉詞》的三分之一，就中壽詞尤多。這三種詞大都無內容，少風致，讀之味如嚼蠟，而壽詞尤劣。	《中國詩史·第二篇北宋詞·第二章宋初詞人》下卷（近代詩史）
52	〔近代〕鄭騫（1906～1991）	◆ 珠玉詞清剛淡雅，深情內斂，非淺識所能了解，近人遂有譏為「身處富貴無病呻吟」者。不知同叔一生，亦曾屢遭拂逆，且與物有情而地位崇高性格嚴峻，更易蘊成寂寞心境，故發為	《景午叢編·成府談詞·晏殊歐陽修》

		詞章，充實眞摯，安得謂之無病呻吟！文人哀樂，與生俱來，斷無作幾日官即變成「心溷溷面團團」之理。爲此語譏同叔者，吾知其始終未出三家村也。 ◆ 珠玉詞緣情體物細妙入微處，爲六一所不及；六一情調之奔放，氣勢之沈雄，又爲珠玉所無。 ◆ 晏歐詞雖不能如蘇辛之幾於每事皆可寫入，而堂廡氣象決非花間所能籠罩。張皋文「尊體」之說，爲詞壇正論，欲於五代宋初求能尊體者，正中二主與晏歐皆是。能深刻眞摯以寫人生即是尊體，非必纏綿忠愛。陳廷焯白雨齋詞話不解此旨，乃僅以艷詞目晏歐，眞顛倒之論。	
53	〔近代〕 宛敏灝 （1906～1994）	◆ ……余以爲吳氏所舉，猶非同叔詞之劣者，其更劣者有四種：曰無病呻吟；曰歌諛君主；曰祝壽；曰詠物。……此類詞句，在《珠玉集》中，隨處可見。皆無沈摯的情感，實與眞正嘆光陰易逝、傷聚散無常者有異，蓋同叔於富貴得意之餘，念百年之易盡，歡愉之難再，偶生愁緒，輒見之於詞。但究係一瞬的感覺，不能久佔心靈，故表現於文學上者亦不充實，不深刻，徒令人讀之生厭，故可謂之無病呻吟也。	《二晏及其詞・第十一章二晏詞的風格》
54	〔近代〕 吳世昌 （1908～1986）	◆ 晏詞集中沒有朋友之間的和作，沒有一首是「次韻」之作。這可見晏殊填詞，純爲抒寫自己的性情，不是爲應酬而作。因爲不是敷衍朋友，故有眞性情；不像南宋時以詞作爲進身之階或交友之贄，所以有好的作品。晏殊集中沒有送某人、和某人、次某人韻的作品，沒有把詞當作「敲門磚」，所以沒有廢品。	《詩詞論叢・宋詞作家論・晏殊》
55	〔近代〕 配　生 （？～？）	◆ 馮延巳〈長命女〉云：「春日宴，綠酒一杯歌一遍。再拜陳三願：一願郎君千歲，二願妾身長健，三願如同梁	《歷代詞話續編・酹月樓詞話》

		上燕，歲歲長相見。」溫柔敦厚，而命辭尤雅，彭羨門以爲雖置在古樂府，可以無愧者也。《珠玉詞》十首中，四五言神仙與壽，輒不佳。蓋文詞之道，唯基於性情，然後可以動人。馮公之詞，性情也，元獻則故作休詳語耳。正不知公自以爲視「畫裝曲譜金書字，樹記花名玉篆牌」爲如何也。	
56	〔近代〕林　丁（？～？）	◆ 胡懷琛先生以屈、陶、李、杜、白、蘇、陸、王爲中國八大詩人，吾以李後主、晏殊、歐陽修、蘇東坡、李清照、辛棄疾、納蘭容若爲中國八大詞人。	《歷代詞話續編・蕉窗詞話》
57	〔近代〕葉嘉瑩（1924～）	◆ 獨能將理性之思致，融入抒情之敍寫中，在傷春怨別之情緒內，表現出一種理性之反省及操持，在柔情銳感之中，透露出一種圓融曠達之理性的觀照。	《唐宋詞名家論稿・論晏殊詞》
		◆ ……至於理性的詩人則不然，他們的感情不似流水，而似一面平湖，雖然受風時亦復縠縐千叠，投石下亦復盤渦百轉，然而無論如何總也不能使之失去其含斂靜止、盈盈脈脈的一份風度。對一切事物，他們都有著思考和明辨，也有著反省和節制。他們已養成了成年人的權衡與操持，却仍保有著一顆眞情銳感的詩心。此一類型之詩人，自以晏殊爲代表。	《迦陵論詞叢稿・大晏詞的欣賞》
		◆ 第一點特色：大晏《珠玉詞》中所表現的一種情中有思的意境；第二點特色：他所特有的一份閒雅的情調；第三點特色：他的詞中所表現的傷感中的曠達的懷抱；第四點特色：寫富貴而不鄙俗，寫艷情而不纖佻。	

附錄四：晏殊詞古今論詞絕句一覽表

　　此附錄資料「晏殊詞古今論詞絕句一覽表」，主要乃據，劉揚忠編著《晏殊詞新釋輯評》一書中所載之附錄資料，加上筆者於研究中，所見之相關文獻，加以補充，整理而成。

編號	評論者	詩　　　句	出　　處
1	〔清〕 江昱 （1706～1775）	臨淄格度本南唐，風雅傳家小晏強。 更有門牆歐范在，春蘭秋菊卻同芳。	《松泉詩集・論詞十八首》卷1
2	〔清〕 沈初 （1735～1799）	晏家父子擅清華，歐九風神更足誇。 若準滄浪論詩例，須從開寶數名家。	《蘭韻堂詩集・編舊詞存稿作論詞絕句十八首》卷1
3	〔清〕 沈道寬 （1772～1853）	珠玉新編逸韻饒，仙郎仙筆更飄飄。 世儒也愛玲瓏句，夢蹋楊花過謝橋。	《話山草堂遺集・話山草堂詩鈔・論詞絕句》卷1
4	〔清〕 程恩澤 （1785～1837）	綠酒初嘗元獻醉，月華如練范公啌。 出來將軍兼才調，不是吳兒木石心。	《程侍郎遺集・題周稺圭前輩金梁夢月詞》卷6
5	〔清〕 譚瑩 （1800～1871）	楊柳桃花調亦陳，三家村裏住無因。 歌詞許似馮延巳，語語原因類婦人。	《樂志堂詩集・論詞絕句一百首・晏殊》卷6

6	〔清〕 華長卿 （1805～1881）	舞低楊柳樓心月，歌盡桃花扇底風。儂在三家村裏住，何能珠玉串玲瓏。	《梅莊詩鈔・論詞絕句・晏殊》卷5
7	〔清〕 王僧保 （？～？）	韻事吟梅宋廣平，當歌此老亦多情。夢魂又躡楊花去，不愧風流濟美名。 穆（徐穆）按：晏同叔性極剛方，而詞格特爲婉麗。小山詞「夢魂慣得無拘管，又逐楊花過謝橋」，雖伊川、程子亦賞之。	《清代學術筆記叢刊・阮盦筆記五種・選巷叢譚・論詞絕句》卷2
8	〔近代〕 鄭騫 （1906～1991）	滿目山河酒一樽，燕歸花落總消魂。天生哀樂原無種，漫說人間宰相尊。 近人某君，曾謂同叔詞爲身處富貴、無病呻吟，是眞所謂「措大眼孔」。文人哀樂，與生俱來，斷無作幾日官即變成面團團、心涮涮之理。同叔詞深情內斂，寓清剛於淒婉，豈是無病呻吟。	《清晝堂詩集・讀詞絕句三十首・其九晏殊珠玉詞》卷9
9	〔近代〕 葉嘉瑩 （1924～）	◆臨川珠玉繼陽春，更拓詞中意境新。思致融情傳好句，不如憐取眼前人。 ◆詩人何必命終窮，節物移人語自工。細草愁煙花怯露，金風夜夜墜梧桐。 ◆詞風變處費人猜，疑想澆愁借酒杯。一曲標題贈歌者，他鄉遲暮有深哀。	《靈谿詞說・論晏殊詞》

後　記

　　「酒」，許或酒之源起是起於偶然之因，然在其蛻變的發展過程當中，卻是屬於必然之果。從原本只是一般性的物質產品，隨著時代逐漸的蛻變，發展成爲一種帶有文化性質的產品；進而在這蛻變的過程當中，再轉變成爲一種富有文學性質的產品，實歸功於歷代眾位文人、詩人之口之手，因爲他們一人一口、一人一手，飲出了、賦出了，不管是其生理層面上的宣洩，抑或是其心理層面上的紓解，還是其精神層面上的消融，其所流傳下來的酒之詩章，每每都讓後世之讀者歌詠而不墜，卻不曾因時代之變遷、景物之異換而減損其色，讓今之讀者觀之詠之，其情感依舊美麗動人。

　　此書得以出版，首先，眞心感謝我的碩、博士指導教授廖師一瑾先生，在學術研究的道路上，每每當我跟老師在討論時，我所論述的學術觀點，老師總是包容的給予肯定與鼓勵，給了我最大的自主成長空間，使我得以帶著自信且堅定地持續前行。其次，眞心感謝花木蘭文化出版社協助此書的出版。

　　回首向來蕭瑟處，在這條漫長的學術道路上，衷心感謝父（棨）、母（霓）給了我最大的信任空間，讓我在沒有任何的壓力與束縛之下，使我得以閒適瀟灑地致力於學術道路上，盡志而無悔；衷心感謝大姊（惠）、二姊（倩）、三姊（宜），感謝三位姊姊給了我最大的

任性時間，心中始終存在著虧欠，一直讓你們辛苦受累，在你們對
於家裡、對於我的無私照顧之下，使我得以心無旁鶩地專注於學術
研究上，矢志而無憂；衷心感謝么弟（民），在你結束學業即將遠行
服兵役之時，託付了你身邊最好的良友（卉恒君簡）同我結識，雖
在古典詩歌的學術領域上，我們大伙無法結伴同行，然在教育學術
的專業領域上，官（君）簡（民）二友卻給了我這方面最大的幫助
與激勵，對此始終銘感於心；眞心感謝身處於家鄉的好友（偉），在
我致力於學術研究的道路上，鮮少返家之時，總時常撥冗帶著兒女
到我家拜訪我的雙親。每當夜闌人靜之時，有時總會回首觀望自己
遊走在這條漫漫道路上的種種，雖也歷經了許多不足爲外人道的辛
酸與坎坷，然而此刻的心境，卻能用一句話來概括這一切，也無風雨
也無晴。

　　從事學術研究多是須秉持著理性的思辨來進行論述，而詩歌之
創作則多是帶著感性的筆觸來進行抒發，是以在本書之末，筆者想以
自塡的酒詞一闋，作爲該書最後的感性之結筆。

〈臨江仙〉

　攜酒縱行歌一曲，酒酣殘步濛濛。疏狂情率意從容。笑談
山水，清骨晚迎風。　　遠眺臨空人獨立，煙嵐斜暮重重。
旋歸花鳥入林叢。星河漸起，人影月明中。

歲次丙申　仲商秋分
志彰誠書於台北草山素心齋